茅盾文学奖
获奖作品全集
典藏版
The Mao Dun Literature Prize

上 **东方**

魏魏 著

人民文学出版社

图书在版编目(CIP)数据

东方：上中下/魏巍著. —2版. —北京：人民文学出版社, 2023 (2025.6重印)
(茅盾文学奖获奖作品全集：典藏版)
ISBN 978-7-02-017692-2

Ⅰ.①东… Ⅱ.①魏… Ⅲ.①长篇小说—中国—当代 Ⅳ.①I247.5

中国版本图书馆CIP数据核字(2022)第252149号

选题策划　刘　稚
责任编辑　黄彦博
责任印制　张　娜

出版发行　人民文学出版社
社　　址　北京市朝内大街166号
邮政编码　100705

印　　刷　涿州市京南印刷厂
经　　销　全国新华书店等

字　　数　837千字
开　　本　890毫米×1290毫米　1/32
印　　张　36.625
印　　数　12001—15000
版　　次　1978年10月北京第1版
　　　　　1985年5月北京第2版
印　　次　2025年6月第4次印刷

书　　号　978-7-02-017692-2
定　　价　148.00元(全三册)

如有印装质量问题，请与本社图书销售中心调换。电话：010-65233595

出版说明

一九八一年三月十四日,病中的中国作家协会主席茅盾致信作协书记处:"亲爱的同志们,为了繁荣长篇小说的创作,我将我的稿费二十五万元捐献给作协,作为设立一个长篇小说文艺奖金的基金,以奖励每年最优秀的长篇小说。我自知病将不起,我衷心地祝愿我国社会主义文学事业繁荣昌盛!"

茅盾文学奖遂成为中国当代文学的最高奖项。自一九八二年起,基本为四年一届。获奖作品反映了一九七七年以后长篇小说创作发展的轨迹和取得的成就,是卷帙浩繁的当代长篇小说文库中的翘楚之作,在读者中产生了广泛的、持续的影响。

人民文学出版社曾于一九九八年起出版"茅盾文学奖获奖书系",先后收入本社出版的获奖作品。二〇〇四年,在读者、作者、作者亲属和有关出版社的建议、推动与大力支持下,我们编辑出版了"茅盾文学奖获奖作品全集"。此后,伴随着茅盾文学奖评选的进程,我们陆续增补新获奖作品,力求完整呈现中国当代文学最高奖项的成果,使其持续成为读者心目中"茅奖"获奖作品的权威版本。现在,我们又推出"茅盾文学奖获奖作品全集(典藏版)",以满足广大读者和图书爱好者阅读、收藏的需求。

在"茅盾文学奖获奖作品全集(典藏版)"的编辑过程中,我社对所有作品进行了版式统一以及文字校勘;一些以部分卷册获奖的多卷本作品,则将整部作品收入。

感谢获奖作者、作者亲属和有关出版社,让我们共同努力,为当代长篇小说创作和出版做出自己的贡献,为广大读者提供更多的优秀作品。

人民文学出版社编辑部

我读《东方》
——给一个文学青年的信

丁 玲

你上月同我谈到的那本小说《东方》,不知你读完没有。我一口气在前几天读完了。原来想等你把读后的意见告诉我以后再谈谈我的印象,但我近年来记忆力退化得厉害,因此就趁现在刚读完不久、印象较深时写上一点。

魏巍是一个老文学工作者,是一个一直使我注目的同志。他在抗日战争时期就写过很多好诗。他的著名的散文《谁是最可爱的人》,也曾使我崇爱过。《东方》的前几章在《人民文学》月刊一发表,我就读了,很喜欢,曾想写一篇文章,表示我对这一新作的拥护,只是想到那时我还是一个无权发表意见的人,只得压制住这一冲动。这次我是又从头读起的。尽管有人曾经对我说过,后边没有前边写得好,但我仍然一口气读完了它,而且觉得后边也写得很好。

《东方》是一部史诗式的小说,它是写中国人民志愿军在抗美援朝战争中创造的宏伟业绩,是一幅绚丽多彩的画卷,是一座雕塑了各种不同形象的英雄人物的丰碑。以前我们也读过许多描写抗美援朝的短篇作品、长篇小说,以及诗歌、散文、电影……但《东方》却包括得更广更深。它几乎写到了抗美援朝战争中的几个阶段和全部有名的战役。魏巍同志不是在故纸堆里寻章摘句,主观铺陈,或者反复从已有的戏剧形式中来再现生活。他是从他的长期战斗生涯中提炼出他的人物、生活、情操……表现了一个时代的最精粹、最本质的东西。因此不管整个小说中也还有某些小小的芜杂之处,但它是正确地、满含诗情地歌颂了一个伟大时代和一群具有特点的新人、"最可爱的人"。

在《东方》的七十几万字里,整个抗美援朝战争的发展,是比较清楚的;约二十来个主要人物的描写,其个性也是比较分明的。作家花了很大的精力科学地组织起这部长篇,笔力始终不懈,感情贯串到底。这在只有一般文学基础,刚刚开始写作的人是难以达到的;即使与魏巍同时代,功夫较深,有成就的作家也不是随便能够达到或超过的。魏巍同志在部队工作,从抗日战争开始直到现在,积四十余年的积累,生活不可谓不深厚。在四十余年的工作中,他一直没有放弃写作,诗,散文以及长篇小说。因此,生活中的人物,与作者心中创造出来的人物,互为补充,反复印证;再生活,再创造,再提炼。于是形成较精练较完整较成熟的人,这个,那个,干部,群众,男女老少,很自然的,一个一个地成长,而且站立起来,活动着,丰满、多姿。在这本书里有多少使人喜欢、使人景仰、使人深思、使人怀念的优秀的人啊!

　　凡是在老根据地生活过,同八路军、新四军干部接触过的人,都很容易在这本书里找到老熟人,这样就使人更感亲切。如书中的杨大妈就是一个很普通而又很典型的子弟兵母亲。她豪迈、热情、直率,爱嘛爱得要死,恨嘛恨得要命,遇着天大的困难也是一往直前。她胸怀广大,细腻体贴,是一个得到无数人们歌颂的女性。在《东方》里,作者更集中地再现了我们这位永远不会忘记的贴心人。团长邓军难道不是我们经常遇到的果断勇敢、朴素真诚、严厉而又慈祥的我们部队的指挥员吗?郭祥也是我们千万个钢铁般的坚忍不拔、无坚不摧、纯洁高尚的典型人物的代表。只有共产党员,只有共产党领导的军队的战士,只有深受封建地主阶级的压迫而又有高度觉悟的人才能具有这种品质。我们看到郭祥在多次不同的战役中表现出来的机智勇敢,舍生忘死,实在激励人心,但郭祥并不像"三突出"的英雄那样从天而降,高不可攀,而是亲切感人,其余的人物,如周仆、花正芳、乔大个、调皮骡子王大发等人,都一个一个跃然纸上。这么多的人物,有很多相似之处的人物,写来都不雷同,各有特点。其原因就在作者生活之深厚,感情之专注;也就是我们常说的到战斗的生活中去改造我们的世界观,从群众中来到群众中去。

有许多人物是我们大家都熟悉的。但要把这个人物画出来,让读者认得,理解,体会,引起自然的爱和憎,是需要许多手法的。我们看到作家在《东方》里的某些手法,是非常巧妙的。他轻轻的几笔,这个人物就站在你面前了。如金丝、小契以及花正芳,这几个影影绰绰的人物,出场不多,用力不大,可是很活。写作手法的运用自如,重要的还是由于作者经常与他的人物亲切相处,否则是不容易达到的。

"四人帮"鼓吹的什么"三突出"等谬论在我们文坛上流毒很深。他们要在每篇作品里,突出英雄人物,又要把这个英雄人物写得毫无缺点,脱离群众,脱离环境。为了不能有分毫的矛盾感情以损害这个英雄形象,如若是女主人公,则丈夫最好是当兵去了、开会去了,或者就是死了。千篇一律,使人掩卷。但英雄人物要不要写呢?我看还是要写的,还要多写,要写得好。读者是愿意看非凡的人物的。他们爱这种人物,爱英雄;英雄又教育读者。有多少读者能忍受着满纸的千言万语、津津有味地去咀嚼一个落后人物呢？尽管写得细致，越分析读者会越厌烦；越感到了作者对这种人物的同情，越会反感。如果作者是带着批判和讽刺，那自然当做别论。

"四人帮"为患十年来的社会风习，变化很大。我们民族的优良传统、革命传统不被重视。甚至你同某些人谈到这些，反会引来讪笑，说是封建迷信，愚忠愚孝，落后的，民主革命时代的思想意识……你是青年人，我不知道你作何想法。但我却认为《东方》中的这些人物和几年来涌现的反对"四人帮"的年轻一代英雄们一样，我们应该大力宣扬！我们的民族，我们的事业，需要的还是这些有崇高理想，为人民、为共产主义事业，毫无私心、毫无畏惧，能够全力以赴，贡献出自己所有力量和生命的人。我们就要拿他们的伟大精神来教育我们年轻的幸福的新一代。

《东方》中写了一个恋爱故事。一段时期一般文学作品对恋爱生活常常采取避开的办法，不敢大胆去写。但魏巍写郭祥与杨雪的一段感情关系，写得却不落俗套。郭祥的真挚深沉是很感动人的。杨雪一度受蒙蔽，也使人很同情，他们之间的感情将长时间留在读者的回想中，低回咏叹。这是许多年来在文学作品中少见的一段亲切感人的哀曲。

我不是理论家,我不是在评论。我只不过想向你推荐,引起你读这本书的兴趣,同时希望对你创作道路上可能遇到的问题引起你的考虑。我非常高兴听到你的意见。

　　　　　　　　　一九七八年底于山西长治

目录

第一部　山雨

第一章　故乡	3
第二章　柳笛	10
第三章　母亲	23
第四章　大妈	32
第五章　金丝	48
第六章　村长	58
第七章　地主	68
第八章　消息	80
第九章　惊梦	92
第十章　分别	106
第十一章　路上	114
第十二章　征鞍	125
第十三章　营长	142
第十四章　争论	154

第十五章　政委	167
第十六章　江边	178

第二部　火光

第一章　开进	199
第二章　木屋	210
第三章　侦察	223
第四章　山前	233
第五章　胜利声中	242
第六章　青坪里	250
第七章　团党委会	260
第八章　幽谷	272
第九章　军中便宴	284
第十章　小试	296
第十一章　小鬼班	311
第十二章　苹果园	321
第十三章　溪畔	329

第三部　风雪

第一章　寂寞	341
第二章　取经	352
第三章　待月儿圆时（一）	365
第四章　待月儿圆时（二）	374

第五章	待月儿圆时（三）	383
第六章	大炮与手榴弹	393
第七章	课本	400
第八章	闸门（一）	412
第九章	闸门（二）	424
第十章	闸门（三）	438
第十一章	追击	446
第十二章	会师	459
第十三章	另一个"围歼"	467
第十四章	在亲人心里	486
第十五章	琴声	496
第十六章	雪夜	512
第十七章	狂欢声中	521

第四部　江声

第一章	征服"死亡地带"（一）	533
第二章	征服"死亡地带"（二）	541
第三章	孤儿	552
第四章	家	559
第五章	新来的老战士	567
第六章	家乡早春	576
第七章	来凤（一）	589
第八章	来凤（二）	596

第九章　密计　　　　　　605

第十章　临津江畔　　　　614

第十一章　溃灭　　　　　618

第十二章　控诉书　　　　632

第十三章　将军渡　　　　643

第十四章　虎鸣山口　　　651

第十五章　黑云岭（一）　658

第十六章　黑云岭（二）　667

第十七章　黑云岭（三）　681

第十八章　雨中　　　　　691

第十九章　洪水　　　　　703

第二十章　金妈妈　　　　715

第二十一章　朴贞淑　　　728

第二十二章　浪滔滔　　　742

第二十三章　伤痛　　　　750

第二十四章　阴谋　　　　760

第二十五章　城市　　　　771

第二十六章　聚歼　　　　783

第二十七章　送别　　　　800

第五部　长城

第一章　枫叶红时（一）　809

第二章　枫叶红时（二）　817

第三章	归来	828
第四章	地下长城	837
第五章	夺取中间地带	855
第六章	钢铁战士	863
第七章	地雷大搬家	873
第八章	又一个"狙击兵岭"	883
第九章	绣花人	892
第十章	布谷声里	900
第十一章	在五面包围中（一）	913
第十二章	在五面包围中（二）	926
第十三章	在五面包围中（三）	936
第十四章	反击	950
第十五章	亲人	964

第六部　凯歌

第一章	战友	981
第二章	春初	995
第三章	硝烟红花	1003
第四章	在朝鲜人民军里	1010
第五章	我看到了新世界	1021
第六章	和平之声播音站	1036
第七章	红旗飞舞（一）	1047
第八章	红旗飞舞（二）	1057

第九章　挺进　　　　　　1066

第十章　金谷里　　　　　1078

第十一章　灯火灿烂　　　1086

第十二章　停战令后　　　1097

第十三章　新起点　　　　1111

第十四章　路　　　　　　1122

第十五章　归故乡　　　　1132

重印后记　　　　　　　　1145

东方 第一部

山雨

第一章 故乡

平原九月,要算最好的季节。春天里,风沙大,就是桃杏花也落有细沙。冬景天,那紫微微的烟村也可爱,但那无边平野,总是显得空旷。一到青纱帐起,白云满天,整个平原就是一片望不到边的滚滚绿海。一座座村镇,就像漂浮在海上的绿岛似的。可是最好的还要算是秋季。谷子黄了,高粱红了,棒子拖着长须,像是游击战争年代平原人铁矛上飘拂的红缨。秋风一吹,飘飘飒飒,这无边无涯的平原,就像排满了我们欢腾呐喊的兵团!

现在一辆花轱辘马车,正行进在秋天的田野上。老远就听见它那有韵节的车声。细小的铜铃声也很清脆。

这辆马车是从京汉路的一个小站上来的。一大早起,它就载着旅客,离开了那笊篱上垂着红布条的村野小店。小青骡子刚刚吃饱饮足,正像爬山没有经验的青年人,一上路就打冲锋,使得心疼的主人也勒它不住。早晨风小,草棵里露水很大,小青骡子蹄子湿漉漉的,走得十分起劲。不到小晌午,就赶出了三十多里。现在已经是正晌午了,太阳晒得人老是擦汗,可是它却慢下来,还没有赶到打尖的地方。赶车人由它走着,尽管人们催促,赶车人可有赶车人的主意。

这车上原有六名旅客,中途下去了两个,还是很挤。车尾上用绳子煞着高高的行李卷儿。小青骡子的料袋子,带着长绳子的小水桶,也在那里系着。车厢里两个妇女一个孩子就占满了。我们的主人公,坐在车前面,两条腿在车下不住地悠打着。他已经多年没有回到自己的故乡了。

他卷了一支大喇叭筒纸烟,含在嘴里,正在同人们亲热地谈话。因为天气热,他解开了军衣扣子,敞着怀,手里拿着军帽,露出一头浓发。他个子不算太高,但显得十分灵活敏捷。那一双眼睛,流露着坦白、直爽、快活,甚至还有一点顽皮孩子的神气。他同人们好像没有一点隔阂,跟那个抱孩子的妇女叫大嫂,跟那个十八九岁的姑娘叫大妹子,很快就混熟了。

"同志,你是哪村的?"姑娘问他。

"凤凰堡。"

"家里还有什么人哪?"

"有爹,有娘。"

"出去年头不少了吧?"

"有个几年子了。"

"我舅舅也在部队里,我这次去瞧他了。"姑娘接着问,"你在部队里做什么工作?"

"你猜猜看。"

姑娘歪着头端详了一会儿,说:

"你是个通讯员吧?"

"哈哈,你猜对了。"

他嘻嘻一笑。真的,在哪儿驻军,房东没有不把他当成通讯员的。部队一驻下,他在炕头上两条腿一盘,就同老乡家长里短地扯起来。满口婶子大娘叫得真甜,那些穷苦人眉开眼笑,没有不喜欢他的。他同那些通讯员差不了几岁,又常同战士们滚蛋子,一时真看不出有什么不同。等到部队集合起,他站在一百多人队列前讲话,这才知道他就是连长。

花轱辘马车慢悠悠地走着。路两旁,高粱穗又大又红,密密地排列着。满耳都是高粱叶哗哗的响声和蛐蛐的歌唱。当小青骡子的蹄声临近时,蚂蚱蹦跳着,展翅飞到远处。蛐蛐的歌声也停了。等到车轮过去不久,它们又唱起来。

"快醒醒吧,天下雨了!"姑娘忽然向那个赶车的身上拍了一下。原来他正抱着长鞭子打盹,小青骡子探头揪着高粱叶,车停下了。赶车的揉揉眼,轻轻地挥了挥鞭子,车又走动起来。

这一带,路两边都是高粱地。冀中土地肥美,庄稼人种地贪馋,地边儿紧挨着车道沟。大车走到这儿,就像钻进一个没有头的长胡同,碰得两边的高粱叶哗哗地响。不断有一两枝高粱,被风吹得垂着红穗,斜倒在路上。小青骡子走走停停,老是把头向两边探着,车已经走得越来越慢。

"你看把孩子热的!"那位大嫂用手给孩子遮着阴凉,对姑娘说,"来凤,你催催赶车的大哥快一点儿吧!这样天黑能到家吗?"

"我保你吃饭以前赶到!"赶车的打着喜诨。

"嘻!你看你多会耍嘴!半夜赶到,不也是吃饭以前到家吗?"那个叫来凤的姑娘说。

人们笑了一阵。赶车的还是不慌不忙。一九五〇年那个时候,在冀中平原上,就有些富裕中农看上了赶脚这行买卖。地里活雇上个人用不了几个钱,他们赶一趟脚倒挣钱不少。这样倒腾两三年,就能买房置地。这匹小青骡子,就是赶车人的心尖子,他怎么肯累着它呀!

这时,我们的主人公忽然笑了笑。他把包袱上系着的小桶悄悄解下来,用孩子的小褥子一盖,就挤挤眼说:

"赶车的,你那个给牲口饮水的小铁桶怎么不见了?"

"啊?"赶车的扭过头来,"糟了!不知什么时候掉了!"

"我刚才还见着哩。"

"过那棵大柳树的时候还有吗?"

"有。"

"那,掉下的工夫不算大。"他把鞭子递过来,"麻烦麻烦,你替我赶一会儿,我去找找。"

"那你可得买包烟请请我!"

"行!行!"

赶车的一踊身跳下车向后跑去。车上的姑娘媳妇拼命地忍住笑。鞭子换了主人,乓乓两声脆响,虽然并没有挨着小青骡子,但它已经觉得马虎不得,立刻丢下高粱穗子走得起劲了。蚂蚱飞溅着,烟尘腾起,姑娘媳妇格格笑着,很快就赶出了十几里,在预定打尖的村庄一家小饭铺门前停下了。

等赶车的满头大汗赶回来,这位年轻人正用小桶给牲口饮水哩。他摸出烟荷包,递给赶车的说:"你看,车也给你赶到了,小桶也给你找着了,也不让你买烟,来,先抽我一锅吧。"逗得姑娘媳妇又笑了一阵,姑娘笑得弯着腰,把眼泪都快笑出来了。

这时只听店里有人喊道:

"那不是嘎子吗?嘎子!"

大家扭头一看,只见小店里走出一个胖乎乎的汉子,腰里系着水裙,肩上搭着手巾,赶过来用两只手攥着年轻人的手说:"嘎子!你回来啦!多少年了,还记得我呗?"

嘎子哈哈大笑说:"烧饼老王,忘了你可就没有烧饼吃了。"原来这人做的烧饼方圆三五十里出名,就得了这个绰号。

老王拉着他笑了一阵说:"快进来歇着!嘎子,这些年你钻到哪儿来着?这街上的人老念叨你,说,这么多年,也不知道我们的嘎子哪儿去了!"

大家到小穿堂屋坐下。赶车的问：

"他是哪个嘎子？"

老王眉毛一扬说："你这人真糊涂！坐你一路车，还不知道车上的大哥是谁！他就是那个烧炮楼、打汉奸、捉日本鬼子的嘎子呗！还有哪个嘎子？"

"哟！他就是嘎子！"那个媳妇惊讶地说，"早就听人说嘎子长，嘎子短，我老想看看他那嘎样儿，这回说了一路话，还不知道是他！"

"他刚才还说自己是个通讯员呢。"姑娘用指头点着他说，"怪不得人叫你嘎子，你真嘎呀！"

"嘎不嘎，反正把我摆弄得够呛。"赶车的擦着汗，气喘得很不匀实。

老王弄明白是怎么回事，把脸一抹哈哈大笑着说："人的心眼儿是七十二窍，他这心眼儿三百六十窍也多，连日本鬼子都斗不了他，你还斗得了他？"

姑娘说："听说你扮新媳妇拿了大李村的炮楼，你是怎么装扮来着？"

嘎子只是笑。

"光龇着牙笑哩，你可说呀！"姑娘又催。

嘎子嘻嘻一笑说："那一回，我们政委给我借了个大花袄子，还有四两粉。大花袄子我倒是穿上了，就是那粉，我搽了半夜也没搽白，弄得我困得不行。第二天在轿里，我抱着一挺机枪睡了一小觉，就走到了……"

姑娘格格地笑着，又问：

"那年，听说在这铺子里也打过一仗？"

老王正给大家做面条，小铁勺儿叮当乱响。这时扭过头来说：

"你就别提了,差点儿没叫他把我吓死!"老王顺手一指,"那回嘎子就在这个地方坐着,他正端着碗冬瓜汤喝哩,我眼一扫,从对过来了一个日本兵,一个特务。把我的脸都吓白了。嘎子手疾眼快,把我那脏水裙一束,拿起抹布就抹桌子。那两个家伙一进门,嘎子就笑嘻嘻地迎上去说:'太君的请坐!'那两个家伙坐下了,我才放了心,就给那俩家伙张罗吃的。谁知道那个特务眼尖,浑身上下老是打量嘎子。嘎子正端着两碗汤走上去,那个特务突然说:'你是什么人?'嘎子说:'我是跑堂的。'那个特务说着站起来就要搜他,我心想坏了,可是嘎子嘻嘻一笑,说:'别忙,你先喝碗汤吧!'说着他把两碗滚汤兜头泼过去,烫得那两个家伙怪叫,正要掏枪,嘎子那把大净面盒子已经逼住了他们:'不许动!'……哈哈,他在我这儿喝了一碗冬瓜汤,捉了两个俘虏。可也真把我吓死了,好几天我心里还扑腾。"

"别说了,老王。"嘎子说,"那时候,你呀,就怕在你这小铺里打仗。"

"那也难说。"老王说,"我这政治觉悟是不高,可我一家老小就指望着这个小铺子吃哩!你在这儿一打,我这饭碗就得叫你踢了。可是你们也没少打呀!别人专爱在僻静地方躲着,夜里出来打;你倒好,专爱找热闹地方。你说说这明月店每逢大集,你哪回不来?倒是也沾了你的光,那些汉奸特务收税的,到底来混闹的少了。"

大家扯了一阵闲话,汤面、烧饼已经端上来了。大家匆匆吃过,付了钱,走出门外。

这时候,小青骡子也吃饱了。它是在街上吃的,面前摆着一条长凳,上面放着半筐青草,不用说,它早已习惯了这种打尖方式。

大伙上了车。听说嘎子回来了,有不少人挤到车前来看。弄得嘎子怪不好意思的,他笑着说:"我是新媳妇吗?你们这么看我?"

"嘎子,你比新媳妇还稀罕哩!"一个老头笑着说。

"回去吧,乡亲们,有工夫再来看望你们。"

那辆花轱辘马车已经开动,它又滚动在那高粱叶像流水一样哗哗响动着的平原上了。

第二章　柳笛

离开明月店,走了三十几里,前面就是梅花渡。那个姑娘和媳妇兴奋地说:"可到家了!"马车赶过堤坡,就看见了大清河。太阳已经平西,那一湾满荡荡的绿水,抹上了一层红色。对岸那棵老柳树上,系着一只木船。旁边有一个纸烟摊子,散坐着几个人。卖纸烟的正在晚风里收卷起他那白色布篷。

大伙下了车。赶车的摆着手喊:"老波哥!快摆过来吧!"

只听对面说:"老亨!你捎来好东西没有?"

"我可养活不起你们这帮大肚小子。"赶车的和对岸那几个人笑骂着。

说笑间,船撑过来了。撑船的和人们亲热地打着招呼,花轱辘马车上了摆渡,小青骡子单另由赶车的牵着,人们坐好,船就开动了。

过了河,大家随意付了渡钱,船家也不争执,只是对赶车的说:"老亨!你这人是光吃不拉,小心撑破了肚子。"赶车的打着哈哈。原来他来往过路熟了,也不拿渡钱,只在逢年过节带来一瓶半瓶酒,算作报酬。

进了梅花渡大街不远,姑娘和媳妇就嚷:"停下吧!到了。"嘎子用眼一扫,这一带都是一色青砖瓦房,占了小半道街。嘎子问:

"这不是许家大院吗?"

"是呀,"来凤下了车回答说,"现在我们就在这儿住呢,是土改时候分的。"

"怎么院墙不见了?"

"你说的是花垛口大高墙呀,早就拆了。几十家进出一个大梢门,真别扭,咱们又不防穷人,也不要他那个势派!"

"门口那眼井呢?"

"你眼花了,那不是吗?"来凤顺手一指。

原来那眼井就在眼前。水井旁边有一大块青石。嘎子看着看着,不由一阵激动,背过脸去。临分手时,那姑娘叫他嘎子哥,那媳妇跟他打招呼,他都没有听见……

出了梅花渡大街,这辆马车就滚动在迷离的月色中了。真是最快活的人也害怕孤独。嘎子顺手扯了一片高粱叶子,卷着卷儿,望着在夜色里微微发白的路。十三年以前,也是这样的黑夜,那个十一岁的嘎子,光着小黑脚丫,从家里逃出来,走的不就是这条路吗!在刚才那块大青石上哭的,不也是他吗!想起这段辛酸的往事,嘎子把那片高粱叶子扯碎了,滴落了一滴晶亮的眼泪,因为夜色的掩护,没有人知道……

一九三七年春季。一个大风天,又黑又瘦的小嘎子,正爬在一棵高高的榆树上去捋榆叶。树底下放着他的小棉袄和一双小鞋。他光着膀子,只穿着一条开花棉裤坐在树杈上,两只小黑脚丫在下面搭拉着。树枝上吊着小篮子,风一吹,小嘎子和他的小篮子就随风摆动。他愉快地捋着榆叶,还不时地唱一两句小戏。

他的伙伴小堆儿在另一棵树上。树底下有一个七八岁的小女孩,穿着小破花袄,在那儿挑野菜。

快晌午了,小女孩挑的野菜才刚刚盖住篮底子。她就仰着头喊:"嘎子哥!给我扔下几枝儿吧!"

"那你可得接住!"

小女孩同意了。小嘎子用小镰砍了几枝扔下来,小女孩在树底下接。小堆儿在那边树上喊:"小雪!我也给你几枝儿!"

小雪就在两棵树下来回跑着,笑着。突然,小嘎子一个不小心,镰刀掉下来了,不知碰到小雪哪儿,小雪蹲在那里哭起来了。

小嘎子赶忙下了树,一看小雪的小腿上,破了一个小口子,流出了几滴血。"别哭啦,还没瓜子皮儿大哩!"小嘎子伸手捏了一撮细沙,捂在小口子上。又说:"你别告我妈,我给你做个柳笛儿!"

小嘎子腰里别上镰刀,像小猴子一样爬上柳树,砍了几根柳枝跳下来。他皱着眉头拧了好半天,才做成一支柳笛递给小雪。小雪开头有点儿不好意思,接过来一试,嘟嘟地响,不由得笑了,就一面嘟嘟地吹着,跑到那边孩子群里谝她的柳笛去了。

等到嘎子刚刚爬上榆树,就看见小雪一路哭着跑回来,说有人夺去了她的柳笛儿。

"是谁?"嘎子在树上探着头问。

"是谢家小子。"小雪哭着说。

一提谢家小子,小嘎子就知道是本村大地主谢香斋的小子家骧。

"他还骂我,"小雪越发哭得伤心,"说我娘还是他家的使唤丫头哩……"

小嘎子的小拳头攥起来了。

小堆儿也在那棵树上挥着拳头喊:"下去,打他个财主羔子!"

小嘎子急手忙脚地两手抱着树干,哧溜一下就下了树,老榆树皮把他的小肚子擦了一道道红印。

"走,找他去!"小嘎子登上开花鞋,提着小破袄,在前面领着小雪。小堆儿也下了树,握着小拳头跟在后面助阵。

他们在村头一片枣树地里找见了谢家小子。那谢家小子跟嘎子差不多一般大小年纪,穿着蓝色茧绸小袄,头戴着缀着红珠子的小瓜皮帽,正把弄着柳笛吹呢。

小嘎子把小破袄往地上一撂,走上去说:"你干吗抢她的柳笛儿?"

"你管不着!"谢家小子瞪着眼说。

"我怎么管不着?那是我给小雪拧的。"

"树还是俺家的哩!"

小堆儿也抢上去说:"是你家的,你干吗不自己拧一个?"

谢家小子看他们人多,把柳笛往口袋里一装,拔腿想跑。小嘎子上去一把拉住,就伸手去夺那个柳笛。小堆儿也上了手,柳笛就扯破了。

"嘎子打人哩!嘎子打人哩!"谢家小子鬼叫起来。

"你还叫哩!"嘎子想,上去就是两拳头,把他那个小瓜皮帽也打掉了。小堆儿在一边助阵:"打呀,哎呀呀,打死王八我还喝汤呢!"那谢家小子一路大哭大叫着跑回去了。

大家打了胜仗,不由一阵高兴。嘎子望望天,天空也显得格外瓦蓝。他正想唱几句小戏,忽然想到篮子还在树上吊着,就拼命地跑起来了。小堆儿也跟着跑。弄得小雪都有点儿跟不上了,但是她老是想笑。

等到小嘎子提着篮子,一路唱着小戏回到家门口的时候,小嘎子瞅瞅太阳,心才有点慌。心慌的倒不是刚才那件平常小事,而是妈正等着他的榆叶下锅哩,已经响午错了。但是他看了看满满一篮子榆叶,心想,随便编个什么瞎话也混得过去,就推开小栅栏门,走进了院子。

刚要跨进他那小破坯屋,只听屋里妈妈抽抽咽咽地哭,还听见爹粗声粗气地骂:"还哭哩! 不是你那混账小子,怎么会给我惹下这么大事!"妈妈哭着说:"我孩子混账,可小孩子打架格孽的,也不能吐我一脸哪!"爹又说:"吐你一脸是小事,你没听见人家太太还说:你们要不想种我这地,就言一声! 我看你没有地种,跟你那混账小子喝西北风去吧! ……"

小嘎子一听,事情坏了! 一时拿不定主意是进去好,还是不进去好。正犹豫不定,只见爹跨出门来,他扭头要跑,被爹上前一把抓住说:"你这小兔崽子可回来了!"说着褪下一只鞋来,按倒就揍。小嘎子觉得小屁股烟熏火燎地疼,就哭着喊:"妈呀,不怨我呀! 不怨我呀!""不怨你? 我这一辈子背兴就背在你身上了!"爹一边说,一边不住地打。妈妈冲出来死拉硬拽,好半天才把父亲拉开。小嘎子的泪在地上流湿了一小片,篮子早滚到一边,满满一篮子榆叶撒了一地……

嘎子爹是个胆小怕事的人。因为他只有三亩来地,主要靠种谢家几亩租地过活。虽然一年起早贪黑,辛苦到头,粮食落不下多少,可是要失去这几亩租地,就更没有一点儿活路。刚才谢家婆娘来这里说了几句恫吓话,早已使嘎子爹魂失魄散。就在这个下晚,嘎子爹让嘎子洗了脸,给他拍了拍身上的土,空着肚子,硬拉着他到谢家赔罪。嘎子半道要溜,又被爹打了两巴掌,才赶进谢家大门。谢家婆娘和谢家小子大模大样地站在台阶上,他父子俩站在台阶底下,嘎子爹磕磕绊绊说了无数好话,又强捺着嘎子趴在地上磕了一个头,最后还说:"少爷,过几天到俺家去吧,叫嘎子给你做好多好多柳笛儿!"嘎子哭了,谢家小子笑了。

一回到家,嘎子就全身发烧,倒在破炕席上,饭也不吃。娘也没有吃饭,爹也没有吃饭,全家守着嘎子,嘎子满眶眼泪。他弄不懂这世界上怎么会有这样的事! 他恨那个戴瓜皮帽的谢家小子,他恨那个鹰钩鼻子的谢家婆娘,他恨他们的花垛口、黑梢门。他也怨不讲理的父亲。他说着胡话,迷迷糊糊地睡了……

这当然不会是一件事情的终结。

过了没有几日,这一天日丽风和,谢家出门打猎。在大清河北,这家地主虽不算最大,可一切行动都颇有些势派。谢香斋在前面骑着一匹雪白大马。他兄弟谢清斋坐着一辆两套骡子的轿车。谢香斋的孩子家骧,谢清斋的孩子家骥也坐在里面。骡子带着满脖子的铜铃,双双地响着。后面跟着六个长工把式,每人的袖子上都套着皮筒子,站着一只大鹰。其中有三只黄鹰,三只"秃葫芦",全戴着精致的小皮帽子,还垂着两个小皮耳朵。一到村外就在田里一字儿摆开,白马走在正中,不管是谁家的田,谁家的地,就这么平推着践踏过去。那辆轿车走走停停,在大道上随行观看。

小嘎子的家紧靠村南头,这时他也丢下活,立在墙头上看。多有趣呀,小嘎子一霎时竟忘记了这是谢家的大鹰。只见那两只腾起的大鹰,时高时低,盘旋飞翔。突然间,一只大鹰像疾箭一般地俯冲下来,好家伙,比嘎子站在高岸上向水里扎猛子还利索哩。说话工夫,场里一群鸡咯咯乱叫,小嘎子追上去救,他家的一只芦花公鸡已经溅着血死了……从此,嘎子不仅恨那个谢家小子,恨他们的花垛口、黑梢门,也恨他们家的老鹰。

给爹娘说是没有用的。他需要自己想一个主意,而且要什么人也不知道。

第一天,小嘎子没有想起什么主意。第二天,主意想起来了,他高兴得要命,可是白天玩得太厉害,晚上睡在那儿,睁开眼已经大天亮了。他打了自己两拳头,恨自己没有志气。第三天,他决定动手干,妈妈又叫他到姥姥家借东西,他叹了一口气,只有等到第四天……

第四天的晚饭,小嘎子吃得最饱,也就是说,比平常多吃了一倍的糠饼子和榆叶汤。他抹抹嘴,对妈妈说:"妈,小堆儿叫我跟他就伴哩,我去了。""明天可早点儿起来。"妈妈说。他连声在黑影里答应,摸了一件什么往口袋里一掖就出去了。他的开花鞋踢里踏拉的,"就是这个讨厌。"他心里想。

浓墨一样的黑夜。小嘎子很快就走到了谢家的后门。"可不要碰见那条大黑狗。"这样一想,老像看见那条大黑狗闪着绿荧荧的眼要跳出来。他摸了摸自己的小腿肚子。"真是胆小鬼!"他骂了自己一句,又往前走。"要碰见人怎么办呢?"他又站住了。"不要紧,我就说找许大伯借东西。"这样想着,他就一闪身进了后院。

这是一个很大的院子。有两排矮房:一排是碾棚、磨房,一排是长工屋和马棚,那几只大鹰就养在紧挨着马棚的一间闲屋里。这是小堆儿对他说的。小嘎子一走进来,长工把式的屋里全点着灯。"糟了,人还没有睡呢。"他几乎嚷出声来,怨自己来得早了。要是不性急就更好了。一阵心慌意乱,他就往黑影里钻,一钻就钻到磨房里。

多么黑的磨房呀,黑洞洞的,什么也瞧不见。他蹲在磨道里,一时听见脚步声响,觉得有人要来套磨了;一时又觉得那个谢家小子站在黑影里说:"哈哈,我看见你在这儿藏着呢!"他的心老是怦怦地跳。"不要害怕!"他鼓励着自己,"只要等他们睡了觉,就能办事!"可是,时间是多么的长啊,简直比一年还长。他不断地把头伸出门外去看,终于对过小窗户上的灯光,一个个地灭了,好像合上了眼睛似的。他高兴得要命,现在只剩下那个鹰房的灯还亮着,只要这盏灯一灭,他就要立刻像小猫一样地蹿出去。嚓!嚓!这就没有什么好客气的了。

可就是这盏灯古怪,它老是亮着。还听见里边不断地喊:"呔!

哒！""嘘！嘘！"小嘎子想："莫不是我进门不小心,叫他们瞅见了吧？他们许是知道有人来偷鹰了吧？"小嘎子火烧火燎的,再也忍耐不住,就钻出磨房来。他迎着鹰房的门口一看,只见黄鹰站在架上,那养鹰把式跟它面对面不断地挥着手,"哒！哒！"地喊着,弄得那鹰不时地扑扑翅膀,咭咭地叫。嘎子不知道这就是"熬鹰",要让它终夜不能合一合眼,要熬去它那在山野里养成的举翅万里的性格,为这有花有鸟的庭院服务。嘎子不知道这些,暗暗地骂那个养鹰把式："你的精神头倒不小！天这么晚了,还逗着它玩呢！"他又想："哼！你总不能不拉屎尿尿！"嘎子的胆也大了,这次他没有钻进磨房里去,就往碾盘上一蹲,这座碾棚正对着鹰房。

夜静更深,斗转星移。不知熬了多长工夫,嘎子忽然惊醒,原来他也打起盹来。他揉揉眼,向鹰房一看,只见灯还亮着,可是已经没了人,也再没有那"哒！哒！"的喊声。"哈哈,你也困觉去了！"嘎子得意地想,摸摸口袋,轻轻跳下碾盘,就蹑手蹑脚地朝鹰房走去。一进门,就看见那六只大鹰,都栖在架上,腿上有一条红绸带子在架子上系着。它们用一只腿立着,跷起一只爪托着嗉子。嘎子从口袋里摸出小镰,几天以前他就将木把卸掉,磨得飞快。现在他的计划就要实现了：要马上把鹰的脖子割断,然后神不知鬼不觉地溜回家去睡觉。"先杀那只大家伙吧,也许就是它抓的小芦花鸡。"说着,就立刻伸手去抓。谁知脚尖跷得老高,还是够它不着。他就把墙角那只独凳搬过来,爬了上去。他原先想,抓住它,嚓地一刀,无非是像杀鸡一样,可有什么难的；谁知伸手一抓,那恶鹰脖子挺起,咭咭乱叫,爪子一扬,弄得小嘎子顺手流血。小嘎子费了好大事,才捉住它的脖子,那鹰的长翅在他怀里扑啦啦的,打得他的半边小脸生疼。小嘎子割断红绸带子,把小镰放进口袋,用两只手才将它结结实实地捉住。这时其余几只鹰也惊动起来,扑着翅膀怪叫,把窗台上那盏小油灯也扇灭了。"糟了!养鹰把式要进来可怎么办呀?"小嘎子心慌意乱,抱着鹰跳下凳子就跑。他在院里摔了一个跟头,爬起来开开后门,拼命地向田野里跑去……"就是你们追上来,我也不给活的!"小嘎子掏出小镰,一边跑一边割鹰脖子,割了好几刀,才把鹰往地上一掼,那鹰在夜色里霍地腾起好几丈高,又从半空中掉下来,满地扑啦啦地打旋。小嘎子听见谢家大院一片喧嚷,接着是两声清脆的枪声……

这时,小嘎子觉得有无数追兵从后边赶来。有谢家的长工、养鹰把式,有看家护院的,还有谢家小子,他们全提着枪狠狠地追。他们的猎狗、大黑狗也伸着舌头在两边飞跑。嘎子越发跑得快了,不管方向,不管道路,不管庄稼地、柳子地,跌倒了又爬起来,他的一双小黑脚丫不停地向前跑去……

不知跑了多久,也不知走了多远,小嘎子听了听后边没有动静,脚步才放慢了。他觉得两条腿又酸又疼,有一只小脚丫也扎得难受,他摸了摸,不知道什么时候那只鞋早跑掉了。他坐在一棵小枣树下歇了一会儿。怎么办呢?回去吧,还脱得了爹的一场毒打吗?不又要趴到地上,去给那个混蛋小子磕头吗?不行,决不能回去。就是要饭,也不能回去。他站起来,又向那黑茫茫的大野走去。

走了很久,小嘎子下了一个土坡,忽然看到有许多星星在脚下闪动,原来是一条大河挡住了去路。"可不能过河!"他想,"过去河,谁知道是什么地方呀,以后想回家也找不到路了。"他就顺着堤坡走,进了一个黑魆魆的村子。一进村子,小嘎子觉得又累又饿,渴得难受。他找到了一口水井,井上没有柳罐。他见旁边有一块大青石,就坐上去等着打水的人。这时虽然鸡声四起,可是村庄还在沉睡,四外没有一个人影。小嘎子坐着坐着,第一次感到了孤独。妈妈现在干什么呢？小堆儿、小雪也看不见了，小雪的妈妈杨大妈也看不见了，她待自己多好呀。他哭了一阵，什么时候躺在石头上睡着的，自己也不知道……

小嘎子被人推醒的时候，已经大天亮了。他骨碌坐起来，揉揉眼睛，才看见是一个挑水的，穿着破棉袄，腰里束着褡褳，高高的个儿，满脸胡子，像父亲那么大的年纪，非常慈祥和善。那个人问他：

"小崽儿！你是哪里的呀？"

"我，我是大周各庄的。"他瞪着小黑眼珠随机应变地说。

"你怎么跑到了这儿？"

"可不能说实话。"他心眼里想，就说，"我爹娶了个后娘，把我赶出来了。"他翻翻眼睛，看那人是不是相信。那人怜惜地叹了口气，小嘎子才放心了。

等那人把水打上来，他立刻扒着桶錾儿猛喝了一气，又觉着饿得难受，想要点吃的又张不开口，就说：

"大叔！你们吃过饭没有？"

"你还没有吃饭吧？"

他点点头。那人就说："你跟我来！"说过，挑起水桶在前面走，他低着头在后面跟着。这时他才注意到自己光着一只脚丫，只穿着一只鞋子。自己觉得好笑，就干脆脱下来用手提着。

进了那花垛口大院，那人放下水桶，就把他领到长工屋里。又给他拿来几个红饼子，提了一壶水。小嘎子饱饱地吃了一顿。那人扫了扫炕，把条脏被子摊开，指着说："这是我的铺，你睡吧！"说过，那人把门一关就走了。小嘎子躺在那儿，正在胡思乱想，只听窗外有人说话：

"唉！这孩子真可怜！叫后娘赶出来，腿都跑肿了。"正是那人的声音。

"老康！你认他做你的干小子吧！"另一个人说。

那人嘿嘿笑了几声："我老康可没这个福气！"

从此以后，小嘎子就在这许家大院做了一名小做活的。不用说，这是老康向许家地主的求告。小嘎子白天喂猪，扫地，帮助长工们做各种杂活，晚上就挨着老康睡觉。由于老康对他十分疼爱，两人就如同父子一般。嘎子倒也觉得新鲜快活。却忽然有一天，小嘎子蒙着被子大哭起来，老康三番五次追问，他也不讲，原来有一件传闻刺疼了小嘎子的心。这件传闻轰动了方圆几十里的村镇。听了这传闻的人，有人觉得新奇有趣，有人再也压不住自己的怒火，有人暗暗伤心流泪，悲叹着穷人不幸的命运。

传说在四十里外的凤凰堡村，出了一个强盗。这强盗是一个八九岁的孩子，姓郭，生得聪明伶俐，胆大无比。有一天半夜，他越过了谢家大院一丈多高的围墙，杀死了谢家的黄鹰。这只黄鹰是谢家最心爱的宝贝，取名飞虎。这事情办得麻利干脆，连那些看家护院的都不知道。可是这孩子有一点儿失着，他丢下了一只小鞋、一把小镰，被谢家拣去。第二天谢家把他的父亲找来，桌上摆着两把鞭子，地上放着一桶冷水，向他提出了三个条件：第一，究竟把儿子窝藏到哪里，赶快交出；第二，将死鹰隆重安葬，要选茔地一座，做上等柏木棺材一口，刻墓碑一幢，雇响器四班以及其它花费，概由姓郭的负担；第三，在安葬那天，要由这孩子的父亲，亲自披麻戴孝送往墓地。这孩子的父亲只是哭，说情愿变卖土地，再买一只好鹰赔给谢家。那谢香斋看他不肯答应，皮鞭蘸凉水，打得他死去活来，还说："赔？这是南京一个大官买来送给我的，卖了你的皮你赔得起吗？"这孩子的父亲挨打不过，答应了头两个条件，唯独第三条就是不肯接受。一直打了好几个死，都用凉水喷过来，全身上下没有一块好地方。最后这孩子的父亲大哭一场答应下了。……风水先生选了墓地,择了"吉日",给死鹰出殡下葬。出殡头一天,就在街中心搭起了一座高高的灵棚。出殡这天,四班鼓乐吹奏,死鹰用一匹蓝缎裹了,在柏木棺材里成殓。直闹到小晌午,这才响了三声火铳,开始起灵。那孩子的父亲,全身披麻戴孝,手里打着招魂幡,由两个看家护院的把式看着,走在死鹰前边。灵柩穿过大街,沿路还要设祭,让这孩子的父亲跪下磕头。"给你飞虎爷跪下磕个头吧!"谢香斋说。这孩子的父亲不肯,看家护院的就连推带搡,把他按在地上。一直闹到晌午大错,才将死鹰送到墓地埋了。据说,比庄稼人的坟头大好几倍。坟前还立了石碑,上面刻了一只大鹰,还刻了六个大字:"谢家飞虎之墓"。埋葬完了,这孩子的父亲已经昏倒在地,后来来了好多邻舍亲友,才将他抬回家去……

在听到这段传闻以后的许多日子里,小嘎子心神不宁,他立志要永远永远和谢家势不两立,要迟迟早早为被污辱的父亲报仇。他曾经几次偷着要跑回家和仇人拼个死活,都被老康从半道上追回。不久,卢沟桥响起了炮声。又不久,那支戴着斗笠穿着草鞋的队伍就开到了冀中平原。人都说,这是好队伍,穷人的队伍,老康当了几个月的农会主席,就撇下小嘎子跟这支队伍走了。小嘎子也兴冲冲地跑到队伍里去,人家说他小,没有要他,小嘎子哭着回来。他又在这许家大院挨了两年,已经十三岁了,个子长高了些,就又跑去哀求,队伍上还是嫌他小,他直哭了一个下午。这次他早已下定了决心:就是你打我,骂我,我也不走了,我赖也要赖上这支队伍。

"小鬼,你还没枪高哩!"那个邓连长说。

"我就长不大吗?"他翻翻眼说。

"你走得动?看你多黄多瘦!"那个周指导员又说。

"我要吃点儿好的,模样马上就变过来了。"

连长、指导员哈哈大笑地说:"当八路军可是苦呀! 你吃得了苦?"

"你们受得了,我就受得了。你们走到哪儿,我就跟到哪儿,你们一步也拉不下!"

"你叫什么名字?"

"我叫郭祥。别人都叫我小嘎儿。"

"唉! 那就收下他吧。"

从此小嘎子就背起了一把黄铜军号,穿起了那身小大氅似的军衣,走在这支队伍的行列里转战四方去了。生活虽然很苦很累,可是他走得很快活,唱得很快活,因为在他脚下,是一条崭新的路……

这些事想起来就叫人心酸难过,可是又怎么能叫人忘得了呢? 郭祥挥挥手,把那片扯碎的高粱叶子扔在车下。他心里想道:你们这些妖魔鬼怪,想当初是多么凶恶,多么猖狂啊! 简直就像是搬不动的大山似的;可是现在呢? 你们的威风哪儿去了? 你们到底被推翻了,被踩到脚底下了! ……想着,想着,不由地微笑起来。他望望天空,星星像也在对他微笑。

"到了!"赶车的用鞭梢一指,"那就是凤凰堡!"

车声在深夜,显得越发轻快,好像春夜的雨声……

第三章　母亲

那辆花轱辘马车赶到凤凰堡村南,已是午夜时分。村庄寂静,夜风清冷。郭祥提着两个包袱,向村里走去。不知怎的,离家愈近,心里也越发忐忑不宁。

按常理说,一个人最熟悉的,莫过于家乡的路。那里一个井台,一个小洼,一株小树,一条田间抄道,都从童年起刻在了他的心上,直到老死,也不会忘记。因为在那座井台上,从三四岁就跟母亲抬过水呀,在那株小树上有他抹过的鼻涕呀,在那个小洼里他摔过一个碗挨过骂呀。这些童年时代说不尽的英雄业绩和同样多的丑事,都同这些一起深藏在记忆中了。郭祥还清楚记得,在他六七岁的时候,有一天拿了一支小竹竿儿,闭紧眼睛装算命瞎子,他竟从十字街口一直走到他家的小坯屋里。可是现在他沿着村南头走了一遭儿,却不能判定哪个是自己的家门。

郭祥记得他家的栅栏门前,有一株歪脖子柳树。母亲总是站在这株柳树下喊:"小嘎儿! 回来吃饭吧。"可是现在没有栅栏门,也找不到那株歪脖子柳树。郭祥的左邻右舍,原都是一些又破又旧的小土坯房,连个院墙也没有。现在却添了好几处砖房,围着秫秸篱笆。郭祥知道这是农民翻身以后盖的,心里十分高兴。可是究竟哪个门口是自己的呢?

他停下脚步。忽然记起,在他家的门旁边,有一个旧碌碡,他常常端着碗,蹲在上头吃饭。有一回不是还摔破一个大黑碗吗!

那是小堆儿从背后冷不防给了他一家伙跌到地上摔碎的,他倒挨了大人两巴掌,还哭得怪伤心哩。……他拐回头走了几步,果然发现那个旧碌碡,在地上露出个头儿,想来这里是发过大水,它淤到地里去了。

郭祥放下包袱,走到小黑门前,叩起门来。一连叩了几声,里边没有一点儿动静。他又喊道:"妈!我回来了。"喊了几声,听听还是没人答声。他心中疑惑,看见那边有一个墙豁口,就纵身跳了进去。走近北房一看,才看出房子没有门窗,没有房顶,屋里堆着破砖烂土,像是被烧毁的样子。院子里长满了一丛丛青草,秋虫细声鸣叫。他开门走出来,这时,月亮已经平西,像是一盏红纸糊得太厚的灯笼,挑挂在远处。郭祥心中一阵迷茫慌乱,不知道家里发生了什么变故。

正犹疑间,只听左邻的一扇小门呀的一声开了。从里面走出一个人来,咳嗽了一阵,问:"谁叫门咧?"郭祥走上去,见是一个肩宽背阔的老人,披着衣服,须发都斑白了。郭祥辨认着,想起他就是扛了三十多年长活的许老秀。这个人是一位田园巧匠,耕作技艺,方圆三五十里驰名。他耕的地,不论地垅多长,比木匠打的墨线还直。地主雇他都要拿双倍价钱。郭祥走近去说:"大伯,我把你吵醒啦!"许老秀说:"这没有什么!同志,你是要号房吧?咱家地方宽绰,就是我跟老伴两个。"郭祥见他没认出自己来,又说:"许大伯!我是嘎子呀。""你?你是嘎子?"许老秀凑到他脸上去看,叹息了一声,"唉,小嘎儿!你出去了这些年,也不捎个信儿,把家里人都快想疯了。"郭祥忙问:"我家里的人呢?"许老秀又重重叹了口气,说:"你娘这会儿临时在村东头住着。细情等会儿说吧,我先把你领去。"说着,老秀舒上袖子,把衣裳穿好,领着郭祥向村东头走。走了没有几步,老秀忽然停住,回身拉住郭祥说:"我看还是把你大娘喊起来给你做点儿吃的。你吃过饭,天也就亮了,再到你妈那儿去。"郭祥执意不肯,老秀也就作罢,边走边说:"小嘎儿,你可别拿老眼光看你大伯,咱家里生活可不像以前那么窄卡了。你大伯扛了几十年长活,还是光棍一条,如今总算有个家了。做点儿什么吃的也都便易。"郭祥说:"大伯,你几时结的婚哪?"老秀嘿嘿一笑说:"还不是土改以后!那年我就小六十了,有人给我提亲,我想年纪这么大了,还闹这个不怕人家笑话?又一想,一辈子也没成个家,找个人总是进门来有个说话的,出去了有个看门的。这人是东庄的,比我小两岁,人身子骨不算强,有个气喘病,可是待人强,心眼不赖!"

说着,来到村东一个栅栏门前,老秀轻轻架开门,两个人就走了进去。老秀叩着小东屋的窗棂说:

"他婶子!你家嘎子回来了!"

"谁呀?"郭祥听出是娘的声音。

"我是老秀。你家小嘎儿回来了!"

"唉!老秀,你老诓我干什么呢?"

"这回可是真的!"老秀嘿嘿笑着对郭祥说,"你看,你娘还说我诓她呢!"

"妈!是我回来了。"郭祥忙接上说。

只听屋里一声唏嘘,一阵响动,什么东西乓的一声跌在地上。门开了,母亲穿着一个破蓝褂子,掩着怀走出来,在门槛上绊了一下。月色底下,郭祥看见母亲老了,鬓发白了。

老秀笑着说:"他婶子,你看是诓你的不是!"

母亲走到郭祥身边,从上到下打量着他,围着他转了两三个磨磨儿,又扳过他的脸凑近看看,看着,看着,一头扎在郭祥怀里啜泣起来。郭祥鼻子酸酸地强忍住自己的眼泪。

"他婶子别哭了。"老秀立刻劝慰地说,"儿子多年不家来,家来了,这是大喜,你光哭反叫他心里难过。"

母亲拾起衣襟,擦擦眼,收住了眼泪。

老秀又劝嘎子早点儿安歇,说过回家去了。

娘儿俩进得房来,黑洞洞的。母亲在地上摸索了许久,原来刚才把灯碰落到地上去了。母亲拾起灯点上,又添了些油,从头上拔下一根针,把灯拨亮。郭祥记得,这还是多年前那盏破旧的铁灯。

母亲忙着到院里抱柴火准备做饭。郭祥把东西放在炕上,一看这座小东屋十分破陋。炕上只有一床粗布被褥。一个迎门橱,烟熏火燎成了黑色,还断了一条腿用砖头支着。外间屋有几个盆盆罐罐,一个郭祥幼年坐过的小板凳。郭祥心里疑惑,不知为什么经过土改,家里头还是这样。父亲也不见了,郭祥心头沉重,已经有了不祥的预感。

母亲抱了一抱烂豆秸,坐在灶前点着了火。郭祥抢过去烧火,母亲不让,她说:"孩子,你歇歇吧。你在外头这么多年,风里雨里,马不停蹄,不知道吃了多少苦啊!"

"在外头不苦。有吃有穿,同志们在一块儿可乐和哩!"郭祥安慰妈说。

"唉,别哄妈了,八路军吃的那苦你当我不知道?"

这时郭祥忍不住问:

"妈,我爹哪儿去了?"

这一问不要紧,母亲的泪,扑簌簌地迎着灶门口,像一串水珠似的滚落下来。

"你再见不上你爹了……"母亲擦了擦泪,极力克制着悲痛,接下去说,"自从你走后,因为一只死鹰,你爹让人硬逼着披麻戴孝,回来就病了半年,没有起炕。那场花费,把咱家的三亩地一指甲没剩通折卖给谢家了。就这么人家还说不够,还要你爹给他家做活顶账。我打死你家的鹰,我赔你鹰,为什么就不依呢?还是你杨家大妈眼尖,人家是故意杀鸡给猴看,好显显他谢家的威风势派,叫穷老百姓乖乖听他的!从那时候起,家里没吃没喝,妈就藏起个破瓢,本村张不开口,就到外村讨饭。要回点稠的,就热一点给你爹吃……孩子,我早知道你在梅花渡藏着,我没有给你捎信,一来怕走漏了风声,二来怕你知道了心里难过。妈只要受得了忍得住,就不能让你知道……

"你爹病好了些,谢家就找他去做活顶账,一个钱不拿。直到八路军过来,减租减息,这才算喘了口气。你爹就扛了板凳磨石,到各村去给人家磨个刀子剪子,挣点钱餬口。赶日本'五一扫荡',冀中地区变质,谢家就当了汉奸。谢香斋当了大乡长,谢家骧当上了警备队,威风更大了。修炮楼,修公路,派款派伕,不到一年,就要了二十几顷地,比原先的地多多啦。这一带村子,差不多都成了谢家的地了。那时候,家家没吃的,吃麦苗、树皮,谢香斋穿着长袍,戴着礼帽,拿着文明棍,在这街上一摇三晃,还跟穷人说:'我这肚子不盛粮食子儿,净酒净肉!'隔了两年,八路的势力又壮起来,攻据点,拿炮楼,这帮兔子王八才夹着尾巴跑到县城里去了。可是日本一投降,国民党一来,谢香斋又升了县长,谢家骧又当了什么剿共队长,还是不断出来'扫荡'。"

"妈,那时候我们开到西边打顽固军去了。"郭祥说,"直到张家口撤退,我们才返回来。有好几回离家只有十几里路,想回来看看你,也没有时间。"

"那没有什么,孩子,也就从你们大部队过来,妈才算出了口气。你们来了个'一锅端',县城打开了,把谢香斋也拿住了,就是不小心,让谢家骧这小子蒙混过去跑了。这时候,咱这里正闹土改,闹翻身,群众就把谢香斋要回来处治。那天诉苦大会,到了好几千人。谢香斋绑着两只手,耷拉着头,这会儿他可不威风了。你杨家大妈头一个跑到台上,一边哭,一边说,全场几千人没有不掉泪的。说到痛处,你大妈刷地把怀解开,大家看到她那胸脯紫乌乌的,奶都抽抽得看不见了。大妈指着怀说:'谢香斋,这是你用大把香烧的不是?'谢香斋说:'是。'大妈又说:'这是你用红烙铁烙的不是?'谢香斋低声说:'是。'大妈上去两个嘴巴子,说:'谢香斋!我扒了你的皮,也不能解恨!'群众一齐喊:'打死他!!!''打死他!!!'你爹这个老实头儿,窝囊了一辈子,从来不敢在人多的地方讲话,这回也上台去了。提起修鹰坟这事,说不上三句,一口气没上来就昏倒了。你杨家大妈大声对大家说:'乡亲们!这鹰坟是谢香斋看着修的,今天得让他看着我们把它平了。他修这坟,不光是欺负老绵,是杀鸡给猴看,是镇压咱们贫农!是叫咱们贫农看的!今天我们不平了它,就不算翻身。'群众吼吼着:'平了它!!!''平了它!!!'人们回去拿了铁锹,推着谢香斋,可街筒子朝鹰坟那里涌。孩子,那鹰坟就在咱村西不远,平时妈出来进去都绕着走,为的是一见它,就气得浑身打战。妈在人堆里挤着,拥着,就是掐不死他,也得咬他两口。等妈挤上去,坟也平了,那畜类也叫大伙打死了。妈砸了他两砖头,想起过去的事,想起你,总觉得没有出了这口恶气。妈坐在那里,哭了好大一阵……"

"妈,"郭祥说,"这些情况,我在外头也陆陆续续听人说过;就是我爹的事,人们都瞒着我。我爹到底是怎么死的?"

"他死得好惨哪!"母亲又落下泪来,沉了半晌才接下去。"土改时候,村里看咱家是赤贫户,分给了咱家九亩好地,一头黑母牛,谢家的三间东房。还有一个小箱子,一个大红立柜。你爹再也不用背着磨石板凳东村串西村了。你妈十七过门,什么时候见他,都是耷拉着头,哭丧着脸,这会儿也有了笑模样儿。人也爱干净了。有时候还帮我扫扫地,抹抹桌子。有事没事,都到地里转几遭儿。那条大黑母牛,成了他的心尖子,我说给它搭个牛棚,他老是牵到屋里,怕把它丢了。在谢家东屋里住了几天,想起以前受屈的事,还是心里不痛快,你爹跟我商量了一下,就把东屋拆了,在咱老庄户那里翻盖了三间铁桶似的北屋。使咱那旧房的土坯也修了个院墙。那工夫,你爹贪早恋黑,丢下这就是那,一天价忙个没完没了。我怕他累病了,他总说:'干这么一点儿活,哪就累着了?'那年收成也好,咱家里就有了存粮,还添了好几床被窝。妈从来没过过这种舒心日子。

"那时候,别的县城解放了,可是新城县还没解放。你知道,这县城四面是水,铁杆汉奸王凤岗,就凭仗着这个地势跟咱作对。谢家骧又逃到这里,成立了还乡团。等野战军走远了,就瞅空儿出来烧杀。有一天早起,咱们这大黑母牛快下小牛了,你爹找了一只旧鞋正忙着准备,外面嚷嚷着敌人来了。我们跟村里人就慌慌促促往村南跑,在野地里藏了起来。你爹老惦着那个母牛,急得什么似的。天晌午错了,远远看着敌人往西走了。你爹提着那只旧鞋就要家走。你杨家大妈拽住了他,说谢家小子心毒手黑,诡计也多,不知道玩什么把戏,还是等等再说。他听也不听。我上去拦他,他一甩手:'把小牛糟蹋了,你就乐意了!'说过,就往村里走。果然待了不到一顿饭工夫,敌人就卷回来,村里就响起枪,起了火。我知道事情坏了。等下晚我们回到村里,看见咱家和几户贫农家的房都点着了,你爹给人家弄了个开膛破肚,把心肝挂在树上,鲜血泼了一地,树身上还贴了一个条子:'郭老绵,请你翻身去吧!'……孩子,这就是那个谢家小子干的……"

母亲哽咽着说不下去,伏在那满是尘土的风箱上,呼哒呼哒的风箱声也停住了。

"那谢家小子现在在什么地方?"郭祥问。

"听街上人说,咱们解放天津把他拿住了。他就装成当兵的,补在咱们部队里,不久就跑掉了。有人说他逃到了台湾……"

"他家还有什么人?"郭祥又问。

"他娘那个刁婆子还在村里,谢清斋的老婆死了,他们就在一起不清不白地混过。谢清斋的小子谢家骥,听说在北京上大学,家里还有个侄女叫俊色……"

"谢清斋那坏蛋,为什么不处理他?"

"他这人和他哥不一样,是表面好,内里坏。他哥是见穷人一说话三瞪眼;他是见穷人又说又笑,还打个哈哈。听说那修鹰坟的事,就是他出的主意。……他这一两年,在村里装得很老实。出门请假,回来汇报,屁大一点儿事,也故意到干部那儿请示。可是自朝鲜打起来,腰板又挺起来了。"

"他有什么表现?"郭祥警惕地问。

"什么表现?走在街上步子慢慢的,脖子梗着,见人阴阳怪气地笑。对,过去他从不看咱们的报,这几个月专门订了一份报,钻在家里看。他暗地里说:'朝鲜打成了血胡同了,世界大战就要爆发了,美国人说话就要过来了。'昨儿后晌,他还到咱家来,把咱那个小红箱子拿回去了。"

"什么?"郭祥惊讶地问,"什么红箱子?"

"就是土改咱分他家的那个小红箱子,不大,上头描着金花儿。这是房子着火时候你金丝嫂给我抢出来的。那谢清斋一进门就瞅住它说:'嫂子!这小红箱子我看放到你这儿也没用,你看落的这土!都快变成土疙瘩了。我拿回去擦擦,给你侄女盛几件衣服。'说着,就端起要走。我说:'那可不行,这是俺家分的。'他边说边走:'什么分不分的。嫂子,如今这世界可是不平和,这脑瓜儿还说不定是自己的不是自己的咧!'说着就把小红箱子抱走了。"

"他这叫夺取胜利果实!"郭祥愤愤地说,"你跟村里反映了没有?"

"我还没讲哩。"

"我明天找他。"

"你可别打人!"母亲警告他说,"你杨家大妈,是党里支委,你有事先跟她商量商量再办。"

"妈,你别把我当小孩看了。"

锅开了。母亲在一个瓦罐里摸了半晌,只摸出一个鸡蛋。她叹了口气:"你看我这记性! 昨儿晌午我才把小半罐鸡蛋换成盐了。多年不回来,想叫你吃个荷包蛋也吃不成。"

郭祥见母亲又有些难过,忙说:"妈,把它冲了喝吧,我喜欢冲的!"

母亲把那个鸡蛋打了,冲了满满一碗端过来。

郭祥从包里取出两封点心,解开了一封,捡了一块枣泥月饼递给母亲。母亲老是瞅着,半晌没有吃。

"妈,你吃吧。"

母亲轻轻咬了一小口,像寻思着什么,说:

"小嘎儿,我问你个事儿。"

"嗯。"郭祥端着碗应了一声。

"这以后还要打仗吗?"她的眼睛睁得大大的。

"只要有敌人,就会要打仗。"

"美国人真的会过来吗?"

"过不来! 他们让朝鲜人民军快赶下海去了。"

母亲松了口气:"什么时候世界上没有这些畜类就好了。"

母子分别多年,话是说不尽的。等郭祥睡下的时候,满村鸡鸣,天已经亮了。

第四章 大妈

郭祥匆匆吃了早饭,准备去瞧杨家大妈。

他没有见杨家大妈也有许多年了。这是他心目中最亲近最钦敬的人物之一。自郭祥记事起,两家就是近邻。他常常领着大妈的小女儿小雪去拾柴火,挖野菜,有时候就在杨家吃饭。他淘了气,大妈就把他偷偷地用笸箩扣起来,使他免去父亲的追打。这一切,都记得是多么的清楚呀。郭祥在大清河南敌人的堡垒丛中活动的时候,就听说过大清河北有一位赫赫有名的杨大妈。游击战士们传颂着这样的歌谣:

> 杨树飘洒洒,
> 大妈赛亲妈。
> 只要找见她,
> 就是到了家。
> 饿了有吃喝,
> 负伤有办法,
> 安安生生睡一觉,
> 临走还送我烟叶一大把。

在那敌人的炮楼星罗棋布、汽车路密如蛛网的地带,有吃有喝也就很不容易,竟然负了伤还有办法,还能安安生生地睡上一觉,这是多么难得的一个去处啊。无怪这歌声这么动听地唱到了大清河南。人们还说,这大妈是"革命的五大员":第一,她是炊事员。在她家里抗战人员来往不断,她家的灶火,每天要烧十几顿饭。只要你是抗日战士,有饭蹲下就吃。第二,她又是护理员。在她家的地道里,护理着轻重伤员。机会赶巧,你还能尝到她从集上买来的新下来的葡萄。第三,她又是情报员和侦察员。她有时扮作讨饭老婆,扠着破竹篮,挂着枣木棍,出没在敌人的炮楼附近;有时穿得干干净净,提着红包袱,到敌人占据的县城,去跟内线关系接头。最后,她还像个指挥员。在那敌情紧张的深夜,窗上遮着被子,门外站着哨兵,她和那些游击队长、政治委员、县委书记聚在一盏昏黄的灯光下,共看着一张地图。她披着衣服坐在炕上,听他们交流情况,分析敌情。她身向前倾,头微微低着,严肃地沉思。然后就毫不自卑地拿出自己的意见,就好像在讨论她的家事。她那特殊的细心、机敏与果断,和她那从游击队长们不知不觉学来的干脆、果决的手势,都流露着指挥员英武的格调。那些领导人也尊敬地喊她大妈,跟她交谈,跟她辩论,也不知不觉地把她看做自己中间的一个。听说巧袭小李村炮楼,就是采纳了她的主意。因此人们又把她的家称做"两部一站",既是后勤部,又是司令部,还是情报站。它是党和游击队领导人的聚散地,是大清河北一个小小的抗战中心。

郭祥也像其他战士一样爱她,钦敬她,也爱唱"杨树飘洒洒"这支歌。但她活动在大清河南,属另一个分区,没有见到过她,更不知道她就是自己幼年的伙伴小雪的母亲。他也没想到,这位普普通通的近邻,成长得这样快,这样英雄出众。后来,因为杨大妈的名字太红,别说是自己人,就是炮楼上的伪军也给她取了一个外号,管她叫"老八路"。杨大妈从此就成为敌人指名捉拿的对象。尤其是谢家父子,吃了她许多苦头,有好几次几乎被八路军捉住,也就对她更加仇恨,三天两头来找寻她。这时在伪军中还流传着一句口号,叫做"捉住杨大妈,金票有得花"。敌人对她的头,宣布了十万元"老头票"的悬赏,另外还要官升三级。这不但没有把大妈吓住,反倒更鼓起了她那战斗豪情。她常常拍拍自己的脑瓜儿,对战士们玩笑地说:"小伙子们!你们可要好好保护你大妈的这个宝贝,我可没想到它这么值钱!"由于村里群众对她的掩护,再加上她机敏过人,她在这家和那家躲闪着,敌人捉她多次,她都机智脱险。随着环境的险恶,斗争的残酷,一些人叛变投敌。这些人吃过她的饭,睡过她的炕,知道她家隐蔽的地道口,给了她最大的威胁。她在家待不住了。她的丈夫和两个孩子就转移到外村亲戚家里。她从这时起,就行进在游击队的行列中。她和战士们一起风餐露宿,给战士缝缝补补,她不像民,又不像兵,老百姓都很诧异行列里的这位中年妇女。也就是从这时,当这支游击队转移到大清河南的时候,郭祥偶然遇见过她,才知道原来她就是那赫赫有名的大妈……

抗日战争末期,在某地的英模大会上,杨大妈被誉为"子弟兵的母亲"。不久,她又加入了中国共产党。抗日战争胜利后,国民党军队向解放区进犯,大妈就把她的女儿杨雪送到部队,让她参加了这一场新的斗争……

郭祥要去看望的,就是这样一位英雄的母亲。

他一边帮母亲刷锅洗碗,一边问母亲:

"大妈现在住在哪儿?"

"一说你保准知道,就是你闹事的那个地方。"母亲带着笑嘲弄地说。

郭祥一听,就知道说的是谢家。他羞愧地笑了一笑,故意装糊涂说:"我知道你说的是哪儿呀,我闹的事多啦。"说着就跨出门去。

母亲觉着儿子回来什么也没有吃上,怪委屈的,就揭开炕席拿了几个钱上集去了。

郭祥缓步穿过小胡同,向村里正街走去。这凤凰堡原有四条小街,像一个方方正正的"井"字。"井"字中心,就是原来谢家小城墙式的大院。挨着大院是一些相形见绌的中农房舍,散在村边的就是贫农们又低又矮的土屋了。如今经过十几年激烈的社会变动,已经有了很大改变。村四外起了不少新房,因为盖得错错落落,杂乱无章,使郭祥绕了不少弯儿,才走上正街。那村中心的花垛口高墙,已经消逝得无影无踪,好像它根本没有存在过一样。只有从那两个被推倒的石狮子,才可以辨认出原来谢家的大门。郭祥不由想到,当他幼年走过这里的时候,总是觉得阴森森的,心老是一阵阵地发紧,连脚步走得都不自在。尤其走过这个门口,得时时提防着那几只大黑狗冷孤丁地蹿出来。连那两头石狮子,也觉得像是活的那样可怕。现在呢,那个门脸已经改换了样子,整个地被牵牛花爬严了,一眼望去,红澄澄的,总有好几百朵。牵牛的阴凉下,挂着"凤凰堡小学校"白底红字的牌子,从里面传出了孩子们整齐悦耳的读书声。这书声,带着十足的奶腔味,被秋风吹得一时高一时低,显得这乡村更加宁静、安详和可爱了。

郭祥知道,小学校占的就是谢家的第一套院,后面第二套院,就是现在杨大妈住的地方。那里新开了一个侧门,郭祥走进去,一眼就看见正房那高高的石阶,下面是青砖铺地,一点不错,正是多年前父亲领着他磕头赔礼的去处。谢家婆娘和谢家小子站在石阶上那一副带搭不理的样子,那尖刻讥讽的笑,一下出现在眼前,头轰地一下子像着了火似的。他定了定神,极力让自己平静下来。

他打量了一下这个院子,像是住了四家人。由于换了新的主人,那种阴森森的气氛没有了,现出一派农家风味。家家房檐下都垂着一嘟噜一嘟噜半干的红辣椒,地上晒满了一片一片的茄子干,院子里还系着好几根绳子,上面搭满了小白菜。东屋窗前有一个遮阴的南瓜架,垂着三四个金红色的大瓜,还挂着两个青秫秸莛儿扎的蝈蝈笼子。西房根种了一小片花,有三两棵鸡冠花,两棵很高的西番莲,一棵紫的,一棵白的,几个小盘盘似的花朵,都快要碰到窗格子上去了。

院子寂静无人。屋门虚掩着。人们大概都下地去了。郭祥正回身要走,忽听扑啦啦一阵响动,原来在南瓜架后面的墙拐角里,有一个十四五岁的半大小子,背朝外,光着膀子,穿着小裤衩儿,正蹲在那儿聚精会神地摆弄什么。郭祥问:

"大妈在这儿住吗?"

"嗯。"那小子头也不抬地说。

"她在家吗?"

"地里去了,你到地里去找她吧。"他还是不动身,一个劲地摆弄他的。

郭祥走近一看,原来这小子正抱着小白鸽子给它装鸽哨呢。他的肩膀上还站着一只小红嘴鸽子,歪着脑袋看人。他老是装不好,累得小圆脸上都是汗。郭祥看那眉眼,很像大妈,也很像小雪。就拍了他一把,问:

"你叫什么?"

"我叫大乱。"他这才抬起头来,一双调皮的眼睛巴眨巴眨的,"你是县武装部的吧?有小刀不?掏出来我使使!"说着就伸出手来,要到郭祥的口袋里去摸。郭祥摸出小刀微笑着递给他,他一面修理鸽哨,一面说:

"那里还有两只。"他顺手朝西房檐一指,那里悬着一只精巧的小木笼,"一只'大鼻子',一只'菜花'。要是抱出蛋来,我把'大鼻子'送给你。"

"现在送给我行不?"郭祥装作认真的样子。

"现在——"他翻了翻眼,"那得有条件!"

只听门外说:"什么条件?你个小兔崽子!"

郭祥还没来得及分辨是谁,大乱把鸽子一扔,抓起草筐就溜。郭祥回头一看,进来的正是大妈。她拿着一把镰,背着一大筐满是露水的青草,两只脚也是湿漉漉的。她披着一件不知道是谁留下的十分破旧的棉军衣,看来她很早就到地里去了。

"大妈!"郭祥欢快地叫了一声。

大妈也一眼就看准了他:"没错,你是嘎子!"她说着,放下草筐,快步走过来。

郭祥看到,她的面容虽然比以前见老,但是步伐还是那样敏快,眼睛还是那般清亮,流露着坚定和机警,丝毫没有减失游击战争年代赋予她的光芒。

郭祥迎了上去,大妈用两只手捧着郭祥的脸,仔细地看了看,竭力地控制着自己的感情。她把手一甩:"孩子,屋里坐吧。"她走到屋门口,又扭过脸指着大乱说:

"饶你一回!告你爹,叫他马上到集上去,就说嘎子回来了,晌午要吃茴香馅饺子。快去!"

大乱卖了一个鬼脸,一蹦两跳地去了。

大妈把郭祥扯进了西屋。郭祥看这屋子宽敞明亮。里间屋一铺大炕,也扫得十分干净。迎着炕贴了一幅毛主席像。只是屋子里的东西很少,不仅没有箱柜,连个迎门橱也没有,只有一张旧八仙桌子,一条长凳,显得异常空落。

"脱鞋,上炕!"大妈催促着说。

郭祥在炕上坐定,大妈不一时就烧开了水,又在灶里烧了几个红枣,将灰吹去,泡了两碗红酽酽的枣茶端上来。

随后,她也上了炕,把烟笸箩放在两个人中间。她抽旱烟袋,郭祥就卷大喇叭筒。

郭祥说:"大妈,你这几年生活还是很困难吧?"

"不算困难!"大妈说,"吃的有了,差一两个月的,吃点菜也能对付过去。"

"你这家具,我看怎么比以前还少啊?"

"家具?"大妈哈哈一笑,"连一块破铺衬,连你大妹子小时候的尿褯子,都叫敌人烧净了。他们对我不客气,我对他们也不客气。双方一样!"她仰起脸看看房顶,说:"就是这房没烧,他们还想着回来住哩!实在说,孩子,我真不愿住在这肮脏地方!以前把我卖到这家当使唤丫头,我受的是什么罪?你没见过,也听说过。你想,我住在这儿,想起来能不难过?可是我还要住!穷人不敢住,我就要领着头住。我要让他们看看,到底是谁把谁打倒了!他们一天价喊打倒共产党,叫他们看看共产党倒了没有!"

"对!就是要让他们看看。"郭祥猛力吸着大喇叭筒说,"不过你的身体还要注点意,我看不抵以前了。"

"没啥。"大妈挺了挺腰板,"我腿脚行,眼也挺好使。去年听说一个同志要结婚,我还扎了对绣花枕头给他寄了去。就是钻地道、睡高粱地多了,落下了个腰疼病,瞧了几次,白花了钱,也没治好。我看一下半下不碍。"

"孩子,"大妈又拧了一锅烟点着,向郭祥身边移了移,缓缓地说,"说实在的,这穷,这苦,这病,都不算什么。就是有一件事叫我心里难过……"

郭祥见她眼圈发红,就听她说下去:

"穷算什么!你大妈原先比谁不穷?苦,你大妈比谁不苦?

病,这又算什么!残酷时候,敌人三天两头来抓,不知什么时候活,什么时候死。这统统不算一回事。孩子,只有一点儿我受不了,我就是离不开八路。从事变以后,我那穷家,哪一天断过八路军呢?人来人往,不是干部,就是战士,不是大队,就是小队,弄得我没有时间渣儿,累得我站都站不住,只要同志们吃上喝上,我就心里痛快。可是猛古丁地都开走了,不知道开到什么地方去了。我睁睁眼,看不到一个穿军装的,你说这是怎么个滋味?我心里空落得像是没有个抓挠头似的。夜里睡不着觉,我就一个一个挨个儿想你们。你们的模样儿,家乡住处,脾气秉性,谁我也没有忘。可你们连个信都不给我打一封来……"

大妈滴下了眼泪。

"不能这么说,大妈,"郭祥说,"同志们都没有忘记你。"

"去吧,"大妈擤擤鼻涕,"那为什么不来个信?"

"大家忙呀!"

"忙?我问你:你们拉屎不?尿尿不?"

郭祥笑了。

"兔崽子,你别笑。"大妈把烟锅乓地一磕,"你回答我的问题!"

郭祥笑着说:"就是再忙,还能不拉屎尿尿!"

"着哇!"大妈说,"你们就用拉屎尿尿的工夫,也能给我写几个字嘛!"

大妈说着生起气来,把烟袋一放,两手向外推着郭祥,"去去去!"

"你不要,我还不走哩!"郭祥缩缩脖,装个丑样儿。

"不走,我就揍!"

"来吧,我代表大伙挨揍!这是光荣的。"郭祥说着,把头伸给大妈,"我看你还是舍不得吧!"

大妈扑哧一声带着泪花笑了。

郭祥接着装了一锅烟递给她,大妈盘着腿抽着,心平气和了许多。她问:

"南蛮子现在怎么样了?"

"哪个南蛮子?"

大妈跳下炕,把墙上挂着的一个装相片的镜框摘下来。用袖子轻轻擦了擦土,递给郭祥,指着其中一个说:"就是他!"

"嗐,我道是谁,原来是我们邓团长。"郭祥说,"他去年打兰州负了点儿轻伤,还在医院里休养呢。"

"我不信。"大妈说,"要是负了点儿轻伤,他会一直住在医院里?"

"确实,伤不太重。"郭祥带着笑安慰说,"现在快好了。"

"怪不得他不来信。"大妈又是怜惜又是赞叹地说,"这个人革命可真叫坚决。一打仗就往前冲,当了团长还是那股劲。他那爱人还是我介绍的哩!现在两口子过得怎么样?"

"很好。生了个白胖小子,听说有十来磅重。"

大妈笑起来,小烟锅子在炕沿上磕得乓乓的响。

郭祥看到,在这个四四方方的红枣木镜框里,挤满了军人照片。其中有他现在的团政委周仆,他现在的营长陆希荣,还有许多他不认识的人。这些人大都穿着当年的粗布军衣,也有的是农民打扮,手巾包着头,腰里束着皮带,皮带上掖着盒子。一个个面容清瘦,但精神奋发,姿态英武,充满了游击战争年代的风采。大妈对这些人一一问了一遍。可惜有许多人,郭祥不认识,未免使大妈感到遗憾。

她小心地把镜框挂在墙上,坐下来,轻轻叹了口气:

"小迷糊不知道哪儿去了,连个相片也没有他的。"

"哪个小迷糊?"郭祥问。

"你不准知道。"大妈摇摇头忧郁地说,"他年纪太小。他爹妈都叫日本用刺刀挑了,十一岁就参加了咱们军队。人猴瘦猴瘦,走也走不动,部队就把他托给了我。晚上不喊醒他,就给你尿一大炕。就那还非跟我钻一个被窝不行。天气热了,我说:'小子,这么热你还要跟我钻一个被窝?'你猜他说啥?他说:'妈,那咱俩就伙盖一个被单儿吧!'自他一来,大乱不能跟我睡一个被窝了,觉得吃不开了,就时常跟他打架,还说:'这是我亲妈,你算哪里的野小子!'小迷糊就哭了。我说:'小子,什么是亲的后的?你再长两年,好好抗日,你就是亲的;他不好好抗日,调皮捣蛋,我就把他轰出去。'小迷糊就笑了,说:'妈,我一定好好抗日。'这小子其实也不迷糊,也知道待我亲。他见到别人乱使我的烟袋,就用小刀刻上记号,专让我使。他一直在咱家待了半年,后来部队又把他领走了。我真不愿让他走,弄得我哭了好大一阵。这多年,我老打听,谁也不知道他在哪儿。有时候做梦,还梦见他给我捅烟锅子呢……"

这时,只听屋门"哐啷"一声,大乱跳着走了进来。"报告!任务完成。"他故意装做军人的样子,在炕沿下打着立正,嗓音洪亮地叫。

"你看他那怪样儿!"大妈用烟袋冲他一指。

"我瞧瞧你的钢笔!"大乱说话就爬上了炕,扳住郭祥的脖子。

"下来!"大妈威严地晃晃烟袋杆儿。大乱手疾眼快,把钢笔抢到手里,拔开笔帽,在指甲盖上画起来了。

"你瞧见没有?"大妈指着大乱对郭祥说,"从小就是这样。不管是司令员,政委,一下就爬到人家脖子上。不是捅这,就是捅那。以前是让机枪班给他做弹弓,以后就死乞白赖地要子弹壳,换底火,翻造子弹,打枪,瞄准;你们都野战走了,这又玩鸽子。你瞧瞧他那脸蛋上是什么?"

郭祥这才注意到,大乱的左眉梢上有一个小小的窝窝儿。

"那就是他跟人家玩弹弓英勇负伤的地方!"大娘嘲弄地说。

大乱翻翻一双猫眼:"我的好处你干吗不说?"

"你有什么好处?"大妈说,"你不过就是给八路送了两回信!还差点儿出了大事。你有你姐姐去的多吗?小雪又给我送信,又在门口给我放哨,一站就是半夜,一次亏都没吃过。叫你放哨,你净打瞌睡!还自己吹,'我要当通讯员,准是个好通讯员!'……"

"我不是把信团成蛋儿吃了吗?我又没暴露军事秘密!"大乱梗着脖子。

"我问你,"大妈又用烟袋指指,"今天你嘎子哥来,你这个好通讯员干吗不到地里喊我?"

"他也没对我说他是嘎子哥!"

大妈用手一指:"你听听!这小兔崽子嘴有多巧!"

"八路军可不许骂人!"大乱把头一歪,"你还吹自己是老八路呢,你让嘎子哥听听!"

"得,得,"郭祥笑着说,"你别喊我嘎子哥了,我看你小子比我小时候还嘎!"

"这都是八路军惯的。"大妈说,"我一打他,他们就拦住我,就把他惯到天上去了。你瞧着,我迟早要把你送到军队里去,叫八路军来管管你!"

"去就去。"大乱说,"我也不怕打仗!"

"老东西来了。"大妈说着欠身下炕。

郭祥静听,才听出"踢——啦""踢——啦"的脚步声。就从这脚步声,也可听出这是那种性格缓慢但却扎实的人。郭祥真佩服大妈分辨风吹草动的好耳力。这也是游击战争年代养成的。

老杨大伯进来了。手里提着沉甸甸的一大块猪肉,怀里抱着一大捆小茴香菜。他向郭祥嘿嘿一笑,没有说出什么,手里的东西,一时也不知道放在哪儿好。

大妈接过东西,就皱了眉。她把小茴香捆一拨开,对杨大伯说:"你瞧瞧,这准不是今儿早起割的。一辈子想叫你办个漂亮事也难。"大妈把茴香择了择,哗啦摔了一瓢水,动手洗菜。又对大乱说:"去!磨磨刀。"

杨大伯不反驳,也不言声。从腰里摸出一盒"大婴孩"香烟,撕开个小口,抽了一支,抖抖索索地递到郭祥手里。然后佝偻着腰坐在炕沿上,从腰里解下旱烟袋,装了一锅,用胳膊夹住,打起了火镰。显见这盒烟,是他特意为郭祥买的。

这杨大伯比大妈大十五六岁,已经六十开外;郭祥看他那被烈日烤晒了一生的皮肤,还是红刚刚的,显得异常坚实。他的容貌和举止,都流露出朴实和善良。

大妈剁着肉馅指责地说:"嘎子多年不回来,你就找不着一句话?真是三锥子扎不出血来!跟你一辈子,没有把我屈死!……"

大伯还是不响,看来他听这话有多少遍了。

"我这个家,数这个脑瓜儿落后!"大妈又说。

"我,我怎么落后?"大伯开言了。

"嘎子说,你闺女也入党了,现在除了大乱,全家都是党员,就你一个挂翅膀的!"

"那,那是你们支部不讨论我。"大伯说,"你平心说,革命工作我少做了不?"

"没少做!"大乱正在那儿烧火,插进来说,"黑间开门,领道儿,号房,领柴火,领米,全是我爹。下大雪,牵着牛,尾巴上吊着扫帚,给八路军扫脚印,也是我爹。领着八路突围,摔得他乓地一个跤,乓地一个跤。八路来了,我爹就起来开门儿,回来往墙角里一蹲;我妈炕都不下,盘着腿一坐,衣裳一披,净动嘴儿,和人讨论讨论,像个司令员似的……"

大伯脸上露出笑容,看了看郭祥。

"烧你的火!"大妈斥责着,又面向大伯,"可你怎么不申请呢?"

"我不申请!"大伯说,"你有眼就看。"说过,他把烟锅乓地一磕。

"大伯,我给你写申请书!"郭祥把袖子一挽。

"不,不,"大伯连忙摇摇手,"侄子,你不知道,我六十多岁的人啦,递上去,支部一讨论不准,我脸上挂不住!"

"你条件也不够!"大妈说。

大伯欠欠身子:"我怎么不够?"

"凭你说这话就不够。"大妈一只手从面盆里伸出来,指着他,"那年,敌人把房子烧了,你说的什么?你说:'看你住到哪儿?八路不管你了吧!'你不给我消愁,还给我添腻味,散布坏影响!我问你,你说了没说?"

"我,我,"大伯脸霎地红了,舌头打着结,"那是我的错误,影响是不太好。"

大妈像少女一般地好胜,乘机警告说:

"你听着!往后我们家一个落后的不要。"

"我看你也有点儿那个……"大伯还嘴,声音低低的。

"有点儿什么?"

"骄傲。"

"嫌骄傲,咱打离婚!"

"离就离吧,老用这话压我!"

"你别光欺负人哪,大妈。"郭祥笑得嘎嘎的。

"你不知道,小嘎儿。"大妈说,"按理,你是下辈儿,这话我不当讲。我这人说话就不管他上级下级,长辈晚辈。你想想,我十六七过的门,我花枝儿似的,他比我大十五六岁,要不是谢家那王八蛋,我怎么会落到这步!你说我心里屈不屈?"大妈的声调里带出了伤感,这是平时很少听到的。

郭祥从小就听说,大妈原先是谢家的使唤丫头,至于怎么嫁给大伯的,却不知细情。原来这也是凤凰堡的一段血泪故事。大妈是附近孙家庄人,也是谢家的一个佃户。有一年大旱,颗粒不收,大妈的父亲交不上租子,出于无奈,就将女儿以工顶债,这样到了谢家。大妈那年才十二三岁,每天挨打受气,自不用说。等到大妈长到十五六岁,由于人品出众,那谢香斋就生了歹心,要纳她做小。这大妈是宁折不弯的性子,哪肯答应,就在一天深夜只身出走,逃到一个亲戚家里。谁知第二天,就被谢家捉回。那谢香斋心毒手黑,狠狠地骂:"我娶你不成,也得把你毁了。"就找了三五个打手,将大妈的上衣剥去,由两个大汉扭住她的两个膀子,其余的点起成捆的香,伸到她怀里熏她,烤她,烧她,将她治得死去活来,整个胸脯都烧烂了。大妈的父亲听到此事,痛不欲生,就托人说情,情愿还清欠债,将女儿赎回。但是这个穷得当当响的贫农,衣食尚且无着,到哪里去找这笔款子呢?就放出话说,谁替他还了这笔账,就将女儿嫁他。这时杨大伯正在谢家扛活,已经三十多了,还没成家。亲戚邻友就撺掇他说:"老杨,你看这姑娘怪可怜的,你不如收留了她,大家帮补你一些,你再摘借摘借,也将就着把事办了。"杨大伯好容易将钱凑够,这才把大妈领到自己家里。大妈虽然逃脱虎口,但一看男人比自己大十五六岁,自不免有委屈之感。刚才大妈说的,就是这段心酸的往事。

她一边揉面,一面继续说:

"那时候,我真想跟他离婚,可是别说离婚,连离婚这个名词儿也不知道。我想,我这一辈子就算完了吗?夜里一宿一宿地睡不着,两只眼泪巴巴的,连枕头都打湿了。可是他睡得死猪似的,一点儿都不知道。我暗暗下了决心:我一定要走,要跑,我要走南闯北,任他狼拉狗啃,死就死了,活就活了。可是,我又一想,我也多亏了他!走东邻,串西舍,给我求医问道,洗伤抹药,我这伤才好了,是他救了我。我要扔下他走了,丢下他孤零零一个,谁照管他?我也对他不起。我不是亏了心吗?唉,算了,虽说他比我大这么多,可是心眼儿实在。人说,丑人还有个俊影儿呢!我这才有心跟他过了。直到八路军来了,共产党来了,同志们一天价给我讲这个,说那个,我就觉着这天也大了,地也宽了,眼也亮了,心气儿也高了。浑身上像长了翅膀,老想飞,想跳,想说,想唱。一个劲儿地追革命!奔革命!没有第二个心眼。伪村长要让日本鬼、白脖儿吃面条,我就要给八路军吃烙饼;他们要吃炒豆腐,我就要给八路炒鸡蛋;我一定要压倒他!因为这共产党、八路军就是我的。我要跟着他!扶着他!举着他!我不能听一个人说他一个不字。是水,是火,他说过我就过,他说跳我就跳!我恨不得把那些日本鬼、汉奸、地主、恶霸、国民党像苍蝇、跳蚤似的一个个掐死,捏死,一古脑儿地扫平!……"

郭祥看到,大妈的眼睛闪着青春时代的火星。从她那眼睛、眉毛、脸盘都可以看出,她年轻时是一个美丽的女子。她的声音一时又变得柔和起来:

"也就从这时候,我对他那不如意,才一点点儿淡了。到这会儿,总算有了个家,儿是儿,女是女,离婚,我才不离呢!你倒说'离就离',卷个小包袱儿,滚你的蛋吧!一晃几十年,我的好时候也过去了。小嘎儿,像现在八路军兴自由、当面挑,那多好!可惜共产党来得迟了……"她叹了口气,恨恨地说:"想起旧社会,真他妈的没有一条儿好处!"

"大妈,"郭祥笑着说,"这离婚是刚才你先提起的呀!"

"我是出出这股闷气,"大妈扑哧乐了,"也捎带着警告他一下!"

"要说心眼实落,大伯在凤凰堡得占第一!"郭祥有意安慰地说。

大伯高兴地瞅瞅大妈。

"说得也是。"大妈同意地说,"人也不算忒笨,他种的烟叶全村出名。抽着有那么一股格别的香味。挑到集上去卖,给人的斤两又大,一哄就抢光了。挑去十斤,最多只换回八斤的钱。"

"那,那,"大伯受了表扬,心里乐滋滋的,笨笨磕磕地说,"一个自己种的,咱能少给?让人家吃亏?"说着嘿嘿地笑了。

大妈把面揉得白生生的,不硬不软。馅儿已经拌好了,又汩汩地加进了不少香油。郭祥在炕上就闻见了喷鼻的香味。

"我显显手艺。"郭祥兴奋地叫着,急忙下炕。大妈拦住他说:"去你的吧!多少八路军我都伺候下了,还要你来?"说过,小枣木擀杖清脆地响着,不一时,箅帘上摆满了精致的小饺,包得又好,摆得又齐,像是一大盘初五六的新月。

郭祥看天还不到小晌午,就说:

"大妈,我瞧瞧齐堆去,回来再吃饺子行不?我跟小堆儿从小在一块儿,参了军他东我西,真想得慌,听说他不是复员了吗?"

"真是不巧!他昨儿个到省里开民兵会去了。"大妈说,"这孩子也是个人尖子,他是两次参军,两次复员,叫干啥就干啥。家里姐妹都出嫁了,留下一个瞎爹,饭也不能做,我正张罗着给他找对象哩!"

郭祥只好作罢,又卷了一个大喇叭筒,准备提起昨晚母亲所谈的问题,忽听窗外有一个非常柔婉的声音叫:"大妈在家吗?"郭祥听声音很生疏,不知道来的是谁。

第五章　金丝

　　郭祥从纸窗上糊的小玻璃镜向外一望,见窗外站着一个个儿高高的美丽的女人。她约有三十左右年纪,一头丰茂的黑发,用酱紫色的卡子挽在脑后,脸色略显有些憔悴。她穿着黑色宽腿裤子,用白线和紫花线织成的小方格土布褂子。手里拿着鞋底子,一面低头做着活儿,一面柔声地说:

"大妈,我想找你谈个事儿。"

"快进来说。"大妈热情地招呼着。

"谁在屋里呢?"

"你进来呀,跟他相相面就知道了。"大妈开着玩笑。

　　她红红脸走了进来。靠着隔扇门,瞅了瞅郭祥,说:"咦！这不是大兄弟吗？长得这么老高了！"她说着温顺地垂下长长的睫毛,像是不好意思老瞅着别人似的。

　　郭祥一时想不起这个女人是谁。大妈说:

"小嘎儿！你小时候还穿过她做的鞋呢,你就把她忘了？"

　　经大妈一提,郭祥这才猛可地想了起来。

"谁说我忘了？这是金丝嫂子。"他连忙遮掩着说,"娶她那天,看的人真多,一挤把我挤到桌子底下去了,气得我一挺腰儿,桌子就翻了,溅了她一身水,我还挨了我妈两巴掌哩！"

　　金丝笑了。

　　这金丝是郭祥的远门嫂嫂。她是凤凰堡有名的巧女,能织各种色样的花布,还能剪花、绣花,做各种花鞋、花帽。她赶集上庙,最爱看的也就是这些花布,跟那花鞋花帽上的花样儿。凡是那些好看的,秀气的,经她眼梢一过,就能记住。她那颗心整个地就像印满各种花卉的画页。因此,她出的那花样儿,也就格外新鲜别致,逗人喜爱。许多外村姑娘,常常跑几里地前来求她,她比比,想想,一剪就是好几份让她们带走。她十八岁过门,丈夫郭云比她小四五岁,这使她很不如意。婆婆唯恐她走了,像亲闺女一样待她。她心软口软,别的话也说不出口来。有一夜,她摸着睡在身边的这个孩子,流着泪说:"我就拿你当亲兄弟看吧……"过了几年,郭云大了,八路军也过来了,郭云在村里当了青抗先的队长,她参加了妇女工作,两口子一齐入党,在一个屋子里举行了入党宣誓。这新的生活,新的斗争,竟使他们的爱情枯木逢春。不久,她动员郭云参加了八路军,要算是凤凰堡第一名"送郎上战场"的女子。在一些小事情上,她是那么绵软,可是在大事情上,她却能做出果断的决定。

几年后,郭云残废复员回来,参加了地方工作。后来担任了县抗联会的主任。隔长补短地家来,两口子过得很好,生了一个孩子。不料抗战胜利前夕,郭云在敌占区活动的时候被捕了。他坚强不屈,十分英勇。最后敌人使出了最残酷的手段,我们的这位年轻干部,就在一群日本狼狗的恶噗里丧失了生命。这消息,对任何亲人该是多么沉重!而这一向被认为是性格绵软的女子,在人面前,竟没洒过一滴眼泪。只是有一次,她趁婆婆孩子不在家,才悄悄钻到屋里,插起门来,整整哭了半日。有人发觉前去劝她,她在屋里洗了脸,拢了头,照照镜子,看看脸上没有一点儿泪痕,头上没有乱发,这才拿起针线活,开开门,安详地坐在那儿,装做做活的样子。

几年过去了。同志们——县干部们,村里的党员们,在闲谈中间,曾经透露出给她另找对象的意思。她总是脸红一红,笑一笑,也不答应。后来同志们批评她封建意识,她才说:婆婆年纪大了,年景又不好,她打算再织下几个布卖了,积攒下一些钱来,留给婆婆,好让这老年人不致挨饿。事情就这么一年年地拖了下来。因为她性子绵软,待人和善,村里烈属都喜欢接近她,党里也就分配她多做烈属方面的工作。她分的房子是地主谢清斋的,地方很宽绰,烈属中有几个和她年纪相仿的妇女,常常拿着活,到她家里来,跟她一起做活说笑。天气晚了,或是刮风下雨,她就留下她们跟自己做伴,她们像亲姐妹似的,一起用纺车声送走那风雨的长夜……

金丝靠着隔扇门站了一会儿,用眼扫扫大妈,见她忙不过来,就放下活儿,洗了洗手,赶过去帮助。大妈也不拦她。她包的这饺子另是一路:又小又巧,还绕着弯弯曲曲的花边。

"金丝!你找我要谈什么心事话呀?"大妈把身子靠向她亲切地问。

金丝的嘴唇发白,手指也有些轻微的抖动:

"我看他们又爹刺儿了!"

"谁?"

"还有谁!"金丝气愤地说,"谢清斋昨儿晚上跟我吵了一架,今天早起又吵了一架……他要不从那院里搬出去,我就搬出来!"

大妈脸上立时现出了怒容,把手里的饺子片一丢。

郭祥也睁大了眼睛,他要金丝详细谈谈。

"大兄弟,你出去多年,你不知道。"金丝说,"那年闹土改,村里看咱家是烈属,就把谢家的三间楼屋,三间东房分给了咱,指定谢清斋搬到村南头去。那谢清斋三天两头跟我说好的,要我答应他在东屋里先住几天,等村南那几间房修好了,马上搬走。我心想,住几天就住几天吧,心里一软就答应了,谁知道就把事情弄坏了……"

"你当初就不该答应。"大妈瞅了金丝一眼。

"是,是该怪我!"金丝红了红脸,"人家欺负我,我就恨人家;人家低下了头,我就又可怜人家。谁知道日久天长,他反倒找起我的茬儿。那些闺女媳妇,都爱找我做活,闷了爱唱个歌儿曲儿。孩子们也爱到楼上去玩。那谢家婆娘就咬着牙偷偷地骂:'一天价唱,不知道唱啥哩!唱得人脑瓜仁儿疼!'孩子们在楼上一跳着玩,她就瞪起那黑豆眼:'跳吧,把楼板儿跳塌,摔死你,你就不跳了。'我生了气,就催他们搬家。那谢清斋就说:'他金丝嫂子,你别跟她一样,那球攮的娘儿们就不懂事。你放心,我早晚得搬,谁叫我过去剥削人哩!'……他们就这么耍赖皮,死赖着不走!看起来这些东西,就是不能可怜!"

她把饺子抖抖索索地放在箅帘上,又继续说:

"谁知道朝鲜一起战事,他们那气儿就更粗了。以前是小声地说,现在是大声地骂,见我在院里晒干菜,就骂:'他娘的,这么大院子,弄得没个插脚地方!'昨天,我搬梯子想到楼屋顶晒点儿干菜,不小心碰下了一块瓦,他一下就从屋里跳出来,指着我说:'我问你:你住过楼屋没有?冬天,你不扫雪,冻得楼屋裂了大宽的缝;秋天,你登梯爬高,登碎楼上的瓦。平时你招来一大群王八蛋孩子,恨不得把楼板给我揭走。你睁开眼看看你住了几年,把这楼住成个啥了?你知道不知道楼屋是怎么个住法?'气得我在梯子上直打哆嗦。我可向来没生过这么大气,我说:'你知道是怎么个住法,你怎么不搬进来住呢?'他一连气冷笑了几声,说:'不住?是不到时候。到时候,你看我住不住!我不住,说不定还有人趴在地上磕头,求我去住咧。你这个娘儿们说话可别说绝了,这个世界可不大平和！'我说：'不平和你敢怎么的？'他嘿嘿一笑说：'那就骑驴看唱本——咱们走着瞧吧！'我说：'走着瞧就走着瞧！'……"

大妈脸色发青，也不插话，一个劲地听着。

"这是昨天下晚的事情。"金丝接着说，"今天早起，我就听院里那个谢家婆娘说：'伢不收拾咱收拾，横竖过不了几天，咱不就搬进去了！'过了不大会儿，我就看见谢清斋拌了一小桶石灰，手里提着，就来勾这楼屋的墙缝子。我就走出去说：'谢清斋！你这不是明摆着欺负人吗？'他说：'你把这楼住成了个这，我来收拾收拾，怎么算欺负你？'我看他还不停手，就一把夺过他的灰桶子说：'这楼屋是我的，用不着你拾掇！要这么着，连东屋你也给我腾了，这也是我分的，不能叫你白住！'他把袖子一挽：'你的？这房明明是经我爷儿们的手盖的，怎么就成了你的？你不斗我第二次，这房就不是你的！'那谢家婆娘也跳出来，指着我的脸说：'你的！你的！你的命还是阎王爷的哩！我问你，你男人是怎么死的？他要不丧良心，他就不能叫狗啃了。你还不知道是井里死河里死哩！'……"

金丝气得嘴唇都白了。一双手哆哆嗦嗦的，连饺子馅都装不进去了。

"要造反了！"大伯忍不住说。

"造反？"大乱把烧火棍一晃，"我他妈把他们全嘟嘟了。"

大妈沉思半晌，转向大伯，决断地说：

"你去，把小契找来！把整个情况研究一下。"

大伯在鞋底上磕了磕烟灰，把烟袋往腰里一掖，就蹶蹶地走了。

郭祥也把谢清斋昨天抢夺小红箱子的事告诉了大妈。

大妈点了点头，说："我看他是先向孤儿寡妇开刀！"

正说着话，只听窗外有人唱道：

一马离了……西凉界……

不由人,一阵阵……泪洒在胸怀……

接着,一个人头戴破草帽,下身只穿着一个小裤衩,光着两条长腿,带着两脚稀泥,一只手拎着渔网,一只手提着两条黑鲇鱼走了进来。他把渔网往门口一丢,用京戏的道白说道:"末将参见元帅,不知有何吩咐。"

他一抬头看见郭祥,嘿嘿一笑:

"侄子,我一大早起就听说你回来啦。我想捞两条小鱼儿,咱爷儿俩喝两盅儿!刚下上网,忽听圣旨到,就把我给提溜来啦。"他眨巴着一双快乐的红眼睛,"你瞧,这两条黑鲇鱼可不怎么太好。"

"小契,"大妈打断他的话,"你这个治安员是干什么吃的!一天价打鱼,养鸟,喝酒,村里发生的事儿,你知道不?"

小契扑通把鱼撒在水缸里,见炕上有一盒"大婴孩"烟,拿过来就抽。然后不慌不忙地说:

"放心吧,情况掌握着哩!"

"最近有什么情况?"

"有谣言。"

"嘎子,"大妈说,"你把笔掏出来给我记记。"

小契抽了一大口烟,坐在炕上,从内衣口袋里取出了一个小本本,瞧了瞧说:"这谣言有四句:走了口上口,来了天上天,五洋闹中华,九女守一男。"

大妈寻思了一会儿问道:"这是什么意思?"

"你瞧,"小契用手指头从水碗里蘸了点水,在桌上画道,"这'口上口',不是个'日'字吗?两个天字对着头,是个'美'字。就是说:日本人走了,美国人就要过来了,要打世界大战!——金丝,给我找块破布,我擦擦脚!"

金丝找了块破布撂给他,插嘴说:"哼,他们就是盼望着美国哩!"

"这是不是谢清斋说的?"大妈问。

"还没弄清。"小契说,"反正不是他说的,就是一贯道王老元说的。"

"没弄清的,单另写在一张纸上。"大妈嘱咐着郭祥。"还有什么?"

"还有谣言说:五星红旗是代表黑夜,星星不能见太阳,太阳一出,星星就完了。"

"谢清斋还夺了胜利果实没有?"

"有,有。"小契答道,"前天谢家婆拿走刘二奶奶的一个簸箕,大前天拿走桂金家的一个笸箩。她还说:'我那东西,除了我那二毛皮袄分给了谁我不知道,我那桌椅板凳,犁耧锄耙,就是粪叉子在谁家,我都知道。你现在不给我,你以后得敲锣打鼓给我送回来,我还不定要不要哩!'……另外,谢清斋还到了富农李建章家。"

"他搞什么来?"

"他半夜到了李建章家,把门一插,对李建章说:'现在形势不同了,美国有好几百万大军开到了朝鲜,说话就进来了。今天盼,明天盼,这一天总算盼来了。我对你说,咱们可是一个阶级,以后要多联络联络。'还说:'这几年可把我愁死了,他娘的,人走了赖时气,连屎壳郎落到头上还螫人哩! 共产党一天价讲为人民服务,什么为人民服务? 我看他对咱就是一党专政!'"

"他算说对了。我们就是要专他的政!"大妈冷笑了一声,"你是怎么听来的?"

"这你就不用管了。"小契眨巴着因长期熬夜变成的红眼睛,得意地望着大家。他把那"大婴孩"烟又燃着了一支:"我给你们说,那个当过土匪的张小孬,也多刺儿了。大前天,他砍了许老秀一棵小树。许老秀把他扭住,问他:'你为什么砍我的小树?'你猜这老土匪说什么?他说:'砍你鸡蛋粗一棵小树算什么?赶到这年头儿了,要搁过去,房子也敢给你点了。'我已经让民兵把他送到县里。他在路上还说:'他妈的,这群干部一天想弄咱,等以后变了天,都在咱手心里捏着哩!'另外,那个翟水泡胆子也大了……"

"哪个翟水泡?"郭祥问。

"就是在梅花渡炮楼上的那个翟水泡。"小契答道,"那小子当伪军小队长,见了老百姓,一巴掌下去,打得人顺嘴流血。他押着老百姓修汽车路,腰里掖着鞭子,打得老百姓爹妈乱叫。最近他在大街上公开说:'搞个女人也算犯法,这是啥鸡巴年月!等着吧,等以后,老子随手抽出个金条,要三个五个,十个八个的娘儿们有的是!都给我在那儿摆着哩。'"

"你听听!"大妈扫了大家一眼,"刚刚闻见一股潮气儿,这些乌龟王八、虾兵蟹将都出笼了。要让美国人过来,他们不把天给你戳塌!"

"嫂子,首先你这个脑瓜就保不住!"小契指着大妈嘻嘻笑着,好像是一件很轻松的事情。"他们要过来,头一个杀头的是你,第二个就是我。这一点我心眼里清楚!"他搓着两只泥脚,脸色严肃起来。

"光杀你们俩吗?"金丝涨红着脸说,"我看咱凤凰堡大伙儿的头都保不住!他们连不懂事的小孩儿都恨死了。小孩儿们在我院里玩儿,那谢家婆就说:'等我家家骧回来,这些小鸡巴孩儿也不能留,你瞧一个个的德性!都是共产党的种子!'"

"他们想砍我的头么,"大妈梗梗脖子,轮了大伙一眼,"我看不那么容易！日本人在这儿,我这头值十万;等美国人来了,你瞧着,我还得让他们给我涨价!"

"妈,再打仗我可不当通讯员了,我得扛机关枪去!"大乱插嘴说。

大妈没有理他,兴奋地立起身来,只顾说自己的:

"你瞧,那些地主、恶霸、国民党、帝国主义烂杂碎,对咱多不满意!骂咱们清算了他,斗争了他,可是早先咱并没有清算他、斗争他,他对咱们讲客气吗?你就说嘎子他爹,那个老实头儿,早先斗争了他家什么?清算了他家什么?他们是怎么对待他的?再说我,我个十二三岁的小女孩儿,弄到他家,我斗了他什么?分了他什么?他是怎么对待我的?……"她缓了缓气,把手一挥,"他们越讨厌斗争,我这人就怪,我是越爱斗争。一说斗争,我就来了精神!别看我这弱帮子,斗起来,熬个十个八个通夜,走个七十八十里地,也觉着没什么问题!……金丝!饺子下锅!"

锅里水已经开了,滚得咯荡荡的。

大妈说:"小契,金丝,你们俩都别走了。把嘎子妈也请来,都在这儿吃。咱们一边吃,再讨论讨论,集中集中。现在支部书记不在家,他到保定找工作去了。我的意思是,咱们讨论以后,我就去找村长,看是把谢清斋送到县司法科,还是在村里处理。反正这几天他夺的果实,得让他全吐出来,还得让他承认错误。他占金丝的东房,叫他马上搬出去!"

郭祥说:"大妈,我听你指挥!你看我干点什么?"

"你什么也别干。"大妈说,"你好好歇两天!你家那房也该拾掇一下。我让你大伯给你帮忙!"

郭祥笑着说:"我就没有发言权了?"

"不,不,"大妈比个射击姿势,"等美国人过来,你用这个去发言!"

金丝说:"我得家去一趟,家里已经做上饭了。"

"算了! 你总是这么客气!"大妈说。

"你瞧我!"小契眨巴着红眼睛,"我一进门儿,就没想走。对了! 我那儿还有半瓶酒呢!"

大妈一拍手说:"好,土改时候,咱们还在一块儿喝了一回齐心酒哩! 今天咱们再喝它一回!"

小契跳下炕,唱着小戏拿酒去了。

郭祥的母亲正在家里给儿子包饺子,被大乱不容分说一路拖了来,还沾着两手面。

不一时,箅帘上那一行行新月形的小饺,绕着花边儿的小饺,就被金丝的巧手,推到正翻滚着的大锅里。它们不大会儿就漂浮起来,像一尾尾的鱼儿……

喝酒中间,大伯只是望着人笑,桌上切开的咸鸡蛋,一牙儿也舍不得吃。大妈趁人不在意,就往他碗里夹了两块。郭祥眼尖,用筷子指着大妈笑着说:

"大妈,我这才看出来,你那会儿说的话都是假的,最疼大伯的还是你呀!"

"你不知道,嘎子,他这人傻,别人要不结记着,他就吃不到嘴里。"

大妈说着,温柔地笑了。

第六章　村长

真真是一场热闹的聚会。小契喝醉了,郭祥和大乱把他搀回家去。大妈心里有事,锅碗也顾不得刷洗,就动身去找村长。

这村长名叫李能,识字不多,但很有才干。人说:"不怕事儿难办,只要李能的眼珠儿转一转。"他生着一双大眼,那滴溜溜的眼仁一转,就来了主意。上面下来什么工作,他都布置得头头是道,常常是最先完成;还能把工作经验,一套一套地汇报到区县里去。特别是他说话和气,对上对下,人缘全很好,因此在区县干部和村里群众中,他都很有威信。人们给他取了个外号,叫他"大能人",说他跳到井里,也能找出个干地方儿。

据老年人说,他原籍不是凤凰堡人。是他爹逃荒用一条扁担把他挑来的。乍来时,他和父母就住在村东头的小庙里,靠讨饭过日子。后来他爹在谢家扛了长活,也就在这里落了户。他爹是一个极有心计舍命苦干的人,看扛长活实在落不下钱,就辞去了长活,白天打短儿,夜间编柳罐。每进来一文钱都捏得汗淋淋的。日久天长,竟买了几亩地。有了地,他心气儿更高了,家规也更严了。全家大小,白天下地里干活,黑间编柳罐,一年到头,只睡半宿觉。打下粮食,大部存起来,一年四季不是粗糠就是细糠。直到大年初一早上,才能吃一顿净粮食面做成的饽饽。这样经过二十年的苦拽,就零零星星置买了十五六亩地,勉强成为凤凰堡的一个中农。可是李能一家已经筋疲力尽,李能的母亲像一个耗尽灯油的干捻子似的去世了。这时,发生了一件意外的事情。谢家露出口风,要李能的爹把邻近谢家的一部分土地转卖给谢家。这事真如同晴天霹雳,李能的爹死也不肯答应。谁知几天过后,半夜里突然来了一帮土匪,把李能绑架走了。李能的爹哭了几天几夜,才忍痛卖了十几亩地,把李能赎回。李能的爹从此变得半疯半傻,一天傻坐着,也不做活,也不说话,痴呆呆的。不久,他腰里又生了一个疮。请医抓药,剩下的几亩地不到半年就踢蹬光了,最后,人扶着他在卖契上画押的时候,他咽了气……

父亲的死,使李能对谢家非常仇恨,但又无可奈何。眼前黑茫茫的,看不见一丝出路。七七事变前几年,地主剥削农民还有一种很厉害的方式,就是贩卖料面①。只要抽上它,用不了多久,就会倾家荡产,乖乖地把土地交到地主手里。李能竟跳到了这个陷阱。不久,就把仅剩下的两间房子典押给谢家,又住到当年全家逃难住过的小庙里去了。瘦得皮包着骨头,披着破衣烂片,人不人,鬼不鬼,情景十分可怜。

直到八路军过来,强迫这些不幸的人把料面瘾戒掉,这才将李能挽救过来。大妈常常劝导他,分配他做一些抗日工作。抗日后期,他就已经是村里很顶事的民兵。不过他最出色的表现,还要算参加土地改革的斗争。

在那些日子,他仿佛突然有了用不完的精力,样样走在前面,表现得非常勇敢。那谢家也像其他地主一样狡猾,他们很早就听到了风声。一切值钱的东西,都埋的埋了,藏的藏了。农民们除了土地和笨重的农具外,几乎没有落到什么东西,所以又来了一次复查。在复查期间,李能手里拿着一根细长的铁钎,领着贫农团的人

---

① 海洛因的俗称,是鸦片一类的麻醉剂。

们,在谢家的屋里屋外,宅前宅后,向地下探寻着藏东西的地方。结果地主的夹壁墙被发现了,秘密的地窖也被发现了,找出了谢家不少的贵重衣物、用具。可是谢家的白银和元宝却一直没有找到。村里的贫农们都很焦急。李能饭也吃不下去,整日整夜地在谢家院子里转悠着,用铁钎将屋里屋外的地探遍了,还是没有结果。在人们已经失望的时候,李能灵活的大眼忽然发现,庭院里的一棵丁香树,有几片黄叶飘落下来。这正是六月天,为什么树上有了黄叶?仔细一看,树叶干巴巴的,像是移动过的样子。李能的眼珠一转,果断地说:"刨这个地方!"贫农团的人们动手一刨,把树移开,果然发现了一个半人多高的大瓮,一打开,是满满一瓮亮锃锃的白洋和元宝。这是凤凰堡贫农团一个很大的胜利。从这时起,村里的贫农们对李能非常敬服。土改以后不久,李能就同其他一些积极分子参加了党的队伍。接着,又当选了这村的武委会主任。

经过土改,李能分了七八亩好地和一个小院,又娶了一个寡妇,还带来了一个十三四岁的小子。从此就结束了他那段悲惨的生活。过了几年,孩子长大了,劳动力又不缺,日子就一年好过一年。也就从这时候,他父亲当年那发家致富的灵魂又在他的身上复活了。但是,比起他父亲来,他是多么聪明的人哪!他睁着一双精明无比的眼睛,察看着他的周围,在这世界上探寻着一切可以找到的轻巧的门路。

有一天,他在街上闲坐,从人们的闲谈里,有一件事引起了他的注意。人们说,邻村里有一家张姓兄弟,因为不和分家了。分家以后,哥哥为了表示对分家不公的气愤,新盖了三间北屋,屋子的拱门上修了很好看的塑花。塑的是两枝大仙桃,红嘴绿叶,人人称赞。兄弟媳妇气不过,就怂恿丈夫也盖了三间房,跟哥哥那三间遥遥相对,并且赌气要找一个能工巧匠,做出更好的塑花来,压倒对方。房子盖好了,可是还没有找到塑花的人。因为哥哥门上的塑花,是方圆三五十里闻名的巧匠做的,再也没有人敢和他相比。李能听了,心里暗暗盘算,什么都是人做的,不妨试试。于是,他就到了那张家弟弟的家里,自称在大地方学过这行手艺,不做便罢,要做出来,如果盖不过对方,就一个钱不要。就这样把活接过来了。可是不要说雕塑,他连平常的泥水匠也没有做过。他就借口做准备,用了几天工夫,跑了十几个村子,凡是拱门上有塑花的,他都站下来细看。回到家里,就倒在炕上,闭着眼苦苦地揣摩。开工了,他就到了张家门上,画了又改,改了又画,直做了半个月,简直不成个体统。张家弟弟急了,他说:"你别急,常言说'慢工出细活',你这房子不是住了一辈子就不住了,将来传到孩子手里,也得叫他们看了高兴。"这样,他整整做了三十三天,才做成了。张家弟弟一看,这拱门周遭,被五颜六色的花朵快包严了,一眼看去,真是华丽非凡。村里不少人闹哄哄地挤在门前指点观看。这李能当场指给主人说:"常说会看的看门道,不会看的看热闹,这些花鸟都有个讲究。你看,这上面是凤凰戏牡丹,这就叫'花开富贵';这两边是菊花,'菊'和'举'同音,这就叫'举家欢庆';还有这下面,是笨鸟口衔莲花,为什么单塑个笨鸟?这也是取它的音,叫'辈辈连生'……"大家看着,尤其对那一嘟噜葡萄,感到有趣。那都是小孩玩的玻璃球嵌上去的,葡萄叶上还翘着用细铁丝做成的葡萄须,看去像真的一样。大家不由得称赞起来。他笑了一笑说:"这都不算什么,还有一个地方,你们没有看到。"他指了指门框,原来门框上摆着两小筒干电池。他一通电,忽然那凤凰的眼珠闪闪地亮起来,原来那里镶嵌着一个手电筒的小电灯泡儿。大家齐声叫起好来。主人夫妇眼花缭乱,笑得合不拢嘴儿。他们的愿望实现了,终于压倒了他们的哥哥。对于邻村这位素昧平生的巧匠,真是说不尽的崇敬和感激,大大宴请了他一番。席间又提出要跟他结为异姓兄弟。这使李能感到突然。不答应吧,挨不过面子;答应了吧,还怎么张口要工钱呢?但他那滴溜溜的眼珠一转,马上答应了。过了一个月,他借口要做一个小本买卖,要他的盟弟添个本儿。结果他这盟弟给了他大约比工资多一倍的钱——这就是李能独立决定生活道路时的第一个成功。

这个成功,给他的生活增添了不小的勇气。谁家的水桶漏了,他也敢答应换底;谁家的铁锅破了,他也敢答应修补;谁家的铜锁老旧得不管用了,他也能抠抠搜搜地给你修好。时间不长,他竟成了许多职业的大胆尝试者,因为他心灵手巧,竟是无往不胜。也就从这时,他得到了"大能人"的声名。

解放战争正炽热的时候,这地方,机关、部队、老百姓以及过路客商很多,可是飞龙镇只有一家车子铺,真是应接不暇。李能看准了这个机会,到车子铺喝了两次水,抽了一次烟,经过短期地观察研究,购置了些零件,就在飞龙镇这交通要道上挂起了"李能车子铺"的招牌。当天下晚,就有人推来了一辆车子,一进来就说:"喂,掌柜的,你骑骑我这车子,看看有什么毛病?"这真让李能挠头,因为他从来没骑过车,但他仍平静地不慌不忙地打喜诨说:"嘻,您太客气了!您就说吧,我给你快点修好,你好上路。"幸亏那个人没有坚持原来的方案。谁知第二天一大早起,就有人推来一辆车子,从来没见过这样的牌号。他心里惊讶,肚里为难,眼珠一转,张口要了一个大价,要一口袋小米,还起码要五天时间。谁知车主都一一答应下来。车主走了,他把车子卸开,面对着好多小零件,干瞪眼,就是找不到毛病。他一天一夜没睡觉,终于发现是千斤磨损了,就到别的车子铺讨了一个换上——就把那一口袋小米揪过来了。

那时候,国民党继日寇之后,对根据地进行了严密封锁,就是买一两煤油,一盒洋火,一包牙粉都很困难。这时,城乡的商人小贩,往往用各种方式把货物偷运出来,获取厚利。尤其是染料,要弄出一筒来,就能赚好几倍的价钱。李能的注意力又转移了。他把车子铺换下来的破旧零件,整成了一辆虽然难看但却很牢固的车子,就投身到这个带危险性的行业里去。他把染料装到车子的轮胎里,在大道上呜呜飞驰。这新的职业,带给他最大的成功,使他觉得他以往从事的那些"小勾当",简直是一个可笑的笨汉的做法。

平津解放,大军南下,村长和支部书记都调去开辟新的地区了。这时李能就担任了村长。随着大城市的解放,李能面前展开了更广阔的天地。他来往于北京、天津、保定之间,有时贩运布匹,有时贩运铁器,有时驮来一些破旧衣服、布头子,在集上出卖,赚了不少的钱。时间不长,他已经置买了一辆胶轮大车,一匹大黑骡子,成为凤凰堡日子最红火的一家。

大妈匆匆走着。李能的家住在街东头,并不算远,不一时就来到了。这是一个大黑梢门,门前停着一挂崭新的大车,一个精干结实的小伙子,正端着半簸箕高粱给那匹大黑骡子加料,好像要走远路的样子。

"小锁!"大妈招呼了一声。

小伙子转过头来,他在太阳地里晒得满头是汗。大妈问:"你爹在家不?"

"在哩!"那小伙子向家里摆了摆头,"可是我们马上就要走了。"

大妈顾不得细问,就走进院里。她好久没有来了,没想到院子有这么大的改变。她惊讶得几乎叫出声来。那正房东西间,都换上了明光瓦亮的大玻璃窗。从玻璃窗里,可以看见雪白的蚊帐。门上垂着竹帘。门口两边,一左一右摆着两大盆夹竹桃,开得红艳艳的。西边是一溜牲口棚,换了一个大青石槽,槽上拴着一个小骡驹。鸡窝也修得非常考究,还有两扇小木门。就是墙角里那堆煤,你都不可能看到主人有一点马虎。大块放在下面,中溜块在中间,小块摆在顶上,堆成了很整齐的宝塔形。特别使大妈惊讶的,这整个小院的地,平展展,光溜溜,竟同城里的洋灰地一模一样,不知主人是怎么搞的。

"他大哥在家吗?"大妈叫了一声。

"在,在,"只听门里一阵响动,竹帘一扬,走出一个身穿洁白裤褂的中年人来,正攥着一张葱花油饼吃着,两只手油晃晃的。他笑嘻嘻地随口谦让着:"婶子,你里边吃点儿?"话虽这么说,但他却把门挡了个严,唯恐大妈再跨进一步。

大妈斜了他一眼说:"你这院子拾掇得好漂亮呀!"

"嘿,什么物件都在人收拾。"他满意地笑了一笑,"其实并没有花几个钱!你就比如这烧了一冬的炉灰,你们怕都扔了,我是一小撮也没抛撒。你瞧这地,就是用炉灰搀上石灰砸的。你跟天津、北京那洋灰地比比,我看也不在以下。刮起风来,连一点儿尘土都没有。你再比如……"

"他大哥,我找你打算商量点事儿。"大妈打断他的话说。

"嘻,真不凑巧。"他皱皱眉为难地说,"我马上就得赶路!"

"你要到哪儿去?"

"到山里去。"

"到山里干什么?"

"哎呀,我的婶子,你怎么越过越糊涂了?"他把最后一块油饼塞到嘴里,"你算算再呆几天是什么日子?……连八月十五你都忘了?我得赶紧去拉一趟鲜货。"

"你明天赶早动身不行?"

"老天爷,你算算有多远哪!"李能扳着他那油晃晃的指头,"这儿离易县山边子,足有二百里路。来回四百挂零。今天傍黑,我得赶到梅花渡过河,明天这档子还不知道能不能赶到。办了货,马上往回返,怕还赶不上飞龙镇的大集哩!"

"你就不会让小锁去?"

"他? 秤高秤低,还看得出来;要说办鲜货他就不懂眼了。常说,'有同行的货,没有同行的利'。年前我让他到山里拉核桃,差点儿没把我气死。人家跟他一样拉了一车,就比他多挣了半口袋小米! 再说,他还有他的事。我让他今天就得赶到保定,去弄一批镰刀回来,眼下正秋收,这也不能误了。"

大妈有些生气,但竭力忍住说:

"这么说,村里天塌下来,你也不管了?"

这李能异常机灵,听大妈口气不对,眼珠一转,连忙说:"好,好,你就简单地说一说。"他又回过头去:"小锁妈! 油瓶挂到车上了吗?"

"还没有哩。"竹帘里有人应声答道。

"你是死人吗? 屁大一点儿事也得我结记着!"

屋里人低声低气嘟囔着:"人家正刷碗呢。"

"刷碗,我们起身了,你不会刷吗? 你办事有没有一点儿计划?"他向屋里不满地斜了一眼。

屋里走出一个脸孔黄瘦的女人,也顾不得跟大妈打招呼,在牲口棚里找出一个黑瓷油瓶,提着到梢门外面去了。

"多膏点儿油!"李能在后面大声说,"来回儿百里,拉上千斤货,不是闹着玩的!"

当——当——屋里传出很好听的自鸣钟的声音。

"两点了,"李能搓了搓手,对着大妈,"你说,你说。"

大妈不耐烦地从口袋里取出郭祥帮她写的纸片,递给李能:"你看看吧!"

李能皱着眉头看了几行。

"这是谁写的呀!这个乱劲!"他撇了撇嘴,"一个笸箩,一个簸箕,一个小红箱子,一个……这是什么意思?"

"什么意思?"大妈说,"这是地主夺咱们群众的胜利果实。人家听说美国出兵朝鲜,又骑到我们头上来拉屎了,你说这是什么意思?"

"有这样的事?"李能怀疑地说,"我看他们不敢!"

"怎么,你还不相信吗?"大妈接着把谢清斋这两天的猖狂活动说了个大概。

"他妈的!"李能骂了一句,"那谢清斋刚才还来我这里说,金丝和一群妇女,天天骂他。还故意把楼房碰坏来气他。他好心好意帮她收拾,金丝劈头给了他两脖子拐,打得他膀扇子都抬不起来了。"

"依我看,这不是小事儿,咱们得赶快处理!"大妈说。

"对,我们决不能让他们反水。"李能也说。

大妈这才显出欢喜的样子,说:

"那好。咱马上去找小契他们,开个支委会,今天下晚就把这事办了。"

"这,这……"李能的大眼珠来回乱动。

这时,小锁走进来说:

"爹,倒是还走不走?刚才老亨的大车已经过去了!"

"他怎么不等等我?"李能着急地问。

"他说再晚就赶不到梅花渡了。"

"这小子抓得真紧。"李能骂了一句,接着对大妈说,"就这样吧,婶子,你也别忒心急。咱们当领导的,重要的是掌握原则,不能听见风就是雨。等我回来,把事实调查一下再处理吧!"

李能说着就往外走。

这时大妈再也忍不住了。

"李能!你停一停。"说着,她赶了上去,"要像这样,我就有意见。"

"什么意见?"李能在梢门洞里停住脚步。

"我看人不要太顾自己了。"她愤愤地说。

"你说谁净顾自己?"李能也激怒了,"我比谁参加工作也晚不了多少,别这么教训我!"他瞪着鼓鼓的大眼睛,"我一九三九年就当民兵,提着脑袋干革命是为了自己?土改时候,我十天半月地不合眼,这是为了自己?请问,那谢家的大大小小三百多个包袱,是谁领着找出来的?那一大瓮白花花的大洋和大元宝是谁找出来的?带头的是我,得罪人的是我,可是我比谁多分了一指甲的东西?……"

"你没有多分,是支部对你抓得紧。"大妈也分毫不让地说,"你没有把谢清斋的狐皮袍子抱到你家里吗?依着你,金丝住的楼屋也得归你……"

"我没时间跟你争论!"他气昂昂地跳上了车,"现在革命成功了,自己想点生活,我看也算不了什么错误。"他向小锁把手一摆:"快走!"

小锁把鞭一扬,鞭声清脆地响了一声,车走动了。

不一时,大车就走到村中间了,车上又传过来李能的喊声:

"小锁妈!你好好结记着小骡驹,可不能给我饿瘦了。"

接着,在大路上,扬起一片浓重的灰尘。

第七章　地主

　　大妈站了好半晌,才呆呆地走开。她回头望了一眼这个大黑梢门,不由地腾起一种厌恶的情感。

　　她心里又是生气,又是难过。刚才来的时候,她是多么兴奋啊,她满心企待着,李能会把她接在小屋里,关起门来,开始一场低声的亲切的交谈,然后筹思一个巧妙的对策。在过去艰难的年月里,每当敌情严重的时候,或者是上级布置下一件重要任务,在灯光暗淡的小屋里,在夜色迷蒙的庄稼地,有过多少这样的交谈啊;尽管有时争得面红耳赤,可这是同志间才有的那种亲密、坦白和随便的谈话呀。而今天,她在李能的台阶前站了半天,竟连一句热情的话都没有,连往屋里让一让都不敢张口……他究竟要变成什么样的人呢?

　　她抬头望望,太阳已经偏西了,柳树上一树蝉声,叫得人心烦。她现在去找谁呢?自从老支书和老村长这两个凤凰堡的"顶梁柱"南下之后,村里的党支部只剩下五个支部委员:新任的支部书记是人们常说的那种"老好人",怕得罪人,在支部发生争论时,常常是模棱两可,摇摆不定。大军渡江前,调南下干部,他也不愿去;胜利后,他听到出去的人当了县区干部,又后悔不及,现在跑到城里找他的老战友"找工作"去了。再就是村长李能,已经觉得担任村里的工作,对他的发家致富是一个妨碍。还有一个是青年团支部书记,出外办事还没回来,剩下的就是小契和她了。在村里发生了严重的敌情,地主阶级和一切封建渣滓们又蠢蠢欲动的时候,连支部委员们也召集不起来,大妈的心里怎么会不着急呢?她感觉到,胜利了,和平了,乡村的工作反而不如在战争的年月里来得顺手。

"问题一定要解决,决不能让谢清斋他们夯刺儿!"

大妈这样想着,拢拢被风吹乱的头发,擦擦脸上的汗,就往小契家里走去。

小契住在老村北,紧巴着村边儿。这是一个十分破旧的院落,说它破旧,还不如说是滑稽,你就是走过几个省,也难看到这样的地方。院子里的几面墙都没有了,可是唯独那个砖门楼却好端端地立在那儿。仿佛向人表示:"既然我的主人把我留在这儿,我只好听命;至于你们,客人们,你们爱怎么进来,那就一切悉听尊便。"原来,这也是分地主的一座院落,三面都是砖墙。几年前,小契已经故去的妻子建议养猪,没有砖垒圈,小契就把墙拆了一个豁口,打算日后补上。谁知这个盖房砖不够了要借五十,那个要垒鸡窝没有砖要借三十,既然墙拆开了,小契也就一律慷慨答应。这样,渐渐墙拆光了,就只剩下那座孤零零的被遗忘了的门楼,成为小契家最独特的标志。

大妈向院子里一看,里面也乱得厉害。墙角里堆着断了把儿的木锨,破了的犁铧,剩了两股的三股叉等等杂物。窗台上堆着男人、女人和小孩的破鞋,还有几个长了一层红锈的臭了的手榴弹。房檐下垂挂着山药干、破渔网和十几张野兔皮。

大妈看了一眼,轻轻地叹了口气,走进院子。

"小契!"大妈叫了一声。

听听没有动静。她料想小契酒还没醒,就推开了屋门。到里间屋一看,见小契果然四角八叉地在炕上仰着,打着呼噜,睡得正香着呢。他的一个五六岁的男孩,也拱在他的胳肢窝底下睡着了。

大妈看着这屋子,真是要多乱有多乱。两个大立柜,一高一矮,完全是缺乏计算地并排摆着。立柜的一个铜环上挂着一面孩子玩的小鼓,另一个铜环上,是小鼓的近邻——一个大葫芦,里面装着一只刚长起茸毛的小鸡儿,叫人怎么也想不到它们会摆在一起。绳子上搭满了衣服,七长八短地拖拖着。墙角里有一个没有靠背的罗圈椅,上面堆的也是衣服,羊皮袄的一条袖子搭到地上。墙上挂着一条车子带,顶棚上挂着两个粉纸糊的灯笼,一盏提灯。在这些杂乱无章的天地中,还有一架漂亮的穿衣镜,蒙满了灰尘,它鹤立鸡群地站在那儿,仿佛满含委屈地抱怨主人没有根据它的身价给以特别的优待。这里的一切东西,都好像悄悄地说:"主人哪,只要你稍稍地调整一下,我们就可以各得其所了。"可是在搭衣服的绳子上挂着的笼子里,有两只俊俏的白玉鸟,却毫不介意地轻灵和谐地歌唱着。好像说:"算了,算了,你们还是多多谅解一下主人的具体困难吧,当然,主人习惯上的缺点也是不可否认的……"

"唉,家里没个人儿就是不行。"大妈又叹了口气,坐在炕沿上去推小契,"醒醒!醒醒!"

"哎!……咱爷儿们多年不见了,再喝两盅!"小契迷迷糊糊地说。

大妈又推了他一把:"这个混球儿!你睁睁眼!"

小契睁了几睁,才把那双红眼睁开。

"我还当是嘎子呢!"他扑哧笑了。

说着一骨碌坐起来,揉了揉眼,关切地问:

"你到大能人那儿去了没有?"

"别提了。"大妈生气地说,"他不管。"

"为什么不管?"

"他正急着做他的买卖呢!"

"哼,我早看他跟咱不一心了!"小契跳下炕来,"走!他不管,咱们管!"说着往外就走。

"看你慌的!"大妈指着他说,"你要到哪儿去?"

"到谢家去呀!"

"你就光着膀子去?"

小契嘿嘿儿一笑,跑到院里,从水缸里搲了一大瓢水,咕嘟咕嘟,一气喝下了半瓢。又搲了两大瓢水,弯下腰往头上哗哗一浇,水淋淋地跑回屋里,看也不看,从绳上揪下一件衣服就擦,边擦边说:"真痛快!这个酒劲儿一点儿也没有了。嫂子,走吧。"

大妈移过一个油腻腻的枕头,让孩子枕好,又扯过被角儿给他搭上小肚子,两个人就走了出去。

"嫂子,"小契忽然想起了什么,"你看,要不要喊两个民兵来压压阵势儿!"

"不用。"大妈望着小契,高兴地一笑,"有你保镖就行了。"

大妈心情愉快,刚才的闷气一扫而光,两个人说说笑笑地走出了院子。

当他们走出这个孤零零站着的门楼时,大妈回头望了一眼,叹口气说:

"小契,你怎么就不听我的话呢?"

这声音沉重而又温婉,在大妈平常的讲话里,很少听到这样的调子。

小契疑惑不解地说:"嫂子,你说调查就调查,说斗争就斗争,我怎么不听你的话呢?"

"不,我说的不是这个。"大妈摇摇头,边走边说,"你瞧瞧你这屋子、院子!猪窝似的,你都不兴拾掇拾掇!"

"我没有工夫儿。"小契说,"党里让我担任治安委员,一到黑间,我就睡不踏实,老怕出事儿。这儿转转,那儿蹲蹲,就到后半夜了。"

"白天呢?白天你做什么?"

"白天……"

"又去抓鱼、捞虾、打小牲口去了,是不?"

小契像孩子似的羞涩地笑了。

"你再瞧瞧你那庄稼地!"大妈又指责地说,"种得像狗啃似的,别人打几百斤,你打五六十斤儿就是好的。怎么不越过越穷?"说到这儿,大妈叹了口气说,"自然,你也有你的难处。自打他婶子去世,里里外外都靠你一个人,工作又这么忙……不过,你也得抓紧一点儿!"

"不知道怎么搞的,河里一涨水,庄稼一倒,我那心就关不住了,就全被那些小东西勾了去了。要是不出去,就心里痒痒得难受!"

大妈忍不住笑起来,说:"你把这点劲头儿,分到庄稼地里一半,也就好了。"

"唉,说了容易做了难哪,嫂子。"小契说,"我给你实说吧——"

说到这儿,迎面过来了下地的人们,小契就把话停住了。等人们走过去,他才接着低声地说:

"我实说吧,嫂子。……环境残酷那当儿,打仗,给炮楼喊话,带担架队支援前线,跟同志们在一块儿,亲亲热热的,我觉得怪有劲儿的;胜利啦,和平啦,个人低着头儿啃一小块地,耕过来,耕过去,还是它!我就觉着没有劲儿啦。我嘴里没说,心里老是觉着没有什么意思似的!……种这么屁股大一片地,每年交几十斤公粮,这也叫革命?"

"怪!他跟我心里想的一样。"大妈心里暗暗地说,一时竟想不出说服他的词儿。只好说：

"可是你也得照顾影响啊！土改时候,你分的六七亩地,已经卖了一半儿;房也卖了;要不是你哥哥不在家,我看你住在哪儿？"

"好吧,"小契为难地说,"往后你就多监督着我点儿！"

说话间,金丝家已经到了。

这是一个青砖砌成的月亮门,迎门是一面白影壁墙,上面的山水画,已经有多处剥落。大妈每逢走到这里,想到当初作践她的谢家人们还在这儿住着,血不由地就涌上来。她稍微定了定神儿,把她那被风吹乱的头发往后一拢,和小契交换了一个眼色,就走了进去。小契的脸色也严肃起来,跟在大妈后面。

西房凉儿下摆着一张半旧的布躺椅,谢清斋正在那儿躺着看报。他的大腿压着二腿,高高地跷着,逍遥自在地晃动着。看见有人进来,他把脸孔遮得严严的,装作没有看见的样子。

"谢清斋！"小契首先威严地喊了一声。

"啊哈,我道是谁呢！主任、治安员来了。"他连忙起身,掩饰着惊恐的表情,满脸堆下笑来,"你瞧,我正看报哩。最近我不顾生活困难,专门订了一份《人民日报》,每天在这儿改造……您请坐吧！我,我去给你们沏茶。"

大妈用严峻的眼色止住了他。

他穿着一件半旧的黑缎子夹背心,劈开两只麻秆儿腿站着,个子又瘦又矮,脖子却伸得老长,看去像一只鹳鸟。他的一双小眼睛,眨巴眨巴地审度着眼前的局势。

"谢清斋！"小契拉长声说,"你最近在搞什么活动？"

"活动？什么活动也没有呀！"他眨眨眼说,"国家的政策我了解,《论人民民主专政》我读了几十遍了,毛主席叫我们不要乱说乱动,我还敢有什么活动？"

"我问你,"大妈瞅着他说,"你为什么夺群众的胜利果实?"

"什么?"他把两只手一摊,装作异常惊讶的样子,"这是从何说起呀,这是?"

"别装糊涂!"小契冷笑了一声,"刘二奶奶家的簸箕,桂金家的笸箩,是谁拿走的?你说!"

"哦哦,原来你说的这个!"谢清斋装作恍然大悟的样子。"是这么回事:那天我嫂子去磨面,什么家伙儿也没有,我说,你去借一借,乡里乡亲的,只要张开口,还能不让使!就这么借来了,原来准备今天就还的,可可儿你们来了,真真是一场误会。"说着,他哈哈地笑起来。

"胡说!"大妈质问道,"你嫂子到刘二奶奶家说,现在要不给她,将来得敲锣打鼓给她送回去,你家借东西就是这么个借法?"

谢清斋打了一个搭儿,接着说:

"群众分我们家的东西,这是'土地还家','物归原主'嘛!怎么还能叫群众给送回来?我看我嫂子不准说过这话。"他扭过头对着东屋问:"嫂子!你说过这话没有?"

"没有,我没有说。"东屋竹帘里传出一个硬邦邦的女人的声音。

谢清斋嘻嘻一笑:"你瞧,我说她不会说出这话嘛!"

"我去找桂金和刘二奶奶去,叫她们来对证。"小契拔腿要走。

"不忙。"大妈止住了他,又说,"谢清斋,我再问你,你把嘎子妈的小红箱子抱走,还吓唬她说,什么你的我的,这世道可是不平和,将来这脑袋瓜儿还不知道是谁的哩!你说没说过这话?"

"我我……是说过这话。"谢清斋的小眼睛一眨巴,"我怎么是吓唬她呢?实说吧,自从朝鲜起了战争,美国出了几十万兵,又有飞机,又有大炮,还有原子弹。你们干部、党员害不害怕,我不知道;我自己可是怕得不行。我儿子在北京上大学,美国人要过来,还不先割了我的头吗?……我看,你们党员儿心里头也不准不嘀咕这事儿!"

"你别吓人!"小契冷笑了一声,"美国人怎么来,叫他怎么滚回去!变不了天!"

"那太好了。咱们的解放军要有这么大力量,那敢情太好了。"谢清斋撇撇嘴,笑了一笑。

"小契,没有时间跟他谈这个。"大妈向楼屋一指,冲着谢清斋说,"你为什么到金丝的楼屋上勾墙缝子?你安的什么心?你这不是想变天是什么?"

"这,这可是我的一片好心哪!"谢清斋显出十分委屈的样子,"金丝的男人死得那么可怜,老是老,小是小,做活没有人手……"

"我没有下帖子请你!"金丝从楼屋里走出来说。原来她早就靠着门框,聚精会神地听着。

谢清斋转向金丝说:

"请不请,常言说,远亲不如近邻,你有难处,我也不能瞪着眼不帮忙呀。他金丝嫂,我们平常可都相处得不错呀!"

"谢清斋!"小契跨进了一步,把袖子一挣,"你再胡搅,小心我用大耳刮子扇你!"

"看这这这是干什么?"谢清斋向后倒退了一步,"有理不在高言,咱们慢慢地说呀!"

金丝从台阶上走下来,在谢清斋面前站定:

"我问你,这东房是分给我的,你为什么不给我腾房?说我的命还是阎王爷的哩,叫我井里不死河里死,这也是帮忙吗?你们说了这话没有?"

"是呀,你说过吗?"大妈厉声问。

"他金丝嫂,你再想想,我可没有说过这话。"谢清斋说,"这话是我那嫂子说的。她一个妇道人家,向来是刀子嘴,豆腐心,动起肝火,什么话也兴说。咱们这当干部儿、当党员儿的,可不能跟我那混账嫂子一样呀!"

小契见他编法儿骂人,怒不可遏,上去揪住他的脖领子。大妈把头一摆:

"撒开他,别脏了手!"说过,又转过脸对金丝说,"我站乏了,去给我搬条凳子,我要坐到这儿谈。"

凳子搬来了,大妈沉着大方地在凳子上坐定。

"站过来!我告诉你。"她指着谢清斋,充满了威严。

谢清斋闪着一双黑豆眼,迟疑地移动着脚步。

"依我看,你这个谢清斋还不算有本事!为什么自己拉出屎来还要吞回去呢?你要真有种,咱们面对面真刀真枪地干,背地里偷偷摸摸欺负孤儿寡妇,算什么能耐?!"大妈轻蔑地笑了笑,"你不是说这东房要斗争你第二次才是金丝的吗?"

"我,我说的不是这个意思,我是说……"

"说过有什么关系?"大妈打断他的话说,"你还有这点胆子,那很好;可惜你太沉不住气了,高兴得有点儿早了。美国人还远得很。就是来了又怎么样?按你想,美国人一来,全村人都得趴下给你磕头,求你老饶命,把房子、地都退还给你,你又搬到大楼屋里,吃香的,喝辣的,摆起你的威风势派!全村人又服服帖帖地给你种地,听你的支使!是不是?"大妈直射着他的眼睛,冷冷地笑着,"你办不到!永远也办不到!想当初,你家里又有县长,又有团长,还有蒋介石几百万军队给你们撑腰,多凶啊!多了不起啊!你们三天扫荡,两天清剿,炮楼都快修到我的炕头上来了。可是我问你,凤凰堡的老百姓低头了没有?杨大妈眨一眨眼没有?最后是谁滚蛋了?"

大妈声音清亮地笑了一阵。

谢清斋拿着的报纸轻微地抖动。

"谢清斋!"大妈提高声音说,"你不是要同我们斗第二次吗?我告诉你,你要斗多少次,我们就同你斗多少次!谅你也知道,杨大妈是搞斗争出身,在这方面我是不外行的。"大妈站起身来,"今天,这不算斗争,这只是先给你一个小小的警告:第一,你要马上停止一切反动活动,你要活动也由你;第二,把金丝的房子腾出来,限你半个月时间……"

"那,那半个月不行呀,村南头那房子太破了……"谢清斋说。

大妈没有理他,接着说:"第三,你夺的胜利果实,现在马上给我送回去!"

"嫂子,不,主任,"谢清斋说,"你看天也晚了,你们也够累了,我借的这些东西,赶明天送回去也就是了。"

"不,立刻就送!我亲眼看着。"大妈斩钉截铁地说。

谢清斋偷眼看了一下大妈,犹豫了一会儿,脖子伸得更长了。

小契用手一指:"你送不送?"

"我没说不送啊!"谢清斋撇撇嘴,向东房喊道,"嫂子,你给伢送回去吧,往后再难也别借了。"

只听竹帘里说:"我就是不送!说我想变天,我就是想变天!"

"你要刁吧,"小契向帘子里一指,吼道,"司法科有你蹲的地方!"

"你出来!"大妈眼都红了。

"别,别跟她一样。"谢清斋一面说好的,一面跑到东房台阶上说,"想找死吧!你瞧瞧是什么地方?你想变天,我不想变天!新社会这么好,有什么要变的?"

说着,他揭开竹帘,到屋里咕哝了一阵,谢家婆娘才一手拎着笸箩,一手提着簸箕,迟迟疑疑地走出来了。她一副大白脸,鹰钩鼻子,仇恨地望着众人。

谢清斋在后面推着她说:"快快,快给伢送去吧,你老站在这儿干什么!"

"小红箱子呢?"大妈问。

"她拿不了,让她再送一趟。"

"不!"大妈果断地说:"你送!"

"谁送还不是一样啊?"

"谁有胆子夺,谁就有胆子送。"

谢清斋磨磨蹭蹭地回到屋里,把小红箱子抱了出来,瘦脸上冒着明晃晃的汗珠。

太阳已经落下去了,满院子的阴凉儿,只有金丝的楼脊明晃晃的。金丝的脸,又现出温柔的神态,从内心里发出微笑。

"正好,正是人们从地里回来的时候。"大妈愉快地想。她挥了挥手,"快走!"

谢清斋和谢家婆娘抱着东西在前,小契、金丝、大妈在后,走出了院子。

街上的人,果然已经不少。有在门口闲坐的,有背着草筐、牵着牲口陆陆续续往家走的,见到这情形,都围上来观看。孩子们,散学的小学生们,在后面跟了一群。

"奶奶,奶奶,这是干什么去呀?"有好几个小学生拉住大妈的手问。

"干什么?"杨大妈为了让大伙听见,故意高声地说,"你们瞧瞧吧,地主又想变天了。这是他们夺群众的胜利果实,现在让他们送回去!"

"他们还不死心哪!"有人说。

"哼,狗改不了吃屎!"有人接上去说。

小孩子唱起来:

> 呸,呸,呸,
> 顽固分子见了鬼……

人们拥着,扬起一片烟尘。一路上小契领导群众高喊着口号,往村东头刘二奶奶那个半瞎的孤老婆子家里去了。

第八章　消息

郭祥已经家来四五天了。他看看母亲住的小东屋,房顶上长了不少乱草。他原想把草割一割,把房顶漏雨的地方泥一泥,等过了秋忙再说;谁知爬上房顶,脚一踏上去,就踹了一个大坑。原来苇箔早就朽了,房太老了。他决定干脆换换顶,就是往后离家日子长了,不管走到哪里也心里踏实。他这次家来,公家照顾了二百斤米票,加上自己积攒下的残废金,用来买了二十几个苇子和一些柳木橼子,就动了工。杨大伯和几位邻居,谷子顾不上打,就赶过来帮忙。郭祥光着膀子,穿着小裤衩儿,挑土和泥,钉橼子,铺苇箔,整整忙了一天,才把房子修好。他又把屋里屋外,拾掇得干干净净,连那盏点了好几辈子的老铁灯,也拿出来擦了。母亲里里外外一看,自然欢喜不尽。

这天,郭祥秋收回来,刚吃过晌午饭,正寻思着把母亲睡的土炕也泥一泥,只见大乱一溜烟跑来,叫:"好消息!好消息!"说着,拉起郭祥就走。郭祥挣脱手说:

"你别缠我,有什么好消息呀?"

"你到我家看看就知道了!"他说。

"你不说,我就不去。你这小子鬼名堂多得很!"

"好吧,告诉你,"他眨了眨眼,"你们队上来了一个人,说要找你。"

"你要蒙我呢——"

"要蒙你,我是小狗子!"

郭祥只好随他走去。他不时翻翻猫眼,瞅瞅郭祥,露出一脸鬼笑。

郭祥一踏进大妈的院子,果然听见屋子里一片欢笑声,有一种素日少有的欢乐气氛。

大妈在门口扫见郭祥,满脸是笑地说:

"嘎子快来!看看是谁回来了!"

郭祥往屋里一看,望见一个女同志苗条的后影,她裸露着两只圆圆的黝黑的长臂,正弯着腰儿洗头。短袖的白衬衣,煞在绿色的军裤里,脚上穿着一双鲜亮的白帆布胶鞋。

一听郭祥来了,她用手巾把脸一蒙,格格地笑着。

郭祥一眼就看出这是大妈的女儿杨雪,他少年时的伙伴。

"嗬!你也回来了。"郭祥走进门,愉快地说。

她把手巾往面盆里一丢,带着一头白花花的胰子泡儿,赶过来和郭祥握手。她的头发本来剪得很短,这一来更像一个男孩子了。

郭祥握着她的手,一边笑着对大伙说:

"瞧,人家多讲卫生,真是卫生人员儿!"

"卫生人员儿怎么的!比你这个大连长矮一头吗?"她甩开手,和郭祥并着膀比量着,"妈妈你看!我们俩谁高?"

"你不许提脚跟!"郭祥说。

"你站的是个高地方呀!"她说着,把郭祥推在一个小坑洼里,竭力挺起身子,仰着她那黑红俊气的脸儿,"看,我比嘎子还猛哩!"

大伯蹲在长凳上,见女儿出落得这么齐整、漂亮,一脸笑眯眯的。

许老秀也在这儿坐着,他磕磕烟灰:

"这闺女出去了几年,我看长了一个头还多!"

"可不!"大伯说,"我看她妈这年纪儿,还不准有这么高哩!"

"嗝!你今儿个也发言了。"大妈嘲弄地说,"你就不想想,她吃的是什么,我吃的是什么!你们家的扁担、大筐,没把我压到地底下去!"

杨雪带着一脸满足的神气,又去掬水洗头,听见这话,转过脸说:

"我也没有白吃饭哪,妈妈。一行军,我就给病号扛大背包儿;战斗时候背伤员,那些小伙子,哪个也不下一百二三十斤儿!我背着,就像闹着玩儿似的。你扛过吗,妈妈?"

她的眼睛叫胰子水螫得睁不开,尽力挤着,下巴颏上噗哒噗哒地往下滴水。

"哼,有你说的!"大妈努着嘴,却掩饰不住一脸幸福的微笑,"不管怎么说,你们是我的小崽儿!是我领导过的兵!"

"瞧!我妈又摆老资格了!"大乱说。

郭祥靠着炕沿,含着烟管,慢声细语地说:"这不能怪大妈!凡是老资格,嗓子眼儿里都长了块痒骨儿,到了节骨眼儿上,要不说两句,就老是痒痒地难受!"

大家哄笑起来。杨雪仰起脖儿笑得格格的,头发上的水也流到脖子里去了。

"算,算,你们别围攻我这个老婆子了。"大妈也笑了,"要不是我闺女回来,哪个也饶不了你们!"

杨雪洗了头,用干毛巾揉搓着她那乌油油的头发。

金丝一直在笑微微地望她,她那俏丽的眉眼,多么美,多么有神!她那黑里透红的脸膛,就像是垂在最高枝的苹果,过多地、贪馋地亲近了太阳。

金丝把她一把拉过来,坐在自己身边,无限爱慕地说:"你瞧,我妹子长得多俊哪!"

"别夸我啦,嫂子。"杨雪有点儿不好意思,"人家都说我长得黑,管我叫黑姑娘。还,还叫我……"

"叫你什么?"

"叫我——非洲同志!"

杨雪伏在金丝的肩上笑了。

人们也笑了一阵。金丝问:

"妹子,你才到队上的时候,才十四五,爬山过岭的,走得动吗?"

"哼!他们哪个也拉不下我!"杨雪仰仰下巴颏儿,"有些大小伙子还累得张着大嘴哭咧!"

郭祥撇撇嘴:"人家是马上干部,敢情一天走二百也不在乎!"

"你别揭我的底了!"杨雪说,"开头儿,一行军,我们卫生部的政委就把我抱到骡子上,走到哪儿,大伙老瞅我,弄得我可不好意思哩。往后一抱我上去,我就往下跳!"

她一低头儿,金丝见她的脖子后,有一条伤疤,像一个蚕儿爬在那里。金丝惊讶地说:

"呀!这是什么?"

"那是叫小虫儿咬的。"她微微一笑。

"什么虫?长虫吗?"

郭祥说:"嫂子,你别听她胡诌,那是枪伤。"

"是呀,我本来说的就是小铁虫儿。"她巧辩着。

听说是枪伤,大妈急忙走过来,拨开头发瞅了瞅,责备地说:

"怎么负了伤,也不告妈一声儿?"

"你瞧啊妈!刚刚擦了一层皮儿,只流了几滴儿血,还没有瓜子皮儿大咧。"她辩白着,"再说,可逗笑哩!战斗就快结束啦,伤员也都抬下来啦,我们正在山坡上歇着,我想摘点儿红酸枣儿,给伤员们解解渴,刚爬上山尖儿,才摘了一小把儿,嗤——的一声,就碰上了。我觉着脖子挺湿的,还当是流的汗珠哩,真是,一点儿价值也没有。"

"不论你怎么说,都该告诉我。"大妈轻轻抚摸着她那一条紫红色的伤疤,由于怜惜,心里很有些不满。"按你想,一给我说了,就得把妈吓死!可你妈要真是那么落后,会送你参军吗?"

"好吧,好吧,"杨雪攀着妈妈的脖子笑着,"往后,在外头叫蚂蚁咬了一口儿,也给你来信!"

"你真能搅!"大妈推开她的手,说,"快说,我给你做点什么吃的?"

"我还是爱吃秋面饼卷小鱼儿。"

许老秀慨叹着说:

"人常说,美不美,乡中水!这孩子出去了这么多年,还是稀罕咱这家乡饭食。"

"可怪哩,"杨雪一面梳着头发一面说,"走了这么多地方儿,我就没觉着什么比这好吃。那年在冀东'牵牛鼻子'的时候,过小西天,下了一天雨,爬了一天才爬到顶。什么吃的也没有。嘎子,那天你怎么样?"

"那天我们连里饿死了两个,我也饿得够呛。"郭祥说。

"嘿,那天我可会了一顿餐。我靠着石头一坐就睡着了,吃了一顿烙饼卷小鱼儿,可美极了!醒来以后,还直流口水呢。"

大妈叹了口气说:"别说了!反正你今天吃不上。等明天我让小契给你打点儿!"

杨雪说:"妈,那你就给我烙两张饼,我裹小葱儿!"

大妈马上让大伯去园子里拔葱,大乱烧火,自己动手烙饼。

许老秀说：

"闺女,你还有一样儿爱吃的,可惜回来得晚了,吃不上了。"

"什么?"杨雪问。

"甜瓜呀! 我以前给谢家种瓜,你十来岁上就去偷,你就忘了?"

"哟! 你见我偷瓜来着?"

"嘿嘿,我把你的小花鞋都捡着了。"

"我当你还不知道呢!"杨雪笑了,"实说吧,许大伯,那是我妈叫我偷的。"

"死丫头!"大妈转过脸,"什么时候,我让你去偷瓜来着?"

"妈,你就忘了?"杨雪笑着,"那年,老陆在咱家养病,想吃葡萄,你没买着,你就说:'去,小雪,给他摘几个瓜解解馋!'大早起,我提了个小口袋儿就去了。一路我利用着地形,就爬到了一块棉花地里……"

"别夸大了! 你那时候就知道利用地形?"郭祥撇撇嘴。

"一天看战士们练操,怎么就不知道? ……那回我先趴在棉花地里,让棉花棵挡住我,一看,许大伯正坐在瓜棚里吧嗒吧嗒地抽烟哩。我爬过去,专拣大个儿的扭,一点都不害怕,心想,你看见了,你老腿老胳膊的,也追不上我。许大伯一咳嗽,我抱着瓜就叽里咕噜地跑了。那天吃得老陆半夜里直蹿稀,没把我笑死!"

说到这里,她禁不住又格格地笑起来了。

老秀也笑着对大妈说：

"嫂子,说实在的,那时候,我光觉着瓜少了,可就是不知道是谁偷的。后来我白天黑价在瓜棚里呆着,吃饭也不离那地方儿,有些好瓜,准备留种的,还做了记号,可是第二天又没有了。我真纳闷儿。明明没有人来呀! 我想着想着,就害起怕来。人都说,这地方不洁净,怕是狐狸仙也稀罕上我种的大白瓜了。我也不敢言语,心里说:老仙爷!我许老秀一辈子也没做亏心事,这几亩香雪脆,也是给别人种的,你老要稀罕,就算我孝敬你的,我一个无儿无女的苦光棍儿,只求你不要缠我……"

人们笑得前仰后合,连温柔的金丝也笑出声音来了。

"呸!"许老秀止住笑说,"直到我后来捡了一只小花鞋儿,才知道是你!"

大妈用袄袖拭了拭笑出的眼泪:

"要说这丫头,从小是不算傻。"她情不自禁地夸起了闺女。

"残酷那时候儿,咱们家一天不断人儿,不是首长,就是战士,不是不担心哪!俺家门口,原来不是有块破影壁吗,不论白天黑价,五冬六夏,她穿着件小破花裙子,在那儿放哨。别人还当她在那儿玩呢。一刮风下雨,冻得她打嘚嘚;瞌睡上来,用小手掐自己的脸;顾不上吃饭,就吃块干饽饽,回来喝口凉水;几年里头也没出过一回岔儿!……这闺女有胆气,心眼也灵!有一回……"

"别夸我了,妈,看当着别人多不好。"杨雪不好意思地说。

"这是外人吗!"大妈反驳着;由于兴奋,只顾说自己的,"有一回,我们都逃出去了,只剩下她一个人,叫敌人堵了门,她出不去,眼一撒,看见同院一个没出嫁的闺女在晾衣裳,就叫:'妈,我饿了,给我块饽饽!'一下弄了人家一个大红脸,到屋里给她拿出了一个红饼子,她接过来蹦着跳着就出去了……以后人家闺女说起这事儿,还红脸呢!……又一回……"

"妈!你把饼吹煳啦!"

果然,锅里冒烟,满屋子的煳味。人们笑起来。

大妈赶忙把饼翻过来,已经焦黑了一大片。大妈笑着说:"真是!人一高兴,也出事儿!"

杨大伯抱了一大掐绿盈盈的小葱走了进来,杨雪忙迎上去接了,用水哗哗地冲了几个过儿,切去葱根,扯出一张烙饼,就要裹小葱吃。大妈止住她说:"你先等等!"说着从桌底下的灰瓦罐里夹出了十几个咸鸡蛋,又搬开墙角里一些乱七八糟的杂物,露出一个小黑瓷坛子,尘土很厚,口上还压着大半截砖。大乱不转眼珠地向那儿望着,口水都快流出来了。

"瞧吧,老太太要献宝了!"郭祥望望大伙,诡笑着。

大妈也不说话,一脸是笑。搬开砖,还有一张猪尿泡在坛子口上紧紧地扎着,好容易才解开,一边用筷子在里面探着,一边说:

"年上我给你腌了一坛子,直等你到腊月。这又是今年春上腌的。要不是平日看得紧,准叫大乱都偷吃了。"

大乱哭丧着脸说:"过年你也不让人家吃,好的都腌上了!"

坛子口小,好半天才夹出三四方猪肉。大妈端到女儿跟前,用筷子指着,眼睛放光地说:"你瞧,都是好肉膘子!多厚!"

许老秀笑着说:"别说啦。再说,我们的腿可就走不动了!"说着站起来,推说忙着打场,出门去了。金丝也立起要走,大妈拦住她,扯过两张饼,卷了几个咸鸡蛋,让她带给孩子。

郭祥刚刚立起身来,杨雪喊住了他。

"你等等儿!"她严肃地说,"我要给你谈个重要情况。"

"什么情况?"郭祥问。

"目前形势。"她压低声音说。"朝鲜战争起了变化,你知道不?"

"人民军不是进展得很顺利吗?"

"开头是很顺利。"杨雪悄声地说,"不过,最近在一个什么仁川地方,美国军队登陆,把人民军的后路切断了……"

大妈正在切肉,也放下刀过来听着。

郭祥说:"怕是特务造谣吧?"

杨雪摇摇头,眉头微微皱着:

"是真的!我临走那天,听上级说形势严重!昨天报上就登出来了。我在火车上还买了一张《人民日报》哩。"

说着,就去翻她那褪了色的帆布挎包,翻了好久也没找到。

"大概是丢了!"她甩甩手,"反正美国人出动的飞机、舰艇很多。那地方也很重要。"

大妈脸色忧虑地问:"人民军还能退回来吗?"

郭祥也问:"这仁川究竟在什么地方?"

"谁知道呢!"杨雪说,"从前只听说有个高丽国,在我们东边儿……唉,我这文化水儿!"她叹了口气。

郭祥望着大妈:"能不能找本地图看看?"

"怕不好借。"杨大伯在外间屋里插嘴说,"谢家闺女人家上中学,这地理图我想不能没有。"

"不借!"大妈把头一摆。"那老狐狸,看到你借地图,就会猜咱恐慌了!"她寻思了一下,就吩咐大乱到小学校李老师那儿去借。

大乱慌忙跑出门去,刚走到窗外,大妈又喊住他说:"大乱!"

"哎!"

"看你慌的!不要显出这种样子!"

地图拿来了。这是一本十分破旧的"中华民国"二十五年出版的《最新世界详图》。

郭祥和杨雪并着肩膀儿伏在炕沿上翻找着。朝鲜这一页翻出来了。他们有生以来第一次面对着这个狭长的国家,这块陌生的土地,在成百成千个密密麻麻的地名里,寻找着仁川这个地方。

大妈两手支着下巴,神情严肃地坐在炕沿上。大乱挤在姐姐的身后,伸着头瞅着。大伯,这个辛酸一生满脸皱纹的老农,坐在灶门口,含着烟管,也向这边凝望。他们都没有意识到,他们都是第一次如此关切着一个陌生的国家,陌生的土地。

"找不到仁川！仁川,它在哪里呢？是在东,还是在西？是一个有名的大城,还是一个无名的村镇？

最后两个人顺着海岸一个一个地找,才算找到了。

郭祥用一根掐断的火柴棒儿,当做比例尺,认真地量着从仁川到大邱的距离。

"咱们的人还能退回来么？"大妈又问。

郭祥把火柴棒掷在地图上,叹了口气：

"看样子有一千多里路呢！"

大家沉在思索里,屋里静悄无声。

隔了半晌,大妈语气坚决地说：

"咱们的人决不会叫他们消灭。可是,这一千多里路,一路打,一路走,有了伤员可怎么办呢？也不知道有没有人照管他们？……"说到这里,她转为愤恨,"怪不得谢清斋那么得意！今天一大早起,他就在地里转悠,一扫见我,老远就笑哈哈地说：'嫂子,今年这秋庄稼长得可真不赖呀！'笑得我这身上直冒冷气。我就知道有事。"

"咱们中国人刚扒上碗边儿,他们就又来了。"大伯含着烟管喃喃地说。

郭祥脸色有些发黄。他问杨雪：

"部队有没有什么行动？"

杨雪摇摇头说："没有传达。"

"光要听传达呀,"郭祥说,"你当了好几年兵,就不会闻闻味儿？"

杨雪噘着嘴说："光是让大家讨论,已经讨论好几次了。"

郭祥兴奋地把腿一拍：

"那就有门儿！你瞧着吧，不会没有行动！不会没有咱这个军！……反正我是呆不住了！"他的眼里射出小火焰似的光彩。一种征服敌人的渴望又在他的心底燃烧起来。

肉炖熟了。大妈整好摆了满满一桌子。郭祥陪着杨雪略吃了几片，就回家去了。

每个女儿家来，都是家庭的女皇。大妈只嫌杨雪吃得少，把大乱几乎放到一边儿。饭后，大妈把炕扫得干干净净，铺上新洗过的被单，把苍蝇也轰了，门帘放下来，才让女儿休息。一家人又忙着下地秋收去了。

晚上，杨雪挨着母亲睡下，母女俩的话，像抖开的线穗子，说个不尽。大伯和大乱早已入睡。谁家的鸡，已经叫了头遍。这时大妈从枕头上略略抬起，轻声地问：

"你有了？"

"什么？"杨雪反问；其实她早知道说的是什么。

"对象。"

"我才不找呢！"她把头蒙起来哧哧地笑着。

"你把妈当成什么人了？"大妈生气地说，"你负了伤，也不告妈一声，这事儿也想瞒我！"

"人家不是正要对你说嘛！"她把头投到母亲怀里，低声地说，"定了。"

"谁？倒是谁呀？"

"老陆。"

大妈沉吟半晌。

女儿急了："你觉得他怎么样？"

"人倒挺精干，长相也俊。"大妈寻思着说，"就是我觉着，觉着，他在咱家住的时候，好像不那么实在似的。"

"什么叫实在?"女儿不高兴地说,"人家是大功功臣,战斗上可出色啦,文化又高,再说待我可热情啦……"她把头移到自己的枕头上去了。

大妈见女儿生气,不言语了。大妈一生,只有在女儿面前有时收敛起自己的锋芒。

女儿也觉得话说硬了,改了口气:

"你提吧,妈妈。你提了我让他改。"

"我没有料到。"大妈试探着说,"我是想,你跟嘎子从小就在一处……"

"他呀!"女儿笑了。

"他怎么样?"

"人倒是很不错的。作战很勇敢,立功不少,就是爱犯点儿小错误。还蹲过禁闭。"

大妈有些吃惊:"当干部还蹲禁闭?"

"嗯,那是他当排长的时候。"女儿描绘说,"在娘子关,他领着一个排,攻下了雪花山,打得很好。一个女学生听说他的事迹,感动得流了眼泪,马上解下自己的表寄给他。表寄来了,你猜他在哪里?在禁闭室里蹲着哩……他违犯了俘虏政策。"

大妈笑了,宽容地说:"他是有点儿小孩脾气!"

"他见我嘻嘻哈哈的,从来也没有向我提过。"女儿又说。

大妈也不再说什么。她们刚合上眼,鸡已经叫第三遍了。

第九章 惊梦

郭祥回到家里,已经是起响时候。房门上挂着铁锁,母亲想必下地去了。他本想和泥抹炕,刚抓起扁担,就觉得淡淡的没有情趣。又到地里挑了两趟高粱,也觉得没有心花儿。他坐在门限儿上歇了一会儿,院子里的大榆树上,不知道有多少伏凉儿,它们的鸣声是那样无尽无休,令人心烦。

晚饭过后,他觉得精神困倦,就躺在炕上歇着。矇眬间,忽然听见窗外有人叫他:"连长!连长!"仿佛是通讯员花正芳的声音。他问:"小花子!你做什么来了?"只听花正芳说:"你还问哩,部队早已经出发了!"郭祥腾身坐起,抓起小包袱就走。谁知推门一看,外面并没有花正芳的影儿。只见一个人,戴着顶破草帽,手里捧着一嘟噜黑乎乎的东西,直橛橛地立在墙角里。郭祥走近一看,原来是自己的父亲,面孔黧黑,还带着几道血迹。郭祥问:"爹,你手里捧的是什么呀?"只见爹把那串黑乎乎的东西抖了抖,说:"孩子,你不认得这东西么?这就是我的心,我的肝哪!是谢家给我挖出来的!他们把它挂到树枝上给我晒干了。孩子,你给我装进去吧!"郭祥哭了。他哭着说:"你等着吧,爹,我一定给你报仇!"郭祥走着,跑着,跑着,走着,回到他的营房里,营房里已经空无一人,部队已经出发走了。他见一条大路上,有许多散碎的马粪。"部队一定是从这条路上走的!"他想,就顺着这条路拼命地追。追了好久,看见前头有一个挑担子的。追上一看,是司务长老康。"老模范!"他高兴地叫道,"部队还有多远哪?"老康只顾走自己的,见了他理都不理。郭祥走上去说:"老模范,你怎么不理我?"老康把担子一放,指着他,满脸怒容地说:"现在打仗了,你躲在家里,不敢到前边去。哼!我没看出来,原来你也是个落后分子!"郭祥气得跳起来,跟他争辩,老康还是不听。郭祥带着怒气继续向前追赶。远远望见尘土飞扬,有一支部队正在飞快地前进。"怪不得我老追不上,他们跑得多快呀!"他想。他跑步追了上去,可是越看越不像自己的部队。仔细一望,每个人的鼻子都是高高的,戴着船形帽,背着一色的卡宾枪。"糟了!追到美国人的部队里去了!"他正在嘀咕,只见几匹马冲到面前。有一个军官模样的人,洋洋自得地骑在一匹大白马上,用军刀指着他说:"姓郭的,多年不见了,你还认识我吗?"郭祥站定脚步,仔细一看,不是别人,正是谢家的大小子谢家骧。不由怒火腾起,心想,报仇的机会可来到了。他摸出驳壳枪,瞄得准准的。谁知一扣扳机,子弹臭了,那谢家骧在马上哈哈大笑。他正要把臭子弹退出来,继续射击,只见谢家骧命令士兵推出一伙人来,一个个都用绳子捆着。谢家骧大声说:"姓郭的,你认识这些人吗?"郭祥一看,不禁惊叫了一声,这里捆着的,正是他的母亲,还有杨大妈、杨大伯、杨雪、大乱、许老秀、金丝、小契以及全凤凰堡的群众。只见谢家骧把明晃晃的军刀抽了出来,说:"多谢美国人的帮助,你们今天总算又落到我手里了。姓郭的!我今天要当你的面,杀给你看!"说过,手起刀落,郭祥看见自己的母亲,那披着苍白头发的头,就滚了下来。他惊叫了一声,急忙扑上前去,被那白马的蹄子,踢昏在地。他在地上挣扎着,全身动转不得,喊也喊不出声来,好像被绳子捆着的一样……

"嘎子!醒醒,醒醒!"

郭祥醒了。睁眼一看,桌上那盏铁灯,暗幽幽的,母亲正深深垂着头坐在灯前做活。

他出了一身冷汗。

"嘎子，"母亲回过头说，"你刚才做什么梦呢，呜呜哑哑地叫？"

"我，我，没有做什么梦。"他含含糊糊地说。

"我听见你又是哭，又是笑，又是冲呀杀的，好像是打仗似的。"

"许是夜狐子把我压住了。"

"你瞧，"母亲责怪地说，"从小我就老是说你，睡觉时候不要把手压住胸脯，这么大了，还记不住！"

郭祥勉强笑了一笑，心里却酸辣辣的。那沉重迷离的梦境，像是还没有从这小屋里退去。

母亲做着针线，头垂着，像是对那件衣服说话似的：

"人说，梦是心头想。你离家走了，你爹也死了，我怕胡思乱想，弄坏身子，大白天也不敢一个人呆着，总往人多的地方挤。听人说说笑笑的，什么也不想；可是黑间一睡下，还是做不完的梦。不是梦见你，就是梦见你爹。一梦见你爹，就看见他……"

母亲停住针线，墙壁上晃动着她抖抖索索的身影。

"天不早了，妈，快睡吧！"郭祥赶忙截住她的话说。

"看你这领子破成什么了，还能穿得出去？"母亲说着，又继续缝缀起来。她的眼已经花了，常常扎错地方，显得很吃力。她嘱咐郭祥，将来到城市里，买一副老花镜给她。她说别的老婆们，都有老花镜，她也借着戴过，做起活来，得劲的不行。她流露出十分羡慕的样子。

郭祥看母亲的神色快活了些，就说：

"妈，我对你说一件事，你别着急。"

"说吧！"

"你不着急，我才说呢！"

"我不着急。"

郭祥鼓鼓勇气说:"我打算回部队去。"

"怎么?"母亲停住针线一愣,"你不是请了一个月的假么?怎么只待了七八天就要回去?"

"我在部队惯了,在家待着腻味得慌。"

母亲半晌无语,针线也停住了。

郭祥见坏了事,便坐起来,正想劝慰母亲几句,只见母亲摆摆手说:

"别哄我了,孩子,妈不是那种不懂事的。"她抚摸着郭祥的头,又说,"情况我已经知道了。走就走吧,你妈也知道工作重要。"

油灯上结着一颗很大的灯花。郭祥紧紧攥住母亲的手,心里真是说不尽的感激。

"小嘎儿,我还要问你一件事儿。"母亲轻声地说,"你跟妈说实话,你到底有没有对象?"

"没有。"郭祥坐起身来,摇了摇头。

"我跟你说,"母亲把声音放得很低,"有一天,我跟你大妈在树凉下纺线,说起小雪的亲事,我听你大妈老是夸你,我就听出话音来了。那闺女,我看比她娘年轻时候还俊! 就是脸黑一点儿,我看那也没啥。你看呢?"

"她已经订婚了。"郭祥低下头,深深地叹了口气。

母亲一怔:"跟谁?"

"别问了。"郭祥心烦地说。

"唉!"母亲也叹了口气,"要不我把你姑家的闺女给你说说,那闺女也长得不丑!"

"妈,我困得眼都睁不开了,明天再说吧!"郭祥说过,脸朝里躺着去了。

母亲见孩子没趣,不好再问。匆匆缝好领子,插起针,也躺下睡了。不用说,郭祥根本没睡。他的情感,像海浪般地起伏着,而这些是谁也不知道的……

那少年时的青梅竹马,在他的心灵里留下了多少难忘的记忆啊!在蚂蚱飞溅的草丛里,他们争吃过也合吃过一个"蜜蜜罐儿";在花生地里,他们偷扒过人家还没有成熟的花生,一同承受过欢喜和惊怕;在水塘边,他们迎着夕阳挨着肩膀洗过他们肮脏乌黑的小脚丫;在雨后,在僻静的树林里,他们烧着小铁筒儿,分尝过蘑菇的美味。至于那可笑荒诞的事情,当然也是有的。那是一个寂静的中午,他们一同拾柴火回来,白沙在地,蓝天如洗,他们就在那沙地上,插起三根草棍儿,小雪的小歪辫上插着一朵野花,他们双双跪下,万分诚恳地叩了三个响头,然后,"新娘"和"新郎"才背起柴筐手挽着手儿回家去了……这故事也只有那歌唱的蝈蝈知道。

此后,小嘎子因为一枚柳笛,一只黄鹰,离开了自己的家乡,也离开了童年时的伙伴。假若两人从此不再相遇,那童年时的友谊,也无非散失得像轻云一样;可是,谁让他们又偏偏相遇,在战争的烟火中,又有那样多的往还?

郭祥清楚记得,在战火重新燃起的一九四六年,一个九月的日子,他们正驻在易县城郊。那天,郭祥正蹲在村边和同志们说笑,有人冷不防从背后用双手捂住了他的眼睛。"去你娘的!"他粗鲁地说,"我早就知道你是花机关!"他说的"花机关",就是本连最爱开玩笑的司务长。因为他满脸的大麻子,就被人奉送了这个绰号。谁知这一猜,倒引得周围的人哄堂大笑。他知道猜错了,探过手去摸那人的脸,没有摸到,又去摸那人的手,只觉得小小的,嫩嫩的。这是谁呢?除了连部那个调皮的通讯员还有谁呢?他就又粗鲁地说:"我还不知道你是连部那个小鸡巴孩子儿!"这一说,又引起一场大笑,连给自己开玩笑的人,也格格地笑得撒开了手。郭祥回头一看,咦,原来是一个长得那么俏丽的脸色黝黑的姑娘!她穿着稍长的新军衣,打着绑腿,束着皮带,短发上嵌着一顶军帽。她两手交叉着站到那儿,脸红红的,望着他悄声不语。郭祥登时涨红了脸,仔细一看,才蓦地想起这就是他一别多年的童年时的友伴!从此,新的战斗岁月,又给他们童年的友谊续上了无数闪耀的珍珠!

自从小雪来到部队医院担任卫生员之后,就很惹人喜爱。自然,她年纪太小,饭不管凉热,拿来就吃;睡觉也不像个样子,睡着,睡着,就在炕上横过来了。不是把腿压在别人的胸脯上,惹起别的女同志的抗议,就是把被子蹬在炕底下,只抱着个枕头睡觉。至于行军、爬山,也免不了要给首长们、同志们添些麻烦。这是她有时候感到羞愧的地方。但是,就整个地说,她是一个多好的护理人员哪!她不像有些护士那样,嫌脏,嫌累,甚至害怕战士们身上的鲜血,仅仅为了克服这一点,就要经过很长的过程。她是不嫌脏的,因为在家里她不知给伤病员们端过多少屎尿;她是不怕血的,因为她跟母亲一起,给战士们洗过不知多少血衣。她是那样热爱战士们,在情感上丝毫不嫌弃他们。从小,她就攀着战士们的脖子打滴溜儿玩,今天,人家说她年纪大了,不断提醒她是"女孩子",才使她稍稍收敛一些,但他们仍然是她亲密无间的哥哥。在郭祥负伤住院期间,亲眼看到他的童伴,这个小小的新任职的卫生员,是多么能干和劳苦。人们知道,血迹用热水是洗不掉的。十冬腊月,滴水成冰,就在那样的季节里,她的一双小手,一大早晨就泡在冰水里,洗呀,搓呀,洗搓着那一件件发硬的血衣。她的头发上染着霜雪,一双小手冻得像红萝卜一样。她一天要洗出好几十盆。有时她太困了,洗着,洗着,她的头深深垂着,短发搭到水盆里,搭到战士们的血衣上。"你歇歇吧!"同志们说。"你歇歇吧!"郭祥心疼地说。

她抬起头,睁开眼,对着郭祥笑了,笑得很不好意思,笑得很羞愧,连忙又洗起来了。她干活永远是那么急,不干完就不愿停止,不管有多少!直到把干衣服缝好,送到战士手里,这才喘一口气,可是又跑到病房里说笑,给战士们唱歌去了。她走到哪里,哪里就有了生气,就是那死气沉沉的人,脸上也漾出了笑纹。大家尚且这样地欢迎她,何况她童年的友伴呢!

至于说郭祥从什么时候起,从什么事情上爱上了她,日子没有给我们这样的印记,事件也没有提供足够的凭证。常常是这样,一个人悄悄地爱上了另一个人,连他自己也不知道。而且,在相当长的时期里,郭祥自己也分辨不出,这究竟是一种同志之爱、兄妹之爱,或者是别的。渐渐地,他发现自己每次战斗胜利,总要留下一件心爱的胜利品悄悄赠给她,而且唯恐别人知道。渐渐地,他又发现,在两个战役之间休整的日子里,如果见不到她,就感觉到仿佛短缺了一点什么。

真实的郑重的爱情,总是那么难以启口;即使对于一个勇敢的人,也不能说不是一个难题。一九四七年红叶飘飞的秋季,杨雪办一件什么事,顺路去看他。临走,郭祥送她经过一道深沟。这道沟,长十里,名叫红叶沟。沟底一湾碧溪,两旁崖畔上,满是柿子树;柿子红了,叶子也红了,一眼望去,整个一道沟,都是红澄澄的。杨雪在前,郭祥在后,他们踏着鲜艳的红叶,向沟里走去。

"是时候了!"郭祥四望无人,捏了捏驳壳枪的木壳子作了决定,"到那棵最大的柿子树跟前,就开始谈!"

他们走着,走着,眼看就要到那棵大柿子树的跟前了,郭祥的心猛然扑通扑通地跳动起来,不知怎的,被那棵老柿树隆起的粗根绊了个趔趄。

"摔着了吗?"杨雪回过头问。

"没有。"郭祥涨红着脸回答,心里骂,"真成问题!眼也不受使了!"

"还是到前面那块大红石头跟前谈吧!"他恢复了平静,又这样想。

前面,那壁立在溪水里的,其实是一块很大的青石,不过被爬山虎的红叶绣盖严了,所以看起来红通通的。

他们又这样走着,走着。眼看走到那块大石头处,正张口要说,"不行!"郭祥又忽然发觉自己的第一句话并没有想好。

一路上,杨雪絮絮不休地谈着伤员和女伴中的一些趣事,郭祥"嗯嗯"地应答着,实际上并没有听见。眼看已经过去六七里路。他想,爬过前边那道山坡,是绝对地不能够再迟疑了。

过了山坡,他鼓了鼓勇气:

"小雪!"他叫着她的奶名。

杨雪回过头来。

"你瞧我有什么缺点?"他竭力装作满不在乎的样子。

杨雪低头想了想,提了两条:一条叫做小孩子脾气;一条是在医院里休养的时候,跟别人吵过一次嘴。不过,她又补充说:"我自己的小孩脾气也挺大的。"

"我以后要坚决克服!"郭祥坚定地说,后面的话,又接不下去了。

红叶沟已经走出,迎面过来大队驮柿子的驮子。郭祥的计划就这样吹了。

"打过这次战役再说。像洋学生那样谈恋爱不行,下次我要单刀直入!"这是他回来路上所作的结论。

下次战役打得很好。郭祥率领的全旅驰名的"小鬼排",简直可以说大获全胜。这次共抓了五六十个俘虏,还缴获了两门美式山炮,而且伤亡也不甚大。小鬼们真是高兴得要命,他们的排长领着头儿骑在山炮上,饭都不顾得吃了。别人休息了,睡觉了,他们还是不厌其烦地谈论着这两门山炮和自己的战斗经过。谁知敌人增援来了,接着就是一个一百二十里的长途行军。这一下小鬼们熬不住了,一边走,一边睡,有一个还差点掉到井里,队伍沥沥拉拉走得很不像个样子。"这哪像个打胜仗的样子?"排长懊恼地想。他发了脾气,谁知作用不大。他又编了几个有趣的故事,也没有起到应有的作用。郭祥开动脑筋想了想,"我非出一个花招儿不可!"他走着,走着,看见村边有几只大芦花公鸡,懒洋洋地在那儿漫步。他灵机一动,瞅瞅连的干部不在,从米袋子里掏出一把米来,然后就捉住了一只。那只鸡惊慌地咯咯地叫着,他解开怀,把它藏在怀里,又扣上了钮扣。走了几步,他就卧倒在路旁,两手抱着肚子叫道:"哎哟!哎哟!"小鬼们见排长病了,眨巴着睡眼围上来,有人掏仁丹,有人掏水壶,有人喊卫生员儿。这位排长见时机已到,钮扣一解,那只大芦花鸡噗啦啦地从人头上飞过,逗得小鬼们哈哈大笑,瞌睡被赶跑了。郭祥站起来说:"好了,戏法你们看过了,现在你们要好好地走!要走得有精神一些,前面就要过镇店了!"果然,小鬼们精神奋发,在镇店的大街上,走得很像个样子。

　　谁知一到宿营地,就出了岔儿。郭祥被带到连部。连长、指导员、副连长、副指导员四个人,直批评了他大半个钟头,对他别出心裁的鼓动方式,给予了彻底的否定。当然,这笑话很快就风传到整个的纵队。

　　杨雪前来看他。按照预定计划,本来到了实现那条"单刀直入"方针的时候,而且,缴获了两门山炮的小鬼排长,该是多么扬眉吐气呀!可是完全没想到竟出了这样的岔子!糟糕之极!郭祥懊丧地垂着脑袋瓜儿,躲起来没有和杨雪见面。"等到下次战役,恢复恢复名誉,再说不迟!"他作出了新的决定。

下次战役,郭祥他们果然又打得很好。雪花山悬崖上一座最险峻最坚固的堡垒被小鬼排攻克了,虽然伤亡较大,但为整个战役打开了顺利发展的道路。郭祥的战斗事迹,第一次登载在《晋察冀日报》上。《晋察冀画报》还刊登了郭祥和小鬼排的照片。一位女学生写了一封十分热情的信,外附一块怀表(她父亲的遗物),指名赠给郭祥。信上用激昂的调子说:"让这块表给我们的英雄指示胜利的时刻吧,它比在我的手里更有用!"信末还附了一首诗:

想起了我们的英雄,
像看见一只飞鹰,
你飞到了雪花山上,
雪花山也胆战心惊!

你两次被埋入土中,
又钻出来勇敢冲锋,
我们一定要向你学习,
把敌人的碉堡扫平!

旅政治部接到了这块表和这封信,专门派了一个干事去送给本人。政治部主任并且特别指示这个干事说,最好要团里或者营里召开一个军人大会,当众把信和表交给他,以扩大影响,增强斗志。干事到了团里,说明来意,谁知团政治处主任又是摇头,又是叹气地说:"东西你送给他本人就是,反正大会是不能开的!"原来,这个仗打得比较苦,两个班长和郭祥心爱的几个战士都牺牲了。他们冲进碉堡的时候,敌人一直抵抗到最后才缴了枪。小鬼们眼都红了,有的说:"毙了他妈的吧!"郭祥说:"行!都是还乡团,老地主,比蒋介石的正规军还顽固,毙了没什么可惜的!"就这么着,把为首的一个反动军官打死了。因为违犯了俘虏政策,这个排的主要负责人,现在正在禁闭室里蹲着哩。这个干事只好找到禁闭室——一个农家的磨房——把东西交给他。他的眼泪啪啪地打在信纸上,把信纸都打湿了。

事后,有人编了段快板:

> 姑娘寄来一块表,
> 到处来把英雄找,
> 营部连部都找遍,
> 不知英雄哪去了?
> 原来英雄搬了家,
> 地方清静屋子小,
> 门口还有警卫员,
> 解除疲劳实在好。

郭祥的原定计划,就这样一次一次地吹了。他想,她是个好姑娘,而我的缺点这样多,老出娄子,就是她答应下了,心里也不痛快。不如推到来日再说。谁知,事情不知不觉中竟起了根本变化。

那是今年春季,部队完成了解放大西北的任务之后,就驻在银川附近的黄河岸上。这时的郭祥已经是连长了。有一个星期天,郭祥刚刚开罢了连务会,就见通讯员走进来说:

"准备点好吃的吧,有人找你!"

话没落音,杨雪就进来了。

郭祥见她容光焕发,头发乌亮,无论眼角眉梢,都带出喜滋滋的样子,衣服也穿得格外整洁,像是专意打扮过的。

"请坐吧,班长!"郭祥玩笑地说,这时的杨雪已经是护士班长了。

"别闹!"杨雪扯着他说,"你出来,我跟你谈个事儿。"

郭祥毫不迟疑,就跟她走了出来。"太好了,她倒先找我谈,我的心事叫她看出来啦!"郭祥一边走,一边高兴地想。

出了西门,城外有一个小湖。湖虽不大,却有不少的野鸭常常落在那里。岸边,有两株桃树,桃花开得特别的好。

他俩坐在桃树下,四外静悄悄的,只有战士结扎的一条木筏,在水边荡来荡去。

"有一件事儿,"杨雪红着脸,低着头说,"我早想同你谈谈。"

"你说,你说。"郭祥脸上兴奋得发光。

"咱们俩是从小在一块儿长大的。"她诚挚地望着郭祥,"你听了,一定要说实话。"

郭祥摘下帽子,搔搔头皮:"你就说吧。"

"你一定要好好儿地给我参谋参谋。"她又说。

郭祥焦急地又把帽子戴上,"小雪,你怎么变得这么啰嗦!"

杨雪笑了一笑,"有人追我。……你知道是谁?"她偏着头瞅着郭祥。

"我不知道。"郭祥笑了。哈哈,那还有谁!

"你猜一猜!"

"我猜不着。"

"猜一猜嘛!"

"这黑丫头要玩花招儿!"郭祥心里想道,就随口说:"是胡医生不是?"因为他住院时有些风闻。

"他呀!"杨雪用鼻子哼了一声,"我一辈子不结婚也不找他!最近开刀,连棉花球儿都给人缝到肚子里去了,还一天价擦雪花膏哩!"她大笑起来。

郭祥也笑了一阵。又猜:"是不是医院的李文书呀?"其实他明知道不会是李文书,虽然他也追得很紧。

"他呀!小脸儿长得不错,就是不像个男的!"她又哧哧地笑起来,显见她又想起什么有趣的事情。

郭祥说:"我猜不着!"

"从你们营的范围里猜吧!"她调皮地望了郭祥一眼。

郭祥笑而不答,心想:"你早晚总得归入正题。"

"我对你实说了吧!"杨雪脸上闪耀着幸福的光辉,望着湖水,"就是,就是……那个人哪,高高的个子,讲话声音挺洪亮的,还是一个大功功臣!你说是谁?"

郭祥的脸色紧张起来。

"是我们营长吗?"他惶惑地问。

杨雪点点头,笑了,接着问:"你看他行不?"

"你看呢?"郭祥躲过她的眼睛。

"我呀,我觉着他挺不错的。"她有点儿不好意思,"人家是大功功臣,战斗上很好;文化水儿吧,也不像我只埋住脚脖儿;在群众里头威信也高……而且对我挺热情的……"

郭祥脸色发白。

"你觉着他不行吗?"杨雪担心地问。

"不。"郭祥竭力地克制着自己,使自己镇定清醒。他把手一挥,"你可以下这个决心!"

说过以后,他还勉强地笑了笑。

第一次沉湎在爱情幸福中的姑娘,竟然未能察觉郭祥深深埋藏在心底的不曾吐露的情感!"好吧,那我就到营部回答他,他还等着我哩!"说着,她站起身来,把手里的草叶用力地掷到湖水里,走了没几步,就一蹦一跳地跑进城门去了。

这时候,郭祥再也控制不住自己的情感,因为四外无人,他已经忘记了自己是五尺多高的男子汉,望着湖水上刚才被丢落的草叶,眼泪刷刷地滴落在湖水里。可以说,郭祥第一次发现自己是那样深切地爱她。这时候,假若你遇到我们的主人公,你决不会想到,这就是当年在敌人炮楼丛中神出鬼没的嘎子,这就是攻克天险雪花山的郭祥,这就是那位遇事总有办法的永远欢乐的人物!只有孩子,才能像他哭得那么专心。有一只水鸭,大胆地飞到他的身边觅寻鱼虾,把头深深地探到湖水里,他都没有发现。有一个戴白帽子的回民老头,经过他的身边,他躲闪不及,就捧起湖水,装作洗脸的样子,眼泪还是照样地流到那碧清的湖水里去了。

"我应该给她写一封信。"他忽然闪过一个念头,"她爱我也罢,不爱也罢,我的这颗心,应该让她知道。"

他擦擦眼泪,掏出他那个写满了武器、弹药、军歌,以及各班发生问题的小笔记本,用那支蹩脚钢笔刷刷地写起来。虽然平时给文化教员作一篇文,使他深感头痛,现在却写得很快,不一时就写了好几页。

写完之后,他翻来覆去地看。

"多可耻呀!"看到第二遍的时候,他忽然骂了自己一句。"什么祝你幸福!这不是搞破坏吗?如果自己真心爱她,为什么要妨碍她的行动,使她精神不安呢?营长是我的老战友,为什么要影响他们的关系呢?这是一个共产党员做的事吗?……"

他抓起那封信,几把就扯得粉碎,把它狠狠地掷到湖水里去了。

…………

"告诉你,今后再不许想她!也不许做出任何对营长不利的事情!"当他在乱麻一般的思绪中严厉警告自己的时候,天已经亮了。小窗上流进来清泉一般的晨光。

第十章　分别

郭祥辗转不能成寐。第二天一大早,就到大妈家辞行,告知她明天回部队去。大妈心如明镜,一听就知道是昨天的消息使他急了。

"你是怕打不上仗!"大妈指着他的鼻子说,"是不?"

郭祥笑了。

杨雪正在梳头,听说郭祥要走,嘴上叼着发卡儿,从里间屋走出来,说:

"我也要走!咱们俩就伴儿。"

"你马上走!"大妈生气地说。

"走就走!"女儿分毫不让,"形势一时一个变化,我还怕落后哩!"

郭祥正要劝杨雪多住几天,大妈瞅着他说:

"傻小子!我问你明天是什么日子?"

"中秋节呀!"郭祥说。

"是呀!"大妈说,"你出去了十三四年儿,明天是八月十五,撂下你妈独自个儿吃泪泡西瓜,你想想是什么滋味儿?"

郭祥沉默不语。

"就这么定了!"大妈决断地说,"吃好吃歹,明儿个在家团团圆圆。后天一早儿,我送你们俩上车,任你们飞上天去!"

他们就这样取得了协议。

郭祥回家对母亲说了。母亲原本也是这个心意,只恐怕拗儿子不过,没有敢提,现在听说儿子晚走一天,自然欢喜不尽。她把儿子的破衣烂袜找出来,该洗该补的,紧赶着做。另外,还托金丝给儿子做了一个小棉坎肩儿,准备在秋深冬初棉衣还没有发下的时节,好套在单衣里面。郭祥也抓紧时间,打场,抹炕,还把那个发黑的破风箱,也修理了一下,好使母亲日后做饭少花一点气力。

中秋节,招引着家人的团聚,也容易给孤零的老人们增添无端的悲凉。郭祥唯恐母亲想起那些悲惨的往事,就灌了两斤白酒,约请了大妈一家,金丝一家,小契一家共度佳节。这一晚秋风飒飒,月色满院。郭祥一开头就讲了几个有趣的战斗故事,特别是中秋夜袭占敌人据点吃西瓜吃得全连跑肚子的事,逗得大家哈哈大笑。最后,郭祥又偷偷告诉小契,叫他切西瓜时切一个奇数。按民间旧俗,在西瓜中部插花切开,如果瓜牙儿的数目是个奇数,一年内就会有添人进口的喜事。这一晚,小契切瓜时,果然母亲不言不语带着异常虔诚的神态注视着。小契在西瓜的绿皮上刺成了锯齿形,然后用力分成了两半。母亲就悄悄地数起来了,当她数到第九个时,望望郭祥,脸上充满了微笑……总之,这一晚母亲特别高兴,郭祥的部署取得了圆满的胜利。

第二天一早,郭祥就收拾停当,准备起程。他和杨雪本来打算徒步走,大妈坚持要雇一辆大车,而且说已经雇妥了,郭祥只好等着。谁知左等也不来,右等也不来,直到小晌午了,还不见影儿。郭祥急了,就跑去问大妈。大妈说:"想是赶车的吃饭晚了,你且回去耐心地等他一会儿。"郭祥只好回家等着,看看天已近午,又跑去追问大妈。大妈只是笑,也不答话,问得急了,才忍不住笑起来说:

"小子,人都说你嘎,我看比起你大妈来,还是缺个心眼儿!"她笑了一阵,"放心吧,等明天再不让你们走,我就真是落后分子儿了。"

次日一早,果然街上响过一阵清亮的铜铃,一辆马车在杨家的门口停住。

郭祥和母亲走到大妈门口,一看赶车的还是老亨,而那匹小青骡子,已换成一匹又高又大的黑骡子,屁股蛋子圆墩墩的,像黑缎子一般明亮。

郭祥跟他打过招呼,带着笑嘲弄地说:

"你倒挺发财的,不几天就倒腾了这么一匹漂亮骡子!"

"光拉脚能挣几个?"他撇撇嘴,"前几天我跟你们村长拉了几趟鲜货,倒挺顶事。"

郭祥母子到大妈家坐了一会儿,等杨雪吃完饭,才一同提着包袱上车。这时候,除了小契、金丝、老秀等几家知近亲友,街坊邻舍来送行的,也很不少。人们纷纷慨叹着询问着一些类似的话:

"出去了这么多年,怎么住了几天就走了?"

"人家惦着工作哩,"有人代替回答说,"人家连长,还管着一百多号人哩,哪能像咱们似的!"

"什么时候再回来呀?"又有人问。

"别问这扯淡的话吧,"有人反对说,"当兵打仗,山南海北,这哪有个准儿!"

"嘎子兄弟!"一个大嫂说,"你二十大几啦,再回来,可得给我们带回来一个!要再是这么一个人,我们可不能让你进村儿!"

人们笑着,问着,郭祥笑着,应答着。有时同一类问话,甚至要回答好几遍。在杨雪那里,也围着一群人,大都是些老婆、媳妇和姑娘,喊喊喳喳更没个完。

这时候,本村最老的老人郭老驹,也扶着拐杖挤了过来,满头白发,胡子白得像银条似的。他早就一百岁开外了,可是每年老对人说是九十八岁。他也挤到郭祥的身边来了。

"老爷爷!"郭祥连忙亲热地招呼他,"您身子骨儿硬朗呀?"

"就是牙口儿不大好使了!"他指指自己的嘴。

"您多大岁数儿啦,老爷爷?"

"九十八啦!"

人群里马上扬起一阵轻微的笑声。他慢悠悠地转过头,瞅了大伙一眼,又往前迈了迈,抚着郭祥的肩头,缓缓地说:

"小孙孙!别忘了咱这个家!我这个孙子媳妇儿,"他指指郭祥的母亲,"一个人在家过日子,不容易!"

郭祥的母亲眼里噙着泪花。

"老爷爷!快让人上车吧!"人们纷纷地催促着说。

"我嘱咐他几句!等他下次回来,我怕就见不上了。"他神态庄重,一字一板地说,"小孙孙!咱们郭家,我记事儿,就没吃过饱饭。这几年,才扒上了碗边儿,吃上了舒心饭。这不容易!你在外头当兵,要好好看着,别叫洋鬼子、国民党再回来!他们再回来,只有等死,我是再也跑不动了……"

"你放心吧!老爷爷!"郭祥热血沸腾,在人群里高声说道。

"老爷爷!快让人上车吧!"人们又催促着。

"好,你上车吧!"老人叹息了一声。"多好的孩子!要是他爹活着,能看见他,该有多好!"说过,一滴老泪洒在车道沟旁的灰土里。

"别提他了!"郭祥的母亲用衣袖拭拭眼泪说,"要不是他用鞋底子死打,孩子怎么会那么小就跑出去!"

人们都心里难受,也埋怨老人多话。

小契看见这种情形,马上分开众人,摆手让郭祥、杨雪上车。又走到郭母的跟前说:

"嫂子,眼里别老出汗啦!叫我说,这两鞋底子打得好:一鞋底子打出了个功臣,再一鞋底子又打出了个连长。要是俺爹活着,我还想叫他打两鞋底子哩!"

人们笑起来。郭祥的母亲也拭去眼泪,空气变得舒缓了些。

郭祥、杨雪上了车。老亨把鞭梢一扬,马车刚开始走动,郭祥听见一个阴阳怪气的声音说:

"嫂子,别哭啦。孩子出去个三头二十年不回来,那算什么!这是为人民服务,是光荣的!"

郭祥一看,是地主谢清斋。原来刚才他背着个粪筐子,站在对面门台上看热闹,不知什么时候,也挤到人群里来了。

"唷!"郭祥喊了一声,把骡子止住。

"你说什么?"郭祥瞅着他问。

"哦,哦,侄子!我刚才听说你走,也赶来送送!"谢清斋满脸是笑,点头哈腰地说。

"我问你,刚才你说什么?"

"我,我,"他嗫嚅嘴,"我说你荣任了连长,又是人民功臣,真是太光荣啦!"

"光荣不光荣,只要打倒那些吃肉不吐骨头的家伙就行!"郭祥冷笑着说。

"那,那个自然!"谢清斋流露出得意的神态,"你走得这么急,敢是世道有点不平妥吧?"

"不平妥不是也很好吗?你这个粪叉子,就可以变成文明棍儿了。"郭祥又冷笑了一声,指着他对众人说,"你们大伙瞧瞧,凭他这个样儿还想变天!"

大伙瞅着他那尖嘴猴腮,小胳膊细腿的神气,瞅着他那穿着破缎子背心背着粪筐的架势,不由地哈哈大笑起来。

"别逗笑啦,侄子,"谢清斋隐藏起内心的激怒,"咱们都是一个立场。我就是担心美国的飞机大炮,怕咱们抵挡不住!"

"那你等着瞧吧!"郭祥响亮地说。

"好,我等着。下次回来,我请你喝胜利酒!"

"那太好了!"郭祥指着他说,"如果我碰到你们家的团长,我会把他送到俘虏营里,叫他来凤凰堡陪我们喝!到那时候,我们一定要喝个痛快!"

人们笑起来。

郭祥从老亨手里抢过鞭子,啪地摔了一个响脆,车开动了。

秋风飒飒,铜铃爽爽。现在,这辆花轱辘马车,已经载着我们的年轻人,离开了凤凰堡奔向西南。

按常情说,一别多年的故乡,一别多年的父母,匆匆一面,又即刻离去,该会有多么的惆怅和眷恋!可是我们的年轻人哪,在他们的远方,还住聚着另一个家庭,另一个世界。这个家庭,就是他们的战斗大家庭,在这个家庭里,充满了无与伦比的阶级友爱;这个世界,就是他们为革命理想献身的世界,而且,唯有这种一往无前的献身精神,才是他们的道德规范。他们就是在这个家庭,这个世界里长大的。尽管这个家庭经常与困难结伴,与呼啸的风沙和漫天的火光为邻,但他们离开了这个伟大的战斗集体就不能够生活。也许在战斗的间隙里,他们想过自己的故乡,自己的父母,也想过有一天能够回到他们的身边,吃几个煮鸡蛋或是煎小鱼吧;可是当他们真的回到家里,呆上三五天也足够了,再要延长,就从心里烦了,腻了,仿佛是住在旅店里的生客。这时候,他们发现,自己更其渴念的倒是那个战斗的家,倒是自己的首长和同生共死的伙伴。离开了他们,离开了斗争,就不能生活下去。何况今天,当远方又起了一场浩大的战争!

凤凰堡村西,有一大片垂柳围绕的水塘。送行的亲人们,站在水塘岸上,刚才连他们的倒影都看得见,现在马车拐上西南,就被那一簇簇的树丛影住了。杨雪正要转过头来,只见大乱从一片大麻子地里钻出来,向这边慌慌张张地跑着,后面还跟着一只小花狗儿。

杨雪挥挥手,朝着他喊:"大乱!你来干什么?"

"送你们一截儿!"

大乱一边跑一边答话。等离得近了,才看见他背着一个小背包儿,斜挎着一个褪了色的军用挎包,里面鼓鼓囊囊不知装了些什么。他迈着大步,显出一副战士行军的英武样子。两个小脸蛋绯红绯红。那只小花狗一时舐他的脚跟,一时又跳跃着赶到他的前面,回过头向他摇着尾巴。

郭祥用手点着他说:"说实话,你倒是来干什么?"

"送送你们哪!"他眨巴眨巴猫眼,"送你们到周各庄我就回来。"说着,就要伸手扒车。

杨雪从车厢里欠起身子,止住他说:

"你别蒙人儿!说,你倒是干什么?"

"嘿,"他嬉皮笑脸地说,"你们多年不回来,人家送你们一程就不行吗!"

"别装蒜啦,"郭祥笑了,"你这鬼名堂我一看就破!到了周各庄你说送梅花渡,到了梅花渡你说送固城车站,到了固城车站你又要送我们到部队,你是想让我们把你带到部队里去,是不?"

大乱脸上显出两个小酒涡儿,羞涩地笑了。他摆摆手:"好,算你猜对了!说干脆的,给你当通讯员你要不要?"

杨雪故意装出十分严肃的样子,斥责地说:

"你给娘说了吗?你给爹说了吗?像你这无组织无纪律的兵,

哪里也不能要！你就是跟到固城,也不给你买火车票！"

大乱没有料到这最厉害的一着,脚步不由地慢下来。那只小花狗就凑上去舔他的脚后跟。

郭祥也绷着脸说:"兄弟！你要听话,等明年我回来,保准把你带去。你要不听话,我通知所有的部队,哪个也不收你。"

大乱在车下有气无力地走着,哭丧着脸,抬起头问:

"要是你说的话不算数呢?"

郭祥把腿一拍:"那你就骂我是小狗子好了。"

大乱迟迟疑疑地停住了脚步。车走远了。

等大车赶出很远很远,只要回头一望,还可以看见在那秋天的阔野里,站着一个背着小背包儿的孩子。他呆呆地在那儿站着,那只小花狗还在舔他的脚后跟哩。

杨雪鼻子酸酸地说:"说良心话,我真喜欢我这个弟弟。要不是可怜我妈,我真想把他带出去锻炼锻炼！"

郭祥点头同意:"要放到我们团里打几个滚儿,战斗作风准错不了！"说过,朝老亨背上拍了一掌,催促着说:"怎么样？我来替你赶一程吧！"

"算啦,嘎子兄弟,我知道你那一手！"老亨嘿嘿笑着,唯恐郭祥再使什么花招儿,就在猎猎的秋风中扬起鞭子,骡蹄子踏着落叶,发出了急雨般的响声。

第十一章　路上

凤凰堡越来越远,渐渐隐没在发黄的树丛里。这时候,也许还有人在那里站着吧,也许还有人踮着脚尖在瞅他们的亲人吧;可是我们的年轻人,心里想着的却是远方,远方……

中秋已过,地里的庄稼大部收割完了,这时的平原又显得是多么的开阔哟。只有贫农们小心留下的三五株晚熟的高粱,摇曳着火红的穗子,点缀着平原的秋色。

"真是!不回家想家,家来不到三天就腻味啦。你说是不是,嘎子?"杨雪盘起腿儿坐在车厢里,尽量把她穿着白胶鞋的脚压在腿底下,中秋过后的早晨,风已经很有些凉了。

"谁说不是!"郭祥吊着腿坐在前面车沿上,"一家来,第一天热乎,第二天就蔫乎了。门口转到屋里,屋里转到门口,直矗矗当街一站,没事拉叉的,像是叫牛笼嘴拘着似的。"

这时候,从北方靛蓝色的天空里飞过来一群大雁。杨雪用手一指:

"你瞧,这大雁也像咱们这些当兵人似的,今天飞到这里,明天飞到那里。"

"这话也对。"郭祥说,"不过咱们是哪里艰苦就到哪里去,这大雁倒是专找寻不冷不热的地方。"

那群大雁已经"咯儿嘎、咯儿嘎"地飞到头顶上来了。杨雪仰起脸儿目送着它们,轻声唱着:

大雁大雁排齐咧,
后头跟着你老姨咧;
大雁大雁排好咧,
后头跟着你姥姥咧……

郭祥立刻想起,这是他们儿时常唱的一首曲儿。那时候,他们总是手拉着手唱着,来欢迎欢送那从故乡田野上飞过的雁群。

她一直把大雁目送到很远的地方,才转过脸来说:

"你还记得咱们小时候常唱的这支小曲儿吧?"

"你既是不喜欢我,还提这干什么?"郭祥心里懊恼地想。

杨雪以为他当真想不起来,就格格地笑着说:

"哈哈,连这你都记不得了?"

"真是记不得了。"郭祥乘机抓了抓头发,叹了口气。

真是最快乐的人也有烦恼的时候。我们的郭祥一向是多么快乐的人呀,真是人走到哪里,笑声跟到哪里,如果他那嘎样儿引不起你发笑的话,那就不成其为嘎子了。可是你瞅他现在,眉头皱成了一个疙瘩,多难受呀。

"究竟她是一个傻姑娘呢,还是装糊涂呢?"他又第几百次向自己提出这个叫人困惑的问题。郭祥想道:说她傻,她比谁不机灵啊!而且肯定她是有心计的。当她还是一个洗衣员的时候,她就能够说得出上百个药名。即使她周围的人,也说不出她究竟是什么时候学会的。她只不过是往病房里送送衣服,医生身边站一站,药房里转一转,说说笑笑,完全是一副心不在焉的样子,可是就在她那眼角一撒一撒中间,那些知识,早已经印花布似的印在了她那灵巧的心上。对郭祥印象最深的是一次晚会。那次,师里的文工队到团里来演戏,演出那天下午,一个女队员突然得了急病,不知谁出的怪主意,就把她临时"借"去了。她那时候还不识多少字,不能看剧本读台词,导演急得满头是汗,只好一句一句教她。临演出,台词才刚刚教完,全体演员都为她捏一把汗,心里扑通扑通地跳。结果,竟出人意料,不仅台词上没出什么大差错,而且她演的这个地主家的使女被赶出来的时候,表演得是多么真挚动人啊!她的泪真的流下来了。当时坐在台下的郭祥,掏出手绢儿,竟哭得像个泪人儿似的……能说她不聪明吗?可是,这位百伶百俐的姑娘,为什么,为什么对于一个长期倾心相慕的人的情感,就没有察觉呢?为什么,为什么她就不讲出口来呢?哼,她必定是瞧不起我,我以后不要理她就是。可是,正像往常一样,每想到这里,自己就又为她辩解:"你不要那样想,那会屈冤人的!你一个男子大汉,自己还讲不出口来,为什么倒去怨恨一个姑娘呢?"想到这里,他就暗暗对自己说:"郭祥呀郭祥!过去有那么多好机会,你偏偏一字不谈;现在生米已经快做成熟饭了,你还嘀咕这些做什么!"想到这儿,气得他把腿一拍,懊恼地说:"你真是一个混球儿!"

糟糕!郭祥一时没注意,竟说出声音来了。

"你说谁是混球儿呀?嘎子!"杨雪问。

"我是说……"郭祥抓耳挠腮的,"一个小虫子钻到我耳朵里去了。"说着,他就用手指头往耳朵里乱抠。

"别乱掏呀,"杨雪欠起身来着急地说,"让我瞅瞅!"

郭祥连忙摇摇手说:"不要紧,它自己会爬出来的!"

车轮滚滚,思绪纷纷。郭祥没有注意,马车已经上了堤坡,下面就是大清河的一湾清流。在贴近岸边的水面上,漂着不少早落的柳叶。

"可是,可是……"郭祥继续想道,"事情也不能全怪我呀!我本来是准备向她提出来的,谁知道正要开口哩,事前没有任何迹象,就突然起了那么大的变化!这究竟是怎么回事?等有了机会,我还是问她一问。"郭祥就这样做了决定。

一路上,人少车轻,赶得很快。中午略略打了个尖儿,太阳大高,就赶到了固城车站。

说是车站,其实除了一处票房,几家骡马大店,跟普通的乡村没有多少区别。两个人图节省,就将家里带来的烙饼让店家烩了烩,只出了个油钱。饭后,因为离上车还早,就到村头遛弯去了。

村南有两三棵老梨树,叶子红得耀眼,怪叫人喜欢。两个人就随便坐下歇着。远处有几家农户正在忙着打场。

"看起来,"杨雪说,"今年的大秋还是很不错的。"

"不错。"郭祥随口应和。

"你们营的庄稼也很不错吧?"

"不错。"郭祥又说。

"领导生产怕很不易吧?"

"头一年开荒,一点半点困难还断得了!"

"你们……你们营长的领导怎么样?"杨雪的脸红了一红,不过红得不算厉害。

"他,很有办法。"郭祥满口称赞地说;一面心里暗想,"你瞧,她到底把她高兴的话题引出来了。"

"别夸他啦。"杨雪撇撇嘴说,"要说战斗,工作,他是有一套;要说生产,恐怕他不在行。"

"你瞧,一提他,她高兴得眼睛都放光了。"郭祥想道,"我不如就趁这时候,把那个问题问她一问。"

他摘下帽子来,摔了摔土,装作很随便的样子问道:

"小雪,你能不能给我讲讲,你们俩到底是怎么样搞成的呀?"

"这个……"杨雪低下头格格地笑了一阵,"这有什么好说的!"

郭祥又带笑说:

"我记得你说过,就是天皇老子你也不谈这个问题。大概……这是烟幕弹吧!"

"怎么是烟幕弹呢?"杨雪笑着说,"一入伍,我就有爱人了,可热乎哩!"

"谁?"

"姓文。"

郭祥想不起一个什么姓文的,忙问:

"他叫什么?"

"他叫文化。"杨雪又格格地笑了一阵,然后收住笑说,"说真的,那时候我真迷上它了。你想想,一入伍,全班就数我文化低。有一回军邮交给我一封信,我就拿着到班里大吵大嚷:'这是谁的信哪,快来拿呀!'人们一看,就哈哈大笑起来,把我笑得愣乎乎的,原来这就是我的信! 连自己的名儿都不认识,多惨哪! 我想,我要不好好学习,我就跟不上革命的发展,将来要变成废人了。我就下了决心。你知道,那时候,我一天要洗几十件血衣,晚上还要烫了,整了,只有天亮以前,悄悄起来,点上灯学一会儿,我哪里还有别的心思! 再说那时候,我才十六七,懂得什么叫恋爱! 有一次,我和护士大刘病了,留到后方,孔医生就托人给我送来一大包苹果,我一看那苹果真好,一气就吃了两三个。那大刘就龇着牙笑,还说:'小杨,孔医生为什么单单给你送苹果呀?'我一想,对呀,这么多女同志,为什么单单给我送苹果呢? 你瞧,我那时候儿多傻,想都没想一下就把人家的东西吃了! 果不其然,第二天就接到了他一封信,里面写了那么多的碜话;我瞧着,瞧着,就哭起来了,连饭也不吃了。政委把我找去,问我哭什么哩,我把信一甩说,'你瞅瞅吧。'政委一看哈哈大笑,他说:'小杨! 你这个小姑娘,还不懂得这个,每个女孩子都要过这一关的。你不同意,拒绝他就是了。'他最后还告诉我,应该学一点对付这种那种情况的办法,我这思想就武装起来了。追求我的,还真是不少,有当面献殷勤的,有派警卫员来给我送胜利品的,有借谈工作为名找我个别谈话的,还有一味死瞅你、死缠你的,通通叫我一个一个地顶回去了。从此以后,他们就给我取了一个外号,叫我是'攻不破的堡垒'!"

"嘿,看起来我当时没有向她张口儿,还是对的。"郭祥心中想道,接着又问:"以后呢?"

"以后,"杨雪笑着,从地上拾起一片红叶,卷着卷儿,"我这'堡垒'不就叫他给攻破了吗!……到底人家聪明人是有办法。"她瞅着那片红叶微笑着,音调里充满了赞赏。

"什么时候?"

"那也难说,"杨雪说,"我自己也是不知不觉的……那还是我在团卫生队工作的时候,虽然也听人说他这好那好,我根本就不在心儿。有一天,他突然跑到卫生队瞧病来了,我还是不在意,一直低着头在那儿练字。正在写着,写着,听得背后有人说:'这小鬼学习可真努力!'我回头一瞅,原来是他笑吟吟地偷看我写字哩。羞得我就连忙把字捂起来了。他说:'小杨,拿过来让我看看。'我说:'这有什么好看的,像狗爬似的。'他又亲切地说:'别小资产了,谁也要经过这个过程。我刚才看你写了好几个错字。'我看他挺庄重,不像是跟我打喜诨的,就把手挪开了。他弯下腰来,看得可严肃可仔细哩,接着就掏出钢笔,把错字一个个改了,一笔一画,比文化教员改得还认真哩。改过以后,说还有要紧事,就急急忙忙走了。我想,这人多亲切呀,多热情呀,人家虽说是营首长,一点架子都没有。隔了几天,他又瞧病来了,一见我就热情地说:'小杨,这几天学习怎么样?'我就把学习中遇到的困难跟他讲了。他说:'我也考虑了一下,你学习很积极,就是方法还不很对头。方法对了,可能快得多。'我一听就乐了,忙问他有什么巧法。他说:'你会注音字母不会?'我说不会。他说我假若学会注音字母,就可以查字典,很快就可以看书了。一听说会看书,乐得我嘴都合不拢了。他又说:'小杨,你别高兴!我可以教会你,但是我不一定每天都有时间。'我说:'营长,我不能占你太多的时间,只要你到团部开会的时候,顺便拐个弯儿教我几个就好。'从这以后,我们俩就'ㄅㄆㄇㄈ'起来了。"杨雪笑了一阵,沉了沉,又说:"人哪,真怪,有时候他时间长了不来,我还觉着怪别扭哩。当然,我也想过:他这么尽心竭力地教我,是不是还有别的意思?可是整整几个月,人家没有说过一句淡话,没有任何不庄重的地方,我呀,千万不要冤枉了好人!……哈哈,一直到我们的关系确定以后,他才向我坦白了,嘎子,你知道他说什么?……他说这就叫'诱敌深入'!"

杨雪笑得格格的,靠在那棵老梨树上,把那片揉碎了的红叶扔到一边去了。

郭祥也勉强地笑了一笑。

"当然光这个也不行,还有哩。"杨雪收住笑说,"就在那些日子里,我平常接近的人,比如说护士大刘,我们卫生队的队长,还有侯医生,他们同我扯起闲话来,都不断称赞他。有一次,贺华姐姐病了,我去看望她。正好团长也在家。我在外间屋里帮他们的孩子洗尿布,听见里间屋里团长对贺华姐姐说:'一个干部要全面很难。有的人是文的来得,武的来不得;有的人是武的来得,文的来不得。像我还能冲几下子,将来胜利了,搞建设了,准叫干部部门儿发愁。'又听贺华说:'你瞧咱们团的干部,有没有是文武双全的?'团长马上说:'怎么没有?我看一营营长陆希荣同志就是一个。'这时,我的心就跳起来了,但我还是装作毫不在意的样子,洗着尿布,支起耳朵听。接着贺华又问:'他打仗很行吗?'团长说:'嘿,他军校毕业分到我这营当排长,头一仗就打得不错。那时候,老实说,我这轻视知识分子的毛病还没有改,以前分来几个学生,平常训练还能来几下子,一到打仗就顶不住个儿了。陆希荣来的时候,我一看他高高的个子,人长得很漂亮,军风纪也很整齐,我心里说:哼,这人拿去演电影倒不错。临发枪,我话都没有讲一句,心里说,我不指望你完成什么大任务,你不要丢了我这枪就行。第一次打仗,他就赶上了走马驿伏击战。敌人突围了,眼看就要从那个山口子突出去,我问守山口的是哪个排,三连连长说就是陆希荣带领的三排。我一听就火了,我说,你为什么单把那个学生排长放在那里?要是这几十个日本鬼子跑了,我要撤你的职!……哈哈!谁知道,这小伙子还真的把鬼子顶回去了,这是我没有料到的。战斗结束以后,陆希荣背后对人说:"我来了几个月,今天咱们邓营长第一次对我笑了一笑。"是的,是的,我对他是的确比较满意的。'团长说到这里,贺华插嘴说:'他文的方面也很行吗?'团长嘿嘿笑了几声,满口称赞地说:'你没有听说过吗?他们家乡一带都管他叫"才子",还有人说他从小就是个"神童"!人们说,他们县里曾经举行过一次中学生的作文比赛,他那时候只刚刚十岁,还没有上高小哩,他就去报名参加。好多人劝阻他,讥笑他,结果,你猜怎么样?他竟考了个全县第一!据说作文题叫什么《中秋之夜》,这有什么好写的!可是他就写出来了。里边有这样的句子:"月儿升,秋风起,这时我仰望天空,也不知道是月走,也不知道是云飞。"你光听听这几句,有没有点儿才气?'贺华就笑着说:'这几句就是写得不赖。'只听团长又说:'这还不算,人家还写得一笔好字。那年执行任务路过他们县一座大庙,有人对我说,这庙里有一幢碑是他写的。我根本不信。下了马到里面一看,果然后面落的名字是:"后学十三岁少年陆希荣沐手拜书"。我当时想,吓,这人是不简单!是有点子名堂!再说,像这样的人,最容易骄傲了,可是他对我们团领导一直很尊重。不管大小事都来请示,虽然有些地方做得过分些。他对下级的关系也很好,很能同战士打成一片。你知道他还拉得一手好胡琴,会唱京戏,据说还很有梅派的味道。一有空,他就到班里去,同战士们拉拉唱唱,说说笑笑。有一次,我亲眼看见好几十个战士围着他,喊着:"再来一个!再来一个!"他又奏了一个曲子,仔细听,先是画眉,后是百灵,随后是鸽子、鹌鹑、布谷、黄莺等等各种各样的鸟叫。我一问,原来这个曲子叫什么《空山鸟语》,是他最拿手的。一个人的十个手指头有这么巧,这真是个多才多艺的家伙!……'团长说到这里,只听贺华说:'这人就是不错。不知道他在家结了婚没有?'团长连声说:'没有,没有,像他这样好条件,不知道哪个有福气的姑娘才配得上呢!……'我在外间屋里,最初是边洗边听,到后来就光是听忘记洗了。再往下听,谈话已经结束,灯已经熄了。实说吧,就是从这时候起,我的心才有点儿活……过了不多时,就过年了。你还记得吧,那时候咱们为了庆祝大西北的解放,大搞文化娱乐工作,我不是扮了一个坐旱船的姑娘吗?……"

杨雪望望郭祥,郭祥苦笑着点了点头。她又接着说:

"就是那天晚上,我卸了妆以后,他要送我回卫生队。谁知道在路上,他就直截了当地提出了问题,弄得我躲也躲不及,闪也闪不开,我这'攻不破的堡垒'就垮台了!"

杨雪低着头笑了一阵,才抬起头来望着郭祥说:

"你知道他搞的这叫什么战法?他事后才告诉我,团长和贺华姐姐,还有卫生队的干部,都是他事先去说好的。他说他的战法,先是'诱敌深入',接着就是'严密包围',最后就是'勇猛突击',争取'一举歼灭'!……你说说,叫我有什么办法!"

杨雪的脸透出幸福的红晕,就像飘到她脚下的那几片红叶似的。

这时候,传来火车威严的汽笛声。郭祥趁机站起身来说:
"快走吧,车进站了!"

两个人跑步进了检票口,不一时火车进站,车上人很挤,穿了好几个车厢,才找到了座位。火车在这里只停了一分钟,就长鸣一声,继续向南驶去。

这条纵贯中国大地的铁路线,穿过故乡的千里沃野,一直到祖国遥远的南方。如果是在平时,在郭祥情感平静的时辰,这条路该引起他多少回忆呀!自从党的军事力量发展到北方以来,这条先是日本帝国主义后是国民党反动派所占据的铁路线,就始终是铁路两边千百万群众的冲击目标。尽管敌人在铁路两侧挖了一两丈深的大沟,沿路筑了密密的碉堡,铁甲列车在不断地巡逻,从黄昏到拂晓都没有停止过嘶梆,可是十数年来,没有一个晚上不燃起爆炸的火光不响起袭击的枪声。有时候,几百里铁路线,就在同一分钟一齐瘫痪在熊熊的火光里。我们的郭祥,自从光着小脚板背着小马枪的时候起,就没有断过同它打交道。他能够一字不差地扳着手指头讲出从北京到石家庄每一个小站的站名;他记得在哪里放过炸药,在哪里打过铁甲车,在哪里歼灭过敌人某团某营;他也记得自己的哪个战友在哪里负了伤或者洒尽了自己的鲜血……不要讲整个国家,就是单讲夺取这条铁路也是多么不容易啊!而今天能够坐上自己的火车,在这条线路上飞驰,该是多么的愉快!要搁平时,他一定会说上一路,笑上一路,唱上一路,可是现在……

这条线路的路基,由于过去激烈斗争的年代损坏得过于严重,又没有来得及修得平整,车身晃悠得厉害,再加上明晃晃的夕阳直射车窗,不知什么时候,杨雪已经歪着脖儿睡熟了。她的黑发垂在了一个白发老大娘的肩头。

郭祥的思绪,现在像一团乱麻似的。除了平常千百次困扰着自己的那些想法之外,现在又增添了一种强烈的冲动,这就是要向她当面表白一下自己的内心。尽管这样做已经迟了,而且他丝毫无意来转变她的感情,可是他现在总觉得要把这些彻底地谈一谈,把自己经年累月埋藏起来的感情连根挖出来扔掉,这件事情才结束得痛快。从今以后,就再不想她,免得对自己也对别人产生任何的影响。是的,是的,就这么办吧。他要立刻把她叫醒,在前面路上已经越来越少这样的机会了……

时间已经到后半夜了。车声隆隆,大约正行走在一座大铁桥上。杨雪睡得很熟。当郭祥正要去推醒她的时候,他不由得从内心里惊叫了一声:"天哪,你是在做着怎样的事啊!"他立刻意识到,刚才的想法是一种错误!我郭祥决不能做这样的事!对她表白自己长时间的感情,只不过图一时痛快,究竟有什么意义呢?有什么好处呢?难道这对别人已经形成的感情不会有损害吗?这不同样是搞破坏吗?何况她是我的知心朋友,营长又是我的上级和同志啊!想到这里,他的脑筋,豁然清醒过来。他甚至从内心里把营长和自己做了一番比较,觉得营长许多方面都比自己要强。杨雪同他一起生活,一定会得到他很多帮助,今后一定会进步得更快。他觉得自己不仅不应该烦恼,而且应当为她,为自己少年时代的朋友高兴……

火车轻快地向南疾驰。夜,大约已经很深了。全车厢的人都沉在睡梦里。不知什么时候,我们的郭祥也斜靠着车厢睡熟了。在橘黄色迷离的灯光里,可以看到他的头发覆盖着前额,嘴角含着笑容,在他那褪色的军衣的前胸上,还像孩子似的流着一小片提起来叫人害臊的口水。

第十二章　征鞍

　　北京的秋夜是这样静谧,静谧得就像平静幽深的湖水一样。即使在这山雨欲来的时刻,你从外面也看不出它有任何不安的征兆。

　　可是新从外地来的一位年迈军人,却辗转反侧不能入睡。

　　他住在北京饭店的三层楼上。虽然这里是闹市区,但夜晚十一时过后,喧嚣的市声就已经平息下来。来往汽车很少。古旧的有轨电车,也叮叮玲玲地回厂去了。街头卖夜宵的摊贩,正在纷纷散去。偶尔有一辆三轮车走过,显得格外冷清。稀疏幽暗的街灯,也似乎昏昏欲睡。窗外,除了风吹落叶的簌簌声,几乎没有什么声音来打扰他。可是不知为什么竟是这样难以成眠。

　　他是今天奉急令从西安赶来的。自从大西北解放以后,他就被任命为西北军区司令员兼西北局的书记和西北军政委员会的主席。真是忙得不可开交。大前天,他同西北人民度过了开国后的第一个国庆节,还在庆祝大会上讲了话。会后正有一大堆事情要做,突然今天中午从北京飞来一架专机,接他到中央参加政治局会议。通知急若星火,要他即刻动身,一分钟也不要停留。这样,他连换洗的衣服也没有带,只带了洗漱用具,就从办公室赶到机场来了。同行者只有秘书林青和警卫员张秋囤两人。幸亏天气晴和,于下午两点二十分就飞抵北京西苑机场。接着就赶往中南海颐年堂了。

当他穿着一身褪了色的黄军服,风尘仆仆地走进会议厅时,显然会议早已开始。他立刻感到一种异乎寻常的严肃气氛。政治局委员们到得很齐,还有几位老总也列席了。人们见他进来,纷纷站起来同他握手。毛主席也站起来笑着说:"彭德怀同志,你来得好哇!"说着坐下来,又说:"恐怕催你催得急了一点,可是这有什么办法,是美帝国主义要请你来呀!"大家笑了一阵。毛主席又说:"我们的恩来同志早就警告过,说你不要过三八线,你要过了这条线我们就不能置之不理。可是人家就硬是不信,硬是过来了,我们可怎么办哪?究竟是出兵参战,还是听之任之。请你彭老总也准备发表意见。"毛主席说过,点了一支烟,继续听别人的发言,脸上又恢复了潜心思虑的表情。彭总一听讨论的原来是这样一个重大问题,不由心里一震,脸上也严肃起来。他一言不发地坐在那里,静静地抽着烟,听着一个又一个的发言,沉重地思虑着……

他听来听去,基本上是两种看法。一种是主张不出兵或暂不出兵,理由是:第一,我们连续打了二十二年仗,战争创伤极为严重,财政经济十分困难;第二,广大新解放区(三分之二以上的国土)土地改革还未进行,人民群众并没有发动起来;第三,国内大约有一百万左右的土匪、特务和国民党残余武装,还不断在各地骚扰破坏;第四,我军的装备相当落后,训练也很不充分;第五,打了这么多年的仗,一部分军民已产生了厌战情绪。……总之,我们还没有站定脚跟,一切都没有准备好,如果贸然出兵,将会使刚刚诞生的新中国遇到极大的风险。而另一种意见是积极主张出兵。理由是:第一,我们准备不够,美帝也准备不够。他们兵力不足,补给线过长,弱点很多,战争很难持久;第二,如果使美帝得逞,国内外反动派必然会嚣张起来,不仅国防边防会处于极为不利的境地,新生的人民政权也难以巩固;第三,三年以后再打,松口气当然好,但是我们这三年辛辛苦苦建设起来的东西,还是会被打得稀烂。既然如此,就不如打了再建设;第四,中国革命的伟大胜利,已经改变了世界力量的对比,产生了深远的影响,如果只看到本民族的利益,对朋友见危不救,袖手旁观,就会使世界人民对我们失望,这也将是难以弥补的……

会议开得很晚,还有多数同志没有发言,毛主席就把手里的纸烟熄灭,笑着说:"我看美帝国主义要打,饭也要吃,还是明天晚上接着开吧!"说过,慢吞吞地站起身来,缓慢而又沉重地说:"同志们,你们说的都有理由。但是别人要亡国,我们站在旁边看,不管怎样说,心里也难过呀!"这句话声音虽然不高,彭总听来却像雷鸣电闪一般震撼心魂。

他回到饭店,已感到相当疲劳,匆匆吃了饭就睡下了。可是会议上提出的问题,却依然在脑海里没有平息下来。从内心说,他是倾向于出兵的,可是事情是如此重大,关系到整个民族的兴衰存亡,作为党中央政治局委员,一言兴邦,一言丧邦,这是不能不严肃考虑的。这样考虑来考虑去,也就睡不成了。在平江起义以来的二十二年中,他什么地方没有睡过?你说是山高风寒的黄洋界,你说是烟雨泥泞的烂草滩,还是一点烟火也没有的破窑洞,只要下面有一束干干的草,上面有一条薄薄的军毯,就可以睡得那么香甜,哪管它枪声如潮,炮声震天。可是今天软软的床,厚厚的被却睡不着了。他看看表,午夜已过,忽然懊恼地埋怨起这张软床来:"哼,准是我彭德怀没有福分,睡这样的鬼弹簧床不习惯啊!"说着,他扭开灯,立刻跳下床来,把床上的被褥枕头统统搬到地毯上。然后心安理得地躺下来。

然而,为时不久,就证实了这个硬板板也并不优越。于是,他下定决心,不睡了,干脆继续深入地考虑一些问题。

首先，他认真地考虑了那些不主张出兵的理由，觉得每一项都是确切的事实。他从西北来，也许体会得还要深切。想起人民的困难，他的眼前忽然又闪现出那幅终生难忘的图画。那正是解放大西北某个战役的前夕，他经过连夜行军来到一个村子，天还没有亮，他想叫开一家老乡的门休息一下，可是门却久久不开，过了很大工夫，才从里面出来一位瘦骨嶙峋的老人。进去用电棒一晃，原来全家五六口人，男女老少都赤条条地蜷卧在炕上，炕上连个毡片也没有。他这时才明白，这家人也许只有一套破烂衣服，此刻正披在那个老人的身上。看到这种景象，他立刻退出门去，眼里滚落了几滴灼热的泪水。从此这幅图画就像用火钎刻在他的心里，时时刻刻在警醒他，鞭策他。茫茫的大西北，约占祖国三分之一的版图，除了一小片老解放区，全是新解放的土地。这里该有多少那样的人家！所以西北一解放，他就定下一个决心：至少要让他们"都能过上中农的生活"。他为此没明没夜地干，并且做了许多计划和设想，可是这些都要暂时地放弃了。他想到这里，轻轻地叹了口气。忽然，那个熟稔的声音似乎又在耳边说："你们讲的都有道理，就是别人要亡国，你站在旁边看，不管怎么说，心里也难过啊！"他接着念了好几遍这句话，越来越觉得分量不同，最后竟像千斤重锤落在心上。他自言自语地说："是啊，是啊，别人都要亡国了，你站在旁边看，讲一千条一万条理由有什么用？如果这些理由不同朝鲜的危急情况联系起来，只看到本民族的利益，那就是一个民族主义者而不是一个国际主义者。"他觉得毛主席的话虽然不多，却是把爱国主义同国际主义结合起来了。想到这里，他深切感到毛主席的眼光、情感、胸襟毕竟不同，一种亲切崇敬之情油然而生，觉得这正是毛泽东伟大的地方。

"出兵是必要的！肯定是应该的！但是关键是能不能打胜。"

他在地板上翻了一个身,又进一步想道,"军队的装备和国家的经济力量,毫无疑问是很重要的,但是革命力量和反革命力量相比,什么时候是处于优势的呢?"想到这里,他眼前又浮现出一幅图画。那是长征结束到达陕北安塞的一天,这时正是夕阳西下,秋风凛冽,举目一望,眼前只不过是一座荒凉的小城,山坡上只有几眼破破烂烂的窑洞。一支历尽艰险的饥饿疲劳的队伍,看到这番景象,也确实感到凄凉。有人就叹口气说:"唉!跑了两万五千里,到了这儿,想不到就是这么几眼破窑洞!"可是,今天看来,不就是这几眼破窑洞换来了一个崭新的中国?!……他不禁又想起胡宗南进攻延安的日子,那形势也是很严重的。胡宗南的兵力是二十三万人,而他指挥的兵力却不过两万三千人。那可真是"黑云压城城欲摧"了。可是不到一年时间,胡宗南就屁滚尿流滚出了延安。在他身经百战的一生中,无数这样的事实,构成了他牢固不拔的信念:真理的力量无坚不摧!革命的力量,只要它真正代表人民,就可以战胜千险万难!

他,长期的军事生活养成了一个习惯,不管睡得多晚也起得很早;可是今天却未免例外,待他醒来时,已经旭日临窗了。经过一夜的思虑,他心里格外清爽,就像这面承受阳光的窗子一样敞亮。不知怎的,他心里还腾起一种渴望,想找毛主席亲自谈谈,一来看望看望他,二来也倾吐一下自己的心迹。

这样想着,他就从地铺上坐起来穿衣服。警卫员小张推门进来,一看彭总在地下坐着,就皱着眉头说:

"你怎么睡到地板上了?"

"这里舒服噢!"他摸摸自己的光头,半开玩笑地说。

"舒服?我看还是这大沙发床舒服。"

小张嘟囔了一句。这小张来这里工作还不到半年,文化程度很低,字识不了几个,但是工作特别认真,为人又很忠实。只是有点认死理,爱同人抬杠,在彭总面前也免不了要嘟囔几句。彭总因为自己从小受苦,特别疼爱那些贫苦家庭出来的孩子,所以也从不计较。

"也不知道开什么会,风风火火的,这么急!"他一边整理床铺,一边又嘟囔起来,"弄得什么也没有带,我看洗了衣服换什么!"

"什么会?反正是个重要的会哟。"彭总笑着说。

"那当然,要不人家就不给你派飞机了。"

彭总穿好衣服,就推开前门站在阳台上。他朝下一看,人们正是上班时候,车流人潮,好不热闹。两边人行道上,一群群上学的孩子,戴着红领巾跳跳蹦蹦地走着,更使他看得神往。彭总一向喜欢孩子,简直喜欢得有点出奇。可是他自己却没有孩子,后来就把几个侄儿侄女收养起来。这时,他看见街上的孩子,就想起他们来了。

"过两天,把小白兔也接来吧。"他回过头对小张说。

"行。我找饭店再要间房子。"

"不好!你怎么能随便要!"

"不要,住在哪里?"

彭总转过身,指指地板:

"这地方就很好嘛!"

"真是……"小张嘟囔了一句,嘴撅起来了。

"你这个小鬼,"彭总批评道,"在兰州你就不注意关灯!我得跟你屁股后一个一个去关。这得浪费多少小米子呀!"

小张静静地听着,彭总瞥了他一眼,又说:

"哼,要是你在家里点灯,就不会这样了!"

"司令员,"小张说,"这你就批评错了,我们家从我记事儿就是不点灯的。"

说到这里,彭总也忍不住笑了。

下午,彭总同主席的秘书约好,决定提前到中南海去。因为距离很近,汽车只走了几分钟,便进了中南海的东门。他下了车,沿着一道弯弯曲曲的花墙信步走着。这时正是下午三点钟的样子,斜阳照着碧水,显得分外明净。岸上的垂柳,黄了一半,还绿着一半,长长的柳丝垂到湖水里。那一株株白杨,却满眼黄澄澄的,像挂满了金片一般,只要一阵小风就纷纷飘落下来。再往前走,有一座汉白玉筑成的玉带桥,横卧在秋水之上。桥左岸是伸到湖中的一座小岛,名唤瀛台,桥右岸就是要去的丰泽园了。彭总昨天来得仓促,一切都未曾细看,现在停住脚步,向对岸一望,只见那瀛台修在一座高坡上,层层叠叠的画楼掩映在黄绿相间的树丛之中,看去虽然壮观,只是年久失修,都破旧了。这边丰泽园的大门,也是如此,油漆都剥落得成了暗紫色,看去颇像一座古庙。这一切都说明,一个古老的国家刚刚新生,真是所谓百废待兴。

彭总向两个年轻的哨兵亲切地还了礼,就进了丰泽园的大门。穿过屏风,就是昨天开会的颐年堂了。这个方方正正的大院子,有两大棵多株海棠,叶子稀稀落落地快要掉净,但满树红澄澄的果子,却在阳光里红得耀眼,比春天的花还要可爱。

这时,一位年轻的秘书已经笑嘻嘻地迎了出来,谦恭有礼地说:"主席早就起来了,正在等着您哩!"说过,就引着彭总转过右侧的走廊,向东面一个跨院走去。

这个跨院,门外有八九株高大的古柏,翠森森的,门上挂着一块绿色小匾,上刻"松竹斋"三个字,看去也是很古旧的了。秘书笑着说:"这里以前叫'松菊书屋',原是一个藏书的地方,因为离颐年堂近,开会方便,主席也就住在这里。"彭总踏着石阶进了门,院里又是几株参天古柏,还有一株挺拔的古槐,浓荫几乎遮住了半个院子。这院子东厢房是主席办公室,西厢房是书库,北房便是主席的住处了。秘书推开东厢房的门,正要把彭总让进办公室去,只听北房里有人用浓重的湖南乡音亲切地说道:

"还是到这里来吧!"

说着,毛主席已经从北房里走了出来。他穿着一件相当旧的驼色毛衣,披着一件褪了色的灰布制服,脚下是一双圆口布鞋,笑微微地站在台阶上说:

"彭老总,你来得好早啊!"

彭总快步赶上去,同毛主席握手,一面笑着说:

"主席,你看天都什么时候了?"彭总说着,眯眯眼看了看太阳。

"可是对于我,这已经是大早晨了。"毛主席笑着说,"你知道,我这个坏习惯已经有很多年了。"

说着,他那高大而微驼的身躯微微地弯了一弯,把彭总让进屋里。

彭总在沙发上坐下,四下一望,靠着墙壁都是书橱书架,摆得满满的全是书。里间屋是卧室,床头前也摆了几个大书架,那些发黄的线装书上,还插着不少小白条子。一张硬板木床上,各色封面的书籍竟占了半床,床头上搁着两盏蒙着布罩的高大台灯,屋里除了两张桌子,几只沙发,唯一的奢侈品,就是墙角里的那台落地式收音机了。

彭总望了望主席的面容,那头浓密的黑发在额头上还是齐崭崭的,白发并不多,只是比以前略显消瘦了些;他的神态仍像素常那样风雅安详,但认真看去,却又似乎掩盖着一些过度的思虑、疲劳甚至不安的东西。彭总问:

"怎么样,你还睡得好吧?"

"不是睡不好,是想睡不能睡哟!"他微笑着说,"昨天晚上会一散,就来了两个忧国忧民之士,决心要来说服我。最后我讲,好吧,高岗同志,林彪同志,你们都是为党为国,有意见讲出来就好。你们的意见我一定考虑,我的意见是不是请你们也考虑考虑。他们走了不久,也就大天亮了。"

"他们在会上不是都讲了嘛!"

"讲是讲了,不过又搞来了不少材料。"毛主席接着说,"我们的林彪同志讲,美国一个军就有各种炮一千五百门,我们一个军才三十六门,太可怜了;坦克更不用说。他还讲,在没有制空权的情况下,如果没有三倍、四倍于敌人的炮兵和装甲兵,对敌人是根本顶不住的。老天爷,这可难了,什么时候我才能比敌人的大炮、坦克多三四倍呢?他们还要我一定考虑到一切后果。我看就是剩下一句话他们没讲,就是说,如果贸然出兵,我毛泽东将会成为千古罪人……"

由于最后这句话分量很重,彭总端在手里的茶杯忽然停住。室内一时沉静下来。停了半晌,彭总才轻轻地将茶杯放在茶几上。

这时,毛主席从烟盒里取出两支"中华牌"的香烟,递了一支过来,一面笑着说:

"彭老总,你是不远千里而来,不知道考虑得怎么样了?是不是也来说服我了?……当然,多摆一些困难也没有什么,总是考虑得周密一点好。"

"我看可以出兵。"彭总性格坦率,说话一向开门见山。"我也是一夜没有睡好。想来想去,如果让敌人占领了朝鲜,同我们隔江对峙,这对东北威胁很大;加上它控制了台湾,威胁着上海、华东,它要发动侵略战争,随时都能找到借口。老虎总是要吃人的,什么时候吃,决定于它的肠胃。我看,不同美帝国主义见个高低,要想建设社会主义是困难的……"

"好！讲得好！"毛主席显然有些兴奋,反复吟味着,"噢,老虎是要吃人的。对！这是你彭德怀的版权！很可惜,这个常识并不是所有的人都懂得噢！"

他似乎颇为感慨地叹了口气,抽了两口烟,脸上恢复了严肃的表情,凝望着彭总说:

"可是,彭德怀同志,这件事也确实有很大风险。第一,从我们说,不出兵则已,一出兵就要能解决问题。也就是说,准备在朝鲜境内歼灭和驱逐他们;第二,既然打起来,就要准备着美国同我们宣战,就要准备着他们至少要来轰炸我们的大城市和工业基地,使用海军来攻击我们的沿海城市,甚至到处轰炸,遍地下蛋,一直到最后丢原子弹……"

毛主席讲这些话时,不自觉地站了起来,双目炯炯,手势极其有力,仿佛要把他面前的什么东西推倒似的。显然他早已深思熟虑,下了最大决心。

"这个,我也考虑过了。"彭总刚毅果断地说,"关键是能不能打胜。打胜了,风险就小,打不胜,风险就大。我看最多无非是他们进来,我们再回到山沟里去,就当做我们晚胜利了几年！……即使这样,我看比起哈达铺咱们改编成陕甘支队要好些吧！"

毛主席听到这里,神采飞扬,眼也亮了,禁不住朗声大笑起来,震得一截长长的烟灰落到膝盖上去了:

"好,好,还是你彭老总啊！"

"这也是受到你的启发。"彭总诚恳地说,"昨天夜里,我对你最后讲的那句话,背诵了几十遍,最后总算通了。我在想,中国革命取得了伟大胜利,东方人民,世界人民,都在望着我们,我们怎么能给他们泄气呀！"

"对,对,"毛主席低下头深有所感地说,"我们的民族是伟大的,她应当对世界有所贡献;可惜在一个相当长的时期,这个贡献是太少了,这使我们感到惭愧……"

室内沉默了一阵。彭总又继续说:

"我们不能轻视敌人,也不能过低估计自己。我们在陕北,不就是几眼破窑洞?比胡宗南差远了,可是我们有群众,我们依靠着陕甘宁一百多万老百姓,就打败了胡宗南,现在有全国几亿人民,我就不信一定会失败!"

毛主席兴奋地点点头,含着深意地微笑着,在房间里踱来踱去。

"有些人哪,是只讲唯物论不讲辩证法,讲唯物论又不讲群众,讲辩证法又不讲发展,这叫什么哲学?"

说着,他望着彭总,笑得是这么动人,彭总也笑了。

接着,他像忽然想起了什么,脸上又浮现出一丝不易察觉的愁容,压低声音说:

"可是,这么一件大事派谁去啊?……我同恩来、少奇、总司令都谈了,我们考虑到集结在南满的几个军,过去都是四野的部队,打起来也首先要靠东北支援,这样我们觉得派林彪同志去较为适宜。可是昨天晚上我试探了他一下,他显得很紧张,连忙说,他的身体很不好,每天晚上只能睡两三个小时……"

说到这里,他凝望着彭总,试探地问:

"彭老总,你最近的身体……"

"很好。"

"那么,这个担子是不是由你……"

彭总沉吟了一会儿,那坚毅的颚骨动了一动,两道浓眉一扬,抬起头说:

"我听候主席和中央的决定。"

毛主席深为感动,上前紧紧握住彭总的手,长出了一口气,说:"这,我就放了心了!"

这时,忽听门外有人说:"主席在吧?"接着玻璃门轻微地响了一声,原来是周总理走了进来。他穿着一身整洁的银灰色制服,潇洒自若地站在门口,笑着说:

"哦,原来彭总也在这里。人已经来齐了,我们开会去吧!"

"好,好。"毛主席说着和彭总一起站了起来。

"你昨天的确太紧张了。"周总理转向彭总亲切地说,"事情决定得很仓促,头一天气候不好,飞机不能起飞。"

彭总笑了笑,觉得总理总是这样亲切和周到,事情办得有条不紊。

周总理说过,又转向毛主席说:

"会议今天可能结束不了,我看适当延长一两天也可以。这样重大的问题,还是让大家充分发表意见,这样统一思想才牢靠。另外,列席的同志,特别是几位老总也要请他们发言。主席,你看这样是否可以?"

"可以,就这么办。"毛主席把手一挥。

说着,三个人出了房门,沿着走廊说说笑笑向颐年堂走去。刚踏进颐年堂的院子,彭总猛一抬头,只见那两大棵海棠,在夕阳的红光里,就像两支红通通的火炬,燃烧在碧蓝的天空。他不禁赞叹道:"这两棵海棠真好!"主席和总理也停住脚步,仰起头来。总理说:"据说,这两棵海棠已经有三百年了,还这么旺盛!"毛主席点了点头赞赏地说:"是的,看起来,这也同我们这个古国一样,旧的枝条死去,新的生长出来,它自身的生命力也是不可低估啊!"说着,他们踏上颐年堂的石阶,只听里面笑语喧哗,大约人早已经齐了。

这次中央政治局会议又连续开了两天,十月六日晚上,彭总在会上发言,完全同意组成中国人民志愿军入朝作战,态度异常坚决。七日晚上又整整开了半夜,正式作出了出兵决定。随后,毛主席正式发出命令,立即组成中国人民志愿军,迅速向朝鲜境内出动,并任命彭德怀为中国人民志愿军司令员兼政治委员。这样,一副命运未卜的重担,已经牢牢实实地压在这个苦工出身的硬汉子的肩上,他个人的一切都无暇考虑了。人都说,彭老总是"苦命人",什么地方艰苦就到什么地方去,事实确也如此。飞机已经给他准备好了,天一亮,也就是说十月八日一早,他就要飞往沈阳。

会议于七日深夜结束。彭总走出颐年堂,西天一弯月牙已将要落下去了,草丛里虫声唧唧,夜风清冷,身上已颇觉有点寒意。他将要走到停车场时,只听后面一阵脚步声响,回头一看,一个人急匆匆地跑了过来。那人边跑边喊:"彭叔叔!彭叔叔!"彭总停住脚步,路灯光下,看见跑过来一个个子高高的年轻人。他跑到彭总跟前,喘着气,但是很有礼貌地说:

"彭叔叔!您还认得我吧?"

彭总看了看,觉得有些面善,一时又想不起,就说:

"你是……"

"我在延安见过您,彭叔叔,我是毛岸英啊!"

彭总把他拉到路灯下,细细一看,才看出来了,就连忙拉住他的手,亲热地说:

"天这么晚,你怎么还没有睡?"

"我专门等着您哩,叔叔,您把我也带了去吧!"

"带到哪里?"

这年轻人附到彭总耳边:

"到朝鲜去啊。"

彭总吃了一惊,说:

"这可不行!"

"怎么不行啊,叔叔?"毛岸英感到意外。"我的目标很明确,就是要去锻炼锻炼。我自己小时候在上海流浪,没有机会学习,以后到苏联学习了几年,又只有点书本知识。父亲说我什么也不懂,我很有点不服,后来,我到晋西北参加了一年土改,我才信了。这次行动很伟大,机会很难得,叔叔,你就把我带上吧!"

这孩子就像他父亲那样,感情火辣辣的,辞意又如此诚挚恳切,彭总被感动了,语气也和缓了一些:

"你同你父亲讲了吗?"

"讲了,讲了,"毛岸英一连声说,"我父亲说他举双手赞成!"

彭总迟疑了。他再次打量了一下毛岸英。这个年轻人长得差不多同他父亲一样高了,穿着很不讲究,还是一身很旧的灰制服,上衣有四个吊兜,很像毛主席转战陕北时穿过的。小伙子站在那里,显得生气虎虎,泼泼辣辣,就很有些喜欢他。便随口问:

"你现在做什么工作?"

"我在一个机器厂当总支副书记。"毛岸英说,"我本来下了决心要搞工业,至少要搞上十年。我很想钻一钻工厂里到底怎样做党的工作……"

彭总笑着插上说:

"那不是也很好么?"

"不,一听说有行动,我就坐不住了!"毛岸英果断地说,"这次行动意义很伟大,我不能不去!"

彭总见他如此坚决,沉默了半晌,又说:

"这次出去,会遇见什么情况,很难讲啊……"

这年轻人异常机敏,也相当老练,早已听出话中的含义,立刻接上说：

"彭叔叔，请您相信，我精神上是有充分准备的。"

彭总一时无话。他上前紧紧握住毛岸英的手，又望了望松菊书屋那边透出的灯光，沉到深深的感动里，随后低声说道：

"岸英，那你就做准备吧，等我站定脚跟，就通知你。"

"哎呀，那我得等到什么时候？"

"嘻，不要急嘛！你已经是第一个报名的志愿军了！"

"彭叔叔，这我可不敢当，"毛岸英笑着说，"您才是第一名志愿军哩！"

彭总哈哈笑着，把手一挥，向汽车走去。确实的，他已经从心里喜欢上这个年轻人了。

彭总回到饭店，已经过了午夜。警卫员小张早就把小白兔接来了，这个五六岁的女孩子一直在房间里等着伯伯回来，后来就困着了。小张就安排她睡在地板上。彭总蹲下来，见这孩子盖着大被子睡得正香，小脸蛋红扑扑的，一头柔软的黑发，像满是茸毛的蒲公英似的散在枕上。孩子等了他这么久也没有等上他，这使他心里有点不落忍。他俯下身子，轻轻地把她抱起来放在软床上，严严实实地盖好，然后亲了亲，自己就又躺到地板上睡了。

早晨，彭总刚洗过脸，小白兔就醒了。彭总赶忙跑到床前，抚摸着她的小脸说：

"小白兔，你想伯伯了吗？"

"想了。我等你，你老不来。"

"对不起，小白兔，那是伯伯开会去了。"彭总笑着说，"来，伯伯帮你穿衣服吧！"

"不，我们幼儿园的阿姨说，要自己穿！"

"那好，那好。"

说着,彭总把她的小衣服一件件放在床头上,望着她。她把一只袜子穿反了,怎么也穿不上去,彭总笑着说:"看,还是伯伯来帮帮忙吧!"他提起小白兔的小红毛衣,一看肘弯和领口都破了,就说:

"小白兔,我给你买件新毛线衣好不好?"

"不,我不要,"小白兔说,"我就喜欢我的红毛衣。"

"不要,我看你以后穿什么!"

"下一次你回来我才要哩!"

"下一次?……下一次你还不一定要上要不上咧!"说着,他捏了一下小白兔的红脸蛋,"嘻,真是一个小傻瓜哟!"

"我才不傻哩!"小白兔把脑瓜儿一歪,"我知道你要回兰州。是吗?"

"不,不是兰州。"

"那是什么地方?"

"好远哟,等你长大就知道了。"

说到这里,彭总从小张的挎包里找出针线,就戴上老花镜,把那件小红毛衣抱在怀里缝起来。后来小张推门进来,把红毛衣接过去了。

随后,秘书林青也走了进来。彭总问:

"都准备好了吗?"

"准备好了。"林青说,"只是我们是否给西北局发个电报,因为我们来得仓促,什么也没有交代。"

彭总点了点头。

"家里呢,是否也告诉一声?"

"可以。电报后面加上一句。"

这林青,二十五六岁,作战参谋出身,精明干练,记忆力强,口齿清楚,笔头子也来得,而且还善于观察首长的心意。他很快就拟了一个电报草稿递了过来。

彭总戴上老花镜,看了一遍,然后拔出笔来,郑郑重重在草稿的末尾转告妻子的话中,添了八个字:"征衣未解,又跨战马。"林青接过来,看了又看,然后抬头望望彭总,望了望他那鬓角上初露的短短的白发,想起他戎马半生,从未得到过休息,心里无限感慨地说:"是的,是的,确实是征衣未解,又跨战马啊!……"但是这些话并没有说出来,只是眼睛湿湿地低着头向门外走去。

"小林!"彭总在后面又喊住他,"你从西北还带来不少文件吧?"

"是的。"林青站住说。

"那些文件不要带走,可以存在主席那里。"

"这……为什么?"林青有些愕然。

"你说为什么?"彭总反问,重重地瞅了林青一眼,每个字都很清亮地说,"因为这是战争!"

林青心里像注入一股热辣辣的东西,立刻激起一种出征的勇壮的感情,仿佛已经踏上战场,即刻就要同敌军决一死战。他响亮的回答了一声"是",就迈着有力的步子,咔咔地走出去了。

两小时过后,在北京的西苑机场,一架深绿色的军用飞机,已经风驰电掣一般携着雷声凌空飞起,转瞬间升入高空,然后向着东北方向毅然飞去。它那一往无前的气势和勇猛无比的声威,确实就像战马一般……

第十三章 营长

郭祥和杨雪,第二天中午赶到了西北闻名的古城咸阳。自从解放大西北以后,他们的军部就一直驻扎在这里。杨雪所在的军卫生部也驻在城里,郭祥的团队驻在城北,离城还有三四十里的路程。

他们下了车,在车站附近卖饸饹的小摊上胡乱吃了点东西,看见阅报栏下摩肩接踵挤了很多人。两个人挤进去一看,大吃一惊,报纸上的大标题是:"美国侵略军已越过三八线,正向北疯狂推进。"看报的人们在窃窃私议,脸上都带着一种忧虑的表情。

两个人无心细看,从人丛里挤了出来。郭祥扛扛杨雪的肩膀,低声地说:

"你瞅瞅,这回咱们俩赶回来,算闹对了!"

"可不,"杨雪也庆幸地说,"要呆在家,部队开走了都不知道。"

杨雪原定同郭祥一起到营里去看看老陆,然后再回卫生部去,这时她又改变了主意,不去了。郭祥劝她还是走一趟,杨雪摇摇头说:

"你快走吧,别给我出馊主意了!"

郭祥没有走出几步,她又喊住他:

"你等一等!给我捎个小条儿。"

说着,她掏出一个小本本儿,蹲下身子在膝头上写起来。写了不到几行,就哧楞撕下来,折叠好,交给郭祥,然后说:

"你可不许偷看,看了烂你的眼边儿!"

"那怕什么!"郭祥笑着说,"赶过年时候我再演傻小子,就省得化装了。"

郭祥装好信,就大步出了北关,沿着正北的大道走去。

咸阳城外,有不少秦汉时代的古冢,每一座都有一两丈高,一个一个像小圆山包似的坐落在原野上,上面长满了青草,给这座往昔繁华的旧都添了不少古意。这里比河北平原庄稼成熟得晚些,人们正在忙着秋收,田野里不时传来一两声秦腔的高亢的曲调。

郭祥走得很快,大约下午两点钟左右,已经赶到他们营连的所在地杨柳镇了。这是一座五六百户的乡村小镇,郭祥所在的三连就驻在村西头几十户低矮的农舍里。

郭祥一气赶了几十里路,并不觉累,还觉得能放开腿走走,比坐火车马车还要舒畅。他进得村来,远远就看见了自己连里的哨兵,心里说不出多么高兴,好像离开了多少日子似的。

他在门口,同哨兵热乎了好大一阵,才进了连部的院子。房东和部队都忙着秋收去了,院子里静悄悄的。郭祥往北房里一看,只有通讯员花正芳一个人迎着门静静地坐着,穿着白衬衣,在那里低着头做针线活呢。他的神态是那样专心,缝几针就停下来,察看一下针脚是否均匀,然后又接着缝下去。连长的到来,他仿佛一点都没有发觉。

这个花正芳,是全连中郭祥最喜爱的战士之一。他在战斗中极为勇猛、沉着,而平时却又腼腆得像个大姑娘似的,同人说话的时候,常常无缘无故地脸红。他又做得一手好针线活,人又长得十分漂亮,所以就得了一个"大闺女"的绰号。

郭祥见花正芳没有发现他,就故意放轻脚步,走到门边说:

"嗬,这是给谁纳袜底哪?"

"连长,你回来啦!"花正芳连忙站起身来,来不及敬礼,红着脸笑了一笑。"你瞧小牛那双袜子,简直没法补了,我想干脆给他换双底子!"

说着,他把针插起,连忙接过连长的东西,掂了掂,笑着说:

"这么沉!连长你给带来什么好吃的啦?"

"你瞅瞅!"郭祥笑着说。

花正芳一探手,抓出一大把红枣,放到嘴里吃了一个,说:"好甜哪!好几年没吃上咱们冀中的红枣了!"

"你给大伙分分!别叫小牛一个人抢了。"郭祥说。

花正芳跑出去拎了一大桶水来,郭祥在院子里拍打着身上的尘土,痛痛快快洗了一阵,一面说:

"最近有什么情况?"

"咱们种的棒子,可长得不错。这两天正突击秋收哩,连操课都停了。"

"我问的不是这个,"郭祥说,"形势方面有什么?"

"没有传达。光听说周总理有一个声明,说我们不能置之不理。"

"着哇!"郭祥笑着说,"这里面就有文章嘛!"接着他又叹口气说,"你也是个老兵了,什么事还要光听传达!你看后勤部门有什么动作?"

"你平常不是叫我们不要乱打听嘛!"花正芳望郭祥微微一笑。

郭祥也笑了。

"最近形势很紧张,"郭祥说,"你感觉到了没有?"

"怎么没有?"花正芳说,"房东老大伯前些时见了我就悄悄地问:老解放区都分地了,咱们这里啥时候分呀?现在也不问了,一天蔫不拉唧地没有精神……自从美国军队过了三八线,街上的东西价钱眼瞅着涨了很多。你瞅瞅,我买的这条毛巾,前些时才五毛,这几天就要一块,真把人气得……"花正芳这时脸又涨红了。"我看,他要真攻过来,我们就要顶住,再不然,我们就打台湾!"

郭祥很满意他的回答。接着又问了些别的情况,喝了两碗水,就站起身说:"我到营部见营长去。"

"你到营部怕找不见他。"花正芳一笑。

"他在哪里?"

"就在镇东头那座红大门里。人说是西安一个大皮毛商人的家。"

郭祥一惊,又问:

"他在那儿干什么?"

"大概快结婚了,"花正芳一笑,"正忙着布置新房哩!"

郭祥唔了一声,没有言语,接着整整军服,来到镇子东头。这里隔着一条河,对岸有好几十株大柳树。那座朱红大门就掩映在浓密的树荫里。

郭祥过了小桥,见大门虚掩着。推门进去,里面又是一重青瓦门楼,迎着门楼,是一座橘红色的油漆屏风。屏风上画着一棵古松、一个老寿星和两个献桃的童子。

郭祥刚要转过屏风,只听营长在里面说:

"潘先生,真是太麻烦您了!"

另外一个声音接道:

"哪里,哪里,营长你太见外了!"

郭祥转过屏风,看见一个肥墩墩的中年商人,正同一个通讯员把一架紫檀木镶嵌的大穿衣镜,从北房里搬出来,向西厢房走去。营长在西厢房的门口打着竹帘。郭祥见人们没有发现他,就乘机打量了一下这座院落。正面是一溜五间带走廊的高大北房,镶着大玻璃窗,垂着竹帘。两株很大的海棠树分列左右,结着红澄澄的果子。东西两厢房的门前,也各摆着两盆大夹竹桃。总之,在这个院子里,每一种大小摆设,都是二二编制,尽量让它成双成对,也许这里藏着主人的什么吉祥的意念。

穿衣镜抬到西厢房里去了。只听营长又说:

"潘先生,您真太热心了!我真不知道该怎么样地谢您!"

又听那位商人说:"陆营长,您说哪里话,咱们现在都是一家人嘛!您住到敝舍,就够我三生有幸了。再说,成亲这是终身大事,我就算帮你的忙,一辈子能有几回?"说过哈哈大笑起来,接着又说:"你看这穿衣镜,摆在哪里好些?"

他们似乎正在那里考虑着。这时候,郭祥按照军人礼节,喊了一声报告,揭开帘子走了进去。这是个两明一暗的房间,有着雕花隔扇。那架穿衣镜还摆在当屋,看来正在等待着最适当的位置。

郭祥向营长行了一个军礼。

"哦,哦……"他点点头,神情有些漠然,仿佛他的思想还没有从什么地方收回来似的。但是他立刻意识到自己不够热情,连忙走上前来握住郭祥的手说:"你回来啦!"

那位潘先生随便看了郭祥一眼,并没有给予过多的注意。他还接续着刚才的话题说:

"这架穿衣镜太陈旧了,放到新房里实在不成体统。不过这镜子是法国玻璃,货色不错,新娘用用也还方便……营长,您住到咱家里,真是请都请不到,需用什么东西,您尽管说。看还需要些什么?"

"不用了,不用了。"营长不胜感谢地说。

那位潘先生似乎沉思了一阵,说:"你看那边床头上是不是还要摆一张茶几儿?"

"实在不用了!"营长又说。

"我看还是有个茶几好。"潘先生神情认真,说着,连忙挑起帘子,对着北房喊道:"老三!老三!你把那个黑漆茶几赶快腾出来给营长用!"

"哎,哎!"只听上房屋里娇滴滴的声音应了一声。

潘先生显然为这娇嫩轻妙的应和感到满意,接着又笑嘻嘻地说:

"营长,失陪!等茶几腾好,你就让他搬过来吧!"他指了一下那个通讯员,就走出去了,并没有看郭祥一眼。走到帘子外,又回过头说:"营长,什么时候,喜日子定了,早点告我,您这喜酒我是吃定了!哈哈哈……"说着,一摇一摆地踱回上房去了。

"不知是个什么混蛋玩意儿!"郭祥望着他的背影暗暗地想。

只听营长感慨地说:

"你瞧,这新解放区的老乡,对待咱们多热情啊!"

说过,他沉吟了一会子,决定让通讯员把那架穿衣镜放到里间屋去。刚搬到里间屋,他左看右看,感到光线太暗,又改变了主意,让通讯员又搬出来,把它摆到外间屋的一个屋角里去了。这才满意地躺到一个帆布躺椅上,对通讯员嘱咐道:

"小张,我告诉你:我们住到这儿可要注意一些。这可不同一般老百姓家!对待房东必要的礼貌是不可少的!衣服鞋袜都要穿得像个样子。不要让人家笑话我们太土气了。去!你先把院子打扫一下!"

营长躺在躺椅上,正面对着穿衣镜,他不断打量着自己潇洒自若的仪容,露出悠然自得的微笑。

"郭祥,你瞅我这新房布置得怎么样?"

郭祥再次打量了一眼那紫檀木的八仙桌、太师椅、自鸣钟和墙上挂的一幅九美图,勉强笑了一笑,没有言语。

"你再到里面看看嘛!"营长又说。

郭祥掀起雪白的门帘,只见里面墙壁上糊着淡蓝色的花纸,一张有棚的雕花木床上,支着粉红色的绸帐。帐子里面摆着一对绣着喜鹊登枝的红缎子枕头。就是那一床绿不绿、黄不黄的粗布军被显得很不调和。

营长兴奋地走过来,扶着郭祥的肩头,再一次欣赏着未来的洞房的陈设。他还特意把那对大红缎子枕头,拿到郭祥面前说:

"这喜鹊登枝,绣得不坏吧!你估计得多少钱?"他没等郭祥回答,就兴奋地说,"其实并不贵!这是我到西安,从旧货摊上买的。可是你瞅瞅,谁也看不出来这是旧的!"

"就是这条花被单稍贵一些。"他放下枕头,把它摆正,又指着被单说,"其实,贵又能贵到哪里去?刚才潘先生的话说得不错,终身大事嘛,一辈子能有几回!"

他的眼睛望着那床黄不黄、绿不绿的旧军被,叹了口气:"就是这床被子太土气了。我已经对管理员说了,再到西安,买不起缎子的,就是麻葛的也换上一床!"

说过,又躺到躺椅上去了。

郭祥自进了这个院子,不知怎的,就有一种不舒服不自在的感觉,就像他小时候到谢家所产生的那种感觉似的。加上营长一个劲地说被子、枕头,心里就有些厌烦。但他一进门就暗暗警惕自己:绝不要嫉妒自己的战友,绝不要流露出哪怕是一丝一毫的不满。因此,他在极力地压制着。

"营长,"他转换话题说,"最近,有什么情况吗?"

"什么情况?"营长反问。

"我说的是,部队有没有行动的消息?"

"你听到什么了?"营长望着他。

"我完全是瞎估计。"郭祥笑了一笑,接着说,"你看,美国人有没有可能打过来?另外,我们有没有可能去打台湾?"

"嘻!"营长笑了一笑,叹了口气,"你这个同志呀,我早说过,是个好同志,可就是太不老练,听见风就是雨!你就不想想,我们打了多少年了?我们哪个人身上不是钻了好几个眼眼?我们老解放区,就说咱们冀中吧,已经快成了女儿国了。我们的经济方面也非常困难。要不然的话,上级为什么叫咱们在这里搞生产呢?现在战争刚刚停下来,我看一时半时决不会再打。再说,再说……"

"现在的形势,确实很紧张。"郭祥打断营长的话。"这次我家去,谣言很多,乌龟王八都猖狂起来了。我们村的一个老地主,竟然敢跑到贫农家里把过去分了的东西抢回去……所以,所以……"

"所以你就沉不住气了。"营长笑了一笑,"这是很自然的。你分了他的东西,他心里怎么能够满意?当然,一有机会,他就想捣乱。你找几个民兵,把他捆住送县就是了。"

他凝视着郭祥,拍拍郭祥的膝盖,诚恳地说:

"郭祥呀,我劝过你多少次了,你一定要好好提高自己的文化!现在形势不同了。部队进了城,要搞正规化了。战争年代那一套,光凭冲一下子,已经吃不开了。每一个干部在训练部队上,都要真正有一套才行。不然的话,"他瞅瞅郭祥,"那胜任工作就是有困难的。有人埋怨说:'现在不打仗了,咱们老粗吃不开了。'埋怨什么?你积极提高嘛!当然,也难免会有少数人被淘汰!……"

"淘汰了,我就回家种地去。"郭祥说。

"瞧,打中你的要害,你就不高兴了!"营长哈哈笑了一阵。

郭祥忽然想起,口袋里还装着杨雪一封信,就一边掏信,一边说:

"小杨随我一道回来了。"

"她在哪儿?"营长兴冲冲地问,"她怎么没来?"说着把信接过去,笑吟吟地端详了好一会子,才慢慢把信打开:

希荣同志:

你的身体好吧?工作顺利吧?我已经提前回来啦!因为这些日子形势很紧张,我怕部队有行动,把我丢了。

我走以前,你提出的那个问题,我没有意见。就按照你的意见办吧。但是假若部队有新的行动,我的意思是把那个日子推迟。我已经在火车上再三考虑过了。请不要生我的气。

小杨于咸阳车站

营长看着看着,眉头皱起来,刚才嘴边的笑意消失了。

"多幼稚!"他把信往桌上一掷,叹了口气。"整个形势不了解,又不多用脑筋分析,这怎么行!……我要亲自去给她打个电话。"说到这里,他隔着竹帘喊道:"通讯员!"

那个正在院子里扫地的通讯员应了一声。

"等会儿把那个茶几搬过来!然后把门锁上。我先回营部去了!"

郭祥随着营长走出门来,刚刚走到屏风跟前,只听后面一声又尖又怪的声音:

"送客!送客!"

郭祥回头一看,并没有人,原来是上房廊檐下两个绿毛鹦鹉的叫声。郭祥来的时候,竟然没有发现。他带着一身鸡皮疙瘩走出那个朱红大门。

穿过小桥,营长连招呼也没打,就急火火地往营部去了。郭祥不知怎的,心里怪不舒服,慢慢地向连部走着。走不多远,听见有人喊他。一看,原来是本连的司务长老模范。不管离多远,郭祥只要看见他那身破旧的军衣,略略驼背的身影,就知道是他。郭祥兴冲冲地赶上去,几乎要搂住他说:

"老模范!你在这儿干什么?"

"我在这儿等你哩!"

郭祥看见他破旧的军衣上满是尘土,膝头上补着两个大补丁,那双踢死牛的山鞋也张开了口儿,有些怜惜地说:

"你是才从地里回来吧?老模范!岁数不饶人呀,我看你也得注点意了!"

"不说这个!"老模范把头一摆,"我要找你谈谈。"

"咱们回去谈吧!"

"不,"他又把头一摆,"我马上还要到后勤开会。"

说过,他朝着村北的几棵大树走去。郭祥恭敬地跟在后面。

这老模范,名叫康保,原来是梅花渡一户大地主家的长工。前文已经交代,十三年前,当小嘎子在那个可怕的黑夜逃到梅花渡的时候,他就是小嘎子在井台上遇见的那个救命恩人。从那时起,郭祥就喊他"大叔",实际上早已是父子般的感情。以后,康保参军去了,本来想把他带走,因为他年纪太小,部队没有收留。两年以后,郭祥参军当司号员,老康已经是机枪班长了。两个人在一个连里,老康还是像父亲一般地关心着他。那个时候,郭祥还叫他大叔呢。老康觉得既是参加了革命,在连队里叫"大叔"总是不够顺耳,就叫郭祥改了。郭祥就叫他"班长",但有时仍不免冒出一两句"大叔"来。郭祥当班长的时候,老康因为负伤体弱,就调到伙房当了炊事班长。等到郭祥当了排长,还是照旧喊他"班长";老康则一直喊他"嘎子"。可是后来郭祥当连长了,在全连面前"嘎子"这两个字就喊不出口了,又怕影响他的威信,也就叫起"连长"来。这时候,郭祥对老康的称呼却比较容易解决,因为老康无论战斗、工作,样样为人表率,不知从什么时候起,这个"老模范"的名字就叫起来了,起初是全连、全营,后来是全团、全师,就是军首长也这样叫他。郭祥也就跟大伙一起喊他"老模范"。但是两个人不管彼此如何称呼,都可以使人体察到那种极其深厚的、无比关切的阶级感情。

老模范在前面走,回过头说:

"这次回去,家里怎么样?"

"我娘还好。我爹已经死了。"

"怎么死的?"

"谢家小子搞倒算死的,膛都开了。"

老模范站住脚步,半晌没有言语,又往前走。

两个人来到那几棵白杨树跟前坐下来。

"他们杀死我们多少人哪,"老模范把头一摆,"这仇没有个完!"他把他的一拃长的小烟管摸出来,拧了一锅烟。"可是有些人老是喊:革命成功了!成功了!该回家抱娃子去了!"

郭祥接过他的黑粗布烟荷包,倒了一些烟在自己的掌心里,一面问:

"出了什么事啦?"

"叫我看,有的人思想不稳定。"老模范说,"还有个老资格公开讲:他的任务已经完成了。……"

"你说的是'调皮骡子'吧?"

"还有谁?"老模范说,"自从开到这儿生产,他没干几天活。一下地,他就装病,还哼哼,一吃饭就是好几大碗。你给他谈话,他就说,生产?我还回家生产去哩!指导员批评了他一次,他干脆不起炕了。"

郭祥越听越沉不住气了,把腿一拍:

"哈哈,这样人连革命都不想干啦,你瞧,我得好好整整他!"

"你又来了!"老模范瞪了他一眼。"你可是在这方面犯过错误!"老模范这口气可不大像对待上级。

郭祥偏过头笑了一笑。

老模范掖上烟锅,在苍茫的暮色里站起身来。

"咱们的战士是好的;我看就是思想工作跟不上去。有人一天价盘算着结婚,什么工作也不往心里搁,就不看看现在是什么形势!"说到这儿,他有些气愤,停了停,又说,"你要多经经心!不论什么问题,当干部的,总要在心里多走几个过儿。我怕你不了解情况,一回来又是和通讯员滚蛋子,打扑克,将来一打仗,这个连带不上去可就糟啦!"说着,他站起身来,踏着他那踢死牛的山鞋,走到坡岸下面去了。

天上已经升起一眉新月,郭祥向连队走去。他好几次回过头来,望了望那个略带驼背的身影……

第十四章　争论

郭祥回到连部,正是人们秋收回来吃晚饭的时候。郭祥刚端起饭碗,那些排长们、班长们和战士们就川流不息地来瞧他们的嘎子连长来了。好像他们已经多年不见似的。那种战士们特有的欢乐与诙谐的谈吐,简直没有个完,小屋子掀起一阵阵的哄笑。郭祥带来的家乡红枣,还没有等待花正芳严格分配,就被人抢光了。满屋子吐了一地枣核儿。郭祥神情振奋,没有一点儿疲劳的样子。要不是老模范的告诫,一场扑克是少不了的。当晚,指导员向他介绍了连队的情况,等睡下来,夜已经很深了。

第二天一早,郭祥就盘算着他的计划。准备首先找调皮骡子个别谈谈。可是刚把手插到洗脸盆里,一班长就手里拿着一张纸片气急败坏地跑来了。

"调皮骡子跑了!"

他打了一个敬礼,就低下了头,摆出一副准备接受申斥的样子。

指导员刚穿上一只袜子,手抖抖索索的,另一只袜子怎么也穿不上去。他指着一班长说:

"你,你……你是怎么搞的?我早给你布置过,他是一个逃亡对象。"

班长的头垂得更低了。这场训斥是他早就预料到的。

郭祥使了个眼色,暗示指导员冷静一下。

"你瞧,叫他抓住时机了!"郭祥说,"这家伙精得很,他看我昨天才回来,睡得晚,就叫他抓住了。你手里拿的是什么?"

"这是他留下的信。"

郭祥接过来一看,是一张字迹歪歪扭扭的纸条:

敬爱的连首长:

现在革命已经完成了,我回去了。是我自己批准的。我知道你们可能受批评,没有法子,请多多原凉!以后到我家,我好好招代,还是朋友!明人不做安事。敬礼!

公物留下,枪也擦了。

王大发

郭祥气得把纸片一甩,从枕头下摸出驳壳枪,搭到肩上,说:

"估计是什么时候走的?"

"怕是下半夜。"

"可能走哪条路呢?是大路还是小路?"

"我刚追到村外,从那条小路上拣了一条毛巾,是他的。"

"唔!……那就从大路去追!"郭祥敏捷地说,"这家伙打过游击,有点心眼儿。"

说过,提枪要走,指导员拦住他,抢到头里去了。郭祥知道这个老兵不好对付,就喊:

"花正芳!你也跟指导员去,一定要把他抓回来!"

花正芳笑了一笑说:

"叫我说少就少一个吧。像他这样的老调皮兵,别说全团,就是全师也数头一份了。"

"快去!"郭祥摆出连长的架子,"我正要抓典型儿咧!"

花正芳一听这话音,连忙接过连长的短枪,蹽到院里去了。

这突然的事件,一下子破坏了郭祥的心情。他胡乱扒了几口饭,把筷子一摔,就领着部队下地去了。到地里也不说话,砍高粱砍得咔咔的,好像每株高粱也都成了调皮骡子。昨天晚上,听了老模范的劝告,他本来准备把他找来好好地谈谈,进行一番耐心的说服,决心改变自己那种"整一整"的政策。谁知道过了一夜,这家伙却乘自己疏忽麻痹之际跑掉了!

说起调皮骡子,郭祥一向认为"整"他也是不屈的。无论什么任务,他就是干了,也得给你炝几个蹶子。而且谁要说他调皮,他就会瞪着眼说:"这叫调皮?我比以前进步多了。你参军日子太浅,要提起我过去的事儿,得吓死你!"是的,他过去确有不止一桩事叫人哭笑不得。就是犯纪律,也比别人更富于创造性。比如有一次行军,他崴了脚脖子,掉了队,路上碰上一个老乡,正愉快地赶着毛驴,一路走,一路唱。原来这地方刚刚经过土改,小毛驴就是老乡分的。他就赶上去,拐着腿,进行宣传,先讲国际形势,又讲国内形势,然后就夸奖老乡的毛驴,最后表达自己坚决保卫胜利果实的决心。说得老乡满脸是笑,嘴都合不拢了,就说:"同志,看你这腿拐得多难受,你骑上去吧!"他一边推辞着,一边就跨上毛驴,在部队后面远远地跟进。这个例子,后来被兵团政委知道了,在政治工作会议上,作为约束不严的典型事例提出过严肃的批评,弄得军首长都脸上无光。虽然如此,但在郭祥的内心深处,也有几分喜爱他的地方。因为他最突出的长处,就是作战勇敢,而且战斗经验相当丰富,在节骨眼上,常常能解决一些问题。比如打徐水城,在进行巷战的时候,有一个大门总是突不进去,因为高房上有一挺机枪,封锁得特别严密。在这里牺牲挂花了二十多个,连一向敏捷的花正芳也负了伤。这时候,他满不在乎,并且洋洋自得地说:"瞧老调皮兵给你来一手啵!"说着就装作要冲过去的架势,把他的大衣猛地往大门前一扔,敌人那挺机枪就哗——地扫了一梭子,等敌人发现受骗猛然一愣,调皮骡子已经蹿过去了。不一时,炸药放好,黑烟冲天,那座高房子就像害了大病似的瘫在那里。正是因为如此,他在连队里也颇有一些威信。领导上多次想培养他成为一个干部,因为他确实很老了,和他一起参军的人,有的已经当了营级干部,而他还是一个兵。但他对此毫不介意。你同他谈入党的事,他说:"一天开会,麻烦死了!"你说要提他当干部,他说:"我操不了那个心,哪有当兵自由!"你劝说得他急了,他就说:"别谈了!别谈了!反正我跟你们走就是,革命成功了,我还是回去种我的地!"瞧,他现在真的实践他的诺言去了。

郭祥正在气恼,下午花正芳跑来说,调皮骡子已经抓回来了。果如郭祥所料,他正背着背包在大公路上大摇大摆地走哩!

郭祥急急回到连部的院子,见调皮骡子正坐在自己的大背包上端着小搪瓷碗喝水。他服装整齐,神态自若,完全不像一般开小差的样子。他喝完一碗,又伸出碗说:

"花正芳!还有没有?再来一碗!"

花正芳略显迟疑,他就说:

"怎么?犯一点儿错误,连水都不让喝啦!"

郭祥气更大了,走过去大声说:

"给我讲!你为什么要开小差?"

他端着碗,继续喝他的开水,满不在乎地拉着长声说:

"连长,别发那么大的火嘛!有什么事大不得了?慢慢商量嘛!"

"别耍贫嘴!"郭祥指着他说,"你讲,为什么要开小差?"

"有没有我的民主?"他把小碗放在地上,反问。"要容我说,首先,我这就不能叫开小差。你问指导员,我给他讲过多少次啦。你们光讲空话,不解决人家的实际问题嘛!"

郭祥要压倒他,咬定一条:

"我问你,你经过谁的批准?"

"那,那,"他把头一歪,"那你们都不批准,我就只好自己批准啰!"

气得鼓鼓的通讯员也忍不住笑起来了。小牛说:

"人家是老资格嘛,当然可以自己批准自己了!"

"小毛孩子!"调皮骡子的脸略红了一红,瞪着眼说,"解放军可不许乱讽刺人!"

正在喝水的指导员,把碗一放,站起来说:

"王大发!你仔细想想,全团全师甚至全军,谁像你这么调皮!你也革命好几年了,一贯地调皮、落后,难道你自己就一点也不感到惭愧?"

这句话像是刺中了他,他的脸涨红起来了。

"我,我……"他激动地打了几个嗝儿才说下去。"我,我承认调皮,但我并不落后。你们,你们说,我哪一次战斗不是冲在前面?我哪一次装过孬种,当过草包?从南到北,从东到西,我比你们谁少走了一步?我没有功劳,也有苦劳,没有苦劳,也有疲劳咧!可是你们,你们……"他激动地站起身来,"你们为什么说话不算数呢?……"

"我们什么地方说话不算数?你说!"郭祥气昂昂地指着他问。

"好,我说。"他充满激动,觉得自己十分理直气壮。"首先,打日本那时候,你们说,'不打倒日本鬼子不回家',是吧?打倒了日本鬼子,该让我回家了,你们又提出了一个'不打倒蒋介石不回家',是你们说的吧,嗯?现在这些都实现了,革命已经胜利了,你们为什么还不让我回去呢?……"他的嗓音嘎哑了,似乎流露出一点悲哽。

"你别哼哼唧唧的,"郭祥说,"你自己也得了胜利果实!"

"是,我是分到了土地,"他抹抹鼻子,"可是有了地没人种就能自己长出庄稼来吗?嗯?"

"你别忘了还有敌人!"郭祥声音更高地说。

"敌人?敌人在哪儿哪?你让我看看!"

花正芳插嘴说:"台湾,台湾就没敌人啦?"

"什么时候打台湾你叫我,"调皮骡子说,"哪个孬种不来!"

"昏家伙!"郭祥说,"美国侵略朝鲜,你知不知道?"

"他怎么知道?"小牛也插嘴说,"人家从来不看报,上课的时候画小人人儿!"

他轻蔑地翻了小牛一眼,显出不值一驳的样子,又继续说:"要按你们这么说,那革命就没有个头儿啦!只有当'辈兵'啦!"

郭祥激怒而威严地说:

"先把他关起来!"

花正芳把调皮骡子押往禁闭室去。临出门,他还低声但用郭祥能听到的声音说:

"关禁闭算什么,有人当了排级干部还蹲禁闭哩!"

郭祥又气又恼,正要发作,忽然营部的通讯员气喘喘地闯了进来,打了一个敬礼:

"报告连长,指导员……"他喘得说不出话来。

"发生什么事了?"郭祥问。

"叫你们跑步到团部集合!"

"到底什么事呀?"指导员也问。

通讯员没有回答,一步蹿到门外,回过头说:"你们要误了事,我可不负责任!"说过,到别的连传达命令去了。

"快走吧,伙计!"郭祥立刻挎上枪说,"准是发生什么事了!"说着,出了门就向团部飞跑。已经跑了一天,十分疲劳的指导员喘吁吁地跟在后面。

果然,他们在团部驻地村东的一所古庙里,听到了政委报告的惊人的消息:自从美国侵略军在仁川登陆以后,朝鲜人民军的主力,被隔断在南朝鲜还没有撤回;向北推进的美国侵略军,不顾我国政府的警告,已经越过了三八线;现在朝鲜民主主义人民共和国的临时首都平壤市,已经陷于包围中。朝鲜人民的命运正处于最危急的关头。接着,政委宣布了毛主席、党中央的重大决定:要立即组成"中国人民志愿军",抗美援朝,出国作战。本部队奉命立即停止秋收,擦洗武器,进行动员,三天后待命开动。

会议结束,已经后半夜了。郭祥刚离开那座倒塌的山门,就擂了他的指导员一拳,说:

"伙计,你的决心怎么样?"

"打呗!"指导员说,"那有什么说的!"

"对!"郭祥十分高兴地说,"毛主席这个决定,真是太英明了,真碰到我的心坎上了……过去,咱们打过日本鬼子、国民党,就是没有打过美国鬼子,这一回我倒要见识见识!我要问问他们:为什么要漂洋过海来侵略别人?"

两个人沿着村野小路走着,秋风吹得棒子叶飒飒地响。指导员又说:

"老郭,你不觉得动员时间太短吗?咱们连有一些人退坡思想很严重,他们要听说到外国去,能拉得动吗?"

"没有问题!"郭祥乐观地说,"咱们的战士,你还不了解么?尽管平时有人闹些个人问题,真正到了节骨眼上,倒是不含糊的。这是我多年的经验了。咱们俩分分工。一回去连夜开支委会。你跟别的支委专门搞动员;把那些落后家伙全包给我,我有办法!"说着,他鬼笑起来,不知道在打什么鬼主意了。

月色朦朦,原野苍茫。郭祥轻快地走着,完全忘记了还没有吃晚饭呢。他越走越高兴,不由地唱起歌儿来了。这是中国工农红军东渡黄河向抗日前线挺进时唱的歌子:

> 炮火连天响,战号频吹,决战在今朝,
> 我们抗日先锋军英勇武装上前线,
> 用我们的刺刀枪炮头颅和热血,
> 嗨,用我们的刺刀枪炮头颅和热血,
> 坚决与敌决死战! ……
> …………

"喂,算啰! 算啰!"指导员笑着说,"看你这股劲! 要是帝国主义知道,准说你是'好战分子'!"

"可我是革命的好战分子呀!"郭祥停住歌声,笑了一笑,"我自己也觉着怪。一说打仗我这身上就来了劲儿!那年打保北战役,我害回归热,一直烧了七天七夜,到厕所去解个手,身子软得像面条似的;后来一听说咱们连担任突击任务了,我一骨碌爬起来,满身力气不知从哪儿来的,一抖劲,全身的骨头节噼啪乱响!"

说着,笑着,前面已经是杨柳镇了。

抗美援朝出国作战的消息,陆希荣在中午紧急召集的团党委会上就听到了。这个消息,使他感到意外。"为什么中央要作出这样的决定呢? 为什么在中国大陆上连续二十二年的战争刚刚结束,国家困难重重,战争创伤十分严重的情况下,会作出这种带有'冒险性'的决定呢? 如果在国外能顶住敌人,那倒还好;假若一旦顶不住又怎么办？这将把刚刚成立了一年的新中国置于何地？这将把中国军队的威信置于何地？而且刚刚开始的恢复和建设工作,是否还要继续进行？"这一连串的问题,都浮到他的脑际来。但是他看到团党委的委员们,都在称赞着中央决定的英明,他也就没有勇气提出这些问题,而且在发言中,也勉强举出了几点理由赞美这个决定的正确。

这决定使他慌乱不安的另一原因,很明显对他正在积极进行的结婚准备,是一个意外的打击。回来的路上,他想起了许多事情。在抗日战争结束的那段"和平的日子里",有人给他介绍了一个姑娘,刚刚见了一次面,几乎没有细谈,战争就爆发了。在解放战争中,东征西战,每天不是一百,就是八十地走,哪里还有闲散的岁月!在一次难得的休整期间,他结识了一家房东的女儿,她是多么温雅而又热情!可是却有人警告他,说那人是"地主成分",当时正处在森严的土地改革期间,他不得不被迫放弃。今天呢?当他预定的婚期,还不到一个月的时间,又传来了这一个突然的"决定",马上就要投入一场不可知的战争!这一切使他过去的一个认识更加明确,更加强烈了。他认为:革命是有前途的,而个人却是没有前途的,在无休止的严酷的斗争中,个人的幸福是谈不到的。

他骑着马,缓缓地回到营部。躺下来,仍然思绪不宁。直到后半夜,心神才安定下来,一个鲜明的思想来到他的脑际:他要把婚期提前,尽管离部队出动只不过三天时间。

第二天一早,他匆匆布置了工作,然后就对教导员很客气地说:

"老陈,我到卫生部去一下,很快就回,你看行不?"

这老陈文化程度很低,工作能力也不如他,平时一贯对他百依百顺。听他这么说,就笑了一笑,点头答应。他立刻通知马号备马,又把马肚带亲自紧了一紧,一出镇就向南狂奔而去。

一直到咸阳北关,他才让马放慢了脚步,这匹枣红马,已经通身大汗,像水洗过的一般。连他自己的两条裤腿都湿了好大一片。在马缓缓走着的时候,他对即将到来的谈判作了一番考虑。他估计,杨雪对这仓促的决定,难免会有一些意见,因为一个姑娘对她一生的大事,总是不喜欢过于潦草。但是只要自己耐心说服,协议是可以达成的。

他经过咸阳大街,穿过钟鼓楼,幸好没有碰到军部的首长,就在卫生部看护连的门前高高兴兴地跳下马来。把马拴到大门里的一棵枣树上。

一个小护士正在南房值班,走出来嘻嘻一笑:

"哈,原来是陆营长来了!你找谁来啦?"

"我找你来啦!"陆希荣也开玩笑地说。

"呸!"小护士把头一歪,"我们班长正在北房开会哩,我给你叫去!"说着就想冲北房喊叫。

陆希荣摆摆手,连忙止住她说:

"别大张旗鼓的!"

陆希荣在南房里坐定。不一时,小护士回来说:

"你先等等儿,她马上就来。"

陆希荣同小护士说了阵闲话,等了一阵还不见来,他心情烦躁地说:"去,你再催催!"

一时,小护士又回来说:

"我们班长正发言哩!"

刚说着,杨雪进来了。小护士机灵地躲了出去。也许是天热的缘故,她头发剪得更短了,看去简直像个男孩子。

"哎呀,我的营长,人家正发言哩,你怎么就不照顾照顾别人的威信!"她的脸色略略有点儿不满。

"嗬,瞧你,"陆希荣笑着说,"从家里回来,也不到我那里去一趟,别人跑了几十里来看你,你还生气! ……你瞧瞧这!"他指指自己被马汗浸湿了的裤腿。

几句话,就把杨雪刚才的埋怨吹得无影无踪,她的一双大眼睛瞅着他,笑了一笑:

"你干什么来啦?"

他没有答话,走上去,把她的两只手都握在自己手里。

杨雪红着脸,低声地说:

"情况这么紧,真的,你干什么来啦?"

"我到军司令部有事,顺便看看你,和你商量一件事情。"

"你说吧!"

"不,"陆希荣笑着,亲昵地说,"你要同意我才说哩!"

杨雪也笑着说:

"什么事,你可说呀!"

"不,不,你说同意!"陆希荣攥紧她的手说。

"瞧,不知道什么事儿,叫人家怎么同意呢?"她格格地笑出声音来了。终于她战胜不了自己的好奇心,把手从陆希荣手里抽出来,挥了一挥,决断地说,"好,我同意! 你说吧!"

陆希荣用手点点她的鼻子,说:"好,这可是你说的!"然后他无限亲切地和杨雪并着肩膀坐下来,说,"部队马上要执行新的任务,你想必已经知道了!"

杨雪兴奋地点点头,说:

"我刚才发言已经说了,这次我坚决要去!"

"对,这是一个非常光荣的任务。"陆希荣郑重地说,"可是咱们的事怎么办呢? 你看,能不能提前举行?"

"就在这几天?"

"对。"

杨雪犹疑了。她沉思了半晌,然后瞅着他,惶惑不解地说:"我不知道,你为什么这么着急呢?我也跑不了呀!"

"是的,确实太仓促了!"陆希荣显得十分诚恳,"我懂得这是一个姑娘一辈子的大事,太草率是会叫人不愉快的。"

"不,不是为了这个!"

"嘻,我知道你们的心理。这样办,我也是很抱歉的。"

"真的,不是为了这个。"

"那,那是为了什么?"

"我刚才说了,我要出国。"

"我同意你出国呀!"陆希荣说,"我就不懂这同结婚有什么矛盾!"

一句话,把杨雪说恼了。她站起身来,说:

"你要我腆着大肚子去看护伤员吗?你要我腆着大肚子去行军吗?"

说过,她跨出门外。"小杨,小杨!"陆希荣连喊了几声,她头也不回地朝北屋去了。

陆希荣怔怔地站在当院里。这时北屋的讨论会,大概还在进行,只听见一个女同志尖尖的声音说道:"人家正处在最困难的时期,我们决不能置之不理,见死不救!我们班决不能落后,还要克服不团结现象!我承认我自己过去爱闹小性子,也有点爱哭,这次我一定克服!希望同志们多多批评!……"

陆希荣看看表,已经下午五点多了,西房凉已经盖满了院子。他走到枣红马跟前,枣红马不断啃着树皮,哝哝地叫着。陆希荣无可奈何地解开了缰绳。

在回去的路上,陆希荣信马由缰地走着。他在想,虽然小杨平日有性急的地方,但从来不像这样。为什么她今天表现得这样决断?这样无情?为什么在婚期提前几天这样一个小小的问题上,竟不允许有商量的余地?很可能这不过是一种借口,用来掩盖其他的问题。他首先想到的就是,郭祥这个"嘎家伙"是不是在起着不好的作用。其根据是:第一,他们是老乡,在自己同小杨结识以前,他们就是很好的朋友;第二,即使自己同小杨建立关系之后,小杨也仍然爱去找他,同他打打闹闹,并不能认为是很规矩的;尤其是,第三,小杨这次的假期本来是一个礼拜,可是只呆了三天就同郭祥一道跑回来了。他们究竟在路上谈了些什么,又做了些什么呢?回来以后,她竟然来都没有来,并且来信要求把婚期推迟,这分明是某种迹象的可靠证明。第四,就是这次"谈判"。假如一个女人真正热爱一个男人的话,难道在大战即将开始这样宝贵的时间里,她竟会这样冷淡?此外,他又想到郭祥。这个人在战斗里一向诡计多端,连敌人都害怕他,对待同志也不会没有心眼。令人奇怪的是,最近,他到自己布置的新房里去,对婚事不仅没说半句祝贺的话,还一味谈乡村的阶级斗争,这也是叫人不能不怀疑的……

太阳已经快要落山。那马早就饿了,走几步就把脖子歪到庄稼地里。陆希荣拉马嚼子很费劲,气得他照着马头狠狠地摔了一鞭。

第十五章　政委

这几天,部队处于极度的紧张和忙乱之中。

自从解放大西北,部队开到这里垦荒生产以来,已经将近一年时间。现在要顷刻间由和平转入战争,是何等的紧迫!秋收停下来了,刚刚收割下来的庄稼,在场里、院里、地里堆得到处都是。

战士们忙碌地擦洗着武器。后勤部门忙碌地领发弹药,缝制米袋,日夜不停地丁丁当当地打着马掌。除此之外,还要把主要时间用来作思想动员工作。为了严格保密,部队大都拉到村外的大庙里或森林里,对于出国作战抗美援朝的问题,每天都进行着热烈的讨论。

动员工作第三天中午,花正芳正在村头井台上洗刷碗筷,看见村外大路上,远远地跑过来一匹枣红马,马上坐着一个人,身量虽然不高,但从那挽缰绳的姿势看来,十分英武有神。一个骑兵通讯员,骑着一匹栗色马,倒挎着冲锋枪,紧紧跟在后面。

花正芳眼尖,早看出了是团政治委员周仆,就连忙跑回来叫郭祥。郭祥正躺在用门扇搭起的床铺上扯着呼噜睡哩。

"连长!连长!政委来啦!"花正芳一边叫,一边推他,推了几把,都没有推醒。

这时政委已经走了进来,惊讶地说:

"郭祥,你怎么睡大觉哇?"

郭祥揉揉眼站起来,冲着政委不好意思地一笑。

花正芳替他解释说:"刚才我叫他迷糊一会儿,他已经一天一宿没合眼了。"

郭祥知道政委的烟瘾全团闻名,就从笔记本上扯下一张宽宽的纸条,抓起烟末,很熟练地卷了一个大喇叭筒,笑嘻嘻地递了过去:

"政委,这又是你常说的,没有调查研究,就没有发言权哪!"

"好,我接受!我接受!"政委接过大喇叭筒哈哈一笑。

"政委,"郭祥两手撑着膝盖,伸着脑瓜,瞅着政委亲切地说,"我看你这几天瘦多了!你的胃病,最近又犯了不?"

"不要紧!"政委挺挺身板,"我看再打几个回合问题不大!"

"你过于费脑筋了,"郭祥说,"你瞧别人三十岁没有事儿,你倒谢了顶了。"

"不能不操心哪!嘎子。"政委说,"团长又不在,这担子是够重的。"

"现在他的伤怎么样?"郭祥关切地问。

"他的臂部骨头肯定是断了,腹部还有弹片没有取出来。"政委叹了口气说,"我看这碗饭,他是吃不上了!"

政委把郭祥那个大喇叭筒刚刚抽完,就从口袋里掏出了一个小拳头似的烟斗,要郭祥汇报一下连队动员和准备工作的情况。郭祥的文化程度虽低,但记忆力很强。他把几天来擦洗武器,配备弹药,农产品的处置以及动员工作讲了一遍。最后的结语是:连队情绪异常高涨,今天下午就举行全连签名。据他看,到朝鲜打美国鬼子,那是绝无问题的。唯一有问题的就是调皮骡子。

"哦,调皮骡子!"政委微笑了一下,像是想起了什么有兴趣的事情,接着问,"他说不参加签名吗?"

"哼,这个家伙!"郭祥说,"前几天把他抓回来,我本来想同他好好谈谈,可是他脸都不红,还大喊大嚷,说'革命已经到底'了!"

"经过这几天的动员呢?"

"在禁闭室关着哩,我没有让他参加动员。"

"看!"政委不以为然地敲了一下烟锅子,"你不让人家参加动员,他怎么会签名呢?"

郭祥撇撇嘴说:"你不信,参加也是白闹!"

"不成!"政委用烟斗指着他,用命令的口气说,"马上把他放出来,我亲自找他谈谈!"

郭祥应声站起来,对门外的花正芳说:

"去,快把调皮骡子放出来,带到这儿。"

花正芳去了,待了好长时间才回来说:

"报告连长! 调皮骡子不肯出来。"

"什么?你说什么?"郭祥惊愕地问。

"他不肯出来。"花正芳又重复说,"他还提了两个问题,要求连长答复。第一,按照纪律条令,连首长关战士的禁闭只有三十六小时的权力,现在已经超过将近十二个小时,这是不是违法行为?他还说……"

"还说什么?"郭祥红着脸问。

"还说,要是违反规定的人不向他亲自道歉,要他出来是不可能的。"

郭祥抓了抓头皮,瞅了政委一眼;意思是:"你瞧瞧这家伙调皮到什么程度!"

政委也瞅了他一眼,笑了笑,没有答话;那意思却是:"我看你怎么处理这个问题。"

郭祥的黑眼珠骨碌骨碌转了一阵。

"这么着……"他把手一挥,"为了执行新任务,道歉算什么！走！"

说着，快步跨出房门，到禁闭室那边去了。

禁闭室隔着几座院落，也是一间农家小屋，门口站着一个枪上上着刺刀的雄赳赳的哨兵。

"喂，王大发！"郭祥这次没有喊他的外号，以便缓和紧张局势，"你出来吧！"

调皮骡子坐在炕沿上不睬。

"哈哈，王大发同志，"郭祥赶到他跟前，亲热地说，"因为战备工作紧，我把时间疏忽了。老战友了，我跟你道个歉还不行吗？"

调皮骡子慢慢悠悠地立起身来。刚才一声"王大发"，他那气就消了三分；一声"同志"，一声"道歉"，他那气就消了大半。这时他用比较平静的语调说：

"这并不是我一定要干部儿给我道歉的问题，这主要是正确执行纪律条令的问题！"

哨兵在门外瞅着他偷偷地笑着。他的脚步慢慢地向外移动，绝不肯走快；意思是：这是你请我出去的，并不是我要出去的。

"政委找你哩，你快走吧！"郭祥催促着说。

一提政委，他犹豫了一下，然而事已至此，不得不行。

他们来到了连部。一进院子，政委站在屋门口，老远就亲热地打招呼：

"王大发同志吗，快进来！"

调皮骡子赶到适当距离，用老兵才有的熟练动作，打了一个十分标准的敬礼，然后红着脸说：

"报告政委，我最近犯了一个错误……"

"坐下来谈。"政委把面前的一张凳子，朝自己身边移动了一下。

这位老调皮兵,在首长面前从来不拘束,今天倒局促起来了。这一来是刚刚从禁闭室里出来;二来是因为过去的一件事情。那还是在周仆刚刚担任政治委员的时候,部队正攻打一个四面环水的县城,数次冲锋都没有成功。周仆来到突击部队中进行鼓动。他的鼓动十分有力,把大家的情绪鼓得嗷嗷叫。可是,这时候,却听到人丛里有一个不大不小的声音说:"哼,知识分子儿!会讲,打起来还不知道怎么样哩!……"周仆虽然听得清清楚楚,但并不介意。攻击开始时,敌人的子弹极为密集,周仆拿着短枪,首先踊身跳到齐胸深的水里,率领部队向城墙摸去。部队在政委的鼓舞下很快就一举登上了城头。事后这位老调皮兵,也不得不表示钦佩,并且发表评论说:"我看这个政委,还凑合!"事情虽然过去很多年了,但他每逢见到政委,总觉得心里疙疙瘩瘩的。他就是带着这种心情局局促促地坐下来了。

"王大发同志,"政委异常诚恳地说,"你是一个很老的同志了,为什么最近犯了那样的错误?"

王大发的头低下来了。

"大发同志,"政委又说,"你跟党走了这么多年,吃了很多苦,打了很多仗,是吧,大概你还负过两次伤吧,在这中间,虽然也有过一些缺点,但主要是成绩,你对人民还是有贡献的。"

"我,我……"王大发十分激动,"政委,除了你,谁说过我有贡献?他们都叫我调皮骡子,要是闹着玩儿,我没有意见,可他们把我当成不能改变的臭落后分子!"

政委瞅了郭祥和门外的花正芳一眼,磕磕烟斗说:

"谁要这样看,那他就是不对!"

王大发显得活跃起来了,没有等着政委让,就掏出小烟管主动地插到政委的烟荷包里。政委把他的大烟斗伸过来跟他对火。

"谈谈心吧,王大发,"政委说,"你为什么要把自己的光荣扔掉走那样的路呢?我想,你临走那天是不会不难过的。"

"咋不难过哩!"王大发鼻子酸酸的,"实说吧,政委,我不是逃跑了一次,我已经跑了四五次了。有时候,跑到村边,有时候跑出去二三里路,哭一鼻子又回来了。如果有一点儿办法,谁愿意离开咱们的革命部队呢?……可是,最后,最后……我鼓励自己说:走吧,王大发,现在革命到底了,任务完成了,你也算对得起人民了!"

"你究竟为什么一定要回家呢?"政委又问。

王大发低下头,没有说话。

"大发同志,"政委往前凑了凑,望着他的脸说,"是不是家里有什么特殊的困难?"

一句话不打紧,像一颗石子儿扔到古井里,激起了他内心深处的感情,他立刻眼圈发红,啜泣起来了。

"有话说嘛!"郭祥不耐烦地说。政委扫了郭祥一眼,叫他不要打岔。

"我,我,政委……"王大发含着两大颗眼泪,"俺娘在家要饭吃哩!"

"噢!"政委显然感到沉重,又问,"你不是贫农出身吗?"

"怎么不是?"王大发梗梗脖子说,"咱是一个穷得当当响的贫农。"

"那你没有分到土地?"

"分啦,可是又卖给人家喽!"王大发伤心地说,"我记事那当儿,俺爹就给财主家扛长活。我出来抗日了,俺娘在家还是饥一顿饱一顿的。我一抓上军队的白馒头,就想起俺娘,心里就难受!日本投降了,我想,作为中国人民一分子,我的任务完成了。谁知道,蒋介石这老狗又向咱发动进攻。直到实行土改,家里分了房子分了地,才算解决了生活问题。那时候,我探过一次家,俺家住到新分的宅子里,外面插着齐展展的秫秸篱笆,屋子里还有一个红漆大立柜。我在家没有待三天,就回到了部队。我这心气儿,你就甭提有多高了!可是谁也想不到这几年又起了变化!……"

"后来怎样了?"

王大发接着说:"自从家里分了地,俺娘觉得日子有指望了,心气儿比我更高。不管风里,雨里,泥里,水里,熬黄昏,起五更,把命都豁出去了。有一回麦子刚割下来,就下起了瓢泼大雨。俺娘怕粮食糟蹋了,就一趟一趟往家里背,还没背完,就受了寒得了一场大病。一病好几个月,没有起炕,又是请医生,抓药,就借了人家的钱。到底穷人家底儿太薄,没有办法,就把分的那几亩地又卖了!去年临上西北,我家去了一趟,一看屋里立柜也没有了,连秫秸棒篱笆都拔出来烧锅了。最近我又接到信,说俺娘又扯起棍子要饭去了……我想来想去,心里就结了一个死疙瘩:革命这么多年,到头来还是有穷的,有富的,这革命不是白革了吗?"

"我们村也有这种情况。"郭祥皱了皱眉头,望着政委,"这个事儿我也有点儿纳闷儿。"

政委心情沉重地思索着,小拳头般的大烟斗咝咝地响。

"大发,"他询问道,"你说为什么会发生这样的事?"

"那,那,"王大发把手一摊,"那当然是因为我不在家,要不然,咋会有这宗事哩!"

"不,"政委摇摇烟斗,沉重地说,"大发同志,这就是小农经济的脆弱性呵!"

"什么脆弱性?"王大发第一次听到这个名词儿。

"小农经济的脆弱性。"政委又重复说,"你看看土改以后最近两年的情况:像你们家是因为干活受了累,得了场病,穷了;也有人是因为死了口人,娶了个媳妇穷了;还有的人是因为多生了几个孩子穷了。总之,一场风,一场雹子,一场大水都会使人变穷。你瞧瞧,这一家一户的小农经济,别说什么大风浪,连婚丧嫁娶都经不起,连一场病一个疮也顶不住。简直像是大风大浪里的一根苇眉子,你不知道明年会把你漂到哪里去!"

郭祥点点头说:"一点不错,就是这么回事!"

"那怎么办?"王大发困惑地问。

"我也正要问你嘞!"政委笑了一笑,"你不是说革命到底了吗?我问你,现在这个'底',你满不满意?"

"要是革了这多年命,地又卖了,你想想,我咋能满意呀!"王大发懊丧地说。

"对喽!"政委说,"这就是说:还得要继续往前走!还得要继续干革命!毛主席说,我们的胜利才是万里长征走完了第一步嘛!光实行土地革命,消灭封建主义还不行,我们还要消灭资本主义,建设社会主义,实行工业化,办农业合作社!用拖拉机!我们的贫农,要想在经济上彻底翻身,不继续往前走,肯定是办不到的!"

王大发低着头,十分严肃深沉地思索着。待了好半晌,喃喃自语地说:

"我的眼光看得太近了……"

屋子里充满了活跃的气氛。政委适时转了话题,悄声问王大发,知不知道部队就要执行新的任务。

"这,对我已经不是什么秘密了!"他眨眨眼,得意地说。

"你是怎么知道的?"郭祥一愣。

"看,人家当兵不是一天两天了嘛!"他老味十足地说。

"那么,你到底是什么态度?"

"什么态度?好比邻居失了火,都忙着去救火哩,我回到家往炕头上一待,还像个人吗?我不算白受毛主席的教育了?"

"到底是老同志嘛!"政委上去热烈地握住调皮骡子的手说,"王大发同志,关于你家庭困难的问题,我回去就叫政治处给县委写信,帮助你解决。"

这时,王大发红着脸,流露出一种羞涩和感激的表情。

政委收起烟斗,立起身来说:

"走,咱们一起到你们连开会的地方看看吧。"

三个人走出房门。花正芳在后面一拉郭祥的袖子,悄悄地说:

"关了几天禁闭没解决的问题,看人家政委几句话就解决了。"

"谁说不是!"郭祥说,"我这是拿着棒槌纫针,真他妈太简单化了。"

王大发跟在政委和连长后面,向村外走去。约走出一二里路,远远地听见前面小树林里,传来了一阵高亢的讲话声、喊声和掌声。

为了不打断会议的进行,政委悄悄站在一棵大树后面,观察着这个立过无数战功的连队。他们整整齐齐地坐在背包上。前面有一张方桌,摆着笔砚,铺着一面洁白的绸子,上面已经写了不少战士的名字。

指导员站在旁边正主持会议。一个黑瘦的、左额角上长着一个小肉瘤的同志正在发言。

"同志们,同志们!我就是这个态度儿!"他激昂地挥着拳头,几乎每讲一句就挥动一下,"美帝侵略朝鲜,还霸占我们的台湾,咱们,咱们,无论哪一个,都要把,都要把个人的问题,往后摆一摆!摆一摆!咱们只不过是个困难的问题,可人家朝鲜,朝鲜,是个生死存亡的问题!我,我就是这个态度儿!就是这个态度儿!完了!"

"对！对！"

"疙瘩李说得对！"

下面齐声喊着，热烈地鼓起掌来。

"这是我们的一排长。"郭祥小声介绍说，"这人战斗不错，就是性子急，凡是一句话，到了他嘴里，就不大受听。"

由于过度兴奋，疙瘩李额角上那个肉疱疱变成了紫红色。他抓着毛笔，一个劲地抖动。他还没有写完，调皮骡子王大发就走上去了。

他的突然出现，有人惊讶，有人微笑，使全场沉静了两三秒钟。

"关于，关于……"他的话究竟不像平时那么顺畅，"关于我本人的严重错误问题，我准备在另一次会议上进行专门严肃的检讨。我本人无论在纪律方面，个性方面，还有在眼光远大方面，的确是有很多缺点的……"

下面掀起了一阵低低的笑声。

"人家检讨哩，你们笑什么？"他瞪了瞪眼，又严肃地讲下去。"刚才一排长讲的，我觉得基本上是正确的。在朝鲜人民困难的时候，我们一定要把个人的问题往后头摆。你们都知道，我王大发过去在战斗上的表现。我不是吹牛，这次到了朝鲜，要是美国鬼子叫我瞄上，我说打他的脑袋，不能打中他的肚子！……"他挺着胸，显得十分威武，仿佛已经站在战壕里似的。"同志们！"他喊了一声，"我就是这个决心：不打败美帝不回家！"说着，把右手中指放到嘴边。下面喊：

"不要这样！不要这样！"

"调皮骡子，上级不提倡这个！"

可是，说话间，王大发已经咬破了中指，鲜艳的血珠顺着指尖吐噜吐噜地滚下来了。他就用这个手指在白绸子上歪歪斜斜地画上了"王大发"三个字。

下面热烈的掌声,比对其他人似乎还要鼓得长久。

掌声停下来时,已经上来了一个战士。这个战士长得十分魁伟高大,面貌淳朴,站在那里活像一尊天神。他跨着宽阔沉稳的步子走上台,一句话没讲,就深深地弯下腰抓起笔来。

"乔大个!别把笔杆捏断了,这不是机关枪!"下面有人喊。

"乔大个,你怎么不讲几句?"又有人喊。

"你一年也讲不了几句话,讲几句吧!"

政治委员周仆深深地被这个战士所吸引,他不是意识到,而是感觉到在他身上隐藏着一种极其深厚的东西。他碰碰郭祥:

"他叫什么名字?"

"乔大夯。机枪射手。"郭祥回答,然后笑着说,"怎么样?个头不小吧!每次发军衣,都得拿到后勤部门另换。你瞅他那脚,能顶你两个大,鞋穿特号的还不行。饭量也大,可是干活、挖工事能顶两三个人!"

"讲几句!大个子,讲几句!"下面还在嚷。

乔大夯不得不放下笔,谦和地望着大家笑了一笑。

指导员也催促着说:"乔大夯,叫你讲你就讲嘛!"

"我,我觉着没啥讲的。"他声音虽然不高,但却十分清亮有力地说,"共产党叫我到哪儿,我就到哪儿!"

"好,好,讲得好!"

大家一片声嚷,热烈的掌声持续了几十秒钟之久。

"这是些多么可爱的战士啊!"团政治委员周仆十分激动,瞅瞅郭祥没有注意,就背过脸擦去那因为偶然不慎涌出的泪水。

第十六章　江边

十月二十二日午夜,周仆刚刚躺下不久,就被值班参谋喊起来,递过来一封加急电报。他急忙披上衣服,扭亮那盏陪伴他多年的旧马灯,一看,原来是师部转发的兵团首长的电报,命令部队拂晓后立即由现地出发,在咸阳车站登车北上。

这就是说,比原来预定的出发时间,又提早了一天。周仆捏着那张印着红色横线的抄报纸,沉吟了片刻,隐约感到,朝鲜前线的形势,是更加紧急,更加严重了。

他急忙扣好衣服,来到作战室,同副团长和政治处主任商量今天的行动。为了给连营多挤出一些时间,他首先在电话上向各营下达了口头命令。

出发时间虽然只不过提早了一天,但也带给他们不小的忙乱。已经准备好的全团的誓师大会不能举行了。原来考虑到许多战士、干部的家庭生活都存在着困难,预定进行的一部分救济工作,也没有完成。再有一件麻烦事,就是来接管生产的地方部队还没有到,丢下来的鸡鸭猪羊,堆在场上的未曾脱粒的庄稼,如果任其不管,都会要遭受损失。

周仆和团干部研究着这些问题,最后决定:每连留下一个人,协同村里的民兵看管生产物资。对于南瓜、蔬菜等等生产品,就分赠给驻地的贫农们。

当这些问题处理完毕,离天亮还有两个小时。周仆就回到房子里,盖上他那件皮大衣,把灯扭暗,准备休息一会儿。可是总按捺不下激动的心情。两个小时后,他就要同他的团队一起,奔向那陌生的战场了。不消说,他对他的团队抱有坚强的自信。这种信心,不是一时形成的,是同他的十几年的战斗生涯结合在一起的。他坚信任何反革命的敌人,必将被一个一个地粉碎,但同时他也意识到,在他的面前,站着的是全世界黑暗势力的代表,是当今世界上头号的帝国主义。毫无疑问,这是一次严峻的考验。而这场考验,是只能胜利,不能失败的。假若打不垮敌人,顶不住敌人,那将不仅给朝鲜人民和中国人民带来可怕的后果,而且对东方人民和全世界人民的革命进程,都将发生极其不利的影响。他觉得,在这场考验里,作为团政治委员,作为这个部队的党代表,个人的粉身碎骨,那是不值一提的小事,但是,如果由于个人的疏失,工作没有做好,不能完成任务,那就是一件不能饶恕的罪过!

近几天来,当他越意识到任务的重大,对他的老战友团长邓军的思念也就越深。自从兰州战役——大西北决定性的一战,邓军腹部和臂部都负了重伤,已经整整一年不见面了。几次派人到医院里看他,回来都说,他的右臂已经锯掉,腹部的弹片也没有取出来。而且由于前后八次负伤,失血过多,身体过于衰弱,已经无法在部队继续工作了。前几天,据师里透露,准备派一个新的团长来,但是由于这个团是本师的主力,是一个有老红军基础的团队,人选迄今没有确定。这就使得周仆越发觉得肩上的担子是沉重的。周仆知道,即使邓军回来,自己的工作也绝不会减少,甚至两个人仍旧会像从前那样,不断地争吵几句;但是,他现在觉得,即使这个人在这里,不做什么工作,只要能听见他的声音,他也就不会感到自己的担子像现在这样沉重了。

周仆同邓军在一起工作——用他们俏皮的说法是"搭伙

计"——是从当连级干部就开始的。那还是一九三九年的春天,周仆在延安抗大刚刚毕业,就到了敌后抗日根据地。那时候,他还是一个既没有工作经验更没有战斗经验的新手。当时就把他分配到现在本团的三连去作副指导员。临走前一天,许多同来的伙伴,都来为他祝贺。因为这个连队是一个战斗作风很硬的连队,这个连队的连长,就是闻名全军的在大渡河边立有战功的邓军。关于这位勇士惊人的英勇,有着许多纷繁的传说。当时,周仆对于自己能分配到这样一个英雄的连队,是多么高兴!暗暗下定决心要在实战里向这位勇士虚心学习。可是当他第二天到连队去的时候,那位个子并不十分高大、脸色乌黑、左脸上留着一条疤痕的连长,只接过介绍信随便地看了一眼,就勉强把司务长佩带的只能单发不能连发的驳壳枪分给他。当他事后发现这是全连最差最破旧的驳壳枪的时候,心里就颇不愉快。一打仗,又分配他搞一些在他看来是打杂的事情。例如管理伙夫担子,带担架,打扫战场等等。周仆是一个很聪明、敏锐的人,他很快意识到,自己虽在上级的命令上被公布为这个连队的干部,但在全连尤其在连长的心目中,还没有取得这个英雄连队的战士的资格。直到有一次,敌人迂回到后面,他带领炊事班将敌人打退,才看到邓军脸上的一丝笑容,作为对他这种行为的奖赏。事实上,只有这时候,他才被认可为这个连队花名册中的真正的一员。以后,周仆被提升为指导员,两个人就逐渐成为一对亲密的搭档了。

　　战火催促着人们的成长,也锤炼着人们的友谊。每当周仆回忆起邓军的时候,都深深地感激他对自己的帮助。这种帮助,不是通过上课,或者其他明显的教导,而是通过一种无形的影响。这种影响,尤其表现在邓军的那种任何时候都要压倒敌人,而决不被任何敌人所压倒的英雄气质。有时,当连队伤亡过重,在周仆看来,已经无法完成任务的时候,他却愈打愈勇,最后终于奇迹般地带领少数战士夺取了敌人的阵地;有时,被敌人团团包围,甚至被敌人"压顶"①,在周仆看来已经无法突围的时候,他却毫不沮丧,吩咐战士们用手榴弹投房顶上的敌人,终于寻隙突围。这种英雄气概,在部队被习惯地称为"硬"的作风,不仅感染了领导的部队,而且也深深地感染了自己。甚至在自己指挥作战中,也不知不觉采用了邓军的语调,仿佛他的某一部分,已经渗入到自己的生命中去了。而邓军在内心里,也非常感激他,尤其是在学文化方面。周仆初来时,邓军还不识多少字,一接到上级的文件,就两手捧着皱起眉头叹气。周仆下定决心,不厌其烦地每天教他几个字,在战斗频繁的日子里,也不忘记催促他,甚至强迫他学习,终于邓军能够看书看报了。当他捧着通俗小说看到有趣之处,像孩子一般笑起来的时候,对他的这位老伙伴也是充满着感谢的。

在周仆来到这个连队之前,曾经听不少人传说他的脾气古怪,但在真正接近以后,却感到这位在战斗中令敌人畏惧的勇士,竟像孩子一般的纯真。比如,他最大的乐趣之一就是听人讲故事。在战斗的间隙中,周仆无论是当他的指导员、教导员或政治委员,没有几个故事是交待不过去的。两个人甚至常常枕在一个枕头上讲故事。当讲到动人的地方,即使是千百年以前的事情,也会使他像孩子一般地淌着眼泪。

当然,他也不是没有缺点的。例如他过分地粗率。但是他也有一条最大的好处,就是对同志不抱成见。几个钟头之前,他向你跳起脚来发脾气,几个钟头之后,就会忘记得干干净净。你得罪了他,冲撞了他,也是一样。等你懊悔万分,怀着羞惭去向他道歉的

---

① "压顶",抗日战争平原地区的口语。是指我军在房内,敌人占据了房顶。

时候,他会惊讶地说:"噢,你还想着这件事呀!"

在战斗上,他也存在着缺点的一面。这就是一打仗,他就要跑到最前面去,顾不得全盘指挥了。随着周仆指挥作战一天天熟练,他的这个缺点,不仅没有克服,反而发展了。每逢打仗,前面的情况稍一紧张,他就把驳壳枪一提,说:"老周,这一摊子我不管了!"说着就跑到战斗最紧张、最危险的地方。直到他面对面地看见敌人,亲眼看见战斗情况的变化,才算放了心。有时甚至要亲自用机关枪把敌人射倒,才觉得解气。他的这个特点,自然会给第一线的战士增添无限的力量和勇气,能够使最危险的阵地稳定下来,或者使最难攻的阵地被我们突破;但同时,也就常常忽略了次要方面。他的这个缺点,不止一次地受过上级的批评,周仆也屡次提醒他,他都满口答应,甚至红着脸承认错误,但是当第一线的情况一旦紧张起来,他就又抑制不住自己。如果这缺点在当连排长的时候,还不显得怎么明显,等到他指挥一个营,一个团,就显得越发突出了。周仆清楚记得,在围攻大同的时候,当他的营数次进攻水塔未下,他的眼都红了,从指挥所里一下跳出来,又说:"老周,这一摊子交给你了!"作教导员的周仆一把没有把他拉住,他已经冲到最前面去了。时间不大,水塔被占领了,但他也满身鲜血地被人背回来,原来他率领突击队冲锋时,冲得过猛,竟一下子冲到投弹组的前面去了。邓军,就是这么一位威猛无比的战士,在他的心目中,只有最危险的战线才是自己的岗位。

也许,正因为这样,周仆不能不分出很大精力来钻研指挥艺术。这样一来,邓军的勇猛的神威,不断地影响着、培育着部队,使部队保持着老红军的硬骨头作风;而周仆的灵活的指挥,也适当地弥补了邓军的缺陷。同志们私下议论,说上级把他们两个人配搭得很好,说他们是一粗一细,粗细结合。其实,更准确些说,这也同他们的友谊一样,是经过长期战火锤炼的合金!

多好的勇士啊!可惜不能参加战斗了!自己也不能再同他在一起了!周仆想到这里,不由得叹了口气。究竟派谁来当团长呢?他衡量着全军的团长和副团长,在内心里猜测着,判断着……

警卫员小迷糊打饭来了。周仆匆匆吃过,天色已经微明。为了察看部队的情绪,他就提前向村南的集合场走去。小迷糊拉着他那匹枣红马跟在后面。

论节气,还不到霜降,这里已经下了好几场霜。田野里,空荡荡的,只剩下一片片的红薯地和棉花地了。种下的小麦已经露出了绿苗。公路两旁的杨树,从树梢往下叶子已经黄了一半,还绿着一半,望去非常好看。那黄灿灿、厚墩墩的叶子已经落了不少,有几个孩子正在那里扫树叶呢。

周仆刚走出村口,就听见村北大路上由远而近传来一阵粗嘎的激越的歌声:

  炮火连天响,战号频吹,决战在今朝,
  我们抗日先锋军英勇武装上前线,
  用我们的刺刀枪炮头颅和热血,
  嗨,用我们的刺刀枪炮头颅和热血,
  坚决与敌决死战!……

"三营过来了。"小迷糊指点着说。

周仆停住脚步,往北一看,前面一面红旗引导,三营在大公路上成四路纵队,排得整整齐齐地走过来。营长孙亮走在最前面,步伐十分英武。他是全团营长中最年轻的,干青年工作出身,一向把部队带得很活跃。今天,不用说,又是他选了这首红军东渡黄河的战歌来鼓舞部队了。

他们远远发现政委站在路边,歌声越发响亮激越起来。队伍走到近前,孙亮从队列里跑步出来,打了一个敬礼。

周仆问:"部队到齐了吗?"

"到齐了。"孙亮很有精神地回答。

"我看小伙子们的情绪很不坏呀!"周仆的嘴角带着满意的笑纹。

"政委,你说怪不?"孙亮凑近政委的身边说,"前些天,全营有八十多个病号,昨天只剩了三十多,今天早晨,我说把他们集合起来,送到卫生队去,结果一个病号都没有了。"

"一个都没有了?"

"嘿,一说打仗全好了,真比吃药还灵!"

"这是咱们部队的老传统啊!"周仆深有所感地说。他想起日本投降后的一九四五年和一九四六年,那时候,面对面的民族敌人打倒了,不少战士认为自己的任务完成了,要求复员,要求回家,要求解决婚姻问题和其他私人问题,曾经闹得很严重,每个部队都有好几十个病号。可是当阶级敌人在解放区的四围响起内战炮声的时候,那些恼人的问题,竟一霎时烟消云散,人人慷慨激昂开上前线,竟像没有发生过那些问题似的。多么叫人感到神奇!这些战士们,这些跟随着党战斗的工农子弟,在历史的重要关头,是真正通晓大义、照顾全局的。这些事,不止一次给了周仆最深的感动,使他对革命部队所具有的深厚的潜力,有着始终不渝的信心。

孙亮回到行列里去了。周仆还站在冷风里观察着在他面前行进的战士们。虽然今天的出发命令,因为要通过城市,明确要求他们"要特别注意着装整齐","尽量把新衣服穿在外面",可是经过整整一个夏秋的劳动,这些草绿色的军衣都几乎褪成白色的了,许多人的肩头上、膝盖上,还打着显眼的补丁。周仆知道,这些衣服,每一天都浸透过多少遍汗水啊！要是有人从他们的服装上来判断他们的战斗力,那就注定要犯绝大的错误。

歌声停下来了,战士们愉快地说笑着前进。

周仆站在路旁问:

"同志们！冷不冷呀？"

"政委,你瞧,我还老出汗哩！"一个扛机枪的战士愉快地回答。

"政委要把大皮袄送了你,怕你更要出汗了！"另一个战士开玩笑地说。

那个战士指指自己的机关枪说:

"我这个皮袄,比他那皮袄还顶事哩！"

大家笑起来。

正谈笑间,只听前面集合场上一片声嚷:"截住！截住！"随后,正在公路上行进的队伍,也混乱了,纷纷喧嚷着:"截住它！截住它！"

周仆不知道发生了什么事,正要探询,只见炮兵连一匹大黑骡子顺着公路狂奔过来。随后又是两匹跟着那匹没命的奔跑。缰绳都拖落在地上。一个勇敢的战士,刚刚扑上去抓住缰绳,被那匹黑骡子带了几个跟头。等到大家发一声喊,一齐围上去的时候,那几匹骡子又转头跳下公路,向田野里跑去。顷刻间,已经跑出五六里以外去了。

第一天行动,就发生了这样的事故,真叫人心里有气。周仆大步走到集合场上,看见炮兵连的三门步兵炮歪歪斜斜,牲口套弃置在地上,卫生员正给一个被踢倒的战士裹伤。他把炮连的几个干部找到面前,指着说:

"你们是怎么搞的？"

几个干部垂着头,默不作声。

沉了半晌,那个小敦实个儿的连长才说:

"我们大前天才回来,一看炮锈得不像样子,只顾忙着擦炮,没想到骡子搞生产太久了,一见炮就往后捎,怎么也套不上去,气得驭手给了它一鞭,就惊了,大概又跑回我们住的那山庄去了。"

"那你们平常呢?"周仆质问,"平常为什么不注意战备训练?"

"那可不能怨我。"炮兵连长也懊恼地说,"参谋处给了我们训练的时间没有?"

参谋长走过来说:

"政委,时间到了,是不是按时出发?"

"按时出发。"周仆气得挥了挥手,叫他们随后跟进。

部队出发了。集合场周围挤满了老百姓,大部分是那些衣服褴褛的贫农,他们恋恋不舍地望着出征的人们。

周仆在团直属队的先头走着。一路上,他还在想着炮兵连长的那句话:"那可不能怨我。"是的,是不能够怨他。一年以前,当部队驻扎在这里的时候,他自己的一切精力都集中到生产方面去了,当时真有点"刀枪入库,马放南山"的味道。以致今天突然接到战斗任务,枪也锈了,炮也锈了,他亲眼看到井台上擦洗刺刀的水都变成了红的。毛主席说,部队不仅是战斗队,工作队,而且还是生产队。很明显,自己抓住了后两个方面,又忽略了战斗队的方面。仅仅一年的和平生活,竟然就出现了这样的现象,这是多么深刻难忘的教训啊!自己刚才责备那个连长又有什么意义呢?如果邓军同志在这儿,看到这种情形,会多么难过。他心里引起了一阵深深的惭愧之感。他这样想着,想着,踏着落叶,不知不觉间,已经走出十里以外去了。

部队在咸阳登车东下,深夜时分过了郑州,继续北上,第二天下午,就奔驰在冀中平原上了。这里的每一座车站,每一条流水,每一座日本人和国民党反动派遗留下来的残破的碉堡,都可以引起他们长时间兴奋的谈论。他们挤在车窗门口,贪馋地看着目力能及的故乡的村庄、麦田以及路上的行人,来宽舒一下对家乡的离情。停车的时候,他们在站台上利用短短的几分钟,和站台上的服务员们说上几句话,也觉得特别高兴。看见谁的情绪沉闷了,那些党员们和一些懂事的班长们,就凑过去谈谈故事,扯扯闲篇儿,来宽慰伙伴,也鼓舞自己。直到山海关,车厢里也没有离开和冀中有关的话题,但是谁也没有提起自己的家,只是在心的深处,深深地祝福着自己的亲人!

列车走了三天三夜,于第四天中午时分,赶到鸭绿江边的城市丹东。

部队被指定在镇江山一带休息。他们都是第一次到丹东,这座背山面江的城市这样美丽,大大出他们的意想之外。可是走出车站不远,就感觉出她已经被战争的气氛笼罩了。柏油路上已经看到有美国飞机轰炸的弹坑,华丽的玻璃橱窗,没有陈设多少东西,刺眼地贴着纵一道横一道的纸条。街上的各种车辆都在急匆匆地奔驰。市民们脸上带着惶惶不安的神情,扶老挈幼,背着行李家具,在向市郊疏散。工人和学生组织起来的纠察队,袖子上戴着红箍,帮助警察维持秩序,指挥着疏散的人们。

管理员在半山上找到了一处民房,算做临时的团部。周仆还没有进房子,就被师部的通讯员喊走了。

师部组织的前方指挥所,是在昨天晚上提前到达的,临时设立在丹东军分区招待所的一间小屋里。师长报告了朝鲜前线的紧急情况:自从美国侵略军在仁川登陆后,不顾周恩来总理代表我国政府的严重警告,于十月一日越过三八线,向朝鲜北部大举进犯。至十月十九日,朝鲜民主主义人民共和国临时首都平壤市以及阳德、元山、咸兴等地,都已相继沦陷。朝鲜的临时首都已迁到东北部距鸭绿江不远的江界去了。敌人叫嚣要在感恩节(十一月二十三日)前结束朝鲜战争,正在举行疯狂的追击,向中朝边境逼近。现在敌人共集中了四个军十三万余人的兵力,分东西两线多路猛压过来。西线的美军第一军和英军二十七旅正沿铁路指向新义州;美二十四师和伪一师指向碧潼;另两个伪军师一路指向楚山,一路指向江界。东线的敌军,正由元山、咸兴迂回江界。战局是十分严重的。

师长随后传达了兵团的意图。为了控制朝鲜北部一定的地区,制止敌人的进攻,掩护朝鲜人民军北撤整顿,并且为以后的作战创造有利条件,决心占领龟城、泰川、球场洞、德川、宁远、五老里等地区组织防御。本师的任务就是争取在敌人到来之前抢占龟城。要求部队立即完成一切准备工作,于今晚渡江。

会议末尾,师参谋长给每团发了一份朝鲜作战地图。并告诉大家,每连配备的朝鲜族联络员,随后就到,要大家好好注意团结。

周仆回到他那在半山坡的团部,看见警卫班的战士们,正在穿新领来的棉衣,一边吵嚷嬉笑。原来这些棉衣是按照朝鲜人民军的式样做的。有的战士说:

"当了几年兵,还没穿过带大襟的衣服呢!"

"人们别把我们当女兵呀!"

"管它男兵女兵,只要暖和就行!"

他们见政委走来,抢先喊道:

"你那带红道道的军官服也发下来了! 快试试吧!"

周仆刚待要穿,就听见山头上响起一排枪声,接着防空警报刺耳地呜呜地响起来。四外都有人喊:"防空! 防空!"

顷刻间,街上的人们飞跑起来。不一时,一阵隐隐的沉重的隆隆声由远而近,在新义州的上空出现了敌机。人们开始数着一架、两架、三架,最后数不清了,大约有几十架敌机,像小黑乌鸦一样在新义州的上空盘旋起来。

"俯冲了! 俯冲了!"人们喊着。

说话间,一支支黑色的烟柱升腾起来,大地在震动着,像滚过一阵沉雷一般。虽然隔着宽阔的江流,还震得窗玻璃呼哒乱响。

黑烟越来越浓,越升越高,不一时滚滚的黑烟笼罩了江东岸的半面天空,随着风滚到这岸来了。刚才还是碧澄澄的江水,也被照得黑乌乌的。在黑烟下面,穿白衣的朝鲜人向外散跑着,不少人抢向桥头,跑向江边。远远地可以听见他们的呼喊声。这时候,轰炸机停止轰炸,飞走了,野马式战斗机你上我下穿梭式地射杀着逃散的人们。

"政委! 你看!"

小迷糊惊叫了一声。周仆顺着他的手指看去,一个背着孩子的朝鲜妇女,正被一架敌机追着踉跄地跑到江边,一梭子机关炮咕咕地扫射过来,那个妇女似乎犹疑了一下,就捂着孩子的眼睛跳到江水中去了。

这时候,周仆的心也像跟着这个妇女沉下去了,眼角上顷刻涌出热辣辣的泪珠。他急忙扶住一棵小树。

警卫班的战士,心像刀扎一样,恨不得立刻飞过江去掐死那些野兽们。许多人哭了,用衣袖擦着眼泪。

滚滚黑烟,继续涌过江来,涌到他们的上空,灰烬、纸片,纷纷落下。天空也显得昏暗起来。

周仆极力压制着自己的感情,正要召集各营汇报准备工作的情况,只听山坡下面喊:

"老周! 老周哇!"

声音是这么熟稔和洪亮。由于他思想一下转不过弯来,眼睛也有些模糊,竟一下没有看出来是谁。

"那不是团长和小玲子吗?"

"是团子回来了!"

"团长!小玲子!"

警卫班的战士们乱嚷嚷地喊着。

周仆定睛一看,果然是团长邓军和小玲子正往山坡上走哩。周仆又是激动,又是振奋,同时又感到意外。

"老邓!"周仆激情地喊了一声,三脚两步跑了下去,一边说,"你这个怪人,是从天上掉下来的吗?"

老战友见面,真是无限热情,各人朝对方的胸脯上、臂上擂了好几拳。周仆用两只手去握他的右手,觉得木疙瘩的,一看,戴着一只手套,才想起他的右臂已经断了。这不过是才换上的一只假手。

"伙计,"周仆难过地说,"这只胳膊到底没有留下来吗?"

"少个把零件,问题不大。"邓军笑着说,"就是系裤腰带有点子费事。"

"哼,"周仆指指脑壳说,"要是少了这个零件,你就来不成了!"

"你说得对。"邓军笑着说,"那是发动机嘛!"

两个人说说笑笑,周仆拉着他的左手走到山坡上来。警卫班的战士们围过来,向团长敬礼问好,看他们的神色是很振奋的。

周仆把邓军让到小屋里坐下,亲切地凝视着他。这位负过八次战伤的老战士,比以前消瘦多了,那刚毅、黧黑的面庞,透出一些青黄,从山坡爬上来,已经有些喘息。虽然他尽力地压抑着,不让他的伙伴有所觉察。

周仆说:"老邓啊,你这一年在医院很够呛吧!"

"嘻,真把人腻味死喽!"邓军好像刚吃过一服苦药一样,皱了皱眉头。

"你的身体到底怎么样?"周仆又问,"我看你脸上的颜色很不正的。"

"有什么不正?"邓军反驳了,"你让一个好人住一年医院,你试试看!"

周仆笑了笑说:

"我听说你肚子里有两块弹片,还没有取出来呢!回来的人都说,军队这碗饭,你是吃不上了。"

"乱说!"邓军批评道。"据我看,问题不大!"说到这里,他习惯地要挥动右手,只是肩头动了一动,"不谈这个!……先说说你收不收我这个兵吧?"

周仆用疑问的眼色看了他一眼,说道:

"老邓!说真的,你到底是怎么来的?"

"坐火车来的,比你大约晚两个钟头。"

"不,不是这个意思。"周仆说,"我是问你究竟怎么从医院出来的?对你我不能不小心一点。"他用手指点着邓军笑着,"你还记得吧,当连长那时候,你听说打仗了,伤没好,就从医院跑出来,没有多久,伤口化了脓,我挨了上级好大批评,还说我是'自由主义'哩!你这个家伙,倒在一边高兴!"

邓军想起往事,哈哈大笑了一阵,然后说:

"这次受批评我负责嘛!老战友啰,马虎一点!"

"不,不成!"周仆摇了摇头。

"嘿,我就知道你这一关难过。亏得我多了一个心眼儿。"他得意地嘻嘻一笑,用洪亮的嗓音向房外喊道,"小玲子!打开皮包,拿介绍信!"

周仆接过一看,果然是一封出院介绍信,上面盖着鲜红的大印。

"怎么样？没有骗你吧！"邓军说着,仰着脸像孩子似的嘎嘎大笑起来。

小玲子站在一边,龇着牙笑。

"哼！这里面准保有鬼！"周仆看了看他俩的脸色,指着小玲子说,"你说！小玲子,这介绍信究竟是怎么来的？"

小玲子看了邓军一眼,仍然龇着牙笑。

"这小鬼！"周仆说,"对政治委员说话,可要坦白哟！"

"那,那,"小玲子讷讷地说,"那当然要有一个奋斗过程。"

"对,你就说说这个过程。"

"开头儿,他知道这个消息了,一天往院长、党委书记那儿跑好几趟。人家都说要掌握原则。后来,他听说你们要出发了,就给兵团司令员打了一个电话,我看见他的泪蛋蛋都掉到送话器里去了,这才……"

"胡说！"邓军瞪了他一眼,"我是打电话向他问好的。只是顺便提了一下,他就批准了。……哪里有那么多的零碎！乱弹琴！"

"算啰！算啰！"周仆制止道,"我马上通知师里。老邓呀,从我内心说,你不知道多么盼你！只是你这身体……"

"去去去！"邓军把手一挥,"我不承你这个空头人情！……快讲讲情况吧,这次谁当前卫？"

这时候,只见门口人影一晃,进来一个军帽下露着短发的穿着白胶鞋的女同志。大家一看,这不是杨雪吗？只见她神色沮丧,两个眼圈红红的,靠着门边也不说话。

邓军站起来,亲热地招呼说：

"怎么啦？小杨,怎么一见我就哭呀？"

周仆说："小杨,有事快坐下来说。"

杨雪揉着眼,也不坐下,抽抽噎噎地哭出声音来了。

"有话就讲嘛!"邓军说,"不要婆婆妈妈的。"

"他们不让我出国。"杨雪伤心地说,"我们女的都不让出国。"

邓军问周仆有没有这样的规定。周仆点点头,然后说:

"不过,这也是为了照顾女同志……"

"谁要他照顾!"杨雪有气地说,"解放战争,我哪次不是百二八十地走,我比谁少走了一步!"

"国内究竟不比国外。"周仆笑着说。

"国外又怎么样?"杨雪翻了周仆一眼。

"哈,这丫头! 你倒把我当做你的斗争对象了。"周仆笑了一笑,"同志,你的热情当然是好的,但是……"

"又是'但是','但是',"杨雪不耐烦地说,"我就不喜欢你的'但是',你们这些人,就是靠'但是'吃饭!"

"你说对啰!"周仆说,"我就是靠'但是'吃饭。辩证法就少不了'但是'。任何事情都有它的两个方面……"

邓军笑道:"可是,人家现在就是要的一方面哪!"

"好,好,"周仆也笑着说,"你和团长先谈。"说过,到外面开干部会去了。

邓军把杨雪拉到凳子上坐下,说:

"小杨,你听我说。据我想,这不过是一时的规定,主要是朝鲜的情况,现在一点也不了解,等到我们站住脚跟,那时候你们去,就更合适啰!"

"你说得好!"杨雪反驳道,"我问你,朝鲜妇女现在在那边环境合适吗? 你把她们搬到哪里去?"

"你看你的嘴多厉害!"邓军找不到新的说辞,就大声说,"小杨,你参军几年了,你还有点儿纪律性没有?"

"你有纪律性!"杨雪翻了他一眼,"你为什么还提出要求呢?……你是怎么出院的?你当我还不知道!"

邓军说不服她,把桌子一拍:

"你这么说,我更不管啦!"

杨雪哭了。

女同志一哭,使这位久经战阵的勇士,也没了主意。邓军正要想几句话来安慰她,又怕更不能脱身。

哭了一阵,杨雪揉揉眼,收住泪,又改变腔调说:

"这样吧,团长,叫你公开批准,也确实有你的难处。"她非常理智地说,"那么,你就……你就……"

"怎么样?"

"你就把我悄悄带过去吧。"

"这怎么行?"邓军吃惊地说,"你又不是一个小物件,我装到腰里把你带过去,你是一个大活人呀!"

"不管什么办法,"杨雪说,"你就是把我装到大口袋里,当成粮食把我运过去也行。"

邓军哈哈大笑起来。

这时候,外面响起了哨音,听见有人喊道:

"集——合——了!"

随后,听见周仆在外面说:

"老邓,走吧!到时候了。"

邓军乘机脱身,和周仆一起下山。杨雪仍旧像孩子一样抽泣着跟在后面。

天色已是薄暮时分。各个部队已经向鸭绿江桥开进了。大街当中行进着骡马挽拉的大炮。新钉的马掌在洋灰马路上发出悦耳的蹄声。虽然他们携带的山炮和野炮,有些已经十分古旧了,但炮兵们并不因此减少自己的威严。他们昂着头,骑在高大的骡马上,神情依然十分威武。步兵们为了赶到炮兵前面,在街道两侧急进。

赶到江边,天已经黑下来了。对岸新义州的大火,不仅没有收敛,反而由于黑夜的到来,把东方的整整半面天都照红了。那大火照到江水里,好像江水也在燃烧。邓军和周仆这个团的先头营,已经在火光里踏上了江桥。

邓军和周仆在桥头停住脚步,回过头来,打算对杨雪最后说几句安慰的话,算作告别。

在火光里,可以看见她眼睛哭得红红的,低着头,额发也乱了,样子委实可怜。

周仆跨上一步,无限温柔地说:

"小杨,你听我说,只要我们过去站定了脚跟,你们一定会过去的。据我看,时间绝不会很久!"

"对,对,时间绝不会太久。"邓军决断地说,一面又拍了拍她戴着军帽的头,"已经这么大了,千万要听话呀!嗯?"

"好吧,我听话。"杨雪头也没抬,一扭身哭着跑开去了,跑了几步,又站住,回过头来,抽抽噎噎地说,"怎么说,对我们妇女还是瞧不起呀!"

邓军和周仆叹息了一声,跨上了江桥。一直走了很远,回过头来,还看见她揉着眼睛,站在火光里。可是渐渐地,新义州越来越近,在眼前是越来越近的火光,耳边是江水愤怒的波声。杨雪的啜泣,早已经被淹没在愤怒的波声和刷刷的脚步声里。

东方 第二部

火光

第一章　开进

由于敌情万分紧急,上级拨来五十辆卡车,令邓军和周仆的团队改乘汽车前进,务于拂晓前到达龟城附近。

现在,这支车队,已经穿过新义州,直奔东南。新义州的大火,越来越远地落在他们的身后了。

战士们拥挤不堪地坐在卡车上。没有笑语,没有歌声。刚才,从新义州的大街穿过时,那冒着火焰的窗口,那翘到大路上的粗乱的钢筋,倒塌的房屋和密密的炸弹坑,都使他们的心情分外沉重。各连都已作了传达:敌人其中的一路,正沿着这条公路疯狂冒进,时时刻刻有同这路敌人遭遇的可能。所有轻重机关枪都脱去了枪衣,准备随时迎战。

团长邓军和政治委员周仆,这时分坐在两辆卡车的驾驶楼里。他们的位置正处在先头营的后尾。邓军膝上铺着一小张龟城的地图,手里握着一支过去缴获来的美国的绿皮电棒,一时照照地图,一时下车瞅瞅手腕上的指北针,唯恐走错了方向,赶不到预定的地点。对于当前局势的全部严重性,邓军是了解的。根据敌情通报,气焰嚣张、多路猛进的敌人,有可能在一两日内压到鸭绿江边。在这万分危急的时刻,统帅部的决心是:由新义州、长甸河口和辑安三处渡江的大军,必须尽快地赶进,求得能在龟城、泰川、球场洞、德川、宁远、五老里一线阻住敌人,控制朝鲜北部一定的地区。只有这样,才能使自己站定脚跟,并掩护朝鲜人民军北撤整顿。如果进展迟缓,就会在鸭绿江南的狭小阵地上,陷于背水作战的不利境地。因此,他和周仆率领的这支部队,必须在拂晓以前进到龟城附近,争取明晚在龟城以南地区构筑阵地,进行防御。命令还强调说,当面的敌人美军二十四师和英军二十七旅,昨天就从安州突过了清川江,开始向定州和泰川冒进了。如果今晚赶不到龟城附近,天亮以后,敌人空军活动频繁,将给我军增加困难,抢占龟城的任务就难以达成了。

邓军心情焦躁,望望车窗外,真是夜色如海,车队就仿佛在海底里摸索似的。只有定睛细看,才能看出公路像一条若有若无的细蛇隐在夜色里。由于上空时时有敌机袭扰,过江前上级就规定不准开灯,车行得十分缓慢。邓军越发焦急起来,对司机说:

"像这样子,一小时能走几公里呀!"

"超不过十公里去!"司机没好气地说,"我一辈子也没这样开过车,不准开灯,把我的眼睛都使疼了!"

老实说,邓军也不很赞同这种规定。但既然规定了,就只好走一程再说。他转念一想,即使每小时走十公里,天亮以前,赶到第一个目的地新成里,也不是没有可能。想到这里,他的心稍微平静了些。谁知这时,前面车轮子吱咀一声,停下了,司机急忙煞车,也跟着停了下来。

邓军以为前面的车出了毛病,只好压住性子,掏出烟盒,给了司机一支,两个人一起抽起烟来。眼看一支烟抽完了,前边还没有一丝动静。

他打开车门,跳下车,止不住用他的大嗓门喝问道:

"搞什么鬼呀?为什么不开?"

"老邓,我看也许出了什么事了。"是政委的声音。原来他已经下了车,观察着前面的动静。

这时,从前面跑过一个通讯员,报告说:

"团长,前面走不了啦!路堵住啦!"

"什么堵住了?"邓军忙问。

"叫火堵住啦!"

"夸大!"邓军立刻指责说,"火还能把路堵住吗?"

"是这样。"通讯员说,"路两边的房子都起了火,火头子快连起来了,汽车开不过去。"

"能不能从旁边绕过去?"

"孙营长正探路哩,叫我来告诉你们不要着急。"

邓军挥挥手,先让通讯员回去。然后对周仆说:

"伙计,你等等,我先去看看。"

"咱们一起去吧。"

周仆说着,就随邓军沿着公路向前走去。警卫员和几个参谋也跳下车来,跟在后面。

刚刚转过山弯,就看见前面山脚下一大溜火光,好像通红的炭块一般阻住了去路。

他们加快脚步,走到大火跟前,果然,一座夹着公路的村庄,两边房屋都烧着了。房顶上的火苗卷着黑烟,已经连在一起。公路已经成了一个很窄的火胡同了。

邓军仔细观察着这里的地势,一边是山根,另一边是稻田和水塘。山根那里是肯定过不去的,稻田这边即使临时开出一条路来,也费时太多。正沉吟间,只见三营营长孙亮拖着两腿泥水从稻田那边走回来,还没有等邓军发问,就摇摇手说:

"不行!稻田那边河岸太高,就是绕过这个村子也上不去。我看,只有等火小点儿再过吧!"

"什么?"邓军瞪了他一眼,然后转过头对周仆说,"要我看,马上从这条公路上冲过去!"

"你是说从大火里冲过去?"

"对!"邓军把那支独臂一挥,"我看只要开得快,冲劲大,很可能闯过去!"

周仆沉吟了一下,立刻赞同说:"我看可以试试!"

邓军得到支持,立刻转过脸对司机说:"哪个先开?"

一个穿蓝皮猴的年轻司机,把烟蒂一丢,对车上的人说:"同志们,你们先下来,我来试巴试巴!"

说着,他跨上司机棚,把车门喀哒一关,立刻发动起来,好像一个人要往高处跳跃似的,先曲曲身子,做了一个准备;接着就呜噜一下闯进了火门,钻进那个火胡同中去了。那狂卷的火苗与呼呼的黑烟,顷刻像海浪一样分在两边,而后又合在一处。眨眼工夫,汽车看不见了,只听见隆隆的马达声由近而远。时间不大,就听见村庄那边,一个年轻的声音喊道:

"过——来——啵——! 没——有——事!"

人们立刻活跃起来。那长长的车队,一辆接一辆地分开火的波浪,又继续向前开进了。

公路盘旋上山。当卡车到达山顶时,邓军南望山下,几乎叫出声来:在那黑茫茫的夜色里,目力所及,远远近近,竟有好几十处火光。真是令人触目惊心。那火光有大有小,有的看去像是人烟稠密的市镇;有的看去像是较小的村落;有的只不过是三五户的山野人家。那火势有的已经减弱、暗淡,像是已经烧尽了;有的却像着火的时间不长,那跃动的火舌,正如凶猛的怪物贪馋地舔着漆黑的夜空。一刹那间,邓军觉得朝鲜整个的土地都在燃烧。在每一处火光里,将有多少户人家世世代代的劳动毁于一旦;将有多少人妻离子散,无家可归! 邓军联想起祖国战争的年代,帝国主义和帝国主义的走狗们,为了扑灭人民的革命,也曾经到处纵火想烧尽一切。而他们却无耻地诬蔑别人"杀人放火",这些人是多么的可恨!想到这里,邓军不禁周身燃烧,热血沸腾,恨不得立刻扑上前去,杀尽这些人间的野兽。

汽车下得山来,沿着一条江流前进。邓军正要查看地图,忽然司机碰了他一下,说:

"团长!看,朝鲜人过来啦!"

路边是一片着了火的树林。借着火光,邓军看见迎面走来十多个身着白衣的朝鲜人,他们扶老携幼,正在公路边艰难地跋涉着。再往前走,迎面而来的朝鲜人三五成群,十个八个一伙,愈来愈多。他们有的背着背架,有的赶着牛车,妇女们头上顶着包袱,背上背着孩子。看来他们已经跋涉多日,脸色憔悴,步履艰难。尤其是那些六七十岁的老人和五六岁的孩子,他们在别人的搀扶下,几乎三步一站,五步一停。有的干脆坐在地上,或者躺在路旁的乱草败叶中。如果不是后面隆隆的炮声,他们真的是再也不愿挪动一步了。

邓军打开车窗,前面的炮声,已经清晰可闻。显然,这北撤的人群,这炮声,都足以说明,敌人是更加迫近了。可是,正当他更加焦急的时候,不知前面出了什么事故,车队又一辆接一辆地停下了。

邓军推开车门,急忙跳下车,迎着撤退的人群向前走去。原来前边是一座江桥,桥头上有一堆大火,火头子直冲天空。邓军只当是桥梁着火,心里蓦地吃了一惊。走到近处,才看见是一辆朝鲜汽车,在桥头被炸起火,正好堵住了去路。火光里,还有一辆被炸翻的牛车,一头被炸断后腿的老牛,血流得半边公路都是红的。桥上拥挤着北撤的人群,他们在火光里叫嚷着,从着火的汽车与被炸翻的牛车边挤过来。

三营营长孙亮站在路边,正同几个干部商量什么,看见邓军来了,指着那辆着火的汽车说:

"我们正准备拴上钢绳去拉呢,你看行吗?"

邓军点了点头。孙亮立刻指挥战士们先把翻了的牛车挪开;把断了腿的黄牛,也移到路边;然后在着火的汽车上拴上了三四根钢绳,好几十名战士一起用力拉起来。由于车轮已经烧坏,车体十分沉重,每次只能移动几寸远近。邓军急了,也混在人群里拉着。

正在这时,桥上有人吆喊着什么,邓军一看,原来是五六个朝鲜人民军的官兵,背着转盘枪,杂在撤退的人群里走过来。其中一个年轻的少尉,神色十分激动,边哭边喊,好像很不愿往北走的样子,前面一个人拉着他,后面几个人推着他。旁边还有一个上尉,像是向他劝说什么。等他们走过桥头,那个年轻的少尉干脆坐在地上不走了,一边哭喊着,一边向邓军他们叫:

"东木①呀!东木呀!东木呀!"

邓军放开绳子,忙把联络员找过来问:

"他在喊什么呢?"

"他不愿往后走了。"朝鲜族的联络员叹了口气说,"他喊:'你们走吧!你们走吧!我是一步也不往北走了呀!我是一寸也不往北走了呀!'"

那位年轻的少尉,发觉是在谈论他,又激动地喊起来。联络员解释说:"他可能把我们当成人民军了,他说他要求军官同志批准他,同我们一道到前方去。"

邓军深深为人民军这个少尉所感动,一种火辣辣的情感冲塞

---

① 朝语:同志。

喉头,几乎使他一时不慎流下泪来。他真想冲上去对他们说:可敬可爱的朝鲜同志!你们是多么的英勇啊!你们抵抗的是全世界最大最凶恶的帝国主义!你们不仅对自己的祖国做出了贡献,而且对全世界的革命事业做出了伟大的贡献!现在的后撤,只不过是一时的曲折,看吧,人民是完全有力量扭转战局的。……可是邓军是一个不善言辞的人,他的这一切内心深处的情感,都未能表达出来;只是走上去,紧紧握住那位朝鲜少尉的手说:

"同志,你辛苦了!你辛苦了!……你们太疲劳了!你们先到后面去休息一下吧!"

那几位朝鲜同志,原先都把他们当做人民军了,可是看他们没有领章,没有符号,武器装备也不相同,不知这是从哪里来的一支军队。经邓军一说话,这才惊讶地叫起来:

"中国?"

"毛泽东?"

邓军笑了一笑,连忙摇手示意,要他们保守秘密。那位朝鲜上尉和几位士兵也抢上来同邓军拥抱。年轻的少尉用两只手捧着邓军的一只手抖动着,哭起来了,一边说:"我知道你们是会来的!我知道你们是会来的!"在火光里,可以看到他年轻的脸上流着两大行眼泪。

邓军这时再也抑制不住自己,一边说:"同志们平静一点!平静一点!"可是在他那饱经风霜的像铁块一般的脸上,已经滚过好几滴圆大的泪水。

这时,那位朝鲜上尉讲了下面的情况:自从敌人进迫平壤以来,他们在平壤以南地区,已经抗击了许多天,直到昨天,他们才从阵地上撤下来,全连只剩下这五六个人了。

谈到这里,他指了指那个年轻的少尉,特别激动地说:

"我们接到撤退命令,谁也不愿后退,尤其是他——金银铁同志。他一听说撤退,就哭起来了,无论如何也不肯下阵地一步。他说:'我们身边是战友的尸体,后边是撤退的人民,我活也活在这里,死也死在这里,我们怎么能够丢下他们向后走呢!'我们费尽口舌,对他说:'这是命令!'才把他从阵地上拖下来了。谁知道,刚才他看到美国飞机炸死了几个老百姓,就又哭着不肯走了。"

"我不是不往后退呀!"那位年轻的少尉金银铁又激动起来,攥着邓军的手说,"军官同志,前面就是我们的国境线哪!我们怎么能离开自己的祖国呢!怎么能抛开自己的人民呢!你再看看他们……"他指指面前川流不息的向北撤退的人群,指指那些牵着父母衣襟艰难跋涉的孩子们,"他们走一走,站一站,一天也走不了多少路啊!再说,让他们走到哪里去呢?"

"多么优秀的战士!这才是真正的革命军人!"邓军在心里暗暗赞佩地说。他正要安慰他们几句,霍然呼隆一声,火光陡地一暗,原来那一辆燃烧的汽车已经被翻到河岸下面去了。

战士们纷纷上车准备继续开进。

"同志们!再见吧!"邓军懂得安慰战士只有用战士的语言,他说,"我希望你们坚决服从上级的命令。你们暂时后撤,正是为了补充整顿,为了前进。我相信,时间不会很长,我们就会在一起并肩作战。战局一定会扭过来的!让我们在前线再见吧!"

"我们很快就会在前线上再见的!"那几个朝鲜战士声音洪亮地说。

等到汽车开动的时候,邓军看见那五六个人民军的战士,在那位朝鲜军官的指挥下,已经排成一列异常整齐的横队,一齐举起转盘枪,向车队致敬。

一刹那间,邓军从这几个朝鲜战士身上,看见了这支兄弟军队的不可战胜的威容。

汽车在北撤的人群中缓缓开过江桥,又驶上一座高山。山陡路险,一边是峭峻的陡壁,一边是望不到底的黑魆魆的深涧。由于司机看不见路面,又怕跌下深沟,车队开得越来越慢。邓军看看表,已是午夜时分。

周仆跳下车,赶过来说:

"老邓呀,你看这天气黑得很呀!"

邓军也跳下车,望望天空,不知什么时候,连微弱的星光也隐没了。莫说坐在驾驶楼里,就是对面也看不见人。

"老邓!"周仆说,"你看这样子还能赶到新成里吗?"

"到个鬼!"邓军没好气地说。

"我看咱们开灯干吧!"周仆提议说,"现在的根本问题是争取时间,失掉时间,也就没有意义了。何况,这样子很容易出事故呀!"

邓军立刻表示同意,其实他早就憋不住了。

命令传下去。在盘旋的山道上,车队立刻像一条蜿蜒的火龙急速奔驰。在轰隆的马达声里,你简直可以听到司机的欢腾的心声。邓军的脸色也显得开朗起来,他拍拍腿说:"哼,像这样子,还有一点机械化的味道!"

汽车一气赶了二十公里,下了高山,转到一座狭窄的峡谷里。公路两旁仍然是络绎不绝的北撤的人流。

陡然间,人群乱了,纷纷离开公路,向山根乱跑,一边向汽车摆手:

"边机一索[①]!边机一索!"

[①] 朝语:有飞机。

接着,车上的参谋们急促地敲打着司机棚顶。这是事先规定的发现敌机的信号。

附近的几辆车立刻停车闭灯,可是前面的汽车,大约没有听见,仍然继续开灯行进。

邓军立刻下车,命令参谋们鸣枪告警。连发数枪,前面灯才闭了。

邓军正要等敌机过去,继续开进,可这时,接连有好几发红色的信号弹从山后直射天空。

人们一片乱嚷:

"特务打信号了!"

"特务打信号了!"

"这些龟儿子!"邓军狠狠地骂了一句。

时间不大,敌机就在头顶上盘旋起来,发出沉重的隆隆声。紧接着,投下了一长溜照明弹,飘飘下坠,把整个峡谷照得明晃晃的。长长的车队,已经完全暴露在亮光之下。

在这紧急时刻,邓军看见战士们仍然稳坐在车上,竟没有一个人乱动,心里暗暗高兴。立即让司号员吹号,命令各营连防空,战士们才跳下车,向山脚跑去。

邓军和周仆最后缓步离开公路,刚刚登上一座小山,从天空里咕咕咕,一串火溜子下来,前面一辆汽车被火箭炮击中,烟火升腾直上天空。几架敌机见得着了好目标,大肆轰炸起来,又是打火箭炮,又是扔汽油弹,小小一条峡谷,顷刻间烟火弥漫,整个峡谷都烧红了。

敌机整整轰炸了半个多小时才走。许多车辆已被击中起火。各营长都来请示行动问题。

邓军按捺着满心痛楚,说:

"老周呀,我不知道你的意见怎样,我的决心是:汽车没有炸坏的,仍旧乘车开进;其余的,立即丢下汽车,以急行军的速度徒步行进!"

"我完全同意!"周仆坚定地说。

邓军得到政委的支持,又把那支独臂猛地一挥:

"就这么办!"

时间不大,在弥漫着烟火的公路上,这支在中国大地上南征北战的部队,又迎着火光,迎着北撤的人群,在燃烧的土地上前进了。可以听到,前面是愈来愈近的炮声。

第二章　木屋

在北朝鲜的一处深山里,半山间有一座木屋。这座木屋被风雨剥蚀得成了灰褐色,就像使用了多年的木船,被搁置在山崖上。现在,彭总就正在这木屋里,背着手,踱来踱去。

这里是一座矿山。陈旧的木屋很像是矿山的办公处所。山下有一条小河,小河边有二三百户人家的一个村庄,大约是矿工们聚居的地方。由于战事紧迫,工人们已经撤退了,村子里显得十分空荡。从高山顶倾斜而下的高架矿斗缆线,上面挂着好几个运送矿石的吊斗,此刻一个一个地停在半空中。彭总踱着步子,有时在门口停住,望望山下空虚的村庄和空中凝滞不动的吊斗。尽管他一生饱经忧患,在战地看见过无数惨象,但今天看到这些,还是觉得心头沉重。

自从他奉令入京直到今天,才不过十多天的样子,脸上已经明显消瘦。这是由于过度的思考与紧张的活动所致。十月八日——也就是他被任命为志愿军司令员的当天,他就飞到了沈阳,第二天就召开了高级将领的会议;随后又乘火车赶到了安东,对各作战师的干部,做了动员和部署。十一日的晚上,他就飞回了北京,亲自向毛主席作了汇报。十二日一早,他连口气也没喘又飞回沈阳,接着又乘火车到了安东。这时候,他本来可以在江边稍事休息,可是考虑到朝鲜政府希望我迅速出动的要求,为了早一点同金日成首相取得联系,也早一点了解前方的情况,他就在部队出动的前一天——十月十八日黄昏出发了。前面由朝鲜外相乘坐的一辆华沙牌小轿车引导着,他同一个秘书和两个警卫员共乘一辆小吉普,后面跟着一辆中卡和一辆卡车,由参谋长带着一部电台和工作人员乘坐。就这样,在暮色苍茫中踏上了朝鲜的土地,沿着山间公路向前驰去。前天上午,赶到了一个僻静的山村,在路边一所农舍里会见了金日成首相。在这次历史性的战友的会见中,他们交谈了当前的战况和作战方针,以及成立联合司令部的问题,以后就转移到这里来了。

在这座小木屋里,他已经整整等了一天。此时,可以说他正经历着一种少有的焦急心情。因为敌人是机械化部队,进展相当迅速,而我各路大军却是徒步行军,前进得相当迟缓。据昨天了解的战况,我军秘密渡江的当天,美第八集团军已经攻占平壤。随后,麦克阿瑟乘坐飞机,亲自指挥伞兵部队于平壤以北距中朝边境八十英里的肃川、顺川降落,以截击朝鲜人民军的后路。按照预定计划,我军本来企图在龟城、泰川、球场洞、德川、宁远、五老里一线构筑防线,阻住敌人,现在看很可能做不到了。另外志愿军的指挥机构和新任命的几个副司令员,正随同部队一起行动,还不知何时来到。还有一件不大也不小的事也使彭总心中不安,就是那辆携带电台的卡车,掉队了。开始还以为很快会赶上来,谁知过了一天多还渺无踪影。彭总的脸就沉下来了。

现在,这个指挥部的全部人马,就是一个秘书,两个警卫员和一个朝语翻译。为了保密,他们都已换上了朝鲜人民军的军服。警卫员小张正在木屋外的一棵大松树下烧水。新调来的警卫员小崔,是延边朝鲜族的一个青年战士,在旁边帮助他。从沈阳带来的一个很精致的煤油炉子,冒着蓝色的火苗,营营地歌唱着。秘书林青坐在松树下的一块大青石上,望望彭总的脸色,心里也不安起来,他长时间地凝望着山谷入口的地方,希望先头部队和载着电台的汽车能够奇迹般地出现。

白铁壶在深秋的寒风中冒着白汽,水开了。小张把祖国带来的饼干,还有特为彭总烤的馒头干拿出来,一面嘟哝着说:"早知道是这环境儿,从沈阳多带点东西来该有多好!"林青怕彭总听见这话,瞪了小张一眼,然后站起来,走到木屋的门口说:

"老总,已经九点多了,咱们开饭吧!"

彭总哼了一声,依然继续踱来踱去。

林青见彭总不动,又催了一句,彭总才慢腾腾地走出来,坐在那块大青石上。小张早把他那个使用了多年的旧茶缸刷洗干净,给他泡了一大缸子湖南绿茶。他随意吃了一块馒头干,就不吃了,只是一味地坐在那里喝茶。

这林青很能体察彭总的心理,一看他那两道浓眉几乎挤到一起去了,立刻宽解地说:

"我看电台可能很快就会上来。"

"本来昨天就该赶上来嘛,乱弹琴!"彭总不高兴地说,两个倔犟的嘴角也深深地弯了下来。

"很可能是走错路了;他们没带向导,又不懂话。"

彭总没说什么,似乎接受了这个解释。他喝了几口闷茶,又说:

"给两个团配了汽车,他们也该上来了嘛!"

这时有机群正从西面上空掠过,林青朝上一指说:

"就是有汽车也不行啊。白天不能走,晚上不敢开灯。也许还不如走路快哩!"

这时,金日成首相的指挥部派人送来两大草袋大米和一份特意用汉文书写的敌情通报。林青看着那份通报,不禁眉毛一扬几乎惊叫起来：

"哎呀，怎么到了我们后边去了？"

彭总一向不喜欢有人在指挥部表现出这种神态，他瞪了林青一眼，然后戴上老花眼镜，接过通报看起来。原来各路敌人都已经接近或越过了我们准备修筑防线的地区，尤其是西线东路的伪六师，已经越过熙川、桧木洞，正向楚山前进。他要过林青口袋里装着的那本袖珍地图一看，果然这路敌人已经到了现在指挥位置的右上方了。其他各路敌人也都逐渐逼近。

他再一次地陷到沉思里。过了半晌，他把地图交还林青，慢吞吞地站起身来，沿着一条山坡小道向上走去。林青一看彭总要上山，知道他心里着急，也不敢多问，就向小张使了个眼色，同小张一起，在后面紧紧跟上。

这时已是秋末冬初，浓艳的秋色已失去了昨日的光泽；加上暗云低垂，西风凄厉，更增添了一片萧森之气。山径上全是一层层的落叶，已由嫣红色变得紫郁郁的。树上的叶子还没有落净，一阵风来，飘飘飒飒，就像急雨一般落到地面。但是，在这暗淡的图画中，仍有一些灌木，密密地长着金灿灿的叶片，十分鲜亮，就像迎春花一般摇曳在秋风里。

彭总踏着厚厚的落叶在山径上走着。论爬山，在他年轻时那是没有比的；即是现在年已五十有二，这个征战半生的人，仍较常人为快。林青和小张在后面跟着，并不显得多么轻松。

彭总上到山顶，向南一望，不禁暗暗吃了一惊。原来山下自南而北一条公路，断断续续都是逃难的人群。他们大部分是身着白衣的农民，有的牵着耕牛，有的赶着牛车。老老小小，走得十分迟慢。仔细看，也有不少城市打扮的人羼杂其间，很可能是从平壤等大城市撤退下来的。彭总看到这般情景，不由暗暗担心：目标这样

大,如果敌机一来可怎么办!……正沉吟间,只听小张喊了一声:
"敌机!"彭总举头一望,只见两架野马式战斗机,从山后像贼一般
突袭过来。人群顷刻大乱,纷纷向公路两侧奔逃。可是公路上有
一个人,好像吓傻了,他左盼右顾,只是站着不动。这时那两架野
马式已经对准公路自南而北得意洋洋地扫射起来。公路上卜卜卜
卜腾起一溜烟尘,烟尘过后,那个人已经倒伏在公路上了。彭总要
过望远镜仔细一看,原来是一个壮年男子背着一个白发老翁,他们
一起倒在黄土公路上,身旁流了一大摊血。

"这些狗娘养的!"彭总把望远镜递给小张,望着远去的敌机狠
狠地骂了一句。小张望望彭总,见他的眼睛浮起一层微红,两个嘴
角也搭拉下来。再看看望远镜接触眼圈的地方,湿漉漉的,似乎有
泪水流过的样子,就掏出手帕来悄悄拭去,没有做声。

彭总转身向北望去,在公路的尽头,依然是连续不断的逃难的
人流,连部队的影子也没有。面对着这样紧急的情况,他只好望着
连绵的云山兴叹。

"我看老总还是回去吧!"善知人意的林青劝慰地说,"我一再
计算,那个配备汽车的先头部队,至迟今晚也就到了。"

彭总依旧望着北方,没有做声。

"要不,这样——"林青笑着说,"首长先回去,我在这里望着;
部队一来,我就去报告,也不误事。"

说到这里,彭总才勉强点了点头,缓步向山下走去。

果然,林青的计算不差,黄昏时分,第五军的先头团——邓军
的团队已经开到。林青带着邓军来见彭总。邓军听说是去见一位
首长,却不料踏进木屋一看,原来是彭总坐在那里。他不由自主地
要举起右臂敬礼,肩膀只动了一动,才意识到自己早已失去了右
臂。他似乎带着几分抱歉的神情行了一个立正注目礼,凝望着

彭总。

"这是第五军的先头团团长邓军同志,他们的部队已经开到。"林青高兴地介绍说。

"好,请坐,请坐!"

邓军的到来,显然使彭总喜出望外。他站起身来,满脸都是笑容,正要上前与邓军握手,才看出只是一个空空的袖管,就握住他的左手,亲热地说:

"怎么,你这个独臂将军也上阵了?"

邓军像小孩似的羞涩地一笑。

彭总等邓军坐定,见他多少还有些拘谨,就笑着说:

"我们还是第一次见面吧?"

"不,"邓军说,"长征路上,行军的时候我见过您;打兰州以前,我还听过您的动员报告。"

"你也参加打兰州了?"

"我这只膀子就是在那里丢的。"

"噢!"彭总回忆着说,"那个仗你们打得不错。我听说有一个团长很能打,就是爱跑到前面去打机枪,后来还负了重伤……是不是就是你哟?"

邓军红着脸笑了。由于他的面色过黑,那阵红潮也不大看得出来。

"你们来得正是时候!"彭总宽慰地说,"如果你们再不来,可就误了大事。"

他说到这里,又问:

"不是给你们派了几十辆汽车吗?"

"差不多都让飞机给炸毁了,"邓军有些抱愧地说。"以后我们就徒步行军,战士们背得太重,加上粮食和干粮,总有五六十斤。"

彭总"唔"了一声,半晌没有言语,停了一会儿才说:

"确实苦了那些战士们……一个没有制空权,就带来了一系列困难。归根结底还是国家太穷哟!"

说到这里,他瞅了邓军一眼,又问:

"部队的情绪怎么样?"

"情绪蛮好。"邓军欣然回答,"不过,认识也不一样:一些人在国内打胜仗打惯了,把美军根本不放在眼里;一些人又因为同美军第一次作战,觉得心里没有底。个别怯战的人也有。"

"要特别加强政治工作,来发挥我们的优势!"彭总语气很重地说,"现在情况十分紧急。有一路敌人已经到我们后边去了。你们的任务没有变,要尽快插到龟城。如果龟城已经被敌人占领,你们就在龟城以北构筑阵地,来掩护后面的部队展开。"

"好!"邓军站起身来,表示庄严地受领了任务。

彭总把邓军送出门外,紧紧地握住他的手说:

"要告诉同志们:我们友邦的存亡,我们祖国的安危,还有我们军队的荣辱,都在此一战!"

邓军立刻觉得心里热烘烘的,像有一股强有力的热流,在胸中激荡奔腾。当他走到山坡下的时候,还看见彭总站在那棵大松树下向他招手。

前面有了部队,彭总的心就放下了一半。但是电台没有上来,仍不免使他恼火。熬到第二天晚九时,参谋长和电台队长终于携电台一起到达。参谋长立刻来见彭总。

这个参谋长名叫夏文,是从兵团副司令中选调来的。他担任过团、师、军以至兵团的各级参谋长,富有参谋工作经验,知识面也颇为广博。他身量不高,面孔白皙,温文尔雅,颇有一点文人风度。彭总过去并不认识他,但在这次组织部队渡江工作中,见他思想很有条理,办事精细,已经留下了良好印象。夏文由于电台掉队,心中甚为不安;平时听说彭总非常严厉,更增加了几分胆怯。所以一见彭总,首先把遭到空袭汽车被打坏的情况详细作了报告,彭总只看了他两眼,并没有再说什么。他那悬着的心就放下了一半。接着他把路上收到的电报交给彭总,把当前的敌情和各路大军渡江后到达的位置,也做了详细汇报,彭总的脸色渐渐明朗起来,那威严的下垂的嘴角才开始有了松动。

"我们的行动,敌人到底发觉了没有?"他抬起脸,异常关切地问。

"没有。"夏文的语气十分肯定。

"那些外国通讯社的消息你全看了?"

"全看了。美国人不单没有讲到我们出兵,而且多次讲到我们不会出兵。"

彭总的脸色越发明亮起来,全神贯注地望着夏文。夏文兴致勃勃地讲道:

"有一则美联社的电讯很有意思。它说,在汉城被占之前,对我们是否出兵,确实有过一些揣测;但是,现在倒认为不可能了……"

"为什么?"

"他们说:如果中共打算干涉朝战的话,就会在汉城在共产党手中的时候或者至少平壤在他们手中的时候参加。在两个京城都被攻占之后,大家就断定中国无意干涉了……"

"蠢家伙!我们不是公开告诉他们,不能置之不理吗?"

"是的,是的,"夏文连声说,"可是他们有他们的逻辑。那则电讯还说:中国官员包括毛泽东、周恩来在内,虽然作过一些刀剑铮铮的声明,从字义上毫无疑问地意味着,他们决不容许共产党朝鲜从地图上消失,可是许多有经验的观察家认为,有两个理由不能把这些声明照字面的意义接受。第一,因为正式出兵干涉,就会使共产党人在联合国取得一个席位的一切希望归于消失;第二,因为毛泽东被认为非常狡黠,决不至于伸手到朝鲜的烈火中取出俄国的热栗子……"

夏文说着,从电报堆里取出那则电讯递给彭总,彭总看着看着,不自觉地微笑起来,说道:

"这些资产阶级! 连他们的细胞也是利己主义。"

夏文也笑起来,继续说:

"从军事上,他们也不相信我们出兵。美国第十兵团的发言人说,'要不首先把我们的空军遮住,中国就不会派大规模的陆上部队。'我们的二十几万大军,神不知鬼不觉地过了江,直到今天敌人一点也没有发觉,这在军事上也称得上是一个奇迹。"

彭总见他颇有得意之色,瞅了他一眼,严肃地说:

"这个大意不得! 最好到大规模打响之前,一直不要敌人发觉。"

夏文汇报完了,彭总来回踱着步子。他沉思了好大一阵,才停住脚步缓缓地说:

"现在的敌情还很严重,主要是各路敌人差不多都越过了我们预定的防线,我们的部队除龟城以外,恐怕都赶不到了。毛主席原来让我们构成一道防线,守一个时期,准备明年春天反攻,现在看,这个计划恐怕要改变了。"

"计划要改变?"夏文惊讶地望着彭总。

"是的,要改变。"彭总点点头说,"因为情况变了。这几天我已经再三地考虑到这个问题。现在敌人对我估计不足,正在分兵冒进,正是我们歼灭敌人的有利时机。我看还是用我们的拿手好戏——打运动战,打歼灭战,选择敌人薄弱的一路,予以歼灭。"他说着,右手握拳向左掌心里狠狠一击,说得十分斩钉截铁,显然他的想法已经成熟。

"要拟定新的作战计划吗?"

"不,不忙。"彭总坐下来说,"这只是我个人的想法,各位副司令员和副政委也许明天就会到吧,等他们来到,我们共同研究决定,然后再上报主席和军委批准。"

"好,好,"夏文说,"他们正随第三军行动,大约明天就可以来到。"

在夏文临离开这座木屋时,不自禁地以崇敬的目光,望了望这个身经数百战的人物,这个将要同他一同度过惊涛骇浪的人。心里悄悄地说:"他,确是实战经验丰富,善于临机应变,头脑机敏果断,确实名不虚传。"

几位副司令员和一位副政委,果于次日随同志愿军司令部、政治部的人员一起来到。他们就住在山坡下的那些农舍里。这个指挥机关是以一个兵团部为基础编成的,几个领导干部是从各个兵团选调的。第一副司令员秦鹏,十年内战时期就已崭露头角,到解放战争时期,已经是逐鹿中原、纵横大西南的名将了。他生得体魄魁伟,一副络腮胡子,颇有风采。特别是他那豪放不羁的性格,趣事轶闻之多,几乎风传全军。第二副司令员滕云汉,从东北一直打到海南岛,立下不少战功。他是南方人的那种矮个子,但看去极为精干,军事上足智多谋,很有心计。文化程度虽不太高,但战斗经验极为丰富,他从战士、副班长、班长、副排长、排长,一直当到了兵团副司令,作战勇敢,指挥沉着果断,把他放到一条战线上,那条战线立刻就稳定了。第三副司令员冯慧,军事、政治、后勤工作全干过,尤其擅长后勤工作。他高高的个子,脸上还有几颗麻子,性格特别温和,很能与人相处,别人开多大玩笑,他也从不气恼。此外,就是那位副政委齐至真了。这个人坦率乐观,隔几间屋子就能听见他那响亮的笑声。他上过大学,留过洋,作了几十年的政治工作,还出过两本小册子,在政治工作上自然是一个专家了。在干部使用上,彭总一向主张五湖四海,不抱门户之见。他看到,从各个野战军选来了这么多优秀的干部,心里非常高兴。在第一次见面会上,他曾说,"敌人自称是'联合国军',其实,我们也是一个联合国哟!"而调来的这些干部,由于彭总在全军的崇高威望,从内心有一种崇敬之情。所以很自然地就形成了领导核心。在各位领导干部来了之后,当天就开了作战会议,经过充分讨论,一致通过了彭总的意见:准备利用敌人分兵冒进之机,机动歼敌。

会后,彭总就回到他的那个木屋中去了,其他人也都回到山下的农舍里。夏文还没有坐定,就听见远处有沉重的隆隆声,接着山头上又响起了尖厉的防空号音。他走到院中一看,一群一群的敌机正凌空而过,总有好几十架,气氛很不寻常。为了怕发生意外,他立即让参谋通知全直属队注意防空,还特意通知了各位首长。当他来到山坡下的防空洞时,看见各位首长都来了,唯独不见彭总。大家也正在心神不安地议论这事。有的说:"彭老总在国内打仗就不注意防空,现在这么多飞机,再不注意怎么行啊!"有的说:"仗还没有打起来,如果统帅部先出了事,那问题可就大了。"大家议论纷纷,一致要参谋长亲自去把彭总拉来。夏文听大家讲得有理,就急火火地走出洞口。

他上了山坡,走到木屋跟前,看见警卫员小张正站在那几棵松树下警惕地望着天空。夏文急冲冲地问:

"小张,你怎么不叫首长去防空啊?"

"你去叫吧!"小张哭丧着脸说。

"林秘书呢?他怎么不去叫?"

"哼,谁也不行。"

夏文踏进木屋,看见彭总端端地坐在案前,面前摆着一个半旧的四四方方的大铜墨盒,正手执毛笔聚精会神地写着什么。林青无可奈何地坐在一边。尽管外面飞机的隆隆声震得窗纸索索颤抖,但对于这个光着头鬓角露出白发的老军人,却仿佛是另外一个世界的事情。

"彭总……"夏文低声试探地叫。

"你有事吗?"彭总摆摆头示意让他坐下。

"没有事……今天的飞机特别多……"

"唔,很可能敌人的攻势要开始了。"

他说着,头也不抬,把笔伸进墨盒蘸得饱饱的,又继续写下去。

夏文不忍打断他的思路,等他把几句写完,才又慢吞吞地说:

"我看飞机太多,今天得注意了……"

"是的!决不要大意。"彭总边写边说,"要告诉大家注意防空!"

"老总,我说的是您呀!"

"我?"彭总偏过头笑笑,"你们先去。你知道,我正给毛主席写那封电报。"说过,又写下去。

夏文一时语塞。这时,一架敌机声音很大,仿佛已经飞到头顶。远处还响起了沉重的炸弹声。夏文灵机一动,一面上前去盖墨盒,一面乘势说:

"还是到防空洞写吧,你瞧要下蛋了。"

彭总这才离开座位,推开门,仰起脸向上一望,只见一架敌机哇的一声掠了过去。他翻翻眼骂道:

"好个狗娘养的,看你能把老子吃了!"

他手里仍旧拿着那管戴月轩精制的七紫三羊毫的毛笔,站在那里观望了一会,用笔指了指山那边盘旋的敌机,笑着对夏文说:

"我的参谋长!你瞧,目标根本不在这里嘛!"说过,又从容地回到座位,伏在桌案上。

敌机在山那边狂轰滥炸了一顿,纷纷离去。彭总的电报已经写就。这已经是他多年的习惯,凡重要的电报都是亲自动手。写完他又细细地看了一遍,改了几个字,才交给夏文说:

"这是第一次战役的设想。请几位副司令和副政委都看一下,一个也不要漏掉。大家没有意见,再发出去。"

夏文拿着电报,走出了木屋。冷风一吹,他才发觉自己额头上都是汗水。他掏出手帕擦了擦,觉得背上也凉浸浸的,原来衬衣也早让汗水湿透了。当他走下山坡的时候,回过头望了望那座风雨剥蚀的木屋,觉得它更像是一只在惊涛骇浪中的船只了。

第三章　侦察

邓军的团部设在山坡上的一片松林里。枯黄的陈年的松针积了很厚一层,踏上去软绵绵的。警卫员们就在这里铺上了两张淡绿色的雨布,作为他们团长和政委休息的地方。

经过一夜急行军,警卫员们靠着树干很快就睡熟了。尤其小迷糊,头枕着背包不住地打呼噜。邓军和周仆却静静地坐在雨布上,毫无睡意。和师部的电话线已经架通,师长在电话上两次催问敌人的情况。可是派出的侦察员还没有回来。

两个人望望山下,在灰尘飞扬的黄土公路上,向北撤退的人流,仍然三五成群络绎不断。他们的脚步是那样疲惫,行动是那样迟缓,就仿佛凝滞在那黄土路上似的。看到这种情景,邓军和周仆真恨不得立刻赶上前去顶住敌人,扭住敌人,可是现在敌人到底在什么地方还不知道,这是多么叫人凄楚难挨!

将近中午,最先派出的几个侦察员回来了。他们一致报告说:敌人已经到了龟城,炮火已经打到了龟城以北。

邓军立刻抓起耳机向师长报告。师长听完报告,像是沉吟片刻,然后问道:

"他们是亲眼看到的吗?"

邓军转过脸,对着几个侦察员严肃地问:

"你们究竟是不是亲眼看到的?"

"我们确实到了龟城附近。"一个侦察员解释说,"一路上逃难的老百姓都说敌人到了龟城。我们亲眼看到,敌人火炮的弹着点,落到龟城以北不远的地方。"

邓军把侦察员的话,如实做了说明。只听师长在电话里带着责备的意味说:

"这就不对!敌人的炮打到龟城附近,正好说明敌人并没有进占龟城。你听听炮声,这是远射程炮的声音!很可能这是敌人用远程炮火对人民军进行火力追击。"

邓军考虑着,没有答话。只听师长又说:

"这是一场新的战争,比国内解放战争更要严酷的战争。要注意个别人是否有怯战心理……要教育侦察员,情况一定要搞确实。不然,我们究竟是在龟城以北打击敌人呢,还是在龟城以南打击敌人呢?这就马上要影响我们的行动了……"师长可能考虑到自己新提升不久,不适合对一位老战斗英雄用这样的口吻,才又改变了调子说:"老邓呀!你觉得是不是这样?"

这邓军一向心胸坦荡,襟怀洁白。多年的革命生涯,锤炼了他极为坚强的组织观念。尽管今天的直属上级是不久以前的同级干部,而且是多年以前的下级,在他看来,在革命的道路上,这并不是什么不可理解的现象。刚才师长最后两句话的过分客气,倒反而使他有几分不快。他立刻说:

"请放心,我马上组织力量查清前面的情况!"

他放下耳机,转过身来,对着几个侦察员不满地瞅了一眼:

"叫你们到前面查明敌情,你们蹲到半路上看弹着点,乱弹琴!"

说着,他大步跨向前去,把正靠着大树酣睡的小玲子推了两把:

"快起!"

周仆见他要行动,瞅着他说:

"老邓啊,你要到哪里去?"

"到前面去!"邓军说着,把他那只假臂也摘下来,往地铺上一扔,"这劳什子打起仗来真碍事,先收起来吧!"

"你又来了!"周仆用食指点着他说,"我批评过你多少次了,什么事都要亲自出马!叫侦察参谋带他们去就不行吗?"

"侦察参谋当然也要去啰!"

"那你……"

"老伙计!"邓军拖长声说,"这一次倒是你盘算错了。你算一下,到天黑还有多长时间?等他回来,就是侦察确实了,我啥时候出发看地形呢?"

周仆脸上终于出现了微笑,算是一种默许。

很快,一支包括侦察参谋、联络员和半个侦察班的轻便小队下了山坡,插到灰尘飞扬的公路上去了。侦察参谋带领着三个侦察员跑步赶到前面,邓军和其余的人随后跟进。

天气灰蒙蒙的。一路上,依然是时断时续地撤退的人流。这时,邓军更清楚地看到他们疲惫的脚步和焦苦的面颜。他们的脸上、头发上和他们的白衣上,都蒙上了一层厚厚的灰尘。古老的牛车木轮,比人的脚步还要迟缓,咯噔咯噔地发出颠簸的车声。有几个妇女坐在路旁喘息着,一面擦汗,一面给孩子喂奶,以便继续上路。路上不断看到为减少重量而丢弃的包袱,还有那磨透了底的朝鲜的船形胶鞋。

邓军按捺着心头的痛楚疾步前进。一边留意着两边灰苍苍、紫郁郁的山峦,极力把沿路地形记在心底。

为了严守秘密,不暴露是中国人,邓军规定谁也不准说话。只让联络员去查问情况。结果一连问了几个老百姓,都说敌人昨天晚上就到了龟城。这些老百姓为了避开龟城,是从小路绕过来的。

邓军不管这些,命令侦察员继续前进。炮声越来越近了,就好像打在山那边似的。路上行人也越来越少;整个山沟,充塞着一种严森森的气氛。

公路盘旋上山,他们抄着小路爬上山顶。邓军放眼一望,山下是一块小平原。在公路通过的地方,仿佛是一片市镇。

侦察员一指:"那就是龟城了。"

邓军取出望远镜一看,虽然距离并不太远,但因为被一片湿濛濛的云雾笼罩着,混混沌沌,看不清楚。隔一会儿就有三四发炮弹打在城北附近的公路上,白烟缓缓地上升着,与低沉的云雾混在一处。

邓军收起望远镜,正要举步下山,侦察参谋回过身来说:

"三〇一!"他叫着团长的代号,"我看你还是在这里等一下,我们先摸进城去看看。"

邓军装作没有听见,只管向山下走去。侦察参谋见团长不理,只好快步赶到前面,以便防止猝不及防的意外情况。

公路上连一个人影也没有,越来越静得可怕。

在离龟城还有三里多路的时候,侦察参谋又返回来,几乎是用恳求的口气说:

"三〇一!请你还是等一下吧!虽说城里不一定叫敌人占了,敌人的侦察部队是可能有的。"

"好好,听你的。乱弹琴!"

邓军本来想再靠近龟城一些,这时只好甩甩手离开公路。他点起一支烟,用心察看着周围的地形。

时间不大,侦察参谋跑回来报告:龟城果然没有敌人。"他真精细!"邓军心里对师长暗暗佩服。

他们进得城来,穿过整整一条街,还不见一个人影,寂静得像是一座死城。只有自己的脚步声沙沙地响。这里,大约经过多次轰炸,有一些房子炸倒了,有些被震裂得歪歪斜斜,使人觉得仿佛只要用手一推就会坍在地上似的。街道上和住家户的门口,遗落着包袱、枕头和孩子的小胶鞋。可以想见,人们是怎样在侵略者的进迫下,匆匆离开温暖的家宅。

　　他们很想找到一个人,打探一下情况,走了好几家都失望了。他们转过十字街口,向南走去,有几只野狗被他们的脚步声所惊动,突然奔蹿起来,蹿到另一条街上去了。过后,全城更显得死一般的静寂。

　　"这里有人!"忽然,侦察参谋叫了一声。

　　邓军赶过去一看,原来在一间小茅草屋里躺着一个头上缠着白布的老妈妈。她似乎听见了响动,慢慢地坐起来,眼里流露着惊惧的表情。

　　"阿妈妮!"联络员首先走上前亲热地叫。

　　"阿妈妮!"其他人也跟着叫。这是他们作为志愿军学会的第一句朝鲜话。

　　朝鲜老妈妈拭拭昏花的老眼,看清他们是穿着人民军服装的时候,双手抱着联络员哭起来了。

　　遵照邓军的规定,仍然只有联络员问话。

　　"阿妈妮!"联络员掏出手绢替她拭了拭眼泪,"你老人家怎么没有走呀?"

　　"我走到哪里去呀?"老妈妈说,"前天,我的儿子、媳妇都要我走,我这么大年纪了,走得动吗!我不走还好,我要走,得连他们也拖累死呀!"

　　联络员指指她头上的伤口,问:

"你这头怎么啦？阿妈妮！"

"就是他们打伤的呀。"

"谁？"

"美国人和李承晚呀！"

大家顿时一惊。联络员急问：

"他们来了多少？"

"好像有……十几个。"老人回忆着说，"他们一来就问人民军逃到哪里去了，我说了一个不知道，他们就一枪把把我打得昏过去了。"

"他们什么时候走的？"

"刚走，时间还不长哩！"

邓军使使眼色，联络员安慰了老妈妈几句，匆匆走出门外。邓军说：

"很可能是敌人的侦察队。赶上去，抓他几个！"

大家兴奋起来。加快脚步出了龟城，一路向南追下去了。

穿过平坝子，来到一座山口。邓军一望，这是一道很狭窄的峡谷，两旁山势陡峭，草深林密，紧紧夹着一条公路，一派阴森森的。邓军正要嘱咐大家注意搜索，只见侦察参谋匆匆忙忙地从山谷里跑回来，兴奋地悄声叫：

"三〇一！三〇一！追上了。"

"哪里？"

"你来看！"

他兴奋得两颊绯红，兴冲冲地领着邓军他们进了山沟。走了不远，他往东面一座最高的山尖上一指，说：

"你看那是什么？"

邓军抬头一望，山尖上站着七八个人，因为他们的背景是天空,看得十分清晰。

机灵的小玲子,马上把望远镜对好,递给邓军,一边说:

"你看穿的还是白衣服哩!"

邓军接过望远镜一看,果然都穿着朝鲜式的白衣,正在那里东张西望,指指画画地谈论什么。

"不可能是朝鲜老百姓。"侦察参谋判断道。"这里正是敌人将要通过的要道,老百姓站在那里干什么呢?"

邓军"噢"了一声,继续凝神观察,见他们身上果然带着枪支。正凝视间,其中一个人挥了挥手,其余的人跟着他沿着一条羊肠小路走下山来。邓军立刻收起望远镜,把几个侦察员布置在靠西面山根的密林里,紧紧卡住一段公路,准备敌人刚一踏上公路,就施行猝不及防的袭击。

"听我的口令!"邓军掏出他的小花口橹子一晃,严厉地说,"谁也不能提前开枪!"

说过,他和小玲子也隐伏在一处深草里,全神贯注地凝视着对面山上。只见那几个人神态自若地、不慌不忙地走着,心里渐渐焦急起来,暗暗地咒骂道:"这些龟儿子倒挺自在!"

邓军觉得苦挨了好长时间,那几个人终于一个一个地下到公路上来了。这时,他尽全身力气,大吼了一声:

"站住! 举起手来!"

邓军是有名的大嗓门,这时的声音更像洪钟一般,在山谷里惹起一阵回响。那几个人陡地一惊,正要拔枪抵抗,其中一个人摆了摆手,站定脚步大声回道:

"谁呀? 是老邓吧?"

"三〇一!"小玲子惊叫了一声,攀住邓军举枪的左手,"你看,是师长来啦!"

邓军定睛一看,果然是师长洪川。他那轻捷矫健的身子,穿着朝鲜人的白背心和一件又肥又大的白裤子,头上还戴着一顶朝鲜老人戴的乌纱帽,粗粗一看,简直认不出来了。邓军瞧见他这身装扮,不由得哈哈大笑起来;连忙收起枪,跳出草丛,赶上去与师长握手。其他人也都纷纷地钻出密林,与师部的侦察员会面。

"老邓,你的八卦阵摆得真不错呀!"师长握着邓军的左手笑了一阵;然后,摘下乌纱帽擦汗。他的前额还不显皱纹,浓密的黑发齐崭崭的,看去比邓军要年轻得多。

"师长,"邓军笑着问,"你怎么跑到我前头啦?"

"这是跟你学的呀!"师长笑着说,"你过去不是常跑到我前头,跟我抢买卖吗?"

邓军知道他说的是过去当自己下级时候的事情,就笑了一笑。

师长吩咐其余的人隐蔽在树林里休息,然后拉了一下邓军的肩膀,坐下来低声说:

"现在的打法有一点改变。出国以前,我们原定在龟城一线构筑阵地,进行防御,阻住敌人,求得先站稳脚跟。但是从昨天出国的部队看,都没有达到预定位置。加上敌人前进的速度很快,如果再采用原来的打法,就会达不到原来的目的。现在敌人还不知道我们已经出国,因此,统帅部决定,利用敌人分兵冒进的弱点,主动地给以反击,争取消灭一路或几路,可能更加有利……"

"这个改变很好。"邓军插话说,"我们的军事思想向来就不赞成单纯防御。"

"是的,这个改变也特别合乎我的心意。我给你打过电话,就坐上吉普车来看地形,哈哈,想不到赶到你前面来了。"

"你在这大公路上白天行车呀?"邓军惊讶地问。

"管它!"他淡淡一笑,"飞机来了,就暂时避一避……真没想到有这样大的收获!"

"什么?"

"最理想的打伏击的地形!"师长兴奋地向这条沟一指,"这里你看到的只是一小段。越往里走越险要。来,我再陪你到山上看看!"

说过,他马上扯着邓军的左臂站起来,邓军推辞说要自己去,他马上说:

"老邓,你可不要忘记我是爬山虎呀!"

说着,师长抢步上了山坡,又沿着刚才的小道,嗖嗖嗖地爬上去了;邓军和小玲子跟在后面,看见师长那浑身使不完的精力,那充沛的朝气,真是暗暗地羡慕。

"你看,"师长等邓军爬上山尖,兴奋地一指,"老邓呀,我的老红军,你看像这样打伏击的地形,怕还不多见吧!"

邓军放眼一望,这条山沟曲曲弯弯,长约十里左右,愈往前愈险。许多地方是陡立的峭壁,简直像两道高高的石墙夹着一条通道。山上草深林密,便于屯兵,也便于出击。山沟尽头,又像喇叭口一样地张开了。

"我初步设想,"师长用手一指,"把两个团和另两个营的全部,都摆在这两面山上。由你团派一个营同敌人保持接触,边打边撤。只要能把它引进来,即使是铁,我们也砸得烂它!"

说到这里,他指了指喇叭口外二十余里处,那里烟笼雾绕着一座市镇。"那就是凤鸣里。现在查明美军二十四师的先头部队,已经到达那里。我刚才用望远镜已经看到了敌人的坦克。我们的部队今晚就要埋伏好。你准备派出的那个营,天明以前就要赶到凤鸣里附近。"说着,他又用穿着绿胶鞋的脚点了点地面:"我的指挥所就设在这里!……你看这个想法怎么样?"

"同意!"邓军兴奋地说。

师长得到邓军的支持,非常高兴。又说:

"可别客气,你还是我的老首长哩!"

"老落后喽!"邓军笑着说。

"姜还是老的辣呀!"

"对,我一定让敌人尝尝我的辣味!"

两个老战友爽朗的笑声,长久地萦绕在高高的山尖……

第四章　山前

邓军和小玲子坐师长的吉普车回到团部,天色已近黄昏。

周仆看见团长不仅毫无倦意,而且满脸是笑,就亲昵地说:

"你这家伙,收获一定不小!"

"可不是么!"邓军说,"差点儿俘虏了一个师长哩。"说着嘎嘎大笑起来。

邓军一连气把一路的情况和师长的意图说了一遍。最后说:

"依我看,打响出国第一炮,问题不大!"

"小迷糊！快给团长热饭!"周仆兴奋地叫,一边又向小玲子挤挤眼说,"再给他一点奖赏!"

所谓"奖赏",指的就是小玲子饭盒里的油炸辣椒。这邓军有个老胃病,一犯病,常常疼得满头大汗。关于这一点,周仆简直比一个妻子的关怀还要周到,常常劝他少吃一点辣椒。可是邓军没什么都可以吃得下,就是没有辣椒不行。战争时期,小玲子常年给他背着一个日本饭盒,里面总是盛着满满一盒子辣椒。周仆怕他犯病,有时就不让小玲子给他炒。吃饭时他一看没有辣椒,就发脾气,或者拿着筷子,闷闷地坐在那里,委屈得像个孩子似的。每当这时候,周仆常想,这样一个老同志,从来不怕牺牲,不怕流血,为了党和人民的事业,随时可以抛弃自己的头颅。但他所取于这人间者,既不是名,也不是利,更不是吃喝穿住;平生所好,不过就是抽几支烟,吃饭时能再有一点辣椒,就高兴得什么似的。如果连这一点也让他受委屈,自己心里也觉着难过。于是就在这种矛盾心情下,同他作了妥协。但说话的调子仍然又不免是严肃的:"今后一定要少吃一点啰!""好好好,一定少吃一点儿!"一听说让他吃,他连声乖乖地答应着,又像孩子一般地笑了。

不一时,小迷糊端来了一饭盒热腾腾的白米饭。小玲子按照政委的眼色,把那个铝制的旧饭盒打开,拨出了一点炸辣椒,作为奖赏。那么一点辣椒,邓军三口两口就吃完了,又伸过碗来,叫小玲子:

"我的老天爷!你再赏给一点儿行不?"

小玲子看看政委的脸色,发现没有异议,这才用筷子又轻轻地拨了一点。邓军吃得满头大汗,连声说:

"真痛快极啦!"

他擦擦汗,点起一支烟,说:

"老周,你看用哪个营引诱敌人好些?"

周仆略一寻思,说:

"晌午你刚出发,孙亮就到这里坐了半天。东拉拉,西扯扯,我就看出他有心事。果然,最后吞吞吐吐地问:团里对他这个营究竟有什么看法……"

"什么看法!他这个营过去打得并不算太好嘛!"邓军打断说。

"是呀,"周仆接下去说,"我还没有回答,他就委屈地说:'你们不说我也知道!'看来,他是有些不够满意。他最后说,三营所以战斗力弱些,并不是这个营的本质不好,是团里对他们的使用太少。据我看,这个意见是对的。战斗力弱的单位,使用在主要方向的机会越少;使用越少,战斗力也越弱。我看,今后可以多使用他们。"

"可以考虑,"邓军说,"不过,这是头一锤子买卖,有钢还是要用在刀刃上呀!"

"你是说让咱们的'才子'去呀?"

"对喽!"邓军说,"我看还是让陆希荣去。这小子有点子鬼名堂,遇到意外情况也好应付。"

这周仆是那样一种政治委员:聪明,识大体,虽然自己担任着团党委书记,但在军事指挥上,从不勉强让指挥员接受自己的意见。尤其是在比较次要的问题上,很能让步。何况,他知道在邓军的心目中,是比较欣赏陆希荣这个干部的。于是就同意了。

因为时间紧迫,邓军一面通知各营作行动准备,一面召开了一个简短的会议,向各营干部传达了战斗任务。

会议结束,周仆把陆希荣单独留下来,问:

"老陆,你觉得这任务有什么困难没有?"

"牵牵牛鼻子,这有什么。"陆希荣满不在乎地说。

"困难是会有的。"周仆说,"第一次同现代化的敌人作战,又是白天在开阔地里转移;既不要硬顶,又不要稀稀拉拉让敌人识破。这就特别需要沉着呀!"

"那,当然要沉着!"陆希荣淡然一笑,"请首长放心好喽!……政委还有什么指示?"

陆希荣话语中隐约的嘲讽意味,使周仆心中有几分不快。但因为是战前,正是需要大家团结的时候,就克制住了。

邓军也听出话头不对,挥挥手说:

"政委的指示很重要嘞! 你们回去要好好地研究一下。"

陆希荣潦草地打了个敬礼,走出小树林子去了。

天色刚黑下来,队伍就集合好,向龟城方向前进。为了严格保守秘密,按照师长指示,在接近龟城时,下了公路,沿着小路绕到了龟城以南。这时已近午夜。部队通过那条狭窄的山谷,夜黑风寒,松涛阵阵,抬起头,只能望见一小片星天,仿佛置身在枯井中,越发觉得阴森森的。

邓军指挥二、三两营,在峡谷的南端两列山岭上隐伏。严格命令部队做好伪装,保持肃静,不准发出任何火光。静候着后续部队的到来。一营的部队,由前面回来的侦察员引路,出了峡谷,继续前进。

走在最前面的是一营三连。郭祥在尖兵班之后,带领部队急匆匆地走着。在夜色里可以看到,驳壳枪在他身后卜浪卜浪地摆动,步态轻捷而大胆,好像惯于在夜色里潜行的狸猫一般。多少年来的夜间战斗,夜色不但不能增加他的恐怖,反而使他如鱼得水,真正成了夜色的主人。

出了峡谷,前面豁然开阔起来了。放眼望去,在那披挂着星斗的夜空下,有几堆火光,在寒峭的夜风里不停地摆动。

为了避免敌人的侦察部队提前发现,他们仍旧避开公路,沿着小路行进。部队静悄无声。大约又走了十多里路,来到一座低矮的小山岗下。事先潜伏在这里的师部的侦察员告诉他们:敌人离这里只有几里路了。

部队停止前进。郭祥随着侦察员爬到小山岗上观察。第一眼看到的,就是远处一盏接一盏地奔驰的灯光,并且隐隐听到隆隆的汽车声。那些灯光一到那个黑魆魆的山脚下就熄灭了。侦察员说,那里就是敌人停驻的地方。

"很可能是运送弹药的汽车。"陆希荣判断说,"看来明天进攻是肯定的了!"

他立刻熟练地布置开队伍,就回到后面去了。郭祥到前面察看了地形,在一个小山包上设了一个班,作为全营的警戒阵地。然后回来督促全连积极构筑工事。

启明星升起的时节,已经构成了简单的工事。郭祥在背风处,正想打个盹儿,只听前面"轰隆"地响起了一颗手榴弹声。接着是一阵繁乱的卡宾枪声。他急忙站起身来爬上山头,枪声又沉寂了。

郭祥知道发生了敌情,正要带领一个班到前面支援,只见前面那个班慌慌张张地向回跑。郭祥厉声喊道:

"干吗跑下来?"

"敌人上来了!"

"敌人上来了!"

有几个声音慌张回答着,站住了。

"给我回去!"

郭祥带着他们,冲上去恢复阵地,一看并没有敌人。他心里十分恼火,用手一指:

"刚才是谁带头跑下来的?"

没有回答。

"到底是谁?"郭祥声音更大了。

"是我。"其中一个低声地说。

郭祥一看,是五班班长刘大顺,更有气了。这刘大顺,是解放战争末期他亲自解放过来的。人一向老老实实,不会说,不会道,工作埋头苦干,战斗也很勇敢。特别是在解放兰州的战斗中,同马家军拼刺刀非常英勇,因此提升为班长。不知现在为什么这样。

"哦,是班长带头啊!"郭祥挖苦地说,"你看见敌人了吗?"

"敌人是……是上来了。"

"有多少个?"

"像,像是有七八个……我扔了一个手榴弹,一慌……"

"有七八个,就把你吓死了,咹?"郭祥指着他,"我问你,是叫你来打美国鬼子的,还是叫你来丢人的?"

"我,我……"刘大顺羞愧得几乎要哭出来,"连长,你知道我过去,我过去……没有装过孬呀!"

"这次哩,这次为什么?"

"我,我……"

刘大顺把头垂到胸脯上,呜呜地哭起来了。

"你还哭哩!我干脆毙了你!"

郭祥大步抢上去,正要举起拳头,忽听后面有人叫了一声:

"嘎子!你又要犯错误啦!"

郭祥扭身一看,见老模范严肃地站在那里,就急忙收住了手。

"他又跟上来啦!"有人悄悄地说。

原来这老模范,方才见郭祥气刚刚的,就预料要出事。前面已经交代,郭祥自幼跟随老模范长大,虽然今天是老模范的上级,但在内心深处,仍然把老模范看做长辈;老模范也仍然像长辈一样地关怀着他,唯恐他一时冲动再犯错误。今天一看这情况就赶来了。

"好好,战后再说!"郭祥挥挥手,余怒未息地走到一边,"怕死鬼!我就是见不得这个!"

老模范又走到刘大顺的面前,严肃地说:

"大顺哪,你这个错误可真严重啊!这两天你也看到了,朝鲜人民家破人亡,叫人看着多难受啊!他们死了那么多人,我们的命就那么值钱!你看看你办的这事!……"

"老模范,我,我……我一定……"

不知什么时候,天色已经亮起来。可以清清楚楚看到刘大顺那结实的粗墩墩的个子,那朴实的容貌。他的脸上,有一条斜斜的很深的伤痕。这时,有两大颗眼泪,滚过他的双颊,跌落在熹微的晨光里……

"轰!"

忽然间,一枚炮弹在小山后面爆炸了。

郭祥作战经验极其丰富,立刻就听出是坦克炮的声音。往前一望,在曚昽的晓色里,已经可以清楚看见敌人驻扎的村庄。村庄前面,有一排小黑点,一个接一个地向公路蠕动着,发出轰轰隆隆的声响。再往公路上一看,已经有一辆爬到公路上来了。

说话间,又是"轰"的一声,一枚炮弹落在山前。

"准备战斗!"

郭祥大喊了一声,并且习惯地捋捋袖子,仿佛立刻就要扑上前去似的。他的声音在这清晨听起来,是那样的年轻,那样的洪亮,听不出有一丝一毫的恐惧,顿时给大家增添了力量。

坦克震人的怪声愈来愈近。大家正注意前面,霍然间,一架敌机从左边哇的一声扑了过来。接着是两架,三架,共有七八架敌机盘旋起来。人们不自觉地抬起头来望着天空。

"注意公路!"郭祥又高声喊道。

话音未落,"吭吭吭"一连三发的坦克炮打到山脚。黑烟遮蔽了人们的视线。黑烟过去,已经可以看见坦克后面的步兵。入朝以来的第一次战斗,就这样展开了。

邓军的指挥所,设在离峡谷南端沟门不远的一座较高的山峰上。这里北可以望见师指挥所的山头,南可以望见峡谷以外辽阔的平川——现在正在进行激战的地方。邓军望着前面敌人浓密的炮火节节北移,一切都按照计划进行,心里十分高兴。但兴奋之中又包含着紧张,就好像端着满满一碗水,老怕它洒了似的。

这时,从东南方向出现了一架红头敌机,在峡谷上空盘旋起来。这架敌机很怪,既不扔炸弹,也不打炮,慢条斯理地哼哼着,好像飞不动的样子。有时还侧楞着身子向下面窥探。

"这是什么怪家伙呀!"

"简直像个老病号,真好打!"

战士们议论着。电话铃响起来。邓军连忙抓起耳机,是师长的声音：

"你们看见敌人的侦察机没有？"

"看见了。"邓军回答。

"一定要隐蔽好。"师长嘱咐道，"如果暴露目标，就会破坏整个计划的！要再通知部队一遍。你们的指挥所我看要搬下来一点，山头上留下两个观察员就可以了……根据情报，敌人对我们的出国行动，并没有发觉，只要我们保持隐蔽，就能取得胜利！"

邓军在深草丛里，对本团埋伏的各个山头，又细心地、逐个地察看了一遍。战士们一个个头戴着用半青半黄的秧草编成的伪装盔，伏在密林和茂草里，没有一个人乱动。整个山峰，静悄无声，更显得无比的威严。只有飞机声、坦克声和枪炮声，在山谷里响着回音。邓军为了慎重，又通知了各营，并按照指示，把指挥所也移到山坡上的一片密林中去了。

中午时分，战火渐渐接近了峡谷的沟门。敌人的坦克炮和榴弹炮，已经开始轰击峡谷两侧的山岭。那十几架野马式飞机也盘旋在峡谷的上空，开始了扫射和轰炸。有几处山林，已经被炸起火，冒起一团一团的黑烟。

这是极其重要的时刻。邓军正要离开指挥所到山顶上掌握情况，师长又来了电话，用严肃的声调问道：

"你看敌人发觉了我们没有？"

"我看没有这种征候。"邓军答道。

"对，"师长说，"我看他们并没有发觉我们。不过是进行威力侦察。通知部队，绝对不要慌乱。如果没有师的统一信号，随便提前开枪，或者轻举妄动，要立即执行战场纪律！"

"老周，我先上去了！"

邓军刚走出几步，只见观察员气急败坏地从山上跑下来说：

"三〇一！三〇一！……敌人的坦克炮堵住沟门,再不往前走了！"

"咱们的部队呢?"邓军问。

"只有少数进来了,其余的离开公路撤到两边山上去了。"

"你说什么?"

"撤到两边山上去了！"

"糟了！"周仆跌脚叫道,"向两边一撤,敌人还肯进来吗！"

邓军大步向山上冲去,一看,敌人的坦克果然停在沟门外,高高地翘着炮口,正向山上猛烈轰击。步兵已经缩到后面去了。一营的部队,除进来一小部分,其余都向两旁的山上撤去。邓军的脸色霎时变得又青又黄,掉下大颗大颗的汗珠。一场计划竟这样被破坏了。

他回到指挥所,沉思了好半晌,才抓起耳机。那小小的耳机,一霎时竟变得像有千百斤重似的。

他向师长报告了这意外的情况。最后请求说:

"看样子,原定计划是无法执行了……我建议利用敌人犹豫观望的机会,由我带领其余的两个营,用小迂回切断敌人一股,能捞多少就捞多少。总不能让他们白白地回去！"

"也只好这样。"师长沉吟了好半晌才说,"我现在用其余两个团的火力来支援你,希望你千万不要难过,好好完成任务。"

邓军立刻在电话上通知了二、三两营准备出击。接着就到了三营指挥所,亲自带着三营冲下去了。可是当部队刚冲到山下,敌人的坦克已经掩护着步兵退去。最先冲下去的一个连只打死敌人二十余人,缴获了一支半自动步枪。当连长把这支枪拿到团长的面前时,邓军一阵难受,用那只独臂捂住了心口,小玲子知道他的胃病又犯了,连忙上前扶住他,坐在山前的一块石头上……

第五章　胜利声中

疯狂冒进的敌人,遭到我各路大军的突然反击,开始全线后撤。当面的敌人也向泰川方向退去。

师里命令部队撤下阵地,在峡谷两侧隐蔽休息,准备黄昏后展开追击。

团部移在一条小山沟里。山坡上有两三户人家,老百姓已经撤退走了。小玲子和周仆把团长扶到屋子里。这邓军不愿在别人的面前显出一副苦相,也不说话,只是拼命地用那只独臂捂着胸口,黄豆般的大汗珠,不断从他的颊上跌落下来。

周仆看见团长疼得这样,真比自己的病痛还要难受。他瞅了小迷糊一眼：

"还愣什么,快去找医生来!"

"不要去!"邓军止住他,"顶一阵儿就过去了。"

"还是吃点药好。"

"不顶事。"邓军摇摇头,站起来,"我马上到一营去!老伙计呀,罪该万死呀,这是破坏了全师的作战计划呀!"

说着,又是一阵剧痛,邓军又捂住了胸口。周仆赶忙按着他的肩头坐下来,说：

"老邓,等一会儿,咱们俩一起去。"

这时,只听外面声音不高地喊了一声"报告"。小玲子拉开门,一营营长陆希荣低着头,在门口站着。他一向服装整洁,姿态英武,很有军人仪表;现在却满身灰尘,一脸倦容,好像一束尘封的纸花,失去了他不久以前的光彩。

"团长,政委,我,我犯了严重错误……"他的声调里充满了可怜,"我是来请求首长给我处分的。"

政委让他进来坐下,然后说:

"先把情况谈谈。"

"还有什么可谈的!"他在墙角里,把两手一摊,"我们对党、对人民犯下了这样大的错误,不,简直是造下了罪孽,不管具体情况怎样,反正我这当营长的,都要负绝对责任!我希望首长,绝不要因为我过去的一点点微不足道的功绩姑息我。我请求把我作为全师的典型,给我最严厉的处分。尤其在战争开始的时候,这对大家,对人民的利益,对战争的胜利,都是有好处的。"

"陆希荣!"邓军急了,瞪着他,"说!你为什么不按照指定路线撤退?"

陆希荣的手指,不易察觉地抖动了一下。

"不管具体情况怎样,我也不能把错误推到别人身上。只能怪我自己平时管教得不好。"他看了团长、政委一眼,又接下去说,"战斗一开始,我把三连放到前面,为了不让敌人看出我们的诱兵之计,就先把敌人狠狠地敲了一家伙,打死敌人好几十名。然后就把三连撤到后面去了。一路上实行轮番抗击,交互掩护着往后撤。虽然敌人的地面炮火很猛,飞机又低飞轰炸扫射,我们的撤退还不算是太没次序的。这一点恐怕首长在山上都看到了……"

说到这里,他又看了团长、政委一眼。

"你讲下去。"邓军嗯了一声。

屋里空气,松活了一些。陆希荣暗暗地吁了口气,又讲下去:

"坏就坏在战斗快接近沟口的时候……这时候,三连已经进了沟口，其余两个连正在进行最后抗击，敌人的坦克压过来，离得很近。由于二连连长不够沉着，就离开公路，撤到两边山上去了。我一看这情况，就急了，大声喊他们，叫他们，制止他们，也不知道是枪炮声激烈听不见呢，还是别的，就一个劲地撤到两边去了……就这样把整个的计划破坏了。我想，我想……"他显得格外难过，嗓音里有一点悲哽，"我陆希荣跟着团长、政委两位老首长战斗了这么多年，我的战斗表现，首长都是很清楚的，就是这一次，也可以派人调查……"说到这里，他呜呜地哭起来了。

"不要这样。"政委把头一扭，"事情会闹清楚。"

"你先回去。"团长说，"在事情没有处理以前，还要好好抓紧工作，负起自己的责任。"

"是。"陆希荣恭敬地说，"只要我陆希荣有一口气，我就要为党负责到底。"说着，恭恭敬敬地打了一个敬礼，走出去了。

两个人沉默了半晌，邓军说：

"我原来就料想，不会是陆希荣的问题。我们对他都了解嘛！这人战斗上一向不错，还立过大功，他怎么就会办出这样丢人的事？"

"是的，这事要详细调查。"周仆深沉地思虑着说，"不过，这一年的和平生活，我总觉得在他身上起了一些变化。"

"什么变化？"

"首先是兴趣。我发现他在吃、穿、住这些方面兴趣越来越浓厚了。"周仆回忆着说，"例如，他每到一个地方，都要住最漂亮的房子，只好都住在地主家里。有一次，让他住在贫农家里，他不认为这是进行工作的好机会，反而把管理员骂了一顿。这就不仅是住房子的问题，严格说，是阶级感情的问题。此外，还有两件事，使我很吃惊。一件是，他到了一次西安，看到旧货摊上摆着半瓶进口的雪花膏,不知是哪位姨太太使剩下的,价钱高好几倍,他倒把这半瓶雪花膏买到了手,准备结婚送给小杨。我听说以后,真恶心极了,找他谈了话,他硬不承认。还有一件,派他到南方学习兄弟部队的经验,回来时候带回来一张照片。猛一看,我还当是谁的剧照;仔细一看,不是别人,正是他!穿着龙袍,戴着清朝缀着珠玉的顶子。你道这是怎么回事?原来这是乾隆下江南,把自己的龙袍脱下来,赠给了某个寺院。这位老兄竟穿着这套龙袍,照了个相,还拿给人看!"

"有这样的事?"邓军好像不大相信。

"你去问问他吧。那次,我可真是动了火,立刻把他大骂了一顿。我虽然也常动火,但动这么大火倒是少有的。我说,'你这是生活在二十世纪最先进的革命集团,倒装满了一脑子中世纪臭烘烘的垃圾!……'这件事,使他很不满意,背地里说:'一件随便开玩笑的事情,也提到这种原则高度!这种政治委员不是靠本事吃饭,是靠吓人吃饭!彼此资格都差不多,你比谁也强不了多少,用不着摆出这副政治面孔!'……"

"这人恐怕是当了功臣以后骄傲啰。"

"我看不是一般的骄傲。"周仆说,"在杨柳镇上,有一次,我亲眼看到他同一个大皮毛商人在一起散步,谈谈笑笑,亲如家人。说实在话,我的确在注视着他这个人的思想动向,看他向什么方面转化。"

邓军思索了一阵,说:

"这人是有些小资产阶级意识。不过在知识分子中间,我觉得他还是聪明有为的,很有才华的。如果改造好,将来还是会为人民做许多工作的。处理他这次的问题,还是要实事求是。"

"那是自然。"周仆点了点头,又略略提高一点声音,"老邓呀,现在有一些苗头,是很值得注意的!自然,就绝大部分人来说,在长期革命战争里,锤炼了一种最难得的东西,这就是:天不怕,地不怕,敢于蔑视任何敌人的英雄气概。这才真正是革命的东西!可是,是不是还有少数人,脑子里还有资产阶级'唯武器论'的影响呢?他们看到,敌人的飞机多了一点,坦克大炮多了一点,嘴上不说,心里总是觉着这些东西厉害。现在美帝国主义在全世界逞凶作恶,就是利用这种恐惧心理。这种心理,是一种迷信。怕鬼的人,正是因为心里有鬼,才会对鬼那样惧怕;要想不怕鬼,也就要先把思想里的'鬼'去掉。我看,我们还需要做一些赶'鬼'、打'鬼'的工作!……"

"最重要的,是要杀出威风来。"邓军攥了攥拳头。

"对,要杀出威风来。"周仆接着说,"这是联系着的:你要赶'鬼'打'鬼',才会杀出威风来;你杀出威风来,也就最后把'鬼'赶跑了……我的具体意见是:马上把他们的问题调查清楚,明天开一个军人大会,首先从纪律上严格整顿一下。"

邓军欣然同意。周仆正要出去布置工作,机要参谋拿着电报走进来,兴冲冲地说:

"打胜仗了!打胜仗了!"

周仆忙接过电报,邓军也急忙凑过来看。

这是中国人民志愿军先遣兵团的第一号战报。

电报首先记述了第二军在温井地区同敌人遭遇,一开手就给了敌人一个下马威,全歼了伪六师一个整营和一个炮兵中队;接着又歼灭了四个营。其时,伪六师的先头部队已经占领楚山,正用炮火轰击我国边境,见势不好,急忙回窜,又在古场洞被第二军歼灭了一个整团。这个伪军师几乎完蛋了。电报接着记述了第三军的光辉战绩。该军在云山地区将敌包围,经过两天激战,把美军中有一百多年建军历史的骑兵第一师所属第八团和伪军一师的一个团全部歼灭。与此同时,第四军在东线长津湖以南黄草岭、赴战岭等地配合朝鲜人民军,以坚强的阻击,制止住了敌陆战一师和几个伪军师的疯狂进攻,并歼灭了敌人三千六百余人。

电报最后记述了素负盛名的第一军,正向敌侧翼迂回,敌人在我猛烈的反击和第一军的威胁下,已开始全线撤退。兵团部号召全军投入追击,尤其担负迂回任务的部队,必须行动迅速,以便能把更多的敌人,隔断在清川江以北。

"形势真好极了。"周仆愉快地说。

"瞧,人家是怎么打的!"邓军叹息了一声。

按理说,友邻部队的胜利,该使人多么兴奋呵,可是对此刻的邓军来说,没有完成任务的内疚心情,不仅没有减轻,反而更为加重了。周仆到外面给部队传达胜利消息,警卫员也到外面防空去了。邓军独自一人静静地坐着。他仔细打量了一下这座农舍,突然感到这曾经是多么温暖的一个农家啊!土炕上糊着油纸,明光瓦亮;炕角的一只小炕桌,也干净净的。这一切都使人想到,在这个房间里生活着一个勤劳的女人,一切都经过她勤劳的双手整理过、揩抹过。可是再一看门口,却丢着一顶小孩帽子,墙壁上还挂着一件黑裙,隔壁灶上一摞铜碗摆得整整齐齐,却没有放进碗橱。很可能是她刚刷好碗的时候,发生了敌情,她就匆匆忙忙地抱起孩子,抛开了这所屋子走了。她现在也许随着人群,风尘仆仆地奔走在撤退的路上;也许藏到深山密林中过着风餐露宿的生活;也不是没有可能碰上更为凶险的遭遇……而自己和自己这个团究竟为这个女人和孩子做了些什么呢?想到这里,邓军真是万分难过……

傍晚,接到正式命令,立刻停止正面追击,从东路迂回博川,以便把美二十四师的归路切断。

一路上虽然是山沟小路,但月色明亮,部队行动极为迅速。月亮正南时,已走出四五十里。这时,前面部队忽然停了下来,并且听见一片欢腾的语声:

"过来啦!过来啦!"

"是他们!"

邓军赶上去一看,见是三岔路口,一支部队正从东北方向下来,精神抖擞地向南疾进。邓军马上看出来,这是兄弟部队第三军从左翼插过来了。只听自己的部队悄悄地议论着:

"看,人家缴获的那卡宾枪!"

"一个班总有好几支哩!"

"那是什么,比卡宾枪长多了?"

"许是'自动步',听说一次押八粒子弹。"

有的战士忍不住问:

"同志,是从云山下来的不是?"

"你怎么知道?"对方有人答话了。

"嘿!看那劲头还不知道!你们打得很不错呀!"

"小意思!只两个团,还不够塞牙缝的。"

"还缴获了别的东西吗?"

"汽车、大炮不少;还没打扫战场,就叫狗日的派飞机给炸坏了。"

人们热烈地问答着。

路边,石崖上有一股山泉。第三军的战士有几个下来用小搪瓷碗接水,也被围起来了。有人捅人家的背包:

"这是什么,也是缴获的么?"

"北极睡袋。"

"什么?"

"通俗点说,就是鸭绒被。"

"好用么?"

"上面有拉锁儿。只要钻进去,一拉,正好像个口袋。"

"那抓俘虏才方便哩!"

人们哄笑起来。

第三军的这支部队过去了。还不断地听到人们议论着:"嘿,看看人家!……""看看人家!……"

"嘿!看看人家!"在邓军的心里也是这样想的,但从本团战士的嘴里说出来,却又使他难受起来。刚刚缓和了一些的胃痛,立刻又像刀绞一般。他不由自主地又用那只独臂捂住了胸口,脚步也慢下来了……

"三〇一!三〇一!"小玲子眼尖,三脚两步赶上来说,"胃痛又犯了吧?"

邓军低声喝道:"你嚷什么?"

"歇一会儿再走吧!"

小玲子说着要来扶他,他把那只独臂一甩:

"别让政委看见。去,给我削根小棍儿!"

小玲子知道他的脾气,只好跑上山坡,用小刀削了枝小棍儿,递给他。他拄着小棍儿在山径上走着,虽然脚步略显异常,但任何人都不知道。只有小玲子心里热辣辣的,在朦胧的月光中,望着他那披着军大衣的身影……

第六章　青坪里

拂晓,部队抵达青坪里一带。按照预定的迂回路线,此去博川大约还有两夜行程;虽然大家心头火急,但由于敌人的空军限制了我军白天的行动,只好在这里宿营。

这是一座有三五十户人家的小村。四外群山环抱,山上是一片一片的松林。团部和各营都散布在松林里休息,只派各单位的炊事员到村里做饭。

上午,派到一营去的政治处干事,回来向团政治委员周仆作了汇报。二连连长承认了不按照预定路线撤退的错误。至于营长陆希荣当时是否制止了他们,他说没有听见;营长的通讯员刘二发,则一再作证,陆希荣当时确实发出了制止的命令。为了不拖延问题的解决,只好暂时作为悬案。

午饭过后,在一片较大的松树林里,召开了全团的军人大会。邓军当场宣布,将二连连长撤职;刘大顺也撤去班长职务,仍留本连当战士。团政治委员结合纪律问题作了严肃的讲话。在讲话中,对陆希荣作了不指名的批评,郭祥则受了表扬。

会议结束,一营刚刚带回驻地,只听哇的一声,一架野马式敌机擦着山尖突袭过来,盘旋在村庄的上空。

"糟了,"刘二发惊喊道,"发现我们了!"

"这纯粹是自找的。"陆希荣悻悻地说,"大白天,开这样大会,也不看具体情况!"

说话间,又有好几架敌机接连飞过来,一架跟着一架,盘旋着,轰轰的马达声响成一片。

"防空!隐蔽!……"陆希荣一面大声地向部队嘶喊着,一面向山脚的防空洞猛跑。这防空洞,是早晨一到这里的时候就开始挖掘的。入朝以来,每到驻地,这已成为通讯员的第一件工作。

陆希荣一口气跑到防空洞,慌忙钻了进去,又探出头来观望。这时,有几个炊事员,两个抬着大锅,一个挑着油桶,一个拿着菜刀、饭铲,正慢慢吞吞地往这里走。

"快一点嘛!你们快一点嘛!"

他大声嚷叫着;但那几个炊事员仍然不慌不忙,他发怒了:

"哎呀,我的老爷子!你们快一点行不行呵?"

"抬着饭哩,俺们抬着饭哩!"其中一个傻呵呵的声音远远地答道。

陆希荣看出是三连炊事员傻五十,又连忙催道:

"傻五十!你老人家快一点就不行吗?"

"反正不能把饭丢喽!"他一边走一边嘟嘟囔囔地说。一架敌机正转过来,他翻翻眼瞅了瞅,朝上啐了一口,用他那口蠡县话骂道:"娘的,赶先!刚做好饭,它就来咧!"

这傻五十,姓李,叫李五十,是一个老长工的儿子。因为他父亲五十岁才娶妻生子,就给他取名李五十。人长得膀乍腰圆,结实无比,一头浓密的黑发,眉眼也很清秀,就是天性过于憨厚,有点缺心眼,人都叫他傻五十。这傻五十是最喜欢表扬,不喜欢批评。刚才听见营长挖苦他,那嘴就撅得老长,把锅一放,也不隐蔽,直橛橛地站在那里。陆希荣又急又恼,又无可奈何,只得改口说:

"这五十真行!不管情况多紧,东西是一点不丢。"

傻五十马上傻呵呵地笑了,说:

"营长,你急啥哩,俺不怕,俺打过飞机!"

"好,好,快去隐蔽。"

炊事员们看见附近有几捆稻草,就搬过来遮住身子,贴着山根坐下。

"咕咕咕","咕咕咕",飞机开始向村子里扫射了。

"傻五十!"陆希荣又从洞里探出头来,"你们把那些反光的东西盖好一点不行吗?"

"什么?"傻五十愣愣地问。

"我说的是你们的油桶、菜刀……"

炊事员把油桶、菜刀又盖了盖。

"还有,那是谁,冲着太阳!"陆希荣喝道,"你的钢笔帽不反光吗?"

"哼,走,咱们到那边去。"傻五十嘟囔着,对其余的人说,"人家嫌咱目标大!"

说着,一伙人不满地抬起大行军锅,挑起油桶,走了。

"等一等!等一等!"陆希荣探出头来喊道,"谁说你们目标大啦?"

傻五十几个头也不回,抬着行军锅到那边树林子里去了。

"真缺乏教育!"陆希荣愤愤地说,"都是跟郭祥学的。在国内打胜仗打惯了,骄气得很!"

"轰隆隆隆……"敌机开始投弹了。

"注意观察!"他向洞外的通讯员喊了一声,然后连忙缩回小洞里去。

敌机投了一阵炸弹,又开始俯冲扫射。美国的"空中勇士"们,由于多日来没有遇到过什么抵抗,胆子越来越大,飞得比山头还低,简直像在山沟里游泳似的。他们把学来的起俯腾挪的本事全都施展出来,得意洋洋地扫射着从村子里跑出来的炊事员们和朝鲜的老弱妇孺们。

在山坡的一棵松树下,郭祥坐在驳壳枪的木壳上,眼睛滴溜乱转,观察着敌机的活动。

"你瞅这些龟儿子多英雄啊!"他学着团长的口头语骂了一句,又指了指转过来的一架敌机,对花正芳说,"你看见了没有?"

"什么?"

"美国人。"

"早看见了。"花正芳说,"他还歪着头朝下瞅哩!"

"真好打极啦!"郭祥一个劲地搓手,"你还记得红山堡打飞机吗?"

"怎么?你又想打啦?"

郭祥笑了。

"那可不行。"花正芳说,"营长说,没有他的命令,任何人不准乱打。"

"你们只要不报告,"郭祥挤了挤眼,鬼笑着说,"他钻在洞里怎么知道?"

说着,他把花正芳脖子上的冲锋枪一摘,满满两盒子子弹也要过去,在皮带上束好,就快步向山顶上走去。

"你可别犯错误呀!"花正芳在后面喊。

"我这是先给全连打个样子。"郭祥回过头说,"有人就是怪!飞机一来,怕得要命,恨不得地下裂条缝钻进去。他就没想想,飞行员是个人,你也是个人嘛!他蹲在你上头,地球一转,你不是也蹲在他上头吗?"

说着,他嘿嘿一笑,放开轻捷的步子,很快就冲到山尖上去了。

花正芳随后跟上。快到山顶的时候,郭祥把手一摆:"你先在下边等着!"说过,他习惯地把帽檐儿一歪,显出一副十足的老战士的派头,哗啦一声把子弹推上了膛,眯细着眼瞄了一瞄,就曲下一条腿来,采用跪射姿势,等待着敌机的临近。

那几架敌机已经转移到团部方向轰炸去了,独有这架敌机,仿佛还舍不得飞走,仍旧向一营隐蔽的小松林俯冲扫射。郭祥早就瞅准了它,等它正向下俯冲扫射刚要仰头升起时,哗哗哗哗地打了一梭子。由于郭祥只顾寻找合适的角度,站在光秃秃的山尖上,时间不大,敌机就发现了他。看样子,郭祥手持步兵火器的这种公然对抗,使这个空中飞贼激怒了。当它又盘旋过来的时候,就没有扫射那片松林,而是照直地猛扑过来。

"连长!"花正芳在下面惊喊道,"小心哪,对着你来啦!"

说话间,那架敌机对着郭祥俯冲下来,"咕咕咕咕咕咕咕",一顿机关炮,打得山头烟火直冒,土石迸飞。那郭祥在多年战争中锻炼得无比敏捷,真像是一只战火中的燕子,早已迎着俯冲相反的方向,跃到一个土坎下面去了。

"怎么样,连长?"花正芳在下面问。

"汗毛也没碰断一根。"郭祥站起身,笑着说。

那架飞机上的美国佬,见没有击中他的对方,而且这个不值一顾的步兵又在那座秃光光的山顶上摆好了射击姿势,简直是更加激怒了。

"连长,"花正芳说,"你瞧,他一个劲儿地歪着脖子瞅你!"

"让他瞅吧,我又不是新媳妇儿!"

"小心,他要出坏主意了!"

说着,敌机又转过来,对着山头,带着吃人的怪叫扑了下来。

"投弹了! 投弹了!"

花正芳一句话没完,"轰通"一声巨响,黑烟升腾起来,顷刻遮住了山头。小石块噗哒噗哒往身上直掉。

"连长!连长!"

花正芳一连声喊。正要冲上山头,只听烟雾里说:

"你嚷什么,它抓不了我的俘虏!"

烟尘飘散,只见郭祥在山头上安安静静地坐着,拍打着他的帽子。

"没有碰着你吗?"花正芳抬起头问。

郭祥笑了一笑:

"要专门炸一个人,也不那么容易。你瞧,他把蛋下到哪里去了?"

花正芳一看,也笑了。那个山背坡的炸弹坑,离他们还有一百多米远哩。

这时,郭祥觉得,既然那个飞贼肯同自己单独较量,就索性站起来,两腿劈开,采用立射姿势,向那架敌机猛射起来。

那架敌机,见地上的这个步兵对它愈来愈不放在眼里,竟然直起身子同自己对射,简直怒不可遏,气得连声音都似乎变了。它马上呜呜隆隆地怪响了一阵,连续降低了高度,不知它要耍什么花招,在山头上简直可以看见这个飞贼的嘴脸和听见他愤怒的呼吸。

"他要干什么?"花正芳惊奇地问。

郭祥也判断不出这奇怪的行动,眯细着两个嘎眼睛,凝视着对方。

说话间,那架敌机在远处对准了郭祥之后,猛烈地加快了速度,一阵哇哇声,猛扑过来,眨眼间,带过来一阵极其强烈的巨风,简直像擦着郭祥的头皮似的,哇哇地冲过去了。郭祥站立不住,打了好几个趔趄,弄了一个屁股蹾儿坐在地上。

"糟啦,糟啦!"郭祥一连声喊。

"怎么啦,连长?"花正芳忙问。

"它把我的帽子摘走了!"郭祥骂道,"狗日的,是想把我一风煽倒呀,这叫什么战术?"

那架敌机,正像景阳冈上的老虎,平日谈之令人色变,但其实它那本事,也就是一扑、一剪,等到它那一扑一剪不顶用了,锐气先就减少了一半。但是由于他比起那老虎来更顾全自己的脸面,仍然不肯溜走。这郭祥一时跃到这边,一时跃到那边,一时跪射,一时立射,全随自己的方便,身子真是矫捷极了。没想到一个威风凛凛的、纵横万里的嗜血怪物,一个凭着一双铁翅膀而目中无人的近代化飞贼,同一个手持短兵火器的步兵,直打了近一个小时之久,仍然不分胜负。这真是战争史上少有的盛事。这时,只听松林里一片人声欢腾。有人在下面喊:

"连长!连长!让我们排打几下行不行啊?"是三排长的声音。

"连长!乔大个也要求试一试哩,行吗?"是一排长的声音。

"行喽!机枪班可以试试,用穿甲弹!"郭祥在山上兴冲冲地答道,"不过要隐蔽好,注意节省弹药!"

下面一片掌声。

郭祥立刻指定了几个山头,叫花正芳下去传达命令。

"回来,也让我打几枪吧!"花正芳说。

"我的傻兄弟!"郭祥拍拍冲锋枪,老味十足地说,"你就没瞅瞅我这是给大伙打气!这东西不顶事,还是机枪来劲!"

时间不大,在那架敌机飞过的地方,遭到了猝不及防的猛烈的射击。山谷间响起了悦耳的流水一般的回音。眼瞅着,那架敌机抖动着翅膀,升高了,最后,又向郭祥的山头打了一长串机关炮,发泄了满腔的怒火,才无可奈何地、无精打采地飞走了。

"好小子,再见吧!"郭祥向空中挥着手喊,"别抱屈呀,日子长着哩!"

说着,照着那架飞机,又兜屁股给了一梭子,山谷里很久地回响着那支冲锋枪清脆的枪声。但是,紧接着这枪声被松林里一片热烈的掌声淹没了。人们从松林里纷纷走出来,欢呼着。有人简直唱起歌儿来了。

经过近一个小时的滚打,郭祥浑身上下全是土,简直成了"土地爷"了。可是心眼儿里却无比的畅快,总想唱几句儿。按照他往日的习惯,每逢战斗胜利结束,他都是要坐在敌人炮楼的垛口上,两条腿儿垂在半天空,一边悠闲地悠荡着,一边唱几句他爱唱的那些歌儿。

"革命人永远是年轻呀……"

郭祥拍着土,刚唱了一句,就听下面有人拉长声喊:

"郭——连——长——! 下——来——啵——! 营长——喊你——哩!"

他心里蓦地一跳,停住歌,装作没有听见。下面又喊:

"营长找你哩! 下来啵!"

"糟啦!"花正芳叹了口气,"劝你你不听,你瞧……"

"唉,这叫'没法儿'!"郭祥神色懊丧,刚才的一股高兴劲儿,一下子跑到九霄云外去了。他把枪同空空的子弹盒往花正芳手里一递,拍拍自己的脑瓜说:"等着挨批吧!"

当他一拍脑瓜,才想起没有了帽子,着急地说:

"快,快帮我找帽子! 看,不讲军人风纪又是一条儿。真没想到,这混蛋给我来了个'摘帽战术'!"

花正芳急得在草丛里乱找乱摸,不见帽子的影儿。

"郭——连——长——! 快——点——!"下面又喊。

"下来啦!"郭祥暴躁地没好气地回答,跑上去把花正芳的帽子一摘嵌在自己头上,"我先借着戴一会儿!"说着,迈步下山,一步,一步,慢吞吞的,皱着眉疙瘩儿,一路走,一路编法儿,准备应付营长的询问。

下了山,穿过一道长长的松林,来到营部所在的山脚。陆希荣已经从防空洞里钻出来了,一脸怒容,正背着手,在防空洞口走来走去,走来走去。

郭祥走上前,恭恭敬敬地打了一个敬礼。

陆希荣装作没有看见,仍旧走他的;郭祥一只沾着泥土的手只好在自己的眉梢那里举着。陆希荣又走了两个来回,才停住脚步,问:

"郭连长!刚才,是谁叫你打枪的?"

一听叫"郭连长",而没有称呼"嘎子",郭祥立刻意识到事情严重了。不过他竭力想按照刚才在路上想好的计划,来挽回这不幸的局面。

"是这样,营长,"他满脸堆下笑来,"我是大错不犯,小错不断,有错儿你只管撸我好啰,可别生气……"

"我问的是,刚才,是谁叫你打枪的?"陆希荣的声音更严厉了。

"我,我……"郭祥仍旧按捺着性子,"是这样,营长,刚才我看见全营的伙房,都叫飞机掯到村子里了,我就不知不觉地想掩护他们一下,没想到……"

"你到底回不回答我的问题?"陆希荣用手一指,"我是问你,你知道不知道我的规定?"

"知道。"

"那么,你为什么不遵守我的规定?"

郭祥被挤到死胡同里去了,只好又堆下笑来:

"营长呵,这么多年,你还不知道我的毛病,我是有点儿游击习气!……"说着,走上几步,嘻嘻一笑,"营长,你有烟儿没有?给我一根抽抽,再批我行不?"

"我没有时间跟你打哈哈!"陆希荣严厉地说,"你一贯在首长面前搞这一套,来混过你的错误!今天不行!"

郭祥脸上的笑容消失了。

"我问你,"陆希荣向前跨了一步,然后背着手,叉开两腿,站得稳稳的,"你在大众面前,公然违反我的规定,你心目中还有我这个领导吗?我再问你,这个营的营长,究竟是你呀还是我?……哼,我早看出来,你在国内有几仗打得还可以,就觉着自己满不错了,尾巴就翘起来了,处处想把我踹到黑窟窿里,把你显出来。告诉你吧,你还嫩得很,我还没有死!"

"我压根儿没有这种肮脏思想!"郭祥抗声说。

"你有什么思想,你自己知道。"陆希荣冷笑了一声,"今天的事情就是一个明显的例子。你讲讲,你的行动是什么动机?"

"我没有动机。"

"没有动机?"陆希荣又冷笑了一声,"是你不敢说出来!任何人做任何事情都有他的动机。你是看我打伏击没打好,受了批评,上级表扬了你,你就觉着好机会到了。是不是?"

"你,你说什么……"郭祥恼了。

"那么,你为什么不执行我的规定?"

"因为你的规定是挨打战术!"郭祥大声说。

"什么?你说我是挨打战术!"陆希荣黄黄的面皮立时涨得通红,"好哇,你批评我!我问你,敌机本来要走了,你又让它多在这里炸了一个钟头,你这是什么战术?今天全营的损失,你要负完全责任!我要马上讨论对你的处分!"

第七章 团党委会

团部住的这边,也叫青坪里。小山庄的旁边,有一道清俊的溪流。溪边是一块大青石,很像是朝鲜人淘米洗菜的地方,邓军和周仆披着一身灰尘,正蹲在这块大青石上洗脸。刚才在敌机轰炸中,他们亲自率领部队救人救火,大部分老百姓被救了出来,由于提水工具不够,火却没有完全扑灭。有的房舍仍旧旋卷着大团大团的黑烟。

"老邓,"周仆一边捧水洗脸一边说,"敌人对我们一点都不放过,我们也得想点办法呀!"

"我真担心,敌人发觉了我们的行动,这个仗又打不成。"邓军忧虑地说。

周仆擦过脸,看见邓军仄楞着身子用一只手洗,很吃力,手巾老弄不干,就急忙抢过来帮他拧干,递给他。

"嘻,"邓军叹了口气,"我简直成了幼儿园的小孩子了。"

正说话,郭祥从那边皱着个眉头走过来,打了个敬礼。

"嘎子,"周仆上下打量了他一眼,"你怎么弄得像个土地爷似的?快来洗洗!"

"我找你们有事。"郭祥刚一张口,泪就吐噜噜噜流下来了。

"哈哈,"周仆笑起来,"你这个乐观派,怎么搞的!"

周仆捺着他的肩膀,一同坐在草地上,把手里的毛巾递给他。他接过来擦了两把,就把政委的毛巾擦得乌黑,自己一瞅,不好意思地放到旁边去了。

"营长要处分我。"

"为什么?"

"嘎家伙!"邓军说,"准是又调皮了。"

"这,这次没有。"郭祥庄重地说,"刚才,飞机欺侮我们,实在太不像话了,我忍不住,就随便给了他两枪,营长就说我违反了规定。"

"什么规定?"周仆忙问。

"不准打飞机。"

"唔?"

周仆沉默了。他低下头,手指在膝盖上不断地捏拢又放开,放开又捏拢,最后握成了拳头,"好,好。"

"政委,你,你……"郭祥的脸色变了。

"不,不,"周仆摇了摇手,"我是说问题暴露得好。"他把脸转向邓军。"我已经在考虑这个问题。这问题看起来小,实际很重要。这是究竟让敌人从精神上压倒我们,还是我们从精神上压倒敌人的问题。你说打,我说不打,这是两种思想,究竟谁的意见对呀?……"他停顿了一会儿,又说下去,"出国以来,天天在敌人飞机翅膀下过日子,咱们对消极防御,恐怕也强调得多了些;有人就觉得敌人的飞机碰不得了,飞机一来,就扎到洞里去,连工作都不做了。这不是叫敌人从精神上压倒了吗?一个部队不怕一次仗两次仗没打好,要是叫敌人从精神上压倒了,那就是很危险的。"

"这几天的确有些人不像样子。"邓军生气地说。

"现在离天黑还有两个钟头,"周仆扭过脸看看太阳,"我看马上召开团党委会,专门讨论这个问题,来统一统一思想。你看怎么样,老邓?"

邓军表示同意。通讯员立刻去传各位党委委员。

周仆让郭祥先到一边休息,等会儿列席这次会议。郭祥站起身要走,周仆又数落他说:

"哼,打起仗来是英雄好汉,哭起来像个娃娃。你说,你像个连长不像?没有一点政治风度!"

"我,我是没有政治风度儿。"他嘻嘻一笑,跑到警卫员那里去了。

小玲子正在房子里给首长烧开水,他一见就喊:

"小玲子,先给我倒一缸子!"

"首长还没喝哩!"小迷糊说。

"快把人干死了,优待优待嘛!"

小玲子倒了一大缸子递给他,笑着说:

"我的大首长,你怎么又犯错误啦?"

"你们这些当通讯员警卫员的,脑子就是简单。"他很认真地说,"我以前当通讯员那当儿,除了打仗,就是两个饱儿,一个倒儿;当了干部,才知道难哪,问题简直复杂得很。你们以后当了干部就知道了。"

"哈哈,"小玲子点着他说,"犯了错误还想教训人哪!"

"错误?"郭祥梗梗脖子,"现在还不知道是东风压倒西风,还是西风压倒东风咧!"

在团长政委那边,郭祥刚刚离开,陆希荣就到了。他竭力抑制着自己的怒火,想在首长面前显得平静。

"政委,"他显出很恭敬的样子,向政委身边靠了一靠,"我觉得出国以来,部队的确存在着一些关键性的问题。如果不好好解决,对执行战斗任务是很不利的。"

"什么问题?"周仆瞅着他问。

"我想首长老早就看到了,"他谦恭地说,"就是纪律问题。我觉得我们营特别严重。上次打伏击,二连连长不执行命令,首长已经正确地解决了。没想到军人大会刚刚结束,紧接着又发生了——"

"什么问题,你可说呀!"周仆又问。

"刚才敌人飞机来了,大家都隐蔽得很好,本来不会发生什么事情,谁知道三连连长不听营里的号令,乱打一气,惹得敌机轰炸了一个多小时,全营伤亡了二十多人……"他看了看团长、政委的脸色,又继续说,"郭祥同志的确有许多优点,可是这种不遵守纪律的毛病,如果不管严一点,给以必要的处分,对他本人也没有好处……"

"你准备给他什么处分?"周仆凝视着他。

"这,这主要靠首长考虑。"

"你的意见呢?"

"我的意见不够成熟。"他沉吟了一会子,"我觉得,撤职是太重了一些,一般警告似乎又轻了一些,是不是行政上记大过一次,党内给以当众警告比较合适?"

周仆扫了他一眼,没有说话。

邓军忍不住了,瞪着他,严肃地说:

"陆希荣!你是怎么搞的?二连连长是右倾,郭祥是积极求战,怎么能相提并论?……他本质上很好嘛!"

"团长,你说得对。"陆希荣接上说,"过去,我也认为这同志本质很好,后来有些事情,简直不敢相信。不过有些是牵涉到私人问题,我不愿讲。"

"你可以谈。"周仆说。

"我觉得,在上级面前讲一个同志的坏话不好。"他迟迟疑疑地说,"不过,首长一定让我讲,我也只好讲了。"他看看周围无人,小声说:"你们知道,小杨,本来就要同我结婚了,回了趟家,就变了,拒绝举行婚礼。他们俩是一道回来的,走了一路,这里面究竟有什么问题,我还不清楚。这些个人问题,我也不愿追查,上级了解就算了……"

"先开会吧。"周仆说。

大家站起来,向小玲子烧水的小屋走去。周仆看看门口,已经横七竖八摆了四五双鞋子。还没有进门,就听郭祥在里面嚷:

"谁搞点捐献,提提情绪!"

"对! 谁搞点捐献哪?"孙亮也说。

"噢,又冲着我来啦。"周仆一面弯腰脱鞋,一面说,"好,好,小迷糊,给他们拿出一包。"

"小迷糊,拿两包吧!"人们怂恿着。

"这些个烟筒!"小迷糊说,"就不看看什么环境儿!"说着,在皮图囊里摸索了好一阵子,才取出一包红盒的"大生产"牌香烟,丢在炕上。

"小迷糊,你可真保守呀!"

"你这个农民意识!"

人们抽起烟来,靠着墙坐了一个圈圈儿。小屋子里顿时弄得烟腾腾的。

周仆向大家扫了一眼,眼光停住了,他指了指郭祥和孙亮的脚,带有责备的意味说:

"你们俩怎么不脱鞋呀?"

"穿了脱,脱了穿,太费事了。"孙亮红着脸说。

"我穿的是五眼儿鞋!"郭祥把腿一伸。

"五眼鞋就长到脚上啦?"周仆批评说,"已经讲过好多次了,你们当党委委员的,当干部的,都不带头儿,怎么做得彻底呢!遵守朝鲜人民的风俗习惯,这是主席规定的呀,我的同志哥!……好,下次我们要专门召开一次党委会,讨论这方面的问题。"

郭祥和孙亮脱了鞋,放到门口。

团党委委员,除副团长到师里汇报以外,都到齐了。周仆宣布:把"要不要打飞机?"作为本次团党委会的中心议题。

青年干事出身的营长孙亮,年少气盛,一开会就打冲锋,常常是头一个发言。现在大家又笑眯眯地看着他。

"先说就先说!"他笑了一笑,"照我看,这是一个不成问题的问题。过去我们在国内就常打,在红山堡,在二道沟,在大同都打下过。现在敌人飞机一多,好像就成了问题。按我看——"他捋捋袖子,"你不打,它越来越凶,它敢许来揪你的头发哩!"

人们笑起来。

"你们别笑,"他接着说,"昨天晚上行军,我碰到第二军的同志,他们说,有一架敌机追杀撤退的老百姓,俯冲射击,飞得太低了,一下子撞到电线杆子上去了。"

"真疯狂!"

"该死!"

人们愤恨地说。

"所以,一定要打!"他挥挥拳头,"可是现在光搞消极防空,有个别干部,甚至不准战士唱歌、讲话——"

"为什么?"周仆掩住小本儿,停住笔问。

"说是一讲话,飞机就听见了。"

"真是奇谈!"周仆把膝头一拍。

"你们知道,我们营本来比较活跃。"三营是以文化娱乐工作著称的,曾经得过全师歌咏比赛、战士业余演出比赛的奖旗。孙亮说到这里,声音低了些,脸上不好意思地红了一红,"可是现在呢,听不到歌声了。我看再不打,连气也别出了!"

"来,孙营长,抽上一根儿!"郭祥赶忙抽出一根烟,替他对着,亲热地递过去。在孙亮发言的时候,他一会儿直直腰板儿,一会儿咳嗽两声,眼珠儿笑得简直像要发出声音来了。

"说漂亮话容易得很。"陆希荣斜了孙亮一眼,心里暗暗地说。

"打,是应该打,"小学教员出身、外号"老秀才"的二营教导员李芳亭,瘦长脸上出现了极其严肃的表情,"不过,还是要冷静!关键是能不能打得下来。如果打不下来,再弄一大堆伤亡,不但收不到预期的效果,反而会受到上级的批评。我看,可以先等等看,看看其他部队有什么经验,再动手不迟。总之一句话:我们还是要冷静,宁可失之于谨慎,切勿失之于鲁莽!"

陆希荣欠欠身子,看样子要发言了,但是他又抑制住了自己。

"他,他说的什么'字话'?"郭祥在孙亮耳边悄悄地问。

"就是要谨慎!"周仆带有嘲讽意味地说。

"是需要慎重考虑。"正在作记录的组织股长崔国彬停住笔,说,"我们出国还没有正式打仗,在飞机的轰炸下就伤亡了好几十名。我觉得现在不是打不打飞机的问题,而是使大家重视防空的问题。政治工作也要跟上去。现在怕飞机的,固然也有;可是轻视飞机的,满不在乎的,还是绝大多数。飞机一来,不说隐蔽,还照样大摇大摆地走,你劝他躲一躲,他把眼一瞪:'几架破飞机,它能抓了我的俘虏?'……他不知道破飞机也能打死人哩!我们所以有这么多伤亡,就是这些'假大胆'暴露目标造成的!"

"我完全同意以上同志的意见。"陆希荣看到发言的机会已经到来,就立刻接上去说。"我觉得,现在不是该不该打飞机的问题,而是如何强调纪律性,如何加强管理教育的问题。有人讲,部队有些不够活跃,"说到这里,他故意不看孙亮,但是孙亮那只伸在香烟盒边的脚,却不易察觉地动了一动,"这并不是没有打飞机造成的,这是一些人造成了许多无谓的伤亡造成的。"他顿了顿,又说,"飞机上是敌人,当然应该打,这没有什么值得讨论的。值得讨论的,是我们的工作方法。毛主席告诉我们,要一切从实际出发,要按具体情况办事,这是应当引起注意的。无论什么工作,我们都要看看时间、地点、条件。有人讲,在国内也打下过飞机,对!可是那时候蒋介石的飞机有多少,现在美国人的飞机有多少?那时候的飞机有多少种类,现在的飞机有多少种类?那时候的飞机是什么速度,现在的飞机是什么速度?据通报,敌人的飞机有一千四百五十多架,集中使用在北朝鲜这个小地方。敌人的通讯联络都是近代化的,你发现了几架敌机,一打,马上就会像捅了马蜂窝,勾引来很多架,让你走不脱,弄一大堆伤亡,这对完成战斗任务,有什么好处?你要硬打嘛,那也行,可是用什么去打呀,不要说高射炮,高射机枪也没有,就用步枪、手枪去打吗?用手榴弹往天上扔吗?我们营个别干部就有这种冒险情绪。照我看,打的结果,只能是遭到更大的伤亡!……"

"我问一声,这些日子不打飞机,为什么也有伤亡?"郭祥冷孤丁地捅出了一句。

"我是说,打起来,就会有更大的伤亡!"陆希荣的声音更高了,"就以刚才的事件来说,由于你想出风头,乱打一气,使全营伤亡了二十多个,不就是活生生的例子吗!"

"不对!"郭祥立刻接上说,"营长,你把事情说颠倒了:是全营伤亡了二十多个,把我气坏了,我才打的。哼,要是不打,恐怕还会伤亡得更多哩!"

"再说,打飞机怎么能算是出风头呢,你们为什么不去出这个风头?"孙亮也愤愤不平地说。

"不要激动!"周仆挥挥手,"可以慢慢讨论。"他又回过头:"参谋长!你也讲一讲嘛。"

参谋长扶了扶眼镜,他一向是从容不迫的:

"依我看,消极防空也要注意,积极防空也要注意。好像并没有什么矛盾。不过,在目前说,要是团首长决定打的话,需要严格控制。起码要由团统一掌握。如果每个营连都随便打起来,就会浪费很多弹药。"

"还是不要统得太死吧,"政治处主任说,"如果一个连发现情况有利,报到营,再报到团,等到批准,飞机早跑了!"

周仆看发言差不多了,扛了扛团长的肩膀:

"老邓,还是你来讲一讲吧!"

"我没有什么讲的。"他扫了大家一眼,把那只独臂一挥,"就是要打!只要是敌人,地下的要打,天上的也要打!爬着的,滚着的,飞着的全要打!"

使人顿时觉得,这间小屋容纳不下他那洪钟一般的声音。他的声音,看来更适宜于在荒原大野间,在炮火硝烟中作战斗的呼喊。在这间小屋里,立时震得人耳朵嗡嗡地响。

屋子里空气变了。一种强大的无声的热流,闹嚷嚷的,热辣辣的,倾注到人的血管中去。

郭祥不由自主地把舌头一伸愉快地笑了。炕上那盒烟,别人都抽了一支,他已经抽了两支了;现在他伏下身去,又从里面抽出了一支。

那几句话也使得周仆精神振奋,神采飞扬。他"嚓"地划了根火柴,燃着了自己的烟斗,动人地微笑着,瞅着烟斗里细小的火花。这是多么勇敢、多么热情、多么有力量的手在支持他啊!对于一个党委书记来说,还有什么比得上这种支持更为可贵呢!

"同志们!我看不用多讲了,"他沉了沉,提高声音说,"我看,刚才团长的话,就是我们入朝以来第一次团党委会最好的结论!"

当然,他说不讲了,并不真的就是不讲了;人们知道他燃着他心爱的大烟斗,就是他——一个党委书记,在形形色色思想纷然杂陈的丛林中,已经跋涉过遥远的路程,到达了一个站口的信号。他们,那些党委书记们,他们的职业注定了,在他们的一生中,要永生从事这种没有止境的没有终点的跋涉。而且他们还要力争自己成为党的神经系统中一根尽可能敏锐的神经,来感触,来分析,来鉴别,不仅从词句本身,而且从词句背后洞察出哪种意见真正体现了人民的利益,哪种意见能推动革命的前进。

周仆发言了。从刚才同志们的发言中,他不仅从正面意见中增强了自己的信念,充实了自己的勇气;而且也从反面意见那里汲拾了合理的因素。他严厉批评了消极防空中所发生的右倾现象,要求积极展开对空射击;同时,也指出了那种粗心大意满不在乎的毛病,要求把消极防空同积极防空正确地结合起来。在这里,他觉得毛主席提出的既要在战略上藐视敌人,又要在战术上重视敌人的辩证法,像明灯一样照亮着自己的思想。当他分析着这些情况的时候,还是比较平静的,可是当他提到下面一点,就情不自禁地激动起来。

"出国以来,我们没有强调积极防空,我们也有错误。但是有人就觉得敌人的飞机碰不得了,一到地方就钻洞子,工作也不做了,战士们嘲笑他们,叫他们是'防空司令',你们各营,有这种'防空司令'没有?"他严肃地问。

孙亮笑着说:"我们那里有个管理员,人就叫他'防空司令'。"

"你们那里呢?"周仆又瞅着陆希荣问。

"有,可能有,"陆希荣红着脸说,"不过还没有发现。"

周仆又接下去说:

"有人害怕有了伤亡,不能完成战斗任务;想一想,如果让'防空司令'多起来,能不能完成战斗任务?"周仆竭力想抑制自己的激动,但是不能做到。接着又说:

"有人讲,做工作要从实际出发,对!这是党的教导,这是毛泽东思想。但是从实际出发有两种态度:一种是积极的态度,用革命的精神,促进事物向积极的方向转化;一种是消极的态度,在现代化敌人的面前,在困难面前,不敢动一动。我们每个人都可以考虑一下,对自己作一个判断。"

说到这里,他瞅了陆希荣一眼,陆希荣像立刻被手指头戳了一下似的低下头去。周仆接着又说:

"有人还讲,做工作要看时间、地点、条件。这也很对。但是他的意见,实际上是说,只有有了空军,有了高射炮才能打敌人的飞机。大家都清楚,我们的飞行员有的刚跨进航校的大门,有的正在抽调。我附带问一句,昨天来电报调的飞行员,你们选好了没有?"

"还没有哩!"

"不好找!条件太严了。"

人们纷纷回答。还有人问:

"能不能少调几个?"

"不行!少一个也不行。而且要挑最勇敢、最优秀的,纪律性也最好的。这是政治任务!"周仆严肃地说。接着,又回到原来的题目上来,"你们看,我们的飞行员还没有出发,还在这里驾驶'11'号的汽车哩!"人们笑起来。他接着又说:"这就是说,我们还要等他们进学校,学文化,练技术,才能飞上天去。那么,在这以前呢,我们怎么办?按个别同志的意见,就是瞪着眼睛干等。这真是典型的挨打思想,挨打战术!……"

郭祥歪着脖儿,向门外的小玲子挤了挤眼。

"有些人只讲条件,条件,"周仆批评道,"但是他却忘记了一个最重要的条件,这就是人,人的主观能动性。忘记了主观能动性,革命者还能有什么作为呢?当然,客观的可能性是前提,这是丝毫不能背离的;可是,在这个前提下,只有充分发挥主观能动性,这才是一个革命战士应抱的态度!"

"总起来说,"他把烟斗含在嘴里抽了一口,已经早熄灭了,只好重新拿在手里,"今天最重要的问题,就是从精神上压倒敌人或者被敌人压倒的问题。我觉得在我们党的面前,不能有第二个选择!"

最后,他又转向陆希荣说:

"希荣同志,我希望你立即取消你的规定!"

"并没有正式规定,只不过临时讲过那么一次……"陆希荣吞吞吐吐地说。

会议结束了。

在人们走出房门很远的时候,又听见后面喊:

"等一下!等一下!"

大家回头一望,见政委站在门口,迎着明晃晃的夕阳,托着那支熄灭了的烟斗叫道:

"下一次,专门讨论一次尊重朝鲜人民风俗习惯的问题,不要忘了!"

"知道了!"

人们在远远地回答。

第八章　幽谷

部队迂回到博川附近,敌人又继续向南撤退了。

邓军十分懊恼,脸板得像铁块似的。小玲子看他颜色不对,知道他的老毛病又犯了;吃饭时候,从饭盒子里有意给他多拨了一点油炸辣椒,想讨他的欢喜。哪知道他随便吃了几口饭,就把饭碗一推,到门外房檐下坐着,也不说话,只是一个劲儿地抽烟。

小玲子急得没法儿,想找政委谈谈,政委一早起就到外面去了。只得在大门外等着。小晌午了,才看见政委从山上下来,脸色十分振奋,两只脚在草丛里蹚得湿漉漉的。小玲子赶上去,悄声说:

"政委,你快看看去吧,团长的别扭劲儿又上来了。"

"他怎么啦?"

"谁说话他也不理。我刚才催他出去防空,催得急了,他把眼一瞪:'你怕死,你去!'你看,这是干什么!……敌人跑了,他不高兴;可也不是我下命令让敌人跑的呀!"

"小玲子,"周仆亲切地安慰道,"你跟团长多年了,也不是不知道他的脾气。你别理会,他这是六月天下大雨,就那么一阵。你怎么连这个委屈,都受不了?"

"不,不是这个。"小玲子说,"政委,你不知道,他这几天行军,都是勉强跟着走的,一边走一边捂着肚子,不叫我跟你们说。今天早起,只吃了几口饭……像这样下去,我瞧着难受……"

小玲子的嗓音里像堵塞着什么。真是,人世上,也许只有从同志和战友的情感里才能找得出这种由衷的关切和无比的纯真。周仆见他快要哭出来的样子,连忙止住他说:

"好好,我劝劝他。"

周仆跨进院子,故意咳嗽了一声。邓军装作没有看见,头也没抬一抬。

"怎么样,老邓,吃了饭吗?"周仆走上前亲切地问。

邓军只管一口一口地抽烟。

周仆走上去,同他并着膀儿坐下。又问:

"老邓,生谁的气呀?"

邓军抽得只剩下一个烟蒂,又取出了一支磕了磕点上,也不答话。

周仆突然想起,过去邓军愁闷时,他曾用过一种有效的办法。这人虽说年纪不算小了,却最爱听故事。时常提出要求:"老周哇,给我讲一段吧!""不行,我没有时间。""讲一小段儿!"他是那么诚挚,使你不能不答复他的要求。他们曾经这样送走了多少等待战机的恼人的时刻。有时候,两个人竟枕在一个枕头上,讲到深夜。讲到动人处,邓军常常像孩子一样含着满眶的眼泪……周仆想起这事,就拉了邓军一把,说:"有什么大了不起的,来,我给你讲一段《西游》,猪八戒过稀柿胡同,最精彩了!"

"我不听嘛!"他使劲把烟灰一磕。

周仆知道用老办法不成了,站起身,在院子里走了两个来回,停住脚步,严肃地说:

"不讲也罢,我们就谈正事。现在下面对你有很多反映!"

"你讲!"他把头抬起来了。

"可以讲,就怕你受不了。"

周仆扭过头,对着小玲子一笑,然后又绷起脸:

"他们说,团长打仗行是行,就是爱放空炮。党委会做决议打飞机,为什么不打了?"

"见他的鬼!谁说我放空炮?"他拍拍落在腿上的烟灰,站起来,"我马上布置去!"

"你布置,咱们也要商量商量呀!"

"你讲!"他气昂昂地又坐下来。

周仆笑了。他掏出大烟斗,装了满满一锅儿,从容不迫地说出了自己的计划。邓军的脸色,仿佛被一阵阵小风吹得云散天开,渐渐明朗起来。仅仅因为不好意思的缘故,才没有马上露出笑容。他故作平静地问:

"你说的这个鬼地方在哪里?"

"你去看看,过山就是。"周仆用手一指。"那地方真好极了。上次伏击没打成,我们再打它一次。人跑了,我们就打飞机的伏击!对部队既安全,又不要花什么本钱。只要几捆柴火就够了……"

"我马上布置去!"

邓军说着站起身来,大步跨出院子。临走到门口的时候,忽然停住脚步,头也不回地说:"刚才不是对你。"

"好哇!"周仆说,"你给我怄了半天气,还说不是对我!回来再算账吧。"

邓军走出门去,当他独自一人时,羞赧地笑了。

第二天一早,天色似明不明,周仆和邓军他们就匆匆吃过早饭,小玲子和小迷糊灌满水壶,带上干粮,一起动身上路。他们翻过一道山,沿着一条山径,向一座山谷走去。山径草深露浓,走了不远,裤腿已经湿了半截。入朝几天以来,白日是烟,夜晚是火,耳边是日夜不断的隆隆的飞机声,看到的不是撤退的人群就是炸翻的牛车。虽然朝鲜山川秀丽,也无心观赏。今天心里稍稍宽敞一些,几个人一路走,一路看,觉得这山谷十分清幽可爱。秋天,是朝鲜最美丽的季节。许多杂树叶子变成金黄,枫树却一片火红,它们同翠绿的青松错落在一起,真是一匹人间少有的锦缎。现在虽然已是晚秋时候,枫叶变得紫郁郁的,但那青松黄叶,却依然好看。他们走了七八里路,还没有看到一处人家。山径愈来愈窄,有时被很厚的一层落叶遮住。路旁那条山溪也愈来愈细,渐渐地像细蛇一般隐在苍黄的草丛里,只有从它那偶尔消失又偶尔传出的丁冬之声,才知道它还在陪伴着行路的人们。

"这地方可真清静!"小玲子叹赏道。

"要不就叫仙女洞啊!"周仆随口说。

"真有仙女么?"小迷糊问。

"当然有啰,"邓军笑着说,"可是一打盹儿,就看不到了。"显然他是同小迷糊开玩笑,因为小迷糊有一个瞌睡病儿。

"不管你咋说,反正总有个缘故。"小迷糊反驳说。

"仙女还不少哩!"周仆也笑着说,"每一座山头,有一位仙女。小迷糊,你看见了没有?"

小迷糊往山头一瞅,什么也没有看见。大家哄地笑了。

"别瞅了,"周仆笑着说,"这些仙女唱歌唱得可好听哩,等会儿就知道了。"

说话间,来到山谷尽头。半山上有一座小庙,小庙旁有一眼清泉。大家随便掬着泉水喝了几口,就爬上山头。在几株松树下,已经挖好了简单的掩体,土台上摆着一部电话机,一个电话员正守候在那里试线。按照邓军和周仆的策划,全团每个连抽轻机枪两挺,每营抽重机枪一挺,由一位连长指挥,配电话机一部。全团由孙亮统一指挥。这些昨天晚上都已准备完毕。

红日已经露头,山谷里只有一两片淡淡的晓雾。邓军严肃地审视了每座山头,看见伪装作得非常好,心里十分愉快,就说:

"快坐下吧,这就是咱们今天的钓鱼台了。"

说着,点上纸烟。周仆也把他的大烟斗燃起来,含在嘴里,脸上充满微笑。

电话铃响起来,孙亮请示开始的时间。邓军拿着耳机转过头,说:"老周,我看就开始吧!"

周仆点了点头。

"马上开始!"邓军对着送话器发出了命令。

时间不大,只见这个不大不小的山谷里,在一片一片小树林的上空,升起了一二十缕青烟。早晨没有风,一股股青烟正悠然自得地袅袅上升着。

"小玲子,"周仆笑吟吟地说,"你看像炊烟不像?"

小玲子点点头,笑着说:"就凭这个钓鱼呀!"

"不要它来,它紧跟着你;要它来敢许还不来哩!"小迷糊说。

等了半个小时左右,还没有飞机的影子。邓军急了,说:

"打仗时候,就是这个味儿最不好受……老周,我看还是你来一段吧!"

"你说什么?"

"来一段故事,不论什么。"

"哼,"周仆说,"我追着给你讲,你都不听,现在又想听了?"

"静一下!"小玲子向大家摆了摆手,"你听,来了!"

大家一听,什么声音也没有,只有山腰上的泉水丁丁地响。

"见你的鬼!"邓军说,"你脑子里想的吧!"

"不,不,我肯定有。"小玲子自信地说,"我这耳朵一向是不会错的。"

果然,一句话没完,大家就隐隐听见由远而近的飞机声。转眼间,两架野马式战斗机已经飞到山那边,盘旋在他们驻地的上空。这时候,人们真想伸出一只手把它拉过来。

邓军急忙抓住送话器喊:

"把火加大一点!加大一点!"

终于,那两架野马式敌机飞过来了。围着这座山谷盘旋了不到一圈,接着就降低了高度。

小玲子指指山谷中袅袅上升的"炊烟",高兴地说:

"这些家伙,发现了目标儿,在上面不定多高兴呢!"

"我要是飞行员儿,我就不这么傻。"小迷糊说。

"别吹!"周仆瞅了他一眼,"这就叫各有各的优越性:上面有上面的优越性,下面有下面的优越性。"

说话间,"轰!""轰!"炸弹投下来了。第二架飞机也紧跟着它的伙伴,翘起尾巴扎下来。

几乎与此同时,山头上响起了急促而紧密的机枪声。

"哗哗哗哗……"

"哗哗……"

"哗哗哗哗……"

从枪声里,周仆简直可以听到机关枪手们那极度兴奋的呼吸。多日的闷气,随着枪火喷发出来了。周仆的心也兴奋地跳动起来,快乐地说:

"小迷糊,仙女唱歌了!好听吧!"

邓军挥挥手让他们不要讲话,对着送话器大声喊道:

"孙亮啊,这不是吓麻雀呀,一定要节省弹药!"

只听耳机里回道:"我一定注意!我一定注意!"

时间不大,枪声稀疏下来。由狂热的猛射变成了沉着冷静的狙击。那两架野马式敌机把带来的炸弹倾入了山谷之后,似乎已经发现了一两处山头上的狙击手们,立刻调转方向,用机关炮同山头上的人们对射起来。战斗了约一个小时之久,仍然不分胜负。

周仆和邓军都焦急起来。周仆说:

"怎么打不准哪,老邓,是不是前置量①留得不对呀?"

邓军的眉头皱成了一个疙瘩,没有说话。

正沉吟间,小玲子忽然跳起脚兴奋地叫:

"打中啦!看哪,打中啦!"

大家一看,果然其中一架,像醉汉似的蹒跚着,向下坠落,翅膀扑扑啦啦的,连声音都变了。

"打中啦!打中啦!"附近山头上的喊声也传了过来。

"再加几枪!再加几枪!"小迷糊跳起脚喊,仿佛射手们能听见他的喊声似的。

但是,这架飞机眼瞅着就要碰上山头的时候,却没有继续坠落,好像一个病人打了一支强心针似的,渐渐地又趋于平稳,使劲地哼哼着,跟它的伙伴一起飞走了。

人们一直目送它飞了很远,像是刚抓到手的一只鸟儿飞去了,脸上带着无限惋惜的表情。谁也没有说话。山谷里飞机炸起的烟柱,已经渐渐飘散。顿然间显得十分岑寂。整个山谷都仿佛在轻轻地叹息。一开始点起的"炊烟",有几缕依然在安静地袅袅上升着。

周仆觉得需要鼓励大家的情绪,把自己本来不高兴的心情,压止住,拿起耳机故作高兴地说:

---

① 军事术语:在射击运动中的目标时,要依据目标物运动的速度,瞄在目标物的前方。

"头一仗嘛,打伤一架,我看这就不错。好好地鼓励大家,不要泄气。可以把射手们集中起来,开个诸葛亮会,把经验总结一下。休息休息,明天再打。"

周仆讲完,邓军又把耳机接过来,说:

"我完全同意政委的意见。据我看,没有打准的基本原因,恐怕是没有迎头打。一定要提高勇敢性!打飞机是硬碰硬,没有勇敢,是决打不下来的。"

远远看到,射手们和弹药手们纷纷从树丛里钻出来,到山谷里集合去了。周仆和邓军两个人席地而坐,研究着刚才对空射击的问题。太阳偏到东南,两个人正准备下山休息,刚刚走下山头,小玲子忽然停住,说:

"停停吧,又来啦!"

大家停住脚步,凝神静听,把耳朵都使疼了,还是什么也没有听到,只有那湾山溪丁丁冬冬的低唱。但是,由于是小玲子讲的,又不敢不信。

果然,时间不大,对面草帽峰上"乓——乓——"地响起了防空枪声。

邓军少有地亲昵地望了小玲子一眼:

"你这个小鬼!真是个好通讯员儿的材料儿!又是千里眼,又是顺风耳!"

"我本来就是通讯员出身嘛!"小玲子扬扬眉毛高兴地说。这邓军当面表扬他的警卫员并不太多。

邓军说着,把小玲子带着的驳壳枪抽出来,向孙亮开会的方向,"乓乓乓"一连打了三枪,这是催促他们迅速进入阵地的信号。

几个人快步返回山头,看见开会的人们正各自向自己的山头飞跑。有的进入阵地,有的还没有进入阵地,这时敌机已经飞到了上空。

人们举目凝望,这次共来了十架敌机。为首的一架是红头的指挥机,紧跟着是一架校正机,再后是四架野马式,最后是四架蚊式飞机。它们排列着威风凛凛的阵势,一来就打圈子,看样子是直扑这个目标而来。沉重的隆隆声,震动着群山。

"都下到工事里去!"邓军命令道。说着,自己也跳下掩体,紧靠着电话机,眼望着天空。

那十架敌机盘旋了两个圈子,忽然,为首的那架红头指挥机,打出好几颗红色的信号弹来,一闪一亮,像小鼓似的"卜卜卜"响了一阵。然后就闪开去路,绕到圈外。接着,其余四架野马式和四架蚊式,立刻降低高度,改变队形,成一路纵队,一架跟着一架俯冲下来。顷刻间,山谷中烟火弥漫,群山震动,那架校正机则仍在原来的高度,不慌不忙地哼哼着,给它的伙伴观察着轰炸效果。

轰炸效果当然是有的。最明显的,就是山谷中的一大片树林被炸中起火,有几缕"炊烟"被吞没了。但是边远处有三两缕"炊烟",轰炸过后,仍然舒卷自如,像抒情诗般地袅袅上升……

孙亮几次要求开枪射击,都被邓军制止住了。他对着送话器大声喊:

"孙亮!你沉着一点好不好?敌人的胆子还小得很,等它们再飞低一点!"

敌机轰炸过后,见没有什么动静,胆子渐渐大起来,连续降低高度,向山头低飞扫射。机枪射手们同空中敌人一场激烈的对射战又展开了。

最激烈的对射战,集中在山谷左面的双尖山上。那里隐伏着的不知是哪位射手,射击极其沉着,常常是当飞机俯冲时,发出迎头痛击的火力。开始是几架敌机,最后几乎是全部敌机都集中对付他,一架跟着一架向他俯冲轰炸扫射。但是,由于山势陡峭,多数炸弹全落到山尖下面去了,卷起的黑烟顿时遮住了山尖。就在那黑烟里,仍然听见他那顽强的猛烈的机枪声。

"这家伙真能顶住个儿!"邓军叹赏地说。

"那是谁呀,老邓?"周仆说,"快让大家支援他才好。"

说着,刚要拿起耳机吩咐孙亮,只听小玲子惊叫了一声:

"糟啦,汽油弹落上去了!"

大家一望,一架俯冲的敌机刚刚拉起,山尖上呼地闪出一大溜暗红色的火光,像倒下一股血水似的,顷刻间燃烧成一片。当第二架敌机接着又扎下来俯冲扫射的时候,那火焰中,出人意外地又响起了激烈的机关枪声,可是只打了半梭,射击声就突然中断了……

一种不幸的预感,罩住人们的心头。

周仆抓起耳机,立刻吩咐孙亮派人到双尖山上去了解情况。最后又问:

"你知道这个战士的名字吗?"

"听郭祥刚才说,叫乔大夯。"

"噢,是他呀!"

周仆立刻想起,出国签名会上的那个大个子。他体魄雄伟,性格温厚。据说这人最不爱讲话,但那天的几句话,却是那样扣人心弦,感动得自己当时流下了眼泪。周仆觉得这个一向不引人注意的战士,身上有一种说不出来的极其深厚的东西。现在在双尖山上那堆火焰里的,难道就是他吗!

周仆望着那座跃动着火焰的通红的顶峰,一时觉得这个身材高大的射手,全身都燃烧着烈火,心头上不由得一阵火辣辣的。正在这时,一架敌机又猛扎下来,还没有来得及开火,出人意外地,在那通红的火焰之中,突然间"哒哒哒哒哒","哒哒哒哒哒"又响起了一阵极其猛烈的机枪声。眼看着那架敌机,噗地冒出一股火来。

"打中了!打中了!"小迷糊和电话员都跳起脚喊。

"这次,我完全肯定!"小玲子学着团长的姿势,把手猛地一挥。

果然,那架敌机拖着长长的烟带,斜过双尖山,一头栽到另一座山谷里去了。

远远听到每个山头都传过来欢腾的喊声。

邓军立即命令孙亮派人前去搜捕俘虏。小玲子想去,却不敢提;小迷糊不管这一套,马上说:

"让我也看看去吧。我长这么大,光挨飞机炸了,还没在近处看过飞机哩!"

周仆笑着点了点头。吩咐说:"告诉他们,一定要捉活的!"话音还没落地,小迷糊已经一溜烟跑远了。

邓军正要利用有利时机,布置进一步打击敌人,这群敌机已经争先恐后地往上钻,很快升到了一千公尺的高度,而且拉开了距离,也不俯冲了。可以感觉出,在它们之间,已经产生了一种看不见的无形的恐怖。红头的指挥飞机,大约也被这种恐怖所感染,踉跄地抢先向南飞走了。

双尖山的峰顶,依然烧得通红。周仆正在担心,孙亮在电话里报告:那个名叫乔大夯的战士,已经下了阵地,只负了一点轻伤。这使得周仆更加高兴,很想马上去慰问他。可是又担心家里有事,就同邓军一起动身下山。

当周仆走下山岭时,不知怎的,对这座幽谷颇有一点恋恋不舍的样子。也许人们对他们战斗过的地方,尤其是打了胜仗,实现了他们心愿的地方,都是这样的。他一边走,一边看,这山谷啊,仿佛由于刚才炸弹和枪火的轰鸣,使它显得更加清幽可爱了。仙女洞下的山泉声,又像管弦乐一般传来,忽高忽低,时断时续,有如一根看不见的细丝,抚爱着、缠绕着这座山谷,仿佛不愿立刻走去似的。尤其神奇的,动人的,是那早晨点起的"炊烟",经过轰炸,依然有三两缕在袅袅上升。也许战士们昨晚堆的柴火多了一些,此刻,它不仅袅娜多姿,毫无倦意,而且在这无风的中午,经太阳一照,一缕缕蓝莹莹的,像永远扯不断似的上升着,上升着……

第九章　军中便宴

周仆、邓军和小玲子下了山,沿着来路穿行在幽谷里。这是入朝来最和暖的一天。太阳已近中午,山径上湿漉漉的落叶和草丛中的露水,已经晒干了。刚才的轰炸,使那些将要脱枝的黄叶,又落下了一层。由于心情愉快,几个人一遍又一遍谈着刚才的事情,脚步走得分外轻快。

小玲子满脸喜色走在团首长的前面。他十分聪明,只要你说半句话,他就能猜中你下面的意思。尤其是他的机警,真有过人处。你就是在几千人里头,也难挑出这样的警卫员来。他仿佛全身都长着耳朵和眼睛,在别人没有听出声音的时候,他首先听出声音。在夜色如漆失迷道路的深夜,他能首先判断出村落的方向。他不像有些警卫员那样,总是紧紧跟在首长的身后;他常常是根据不同的环境和情况,有时在后,有时在前,有时在你看不见的地方。现在,刚刚下山,他就想到是不是还有没炸的炸弹,会危及首长的安全,这样,他就又跑到周仆和邓军的前面去了。

不消说,邓军此刻十分高兴。早晨那种不愉快的心情,已经一扫而光。他像许多南方人一样,本来不会唱京戏,唱出来也不是个味儿,用他的口语说,就是"乱弹琴",但这"乱弹琴"的京戏,他竟然一连唱了好几句,唱得周仆不由得哈哈大笑起来。

"别笑,别笑。"忽然小玲子停住脚步,向草丛里谛听着。听了一会儿,又蹑手蹑脚地向前走了几步,然后回过头悄声地说,"没错儿,山鸡。"

大家停步静听,果然草丛里有"咯咯咯","咯咯咯"的鸣声。

"老周,那不是么!"邓军兴奋地叫。一面掏出他的小花口撸子,在膝盖上一蹭,哗哒一声,把子弹推上了膛。

由于他说话声音一向过大,噗啦啦地,惊起了五六只羽毛花丽的野鸡。邓军举枪射击,有两只应声落到草丛里,其余的带着悦耳的羽声飞过山那边去了。

小玲子跑过去,把两只野鸡从草丛里捡起来,笑着说:

"刚才轰炸的时候,我就瞧见它们,一时飞到这里,一时飞到那里,最后都飞到山那边去了。没想到这会儿它们又回来了。"

邓军没有理会这话,把小撸子往枪袋里一插,自豪地笑着,说:

"老周,你看我的枪法怎么样?"

"别吹!"周仆也笑着说,"人家打飞机,你打野鸡!"

邓军哈哈笑了一阵。周仆从小玲子手里接过野鸡来掂了一掂,说:

"简直可以炖一大锅!我看把乔大夯也请来吧,慰劳慰劳我们的勇士!"

"好主意!"邓军亲昵地看了自己的伙伴一眼,"你这脑瓜就是来得快呵!"

一回到家,小玲子就忙着烫鸡拔毛。小迷糊也赶到了,腰里掖着一把崭新的手枪,手里提着一大块烧得黑乎乎的铝片,满脸笑嘻嘻的。团长政委正在休息,小迷糊也不管他们睡着了没有,推开门,就嚷着说:

"给,这是那家伙的手枪!"

周仆坐起来,接过枪看了看,交给邓军,忙问:

"这家伙还活着吗?"

"活着？那是下辈子的事。"小迷糊笑了一笑，"这家伙穿着小皮夹克，下巴刮得精光，就是脑壳壳酥了，溅得那玻璃上都是脑浆子了。"

"看，说的多砢碜！"

"本来就砢碜嘛！"小迷糊把头一歪，"我还当飞机有甚了不起哩，就是那么一个小房房，带个翅翅，里面插着不大一门炮……"

周仆瞅了瞅小迷糊提着的一大块飞机皮，说：

"怪不得人说你农民意识，要这干什么？"

"吃饭用手抓呀？"他不满意地反问了一句。"光借老百姓的铜勺勺，丢了又说犯纪律了。用这做小勺勺多理想，又有意义，我们当场就剥了它的皮，把它分了。"说着又从口袋里掏出几张照片，一张纸片，"你们再看看这是什么？"

周仆接过来一看，在其中一张照片上，这个瘦脸的胡子刮得光光的流氓，搂着一个裸体的日本女人，坐在自己的膝盖上。周仆皱着眉，自言自语地说："这种人无耻到这种程度！使你无法理解，是在什么样的情况下照出来的！"说着把照片往邓军手里一递，说："来，看看他们的西方文化！……现在他们向全世界推广的就是这种东西。"

邓军接过来，恶心地吐了一口，把它揉成一团，扔给小玲子，让小玲子填到灶膛里去了。

"那是什么？"小迷糊指着那块四四方方的纸片。

周仆独自拿着那块纸片，看着看着，不自禁地微笑起来，抬起头问：

"今天几号了？"

"十一月三号。"小玲子在那边屋里回答。

"这可真有意思！"周仆笑着说，"这正是今天晚上日本东京大戏院的戏票!"

"真的么?"小玲子从伙房屋探过身子,抓过一看,大笑着说,"这出戏他肯定是看不上了。"

"这种人!……"周仆指着那位美国飞贼的相片,"白天在人家的国土上追人,杀人,制造孤儿寡妇的血泪,到晚上刮刮脸,洗洗澡,穿得整整齐齐,坐在大戏院里看戏,这就是他们的职业!……今天他们得到了最适当的惩罚!"

"让他们看着吧,现在只不过刚开始哩!"邓军把那只独臂一挥。

这时候,忽然外面喊了一声"报告",周仆推门一看,郭祥领着一个高大的战士站在面前,正是那个被邀来赴宴的机枪射手。他肩宽背厚,十分魁伟,看去比郭祥高一个头还多。他的两个军衣前襟,烧了好几大块,连扣子都扣不上了,只用皮带紧紧束着。他的头上扎着绷带,戴着一顶小得十分不相称的帽子。他敬过礼以后,脸上带着憨厚谦逊的微笑,眼睛温顺地低垂着,显得有些拘谨。

"嘎子,"周仆笑着对郭祥说,"我今天是请乔大夯同志来的,你怎么也跟来了?"

"不管首长请谁,"郭祥嘻嘻一笑,"只要叫我陪客就行!"

"快进来吧!"邓军在屋里亲热地招呼着。

郭祥总是像猴子似的敏捷,脱去鞋就进屋坐下了。那乔大夯却慢腾腾地脱下他那双千缝万补总有好几斤重的大鞋来,小心地整整齐齐地放在一边,然后才弓着腰进了屋。他一进来,使这房门、小屋顿时显得窄小了许多。他本来最不习惯盘腿,但是那双一尺多长的大脚刚刚伸出,就马上蜷回来了。他仿佛对自己如此奇伟的躯体反而感到有些羞愧似的。

"乔大夯同志,"周仆握住他那只多茧的有力的大手,说,"你这次打得很不错呀!"

"这是咱们团第一次用轻火器打下了喷气式。"邓军也亲热地瞅着他。

乔大夯登时脸红了。他一向最怕首长当面表扬,竟一时找不出恰当的词句,嘴张了几张没有说出话来。

周仆见他有些拘谨,改口开玩笑说:

"今天咱们团长的成绩也不错。人家打飞机,他也打'飞鸡';人家打下了一架飞机,他倒打下了两架'飞鸡',正在锅里炖着哩。也没有什么好准备的,你们就尝尝'飞鸡'肉吧!"

"政委,"郭祥说,"您别谦虚了,我刚才在大门口就闻见香味儿了。"

"待会儿你只要别打冲锋就行。"小玲子在厨房里接口说。

经郭祥一提,大家一闻,果然满屋子都是山鸡诱人的香味。入朝以来,谁也没有见过一片肉了。

周仆看见乔大夯两个大襟烧得焦一块煳一块的,头上又裹着伤,就问:

"乔大夯同志,你这伤怎么样?"

"不咋的。汽油弹溅上了一点儿。"他笑了一笑。

"当时真把人急坏了。"周仆说,"我们一看整个山头都烧红了,就知道汽油弹投到你的工事那里去了……"

"离我还有好几步哩!"他又笑了一笑。

"大个儿真行!"郭祥满口称赞说,"我瞅见他上身全着火了,叫他下去,可人家就不慌,把个火帽子一摘,衣服一脱,就穿着白衬衣,又抱着枪打起来……要不是弹药手赶快用土把火弭死,他这身棉衣就甭要了。"

"帽子呢,"周仆指着乔大夯头上那顶小得很不像样的帽子说,

"这准是借来的吧?"

"他那帽子早就成了灰壳壳了。"郭祥眨了眨眼,"有个问题,我附带向上级反映一下:上次我打飞机,敌人给我来了个摘帽战术,我那帽子也找不着了。直到现在我还和通讯员合戴一顶帽子。上级是不是给后勤说说,给我们俩一块儿补充补充?"

"后勤就那么方便?"邓军瞪了他一眼,"你这家伙一打仗就丢帽子,这是老毛病了……"

"也就是怪,"郭祥打断团长的话说,"一打仗,我这脑瓜儿就火烧火燎地,像蒸笼似的直冒热气,有帽子也戴不住。"

"小玲子!"邓军对着灶火间喊了一声,"把我的包袱翻翻,我记得还有一顶单帽,给大夯同志找出来。"说过,又转向郭祥嘲讽地说,"你还和通讯员合着戴一顶吧,我不管。"

在一片欢乐的气氛中,乔大夯也显得比刚才自然了一些。时时随着别人的说话,浮现着微笑。周仆又接着原来的话题说:

"我看还是请大夯同志谈谈打飞机的经验吧!"

"对,谈谈体会。"邓军也说。

"我,我……"乔大夯的脸,又有些涨红。他觉得"经验"、"体会"这些高级字眼,都是干部们做了什么大工作,做总结报告的时候才使用的,仿佛和自己挂不到一起似的,何况是在首长面前。他笨磕了半天,才说:"我,我觉着没有什么体会……"

"大个儿!你就说吧。"郭祥从旁建议道,"自己的首长嘛,说错了怕什么!"

"我觉着,我觉着……"乔大夯思索了一阵,结实而有力地说,"还是要沉着!比方说,飞机迎着你扎下来了,它恶狠狠的,好像说:'我要吃了你!我要吃了你!'这时候,我连眼也不眨,心想,你也就是比我多长了个翅膀,你打住我我活不了,我打住你你也活不成！等它跟我面对面了,我就喊:'哪里逃！开个花吧！'……"

他最后一句声音很大,惹得人们哄笑起来。

"好,好,你说下去。"周仆兴致勃勃地说。

他陪着别人笑了一笑,接着严肃地说:

"我一想起被炸死的朝鲜人,一想起他们把朝鲜炸成这样子,我这气就大了,真恨不得抱着机枪飞上去,把它一个个都揍下来！"

周仆又兴奋地问:

"大夯同志,最紧张那时候,我们看见火焰把山尖包严了,你的机枪突然中断,是不是卡了壳了?"

"不,政委,"乔大夯又憨厚地笑了一笑,"我是给敌人解除顾虑哩！我看他们的胆子还是太小,就收住枪等了一会儿,让他们飞得再低一些,再低一些。果不其然,他们飞得更低了。我就趁它向下猛扎的时候,迎头给了它一梭子,它就冒火了……"

大家听得十分振奋。山鸡的香味也越发诱人。周仆转过脸问:

"炖熟了吧?"

小玲子揭开锅,大团的热腾腾的白汽扑出来。他用筷子拨了拨,看看颜色,说:"许差不多了。"

不知什么时候,郭祥已经蹲在灶火跟前。他接过小玲子的筷子,说:"我替你尝尝！"说着夹了一块,嚼得满嘴流油,一边说:"真香极啦,再炖可就要烂了！"

"好,好,准备开饭。"周仆说。

小迷糊立时端进来一个小炕桌,上面放着朝鲜老百姓的铜勺铜碗,还有房东大嫂送的一碗酸菜。周仆说:

"你看朝鲜人民多热情,入朝这几天,吃了人家多少酸菜,可别忘给大嫂的小孩盛一碗哪！"

说过,他又转过脸对乔大夯说:

"大夯同志,我和团长商量过了,准备召集全团的轻重机枪射手,请你介绍一次经验。你看怎么样?"

"这,这……"乔大夯又紧张起来了,"政委,你派我别的任务吧,我的情况,连长知道。"一边说,一边直瞅郭祥。

"政委,"郭祥笑着说,"你派他这个任务,比让他再打几架飞机还难。平常班里头开会,他每次都是一句,两句。今天讲的比他几个月讲的还多哩。"

"你这看法不对。"周仆说,"什么都是锻炼。大夯同志讲一讲,这叫现身说法,比我们讲要有作用。这次打下一架飞机,不止是一架飞机的问题,也不单单是军事技术的问题;这是说明了一种思想的胜利。前几天,有一个战士手被飞机打伤了。别人问他是怎么伤的,他就把手一伸,说:'我这是叫纸老虎咬的。'别人说他是讲怪话,他就说,'这算什么怪话?人家本来是铁老虎,你偏瞪着眼说它是纸老虎。纸老虎能把我的手咬一个洞吗?'我让乔大夯同志去讲一讲,就是让有这种思想的同志想一想,为什么乔大夯同志拿着轻火器,在十架飞机的围攻下,能够把一架野马式打下来?这说明什么问题?究竟是帝国主义厉害,还是人民厉害?"

"这么说,大个儿,你就讲讲吧,"郭祥说,"这也很有政治意义!"

山鸡已经端上来了,除了给朝鲜孩子留的,连肉带汤整整三大铜碗。炕上放着一搪瓷盆大米饭。加上小玲子、小迷糊,大家盘着腿围了个圈圈。周仆首先盛了一碗干饭递给乔大夯,大家就动手吃起来。

"这山鸡味儿是不错呀!"周仆叹赏道。

"味儿真鲜!"人们纷纷说。

"这要归功于咱们团长。"周仆称赞道,"真不愧是老长征,举起枪这么乓乓两枪就下来了。"

邓军精神振奋,接上说:

"这算什么!同志们,有机会我亲自下手给你们炖狗肉吃!叫你们看看我的手艺。"

为了对团长表示奖赏,周仆给小玲子使了个眼色;小玲子会意,马上从饭盒子里拨出了一点油炸辣椒。眼瞅着邓军的嘴角那儿出现了笑纹。又是山鸡,又是辣椒,不一时就吃得满头大汗。

关于郭祥吃山鸡的情况,比人们预料的稍显文雅。虽然他吐骨头十分敏捷迅速,但一般来说,抢得并不算太厉害。而且他把主要的着眼点放在鸡爪上。两只鸡的四只爪子,都被他挑出来吃了。吃到痛快处,就把饭碗、筷子一放,两手捏着啃起来,油滴子都滴到袖子里去了。

周仆用他那精细的观察注视着餐桌的情况,立刻发觉宴会的主要对象——乔大夯,过于斯文。他菜吃得很少,每一次从菜盆里挑最小的,半天才夹上一块儿。而且饭也小口小口地吃,吃得很少很慢。最奇异的是他吃饭时的情态。他端着饭碗,不断笑微微地瞅着它,从内心里流露出一种极其珍爱的样子,仿佛不愿意把它一下子吞到肚子里似的。

周仆不断地催他劝他。邓军也从炕桌上抬起头来——他自成了一只臂膀以来,只好伏在桌上吃饭了——挥着筷子:

"冲呀,大个子,往上冲呀!"

"我吃着哩。"他笑了一笑,又夹起一小块儿。

"唉,你这姑娘样子!怎么战斗作风一点也没有了?"

邓军说着,夹起很大一块,放到他碗里。周仆也给他夹了一块。但是他把这两块吃完,又是老样子。周仆不由得叹了口气。

周仆、邓军放下碗,劝大夯再多吃些。"我饱了!"他接着把碗也轻轻地放下了。这时候,郭祥向政委悄悄使了个眼色,走出门外,周仆跟了出去。郭祥悄悄地说:

"你看大个儿吃饱了么?"

"我看没有。"

"嘿,还差得远哩!"郭祥说,"你知道他饭量有多大?他能吃两三斤干面的饭食,四两重的大馒头,不吃不吃就是十几个。要干起活来,也能顶三四个人,三四百斤重的大麻袋,一扛就起,用不着费什么大劲。听人说,在旧社会,给地主扛长活,就因为他吃得多,没人雇他。那些地主老财,专门在农忙时候雇他打短儿,掏一个人的工钱,让他干三四个人的苦活……政委,你想他今天只吃了两小瓷碗,怎么会够呀?"

"那他平时在班里吃饭怎么办哪?"周仆关切地问。

"在班里他也不肯多吃。"郭祥说,"人家吃三碗,他吃两碗半就放碗了。别人说:'大个儿,你可吃呀!'他就笑一笑,说:'我饱了!'你没听见他刚才说么:'我饱了!'……就是这话。"

"你们可以照顾照顾他嘛。"周仆说,"这是特殊情况。"

"是呀,"郭祥说,"我经常对炊事班讲,打饭给他们班多打一点。他们班也很体贴他,总让他多吃,他有一次感动得哭起来,说:'我这肚子小时候吃糠咽菜把它撑大了,给大家添了多少麻烦!今天我是一个共产党员,怎么能老沾大家的便宜呢?'……"

周仆的眼睛湿润了。本来就很敏感而容易激动的周仆,这时又有些压抑不住自己。这是一个多么伟大的战士!对于一个优秀的战士说来,冲锋陷阵、临危授命的那种考验也许是容易度过的;可这是每天每时都存在着的考验啊!周仆答应立即解决这个问题,准备告诉后勤给他们连多发两个人的粮食。最后又叹了口气,对郭祥说：

"可是今天呢，你能不能让他吃够？……据我想，他已经放下饭碗，恐怕是不会再吃的了。"

郭祥两只猴眼，咕碌碌，转了一转，把手一挥：

"我有办法！"

周仆招手要团长出来，一起到门外散步去了。

郭祥回到屋里，立时满面愁容，往墙上一靠，也不言声。

"连长，出了什么事了？"乔大夯轻轻地问。

"唉，别提了。"他叹了一口长气，"团长、政委都生气了。"

"为什么？"

"还不是为你！"

"为我？"乔大夯吃了一惊。

"可不是嘛。"郭祥说，"首长今天是专门请你，一看你这么忸忸怩怩，都生气了。"

"那咋办哩？"

"赶忙吃吧。"郭祥把嘴一撇，"还问咋办哩！"

"我已经放下碗了呀！"大夯为难地说。

"那有什么！"郭祥说着，抓过他的碗，不由分说，就盛了垒尖一碗。

在郭祥严格监督下，不到一刻工夫，剩下的那半盆饭，已经底儿朝天了。

两个人整整衣服，去向首长告辞。

团长、政委正在院子外面站着，用刚刚学来的几句半通不通的朝鲜话，同房东大嫂比画着说话。邓军回过头喊小玲子：

"单帽找出来了没有？"

小玲子早就准备好了，把一顶风吹日晒早就褪色了的旧军帽，

递给大夯。邓军让他戴上试试,然后又打量了一眼,品评着说:

"小是小一点,比刚才好看多了。"

小迷糊也把政委的一件单军衣送给大夯,让他拆了补棉衣用。政委没有多余的军帽,小迷糊把自己的单帽拿出来送给郭祥。郭祥一把抓过来,嵌在头上,连声说:

"好事儿!好事儿!"

"好事儿?"小迷糊嘲讽地说,"你只要别再说我农民意识就行。我这人是该拿的就拿,不该拿的,你别想叫我拿出来!"

"首长还有什么指示?没有我们就回去了。"郭祥立正着说。

"好吧,"周仆说,"介绍经验的事儿,好好帮助大夯同志准备一下。"

说过,周仆走上去同乔大夯亲热地握手。他感到自己的一只手显得小了许多,反而被一只多茧的有力的而又是那么热诚的大手,紧紧地握住了。他感觉出,一种真正是强大无比的力量,顷刻间传到了自己的全身。

乔大夯跟在郭祥后面向来路走去。一路上,他的脸一直是红通通的,处于深深的感动中。他觉得自己是一个普通而又普通的战士,简直谈不到有什么贡献,而自己受到的尊重却是多么过分啊!当他想到自己是第一次来团部,在首长这里就一气吃下去小半盆干饭时,心里是多么羞愧啊!……

第十章 小试

云山战后,我各路大军乘胜猛追。在我连续突击下,特别是我左翼志愿军第一军,自清川江左岸迂回敌人,给了敌人极大威胁。迫使敌人只以一部据守清川江北岸的滩头阵地,其主力全部撤到了清川江南。

这是中国人民志愿军出师以来的第一个战役。这一仗共歼灭美伪军一万五千八百余名,使美国侵略者迅速占领全朝鲜的狂妄企图化成泡影,开始稳定了朝鲜战局。志愿军能不能顶住敌人,能不能站住脚跟,这一个出师以前最令人担心的问题,已经用事实作出答案了。

现在第五军第十三师,包括邓军、周仆的团队,已经进到博川之南。美二十四师主力退到清川江南的安州去了,在江北只留下一部兵力和一部伪军来保障主力的安全。邓军和周仆的团队,正隔着一条山谷与敌对峙。

这天清晨,早雾还没有完全散尽,邓军就爬上山头,观察着敌方的阵地,很想从中找出弱点来,打它一仗。后来,从他脸上浮现出的笑容来看,这种弱点是被他找到了。尽管小玲子几次提醒他注意天空的飞机和敌人的炮弹,他都像没有听见的样子。

"小玲子,请政委来一下。"

说着,他走下山头一坐,点着烟,静静地思考着。不一时,周仆从山背面的隐蔽部里走出来,在半山腰里仰起头问:

"老邓,看出点门道没有?"

"你上来吧。"他笑了一笑。

周仆走上来。他们在山头上隐住身子,邓军兴奋地指了指敌人阵地左翼的一条山腿,说:

"我想把它切下来!"

说过,他把脖子里的望远镜递给周仆。周仆从望远镜里看到这条黄苍苍的山腿,一直伸到我们的阵地前,敌人正在那里三五成群地活动着,很像是修筑工事。周仆又和敌人的整个阵地联系起来观察了一番,觉得这条山腿确实是比较孤立,比较突出的。

"行!"他把望远镜还给邓军。

"就是敌人太少了,看样子最多超不过一个连的兵力。"邓军颇感遗憾地说。

"这样更好!"周仆笑着说,"就是一个排也行,只要歼灭得彻底。反正我们这一次是醉翁之意不在酒啊!"

两个人会心地一笑。

自从上次打伏击没有成功以来,两个人经常商谈着一个问题,就是无论如何要争取打上一仗,使自己的团队能够摸摸敌人的"底"。虽然,第一次战役的胜利,从整个部队说,已经解决了这个问题,但是按照周仆的看法,别人的经验并不等于自己的经验,把别人的经验变成自己的体会,还必须通过自己的实践。尤其是,还要使广大士兵群众都要能获得这种切身的体会。因此,尽管第一次战役已经宣布胜利结束,两个人仍然千方百计地在寻找机会。至于在这种做法的后面,隐藏着什么样的雄心,这就是两个人谁也没有告诉的心灵的秘密了。

小玲子见地形看完,就催促他们下山。但是这两个人望着那条苍黄的山腿,还在那儿兴奋地商谈着一些细节。忽听小玲子叫:

"炮弹过来了,快下去吧!"

话音刚落,一枚炮弹"轰隆"一声落到山后去了。接着,又是两发落到山前,两团白烟缓缓地上升着。

"下去吧,下逐客令了。"周仆笑了一笑,扯着邓军走下来。刚离开不远,有两三发炮弹已经落上了山头。

"你们总是这样,不撵不走。"小玲子有些不高兴地说。

"好好,接受你的批评。"

周仆笑着说,拍拍灰土,同邓军回到山背后的隐蔽部里。这是小玲子他们在山壁上挖出来的一座狭小、潮湿的防空洞,地上铺着些山草和一块雨布,里面摆着一部电话机,只能盛三四个人。周仆坐定,立刻就对邓军说:

"老邓,你就向师里要求吧!说得恳切一点。不行的话,我再要求第二次。"

事情出人意料的顺利,师长批准了。

邓军立即将团的意图通知各营,进行战斗准备。时间不大,一营的通讯员刘二发喘吁吁地跑来,送来营长陆希荣的一封信。周仆拆开一看:

邓团长
周政委 二位首长:

我怀着最急迫的心情,向你们写这封信。上次打伏击没有完成任务,虽然上级并不认为这是我的过错,但是严格检讨起来,作为一营之长,我毕竟有很大的责任。每当我回想此事,就觉得万分痛心。这次,我希望上级务必给我营一个机会,使我营担任突击任务。我们争取一定要打一个翻身仗!一定要发扬我们团英勇顽强、能攻能守的战斗作风,打得更好,更硬!这绝不是我一个人的问题,这对提高全营今后的士气,都有莫大好处。望首长务必答应我营的要求！千万！千万！盼复。

　　此致
敬礼！

陆希荣

十一月五日

　　周仆把信交给邓军。邓军看着看着微笑起来,他对信中提到的"一定要发扬我们团英勇顽强、能攻能守的战斗作风,打得更好,更硬！"的话,感到特别满意。这些话,是入朝以来,邓军一有机会就对干部战士们讲的,今天他觉得自己的下级领会了自己的意思,格外觉得愉快。他把信随手一丢,说道：

　　"这个家伙！一看打不好就急了,真跟我这脾气差不了许多！"

　　周仆没有答话。邓军用询问的眼色瞅了他的政治委员一眼。周仆沉静地说：

　　"我在考虑他写这封信的出发点是什么。"

　　"嘻,你呀,"邓军带出不赞成的语气,"我看你这人也有片面性。因为几件事印象不好,就把他看扁了……"

　　电话铃响起来。是陆希荣的电话。

　　邓军握着耳机,听了几句,就对着送话器喊：

　　"你这个家伙！真沉不住气,刚来了信,就要答复。我还要同政委好好研究一下嘛！"

　　只听对方热情地说："首长可千万考虑一下我们的要求呀！"

　　"好好做准备！"

　　邓军放下了耳机,对周仆说：

　　"干脆答应他们好啰！不管怎么说,一营是我们的拳头。不把他们的威风打出来,下次完成任务还是个问题。"

　　在这个角度上,周仆也点头同意了。

当晚黄昏以前,陆希荣率领各连长仔细观察了地形,确定以三连从正面进攻,一连迂回切断敌人的归路,二连作为营的预备队。二三两个营也都选定了佯攻的方向。入朝以来,由于炮兵运动迟缓,一直没有跟上来。团里只有轻型的迫击炮,要想压倒敌人的优势炮火是不可能的。根据两天来的情况,敌人为防止我军进攻,一到晚上就进行拦阻射击,在敌我之间的通路上,筑成一道火墙。为了避免敌人的拦阻,决定在第二天午夜时分进行偷袭。

第二天午夜,月落星明,西风劲烈,敌人的炮火刚刚稀疏下来,我进攻部队已经潜入敌阵。当各佯攻方向打响时,郭祥率领富有夜战经验的三连,已经摸上了第一个小山头。那里的敌人,都睡在长方形的土坑里,一发现情况,只有少数人钻出睡袋,鬼哭狼嚎地逃掉了,大部分被手榴弹和冲锋枪打死在睡袋里。郭祥片刻没停,接着向第二个小山头发展。

由于敌人已经有了准备,照明弹此落彼起,顿时照耀得如同白昼。第二个山头上,好几挺轻重机枪顺着山坡猛扫过来。冲在最前面的四班,冲了好几次都没有冲上去。四班长负了重伤,接着排长也负了重伤,队伍就被压在山坡上的草丛里。

郭祥借着照明弹的亮光,冷静地观察着敌人火力点的位置,正在踅摸对策,只听后面有人喝骂道:

"郭祥!你不要装孬!是不是要我替你带上去呀!"

郭祥听出是营长陆希荣在辱骂他。回头一看,竟一时未能看出他在什么地方。想回他几句,又觉得这绝不是闹意气的场合,就极力压住怒气,继续观察敌人。这时听见后面陆希荣又喊:

"我命令你,亲自给我带上去!带不上去,我要你的脑袋!"

接着,又听见"砰砰"两枪,从背后打过来,落在附近。

郭祥自参军来,虽在别的方面受过批评,但是从来没有在战斗上受过指责,不由心头火起,再也按捺不住。他立刻夺过花正芳的冲锋枪跃身而起,直向山坡上冲去。敌人的机关枪"哗哗"地扫了过来。

花正芳陡然间出了一身冷汗,立刻追上去,不由分说,将郭祥捺倒在草丛里,连声说:

"连长!连长!你可不能这样!"

接着,通讯员小牛也上来紧紧拉住郭祥。

花正芳一面示意小牛将连长拖紧,一面抄起四班长留下的步枪,咔的一声上起了刺刀,对郭祥说:

"连长,你还要指挥全连的呀!……你瞧着,我马上把四班带上去!"

说着,在敌人机枪的间歇里,几个跃进,就扑到前面去了。这花正芳平时腼腆得要命,一说话就脸红;枪声一响,他却立刻变得像一只雄鹰,不仅惊人沉着,而且动作极其敏捷灵活。你真不知道这两种性格是怎样奇妙地统一到一个人身上来的。现在他在照明弹的亮光里,一时跃起,一时卧倒,十分巧妙地利用着地形,就仿佛子弹不足以伤害他那强壮而秀美的身躯似的。不到一刻工夫,他已经跃进到四班那里去了。并且远远地听到他喊:

"不要慌,同志们!我来代理班长。"

花正芳一面指挥机枪射击,吸引敌人的注意;一面让两个战士带着足够的飞雷滚下山坡,从侧后悄悄地迂回过去。不一时,只听"轰轰"几声巨响,像大炮弹落在敌人的工事里,立刻掀起一团团浓烟,敌人的机枪喑哑了。

"冲啊!"花正芳猛喊了一声,一跃而起,带着四班冲上去了。

一顿手榴弹和飞雷,打得整个山头硝烟迷漫。硝烟里发出一阵阵的怪叫声和哭喊声,同战士们狂热的冲杀声混成一片。花正

芳看见有十几个敌人狼狈地向后面逃窜,急忙喊道:

"别让敌人跑了!"

说着,挺着刺刀追上去了。有四五个战士也紧跟着他猛追上去。那些美国兵穿着大皮鞋,又笨又重,跑出来没有二十步远,就被他们追上。在花正芳前面的是一个身材又高又大的美国佬,花正芳刚要挺起枪来刺他的后背,他歇斯底里地怪叫了一声,转过身来,挺起刺刀防护着。在照明弹的亮光里,花正芳看见他满脸大胡子,两个眼绿莹莹的,露出恶狼一般的凶光。这个美国佬连声喊了几句什么,其余的敌人也纷纷站住。战士们立刻喊起杀声同他们拼在一处。

那个大胡子美国佬一面向花正芳逼近,一面狂叫着,又喊过两个人来。他们开头仿佛有些胆怯,后来看清了这个中国兵,只不过是一个年轻娃娃,胆气就壮了,三把刺刀一起向花正芳逼近过来。

这花正芳是全连闻名的"蔫大胆",敌情越严重越是沉着。此刻,他清醒地意识到冲上来的人少,如果喊别的同志来相助,就会马上引起慌乱。他想,只要刺死一个,就会改变这不利的局面。于是,他立刻避开三个人的缠绕,闪到大胡子的侧面,一心想把大胡子首先刺倒。那两个美国兵跟过来包围他,他就像车轮子一样打转。那个大胡子,看到三个人整不住他,又气又急,瞪着绿眼珠,一个劲地猛刺过来。由于用力过猛,花正芳一闪,使他扑了个空,摔倒在山坡上了。花正芳手疾眼快,早把刺刀扑哧一声插到他的后背里。那两个家伙像鬼似的尖叫了一声,其中一个由于恐怖发狂地扑了过来。花正芳见来势凶猛,又向侧面一闪,乘那个家伙转身之际,顺手在地上抓了一把沙土,劈脸打去。当那个美国佬正在揉眼的时候,花正芳的刺刀,已经深深地探进他的肚子里去了。剩下的那个年轻的美国兵,拔腿就跑,花正芳没等他跑出几步,就追上去,把他结果在生长着杂草的朝鲜的山坡上……

花正芳正要带人冲向主峰,郭祥在后面叫住他:

"花正芳!你先等等。"

花正芳收住脚步,郭祥赶上来告诉他:主峰上有一挺重机枪打得十分猛烈,要他特别注意。原来花正芳拼刺刀时,精神过于集中,那么激烈的机枪声,竟然没有听见,两只手仍然端着枪,保持着拼刺刀的姿势。一经提醒,他这才注意到那挺重机枪"卜卜卜卜卜……"一个劲地射击着,简直连一点间隙都没有。抬头一望,连那挺枪出口的红火舌都看得见了。

郭祥立刻调过两挺轻机枪,对着红火舌射击。连着打了好几十发子弹,那挺重机枪竟毫不理会,依然喷着火舌,射击一点也不间断。

"这个敌人真凶得很!"郭祥愤恨地骂着,"战斗一开始,我就发现它了,真是帝国主义的忠实走狗!"他吩咐花正芳,从侧面绕上去,争取首先炸掉它,给大家打开通路。

花正芳等几个人,又要了几个飞雷,就从侧面的深草丛中,悄悄地迂回过去。快接近山头的时候,花正芳发现那挺机枪子弹打得很高,觉得十分奇怪。爬到近处一看,见那挺重机枪在壕沟沿上高高地架着,后面并没有人,而机枪却不停地发射着。他心中犯疑,平日常听说美国科学发达,不知道发明了什么自动化的武器。他本想投出一个飞雷,但为好奇心所驱使,不由地又向前爬了两步。凝神一看,原来坑里趴着两个人,其中一个手里正在牵动着什么。花正芳为了捉活的,立刻瞄着其中一个打了一枪;接着一跃身跳到战壕里,一脚踏在那个美国兵的背上。俯身一看,这才闹清楚,原来重机枪的扳机上垂着一根细绳,这根细绳在他手里还牵着呢!

花正芳立即俘虏了他。郭祥带着人也攻上来了。担任迂回的一连已经切断了敌人的归路,把那些美国佬绝大部分打死在他们自己仓促挖成的长方形的土坑里。由于事先战士们学习的英语口号"缴枪不杀",发音不准,美国兵听不懂,那位担任重机枪射手的美国兵,就成为今天晚上第一次试探性交战的唯一的俘虏。

按照花正芳的介绍,郭祥在那挺带绳子的重机枪旁边好奇地欣赏了好一阵子,正要找人把它搬下阵地,猛不防脚下一滑,跌了个仰巴跤,原来他踩到机枪旁边那好大一堆弹壳上面去了!

"嗬,想不到这儿还有埋伏呢!"他嘻嘻一笑。

人们哈哈大笑起来。

由于这块阵地防守不利,按照团的预定计划,立即将部队撤回。

第二天一早,陆希荣就穿得整整齐齐地到团部汇报战斗情况。他神情活跃,精神愉快,首先把取得胜利的原因,归功于团的领导的英明和正确;接着把自己的指挥以及抓俘虏的情况,讲得绘声绘色,使团长、政委和团里的参谋们不时地发出一阵一阵的哄笑。周仆要求马上把俘虏送到团部来。

押送俘虏的是通讯员花正芳和文化教员李凤。李凤是全连唯一会说英语的大学生。从一早起,就被派去给这个二十六七岁的俘虏反复解释了我军的俘虏政策,还让他饱饱地吃了一餐热饭。俘虏恐惧的神情减少了许多,一听说要往别处带他,顿时又紧张起来。他身子长得又长又细,两条大长腿拖着一双高腰儿皮鞋,像是一个长腿鹭鸶似的在山径上迈着脚步。他的帽子不知丢到哪里去了,蓬着一头乱发,整个下巴都是黑胡茬子。他一边走,不时地回过头来,偷偷地瞅瞅,看花正芳他们有没有什么行动。花正芳由于胜利带给他的兴奋,红脸蛋像涂了油彩似的那么好看。此刻,他内心里警惕,但脸上却显出泰然自若的神情。

转过一道山弯,美国俘虏发现李风落到后面去了,就马上以极其敏捷的动作,从手腕上脱下一只金壳手表,回过头,抖抖索索地向花正芳递过来,脸上浮现着讨好的微笑。

花正芳轻蔑地看了一眼,摆摆手,让他收回去。

俘虏迟疑了一下,又从里衣的口袋里掏出一个皮夹子,摸摸索索地取出两个金戒指和一大卷钞票,同那只手表一并托在掌心里。显然,他以为花正芳不要他的金表,是由于嫌少的缘故。

"这些人,真的只认得钱哪!"花正芳心里嘲笑地想,摆摆手,仍然叫他收回。

俘虏看了花正芳一眼,显出极其惊愕的样子,像木鸡似的呆在那里。等他在这个年轻的中国人民志愿军的脸上发现了怒色,才耸耸肩,两手一摊,把他的东西收回去了。

在他装钞票的时候,皮夹里有一张写得很精致的纸片,掉落在地上,花正芳小心地拣了起来交给李风。大家不一时来到团部。

周仆正在半山腰一处较平整的地方同几个通讯员说笑。俘虏看见花正芳和李风都向他敬礼,知道这是一位官长,又显出惊慌的样子。后来发现周仆的脸色并不怎样严厉,而且摆手叫他坐下,他才变得轻松了一些。

"你叫什么名字?"周仆问他。

李风刚刚翻译过去,他就很快答道:

"我是美军步兵第二十四师第二十五团的上等兵琼斯,美洲南部维尔基尼人。"回答完以后,他又添加道:"长官先生,我将尽量地回答您所提出的而为我所知道的一切问题,如果您感到需要的话。"

"很好。"周仆微笑着说,一面想,"这个敌人看来比日本人要好对付。"

周仆首先问了一些当前军事上需要知道的一些情况,琼斯几乎是问一答十,做了非常周详的回答。周仆很想了解当前同自己对阵的资本主义世界最强大的军队,究竟是什么样子,就又向琼斯发问道:

"你能告诉我,你们为什么要侵略朝鲜吗?"

"侵略?"琼斯惊讶地看了周仆一眼,"也许你们这样讲是合适的;但对我们来说,是执行联合国的警察行动,是为了防御共产主义的威胁。麦克阿瑟一开始就对我们讲了。"

"你相信这样的话吗?"

"至少到现在为止,我相信这样的话。"他说,"据我所知,的确,你们有你们的生活方式,我们有我们的生活方式,而你们却不允许我们保有自己的生活方式。"

"那么,我问你一个带有常识性的问题,"周仆说,"你知不知道美国距离朝鲜有多远呢?"

"也许是五千英里,如果我的记忆不错的话。"

"这就对了,"周仆笑着说,"那么五千英里,也就是说一万五千华里之外的朝鲜,怎么会威胁到你们美国的生活方式呢?……就先说你本人吧,你感觉到了这种威胁没有?"

"自然没有。"

"那么,你为什么来参加这场战争?"

琼斯耸了耸肩,沉了半晌,才说:

"我是否可以谈谈纯粹是属于我个人的见解。"

周仆点了点头。琼斯说:

"你们想必可以看出,我不是一个新兵,我已经有十年的军龄。我每月的薪金是一百八十五美元。如果再待上十年,就可以退休,领取百分之五十的薪金。万没有想到,又发生了这该死的战争。"他摇摇头,叹了口气。"老实说,不管北朝鲜打败南朝鲜,或者南朝鲜打败北朝鲜,对我说来,都没有任何实际意义。也许你们不相信,我是在美国上船的时候,才知道我们要帮助的'李承晚'这个名字的。对共产主义,我既不了解它,也不愿去了解它,而且我相信我这一生也没有要了解它的兴趣。在我看来,赶快让我回家,坐在树荫下喝一杯清凉的啤酒,倒是有趣得多。如果不是麦克阿瑟越过三八线,我此刻也许已经坐在家里准备过圣诞节了。麦克阿瑟本来告诉我们,打到三八线可以回家,谁知道又让我们跨过了三八线,结果把中国人招引来了。我可以确实地告诉你:当我们一听说出现了中国军队,许多人的脸色都变了。我认为,同中国人打仗,这是一件最可怕的事情,除非最愚蠢的人,才会作出这种决定。你试想一想,同中国打起来,即使你一个人打死他十个,你也不能最后战胜他。麦克阿瑟——这是一个骄傲放纵的人——在越过三八线的问题上犯了最愚蠢的错误。想到这一点,我真想用绳子把他吊起来。我们许多人都知道,回家是没有多少指望了……"

周仆听到这里,不禁笑了起来,提醒他说:

"假若到了你可以用绳子把麦克阿瑟吊起来的时候,你也就不会被迫地来进行这场战争了。"

"那,那的确是这样。"他点头承认,但又接着说:"不过,下一次选举,不管是麦克阿瑟,或者是杜鲁门,都再别想得到我的选票了!"

"琼斯,"周仆提着他的名字说,"在这一点上,我觉得你这个老兵还知道得不算太多。你到了俘虏营里可以从容地和你的伙伴去讨论思索这个问题:究竟是你的一张可怜的选票在决定美国的政策,还是华尔街的垄断资本集团在决定美国的政策?"

"我觉得,"琼斯争辩说,"无论如何,我们美国毕竟是最民主的国家。我们有言论自由。我可以站在大街上骂杜鲁门。至少在目前来说,他是我唯一可以理解的政府!"

"是的,你可以一方面站在大街上骂杜鲁门,"周仆嘲笑说,"但是另一方面却又不敢不坐上到朝鲜来的轮船,去从事你所不愿从事的战争。这就是问题的实际!难道你不觉得是这样的吗?"

琼斯低下头去,不说话了。

"这就是问题的悲剧所在。"周仆在心里沉痛地想道,"什么时候,当美国人民越来越多的人真正想通了这一点,那也就是他们有希望的时候。不管早一天、晚一天,这一天是终究会到来的。"

琼斯也觉得不宜于破坏刚才谈话所形成的良好气氛,立刻转了话题。

"我是不是可以谈谈对贵军的印象?"他停了停,看看周仆脸上表现出高兴的样子,就接下去说,"我绝不是当面奉承,但是我必须把一个有经验的老兵所作出的判断告诉你们。我觉得贵军的武器虽然差一些,但是作战素养真是高极了。不瞒您说,我同德军、日军都作过战,也见过不少的军队,我可以说,没有任何一支军队有如此熟练的夜战技巧,有如此敏捷的动作,简直像天生的打仗专家。"说到这里,他用敬佩的眼光看了花正芳一眼,"如果我的眼力不差,仿佛就是这位年轻的先生俘虏我的。我简直丝毫没有察觉,他的脚已经踏在了我的背上。这种夜战技巧真是难以想象……"

花正芳想起昨天晚上的情况,微微一笑。琼斯又说:

"但是,我也要附带地解释一件事情。因为他在俘虏我的时候,不免会对我的射击方式感到奇怪。当然不能说这是很正常的。但也不是什么不可理解的。我刚才说过,我参加过第二次世界大战,我可以对你们说,我不是胆小鬼!我得过紫心奖章和奖状。我比我们团里可以称之为勇敢的人要勇敢得多,在这一点上我并不是轻视他们。可是那次大战是什么样的战争呢?我们出发的时候,美国的少女们从大街上拥上来同我们接吻,那么多的人给我们送行,我们是带着满心激动去投入战斗的。而这一次呢?虽然上面也说是保卫朝鲜人的自由,可是我从朝鲜人的脸上,怎么也看不出需要我们的保护。我就是这样丧失了自己的战斗意志。我觉得,既然这个战争同我个人和我的祖国都没有关系,那么,我就看不出为了一百八十五美元怎么可以作为我必须付出生命的代价!因此,我就想,只要枪口大致对准了方向,管它子弹飞到什么鬼地方去吧!……"

谈话结束了。周仆告诉他要把他送到俘虏营去。

"长官先生!请允许我向您直接提出一个需要证实的问题,就是生命问题是否有可靠的保证?"

周仆再次向他作了郑重的保证,他的脸上才出现了笑容,并且跨上一步,显出极其恭敬的样子,说:

"长官先生,我本来不该再麻烦您了,但是在德国人那里我有作俘虏的经验,因此,我必须再向您提出一个问题,就是俘虏营的伙食方面有没有足够的保证?"

"你放心好啰!"周仆笑了一笑,"有我们吃的,就有你吃的。"

琼斯笑了。真是从心里笑了,连忙说:

"那么,再见吧,长官先生。请允许我向您表示一个美国老兵的敬意。可以毫不夸大地说,在我的一生中,我们的谈话够得上是最愉快的一次。"

俘虏带下去了。

李凤把路上拣的四方纸块交给周仆,说:

"政委,还有这个你还没有看呢。"

"你翻翻吧!"

李风念了一遍。原来是一张"护身符":

"不论是谁,身带此符者,将免除一切危险。上帝将赐予他以神力,不怕刀枪与剑炮,不会受伤或被敌人俘虏。阿门……"

"这大概就是那些混蛋的随军牧师发给他们的。"周仆指着"护身符"说,"他们就用这么一块烂纸,再加上几十个美元,想鼓起一个士兵的勇气。据我看,这是做不到的。"

说过,他扭过头喊团长:

"老邓,快来看看吧!你不是要摸敌人的'底'吗?这个'底'就在这里。"

第十一章　小鬼班

在清川江北岸,邓军和周仆为了使大家对美军都来亲自摸摸"底",接连又打了两个小仗。孙亮所在的第三营,一举歼敌一个多连,第二营歼敌两个多排。在对空射击中,又接连击落敌机两架。这时候,在兵团司令部的通报上,第一次出现了步兵第三十七团的番号。通报上还有这样的句子:"尤其值得重视的,该团在我方目前尚缺少高射武器的情况下,竟以轻火器接连击落敌机三架,这一经验是大大值得推广的。"就是这么一句简单的话,给了那些艰辛战斗的人们多少抚慰啊!这时候,你再到三十七团去,就会发现气氛有很大不同:邓军对人真是特别客气,特别热情,一见面就给你倒水、拿烟,甚至会陪你打一场扑克。当然,随着打扑克,那些偷牌、抢牌、赖牌之类的现象,即使对邓军来说,也不是注定可以避免的;如果凡事认真的小迷糊在场,那面红耳赤的事情也就多起来了。不过从总的说,从基本上说,多起来的还是愉快的笑声。

为了照顾该团不致过于疲劳,并且为了准备下一个战役的作战,师里命令他们撤到花溪里一带休整。另派少数部队与敌保持接触。

花溪里在舞童峰下,距此约三十余里。部队黄昏出发,一路上,情绪十分活跃。对于一个革命部队来说,胜利就是欢乐,是部队生活的维他命。没有胜利,就如同树林困于干旱,那缺少水分的树叶,就要蔫耷耷地垂下头来;而有了胜利,即使有很大伤亡,也依然郁郁葱葱,像披着春雨含笑。

三营真是人欢马叫,歌声此落彼起,好像故意显示他们一贯的活跃作风似的。你一听就可以想象到,孙亮此刻不定多得意哩。这种得意,分明还含有这样的意味,就是说:"你们瞧瞧嘛,我们一向不被重视的三营,比起团的主力如何?"

郭祥敏感地察觉了这一点,当然不甘示弱。他在他的连队跑前跑后,组织唱歌、碰球、说笑话,真够红火热闹。为了激发大家的情绪,他差点拿出最厉害的法宝。一九四九年一月古都北京解放,团里举行庆祝时,他和团长邓军两人,扮了两个傻小子,穿着大红裤子,手拿破芭蕉扇子,一老一少,秧歌扭得十分出色,简直全场雷动。郭祥今天一时兴起,又想在路边扭几下,但转念一想,出国只打了两个小胜仗,实在不值一提,心潮涌了几涌,就被他按捺住了。

就三连说,最活跃的要数小鬼班了。他们的歌一支接一支,不重样儿,拍子扣得也准,简直有点文工团的水平。在这次战斗中,小鬼班打死了十几个敌人,并且同敌人拼了刺刀。其中三个小鬼刺死了一个美国佬,还缴获了好几支卡宾枪。难怪今天唱得特别起劲。郭祥一听小鬼班唱歌,脸上就不由自主笑眯眯的,显出一副十分欣赏的样子。

说起小鬼班,不用说是清一色的小鬼,最大的十九岁,最小的才十六岁。列成班横队,齐崭崭的,简直像一条舍不得轻易使用的精致的手枪子弹那般可爱。对于三连历届的连长、指导员来说,小鬼班都是最受宠的。就是碰上个别脾气暴躁的连长,他们受的委屈也比较少。讲起小鬼班的历史,怕就没有多少人能讲清楚了;这不仅要追溯到抗日战争,还要追溯到十年内战的中国工农红军时代。本师的政治委员(他因病正在国内休养),这位经过长征的老红军,就曾经是这个小鬼班最小的小鬼。据他提供的材料,这个小鬼班的红小鬼们，绝大多数是被国民党残杀了的红区干部的孤儿和在战斗中牺牲的红军战士的子弟，也有一部分是在地方上不能存身的儿童团的干部。他们多半都是在连长、指导员面前，经过一番哭哭啼啼，才"赖"上那身不合身的军衣的。由于成年人的体恤，就把他们单独编班，在战斗时，摆在次要方向。可是，这些小家伙们，常常表现出惊人的勇敢，他们的战果，往往意料之外地出色。人们渐渐发现，小鬼班的战斗作风，就其韧性来说，是有它的弱点的；但就它的猛劲来说，却仿佛更够味，更像是革命生涯酝酿成的一杯醇酒。尤其是他们那种特有的活跃，常常把全连都带动得人欢马叫。于是无论指挥员还是政治工作人员，都无意再把他们解散了。

岁月在战火中流逝，人们在战斗中成长。小鬼们都以革命的天真无邪的挚诚送走了青春的年华。他们或者成长为干部，或者献出了年轻的生命，一个一个离开了小鬼班。而与此同时，在中国的大地上，又有多少被国民党残杀的革命群众的子弟，又有多少革命烈士的子弟，更有多少在地主的猪槽边抢猪食的放牛娃放猪娃，他们抛开辛酸的童年，泡在泪水里的童年，来到荒烟漠漠的行军路上，来到传来军号声的大路口，来到正开早饭的军营里，几乎同走在他们前边的小鬼完全相同，也是赖着哭着才穿上那身不合身的军衣，被编在小鬼班里。随后就开始了轰轰烈烈的一生。虽然小鬼班已经过去了多少代，而奇异的是，这个班的作风，却一如当年，仿佛现在生活在这个班的成员，依然是那些几十年前的小鬼们。

至于说到小鬼班的战绩，从来没有人做过这种统计，当然也就更难查考了。如果碰上几个当年小鬼班的成员聊起这些事情，那就可以肯定，小鬼班缴获的步枪不说，单是轻重机枪，恐怕二十辆三十辆牛车是拉不动的。至于捉到的俘虏，那也难以数计。如果不怕揭底的话,在现在指挥千军万马的将军中,恐怕也不是没有当年小鬼班的俘虏吧。

要带好小鬼班,有一条基本的经验,这就是选什么样的班长是带有关键性的。历届的连首长为了怕把小鬼班的作风带坏,在选择班长上都是很严格的。总的说,选小鬼班的班长要有两方面的条件:第一,在战斗作风上,要真正是勇猛作风的优秀代表;第二,又要本身非常活跃,适合小鬼们的口味。据了解,在三十七团现有的干部中,三营营长孙亮,就曾经是当年小鬼班最活跃的班长之一。因为他有些文化程度,文化娱乐工作搞得相当出色,以后就当了党支部的青年委员。再以后就当了营、团的青年干事,副教导员和营长。至于本连连长郭祥,你很容易就猜想到他曾经是小鬼班的成员和班长。他自然不能说没有缺点,但在战斗和活跃两方面,都是很理想的。他把这个班带得非常好,立过许多战功。有一次他们班攻下敌人的炮兵阵地,缴获了好几门山炮,把小鬼们高兴坏了,郭祥领着头骑在大炮上高声唱着战歌。却没有小心,被摄影记者拍了去。如果你有时间,在旧日出版的战地画报上还是可以找得到的。

以后历次选择的班长,也都不错。例如那精明能干的小玲子,就是其中之一。花正芳也当过几天副班长。可是自此以后,就越来越难以挑选了。不是战斗很好而本身不够活跃,再不就是本身虽很活跃,但战斗上却不足以作为小鬼班的表率。或者是两者俱备,但却早已经不是小鬼了。因此,在咸阳曾经开了几次支委会,都没有定下来。最后,只得破例,选定七班长爱兵模范陈三作为小鬼班的班长。

这陈三长工出身,是土改后以贫农团长的身份带头儿参军的。听人说,仿佛还当过几天村长。自参军后,战斗一贯英勇沉着。不但本人战斗经验丰富,而且善于带领新战士作战。就第一个条件说,显然是够得上的。就第二个条件说,本人虽没有那种欢蹦乱跳式的活跃,但是人情通达,幽默健谈,并不显得古板。而且最大的特点是,为人十分和气。他对人是不笑不说话,同是一句话,从他嘴里说出来,叫人格外受听。他的宽脸上,贴近鼻子的地方,有那么几颗小浅麻子儿,由于他是那样地和颜悦色,使人觉得连那几粒小浅麻子,也怪叫人喜欢似的。根据以上情况,支委会作了几次分析,才最后作了决定。于是他就以三十八九岁的年龄,破例地荣任了小鬼班的班长。支部的估计不差,在他担任了小鬼班长以后,对小鬼们确是怀着一种特别深沉的挚爱。行军时候,他总是睡在炕底下,让小鬼们睡在炕上。冬天让小鬼们睡热炕头,夏天让他们睡凉炕头。小鬼们行军累了,他给他们烧水烫脚。有人累得睡着了,他就把他们的鞋袜脱下来,帮他们洗脚,然后把针尖消了毒,给他们一个一个地挑泡。分发东西的时候,他总是让小鬼们先挑,剩下来是自己的。由于小鬼们爱丢东西,到用着的时候又急得要命,陈三也就特别注意保存各种各样的物件。他的背包是全连最大的,像一个无所不有的万宝囊。两年前他自己丢了一支钢笔,钢笔帽却保存着;等到别的小鬼丢了笔帽儿,他就取出笔帽来给他配上。在他的万宝囊里,据人说皮带就有好几条;哪位小鬼丢了皮带,他就把他批评一顿,然后抽出一条,嘱咐你仔细使用。他还爱保存各种各样的偏方儿,哪个小鬼有病,药不凑手,他就给你配偏方治病。他对这些小鬼们不但不觉得麻烦,新战士一到连队,他还到连部要求:"连长!分给我两个小家伙吧,我把他带出来!"他对这些小鬼们,是怀着多么深沉的热爱啊!小鬼们也特别地喜欢他,给他起了一个外号,叫"老保姆"。遇到出公差勤务,就不让他们的班长去,总是说:"班长,你这么大岁数了,我们一个人多干一点儿,就有了你的啦!"

对郭祥来说,自然是非常喜欢小鬼班的。不妨说,小鬼班是他手里的一张王牌。是战斗的王牌,也是文化娱乐的王牌。今天一听小鬼班的歌声,你瞧他不由自主就笑眯眯的。

在大家的欢迎声中,小鬼班又唱起了一支新歌。这支歌从来没有听到过,怪新鲜的,歌词是:

> 雄赳赳,气昂昂,
> 跨过鸭绿江,
> 保和平,卫祖国,
> 就是保家乡。
> 中国好儿女,
> 齐心团结紧,
> 抗美援朝,
> 打败美国野心狼!

这支歌是这么响亮激越,唱出了在这燃烧的国土上行进的中国儿女的感情。郭祥听着,听着,眼前又出现了火光、波涛、北撤的人流和几千里外的茅屋,心头不由一阵火辣辣的。

郭祥等候在路边。不一时小鬼班过来了,背着一色的小马枪,一个个脸孔红红的,服装也穿得特别整齐,显得十分英武。他们仿佛有意让连长接受检阅似的,步伐愈加有力,歌声也愈发响亮。走在前面的,是他们的"老保姆"陈三,背着一支大三八,和他那全连独一无二的大背包,或者说他的"万宝囊"。他脚下的鞋子已经相当破旧,他一向是补了又缝,缝了又补。但是熟悉情况的人敢予肯定,他那"万宝囊"里藏着新鞋,而且会不止一双,但这都是给他的小鬼们准备的。现在他也很卖劲地唱着,尽管他的声音、嗓门对比之下使自己深感遗憾,但可以觉出来,他在努力使自己的脚步跟上那青春的脚步,使自己的声音跟上那年轻的声音。

郭祥夹进小鬼班的行列里走着。一般说来,郭祥到小鬼班,往往有截然不同的两种姿态。有时他显得相当严肃,摆出一副指示工作的样子;有时却又不分彼此,混打混闹,同小鬼们滚蛋子,滚到炕底下来。也有不少时候本来决定要采取第一种姿态,结果出现了第二种姿态。唉,事实就是这样。现在他是按第一种姿态讲话的:

"陈三哪,这是谁教的歌呀?"

"连长,你瞅瞅,除了咱们的'文艺工作者'还有谁呀!"陈三和气地笑着。

这位"文艺工作者",像个瘦猴似的走在班长的后面。他今年大约十六岁了,是北京市一个工人的儿子,高小毕业后上不起学,就在街上卖报。他是在人民解放军举行入城式那天参军的。人聪明伶俐,特别地爱好艺术。小时候拣煤核儿,拾到一小段铅笔头儿,就画起来,画完就收到口袋里,不舍得丢,一直把那铅笔头用完。此外,他也很爱好音乐,常同下来的文艺工作者接近,很快学会了识谱,还不断地在墙报上写个小稿表扬好人好事,也偶尔在小本上写几句诗。因为他有这些长处,也就成为文艺工作通向连队的天然渠道,他不断地把一些新歌介绍到连队里来。这样,很快他就被选为革命军人委员会的文化娱乐委员,并且得到了"文艺工作者"的绰号。但是,他这个"文艺工作者"同别的文艺工作者一样,不是没有缺点的。例如他的军风纪就不见得比别人更整齐,也许由于钢笔漏水,手指头上甚至脸蛋上经常有那么一块块蓝墨水。他还有一个毛病,到老根据地,群众把他拉到家里,给他一些花生红枣之类的东西,他开始拒绝,但是劝着劝着难免就"坚持不住立场"了。此外,他还有一个特别大的弱点,就是害怕胳肢,你只要用手一比,装作胳肢他的样子,手指头还没到,他就嘎嘎地笑个不停。因此,每逢到宿营地,他就抢先挨着墙睡,以便随时对付他的敌手们……

刚才班长提到他,使他多少有点不好意思。

"这歌子很好。"郭祥称赞着,又问,"罗小文!你是跟谁学的?"

"我是从师宣传队抄来的。"罗小文介绍说,"这叫《志愿军战歌》。是一个战士的作品,北京一位有名的作曲家,看他写得很好,就给他配了曲子。"

"嘿,真不简单!这个战士也够得上'文艺工作者'了。"郭祥眨眨眼,半开玩笑地说,"罗小文!在咱们连,你也算作家了,你也写一个嘛!"

"咱,无论政治水平艺术水平,都还差得远哩!"

"你别迷信那个。先把你们小鬼班这次拼刺刀的事编进去,只要能鼓舞士气就行。"

"他写的诗,我瞅见了!""小钢炮"在后面叫。

"你怎么偷看别人的日记?"罗小文脸红了。

"好好,我道歉!道歉!""小钢炮"一连声说。

这"小钢炮",名叫张墩儿,小圆脸儿,自幼就长得敦敦实实,力气大,声音又响,一说话,就像炮弹出口。连里人就送了他一个绰号,叫他是"小钢炮"。一百次班务会,他九十九次检讨说话冒失,可又改不过来。

"写诗就是为了宣传嘛,还怕人看?"郭祥把话岔开说,"小罗!以后有了新歌儿,就赶快教给全连,不要犯本位主义!"

"连长!"班长陈三忙笑着解释道,"人家小罗可注意整体哩,就是连里集合不容易,没有时间。你说是不?"

"'你说是不？'"郭祥学着他的口头语，神态显出严肃的样子，"你别替他们打掩护了。说实在的，我就担心你这个'老保姆'把他们宠坏了。"

"连长可好！对我们一点照顾都没有。""小钢炮"在后面又"开炮"了。

"怎么没有照顾？"郭祥笑着问。

"这次战斗，为什么不让我们打突击呢？"

"小钢炮"一开头，其他人也跟上来了，纷纷说：

"是呀，为什么不让我们打头阵？"

"嘿，要让我们当突击班呀，早就突破了。"以消息灵通著称的"小电台"王乐也乘机发表评论。

"嗬！你们这是来围攻我呀！"郭祥笑着说，"依我看，这小鬼班只有两个老实人：一个是你们班长，一个就是咱们的'小蔫儿'郑小锁。"

"我也有意见！"郑小锁露出一口小白牙说。

"嗬！都有意见哪！"郭祥郑重地以教训的口吻说，"我告诉你们：你们如果想担任突击队，就要锻炼拼刺刀。这一次，人家花正芳一个人拼死三个美国佬；你们哪，三个人拼死一个美国佬，这就差多了……"

"我们没有机会嘛！！！"小鬼们欢叫。

"没有机会？对，是没有机会。"郭祥说，"可是，战前也有人说：'美国佬那么老大个子，拼刺刀怎么拼哪？'现在你们该体会到了：拼刺刀并不决定在个子大小，关键是看有没有压倒敌人的意志！个子小，你可以捅他的肚子嘛！我以前在小鬼班，碰上大个子，我就专门捅他的肚子，我不相信就捅不进去！再说，这次你们缴获了十几支卡宾枪，就想把枪换了；你们以后还拼不拼刺刀啦？没有答应你们,还有人哭鼻子哩!哼!"

真没想到,连长会把这不光彩的事端出来,一个个红着脸不言语了。步子也没有刚才有劲了。

"唉唉,我的傻同志们!"陈三怕影响小鬼们的情绪,连忙解释道,"咱们连长,他是一连之长,怎么能光照顾咱哩。就是下次战斗,他想让咱当突击班,也不能打嘴里说出来呀!从另一方面说,他嘴里虽然不说出来,经过咱们一提,脑子里可也就有了印象。等下次打仗,突击班的任务,还能跑得了吗?唉唉,我的傻同志们,你们说是不?"

"嘿嘿,你真能说!"郭祥瞅了陈三一眼。

小鬼们格格地笑起来。一度严肃的空气,又松弛了。

"嘿,真美呀!"罗小文往前面一指,"你们看,那大概就是舞童山吧!"

大伙一看,在黄昏的余晖里,东边天际有两座深蓝色的山峦。一高一低,它那分明的轮廓,很像一对对舞的朝鲜少男少女。女孩在扑着腰儿翩翩起舞,男孩蹲下身子仰着天真的头。据说,在那两座山峦下面,就是他们要去的花溪里了。

第十二章　苹果园

山沟越走越窄,在夜色里越发显得幽深了。看去很近的舞童山,夜晚十时才走到跟前。星光迷离,一切都看不清晰,只能模糊分辨出,三面山坡上都是树林,村庄也不知道在什么地方。耳边是一片飒飒的风声和潺潺的水声。

直到提前设营的老模范从半山上下来招呼部队,大家才知道到了花溪里了。

小鬼班被指定到半山上的一座独立家屋那里宿营。陈三领着小鬼们爬上坡去。开开柴门,是一座很大的院落,院子里种有不少树木。穿过小径,来到那座房子门前,静悄悄的,没有一点人声。小鬼们喊了几句"阿妈妮",没有回应,只有风吹着一扇没有关好的房门,呼哒呼哒地响。

"唉,老乡还没有回来呢!"人们凄然地说。

他们已经不是第一次遇到这样的情况了。陈三命令大家放下枪和背包,先把屋子收拾一下,准备安歇。

"小电台"的一只脚刚刚踏进门里,就惊讶地叫:

"班长,你来闻闻,这是什么香味?"

"小钢炮"抢到门边,闻了一闻,说:"是,可香着哩!"

"我早闻出来了,是苹果的香味。"罗小文说。

陈三一边脱鞋一边笑着说:"小罗,你大概是想吃苹果了吧!"

"不信,你就点灯看看。"罗小文又说。

陈三脱了鞋,从挎包里摸出一个小蜡头儿,点着一照,果然屋里堆了小半炕苹果,一个个,又大又红。那大个儿的,像小饭碗似的,上面还蒙着一层白霜,像摘下来还不太久。

"好家伙!比我们西山的苹果,看着还个儿大哩!""小钢炮"赞美着。

"那小个儿的,其实也不错。"罗小文评价着,"这种品种,很像咱们的国光苹果,又脆又甜。"

人们七嘴八舌地议论着。

"糟了!"陈三心里暗暗嘀咕道,"怎么把小鬼班偏偏分到这个地方来啦。当然,一般地说,不至于发生什么问题;但是俗话说,不怕一万,就怕万一,假若个别小鬼掌握不住吃了一个,那影响够多不好啊!……现在最好的办法,就是让他们赶快睡觉,只要睡着,就没事了。"

他想到这里,就说:

"同志们!咱们今天走了好几十里,也有点累了。我看咱们先把苹果往一边归拢归拢,早点休息吧。"

小鬼们脱鞋进去,纷纷动手执行班长的命令。陈三又说:

"人家这苹果许是出口的东西,怕碰伤皮,咱们再手轻一点儿!"

苹果被轻轻地堆到墙根去了。

大家打开背包睡下来。陈三本来想挨着苹果睡,以便制造一个隔绝地带,但解背包的动作慢了一步,罗小文已经在那个位子铺好躺下了。

蜡头已经剩了很短,为了省下来下次使用,只好将它熄灭。

苹果的甜香一阵阵怪醉人的。虽然陈三有意把谈话的主题引到别的方面,可是今天晚上不知怎的,谈来谈去又扯到苹果上面去了。

"小罗,你吃过苹果没有?""小钢炮"在黑暗里问。

"你呢?"罗小文反问他。

"我们西山里有,八月十五,我在集上看见过。""小钢炮"回忆着说,"小时候,我要买个尝尝,我奶奶就说,那东西不好吃,还没有红枣甜哩。我们院子里有一棵枣树,一到红屁股门儿的时候,我就用秫秸搒下来吃了。你呢,你吃过没有?"

"我,我当然吃过。"罗小文有些自豪地说,"我以前在北京卖报,卖了钱,实在馋了,就到水果店里买一个。不过回了家,挨打的时候是有的。比较起来,我吃柿子的时候比较多,那东西便宜,个儿又大又甜。"

"柿子不错!""小电台"也插嘴说,"那大磨盘柿子,到冬天结了冰渣子,又凉又甜,比冰激凌还好吃哩!"

"你吃过冰激凌吗?"有人问。

"柿子就很好,我吃冰激凌干什么!""小电台"反击了一句。

人们哄笑起来。

"瞧,又谈起来了!"陈三担心地想。他觉得像这样谈下去,肯定没有好处。尤其是对他们班的"文艺工作者"小罗。他想起小罗在老根据地的时候,一次被房东老大娘拉到家里,一定要他吃花生、红枣,他那立场就表现得不够坚定。而且,陈三注意到,在他刚才收拾苹果的时候,仿佛咽了好几口唾沫。这也不能说是一种好的征候。何况现在他又离那一大堆苹果最近!……想到这里,他想拿出电棒照照,又怕伤害这小鬼的自尊心,影响到团结。正没有主意,只听罗小文说:

"不知道怎么搞的,我老觉着嗓子发干。"

"是呀,我也觉着干得厉害。""小钢炮"说。

"嘿,看他们越来越接近正题了。"陈三觉得事情发展到危险的边缘,就立即坐起来,摸着自己的水壶说:

"同志们!谁喝水呀,我这里还有多半壶哩!"

"我喝!"

"我喝!"

小鬼们纷纷嚷着。陈三首先把水壶递给罗小文,说:

"小罗,你路上领着大家唱歌辛苦了,你多喝点儿!"

"班长,你先喝吧!"罗小文说。

陈三挡着水壶,装做喝了几口的样子,然后抹抹嘴递给罗小文。罗小文喝过,又递给别的小鬼们,不一时就喝了个精光。

"同志们,你们看天气也不早了。"陈三收起水壶躺下来,说,"我有一个很有趣的小故事,老是装在肚里忘了跟你们说。现在我给你们讲讲,你们听了,就马上睡觉好不好?"

"好,好。"小鬼们抢着表示赞成。

"今天我不给你们讲那些老得没牙的故事,要讲就讲一段新鲜的。"他轻声慢语地开了个头儿,然后问道,"这次咱们出国作战,咱们的毛主席有三天三夜没有睡着觉,这故事你们听说过吗?"

"没有,没有,你快讲吧!"

"我的好班长,你别急人了。"

小鬼们纷纷嚷着,兴趣立时被提起来了。

"对,我就讲讲这个。"陈三说,"你们都听说过,咱们毛主席一直是夜间办公,一工作就是一个通夜。等到天大亮了,才躺下来休息。几十年都是这个样子。可是临到咱们出国以前那几天,他的小鬼白天看他,白天没有休息;晚上看他,晚上没有休息。催他休息一会儿,他躺下来,也翻来覆去睡不着,一会儿就又坐起来了。到了三天头上,小鬼就急了,心想:这样下去,可怎么得了哇!就走过去说：主席，不论你多忙，也得休息休息呀！现在全国刚刚胜利，那么多的事情，当然一定是很忙的；可是一个人不休息，能够支持多久呢？毛主席听了这话，很感谢他，对他笑了一笑，但是又说：小鬼啊，我不是不睡，是睡不着啊！小鬼就又说：是啊，我也看出来您是睡不着觉，您是有心事啊！毛主席点点头，笑着说：一点不错，我是有心事哩！……"

小鬼们静静地听着，一点声音也没有。陈三很满意故事的效果，又以讲述人的资格发问道：

"你们猜猜，主席有什么心事？"

"依我看是这么回事。"才思敏捷的罗小文立即回答道，"人常说，美国侵略军是资本主义世界的第一流军队，志愿军的武器差得太远，究竟出去顶不顶得住，那当然是会担心的。"

"这看法不对！""小钢炮"立即否定道，"咱们的军队是毛主席一手缔造、培养起来的，放到哪里不打胜仗？他还不知道咱们吃几碗干饭？"

"是呀，"陈三又接着叙说他的故事，"毛主席的那个小鬼也是这么问他，说：主席，咱们的志愿军出去，你是不是有点不放心哪？主席听了哈哈大笑说：我要是不放心，怎么还让他们出去？这支军队不管把它放在什么最艰苦、最危险的地方，我都放心得很。跟美国侵略军交战，那更是没有问题。美国少爷兵只有顶不住他们，他们怎么会顶不住美国少爷兵呢！这个小鬼想了一阵，又说：那么，主席是不是担心他们出国后的群众纪律问题？主席这时候摸了摸小鬼的头，说：你真是个聪明的小鬼！总的来说，咱们的军队有三大纪律八项注意的光荣传统，同志们的纪律观念很强，在这方面不会发生大的问题。但是我担心的就是极个别觉悟不高的同志，比如，比如……见了人家有什么好吃的东西，就坚持不住立场了，结果增加了朝鲜人民的困难,又影响了整个军队整个国家的声誉。所以我这几天翻来覆去睡不着啊!……这故事下面就不用再讲了,毛主席亲自作了几项规定:要尊重和爱护朝鲜人民,要尊重朝鲜人民的风俗习惯;要尊重朝鲜的党和政府,尊重朝鲜人民的领袖金日成同志;要爱护朝鲜人民的一山一水一草一木……"

"哈哈,"罗小文格格地笑起来了,"班长,这故事大概是你瞎编的吧!"

"你瞧你这个小罗!"陈三严肃地说,"我怎么能随意瞎编?"

"那你是从哪里听来的呢?"其他小鬼也兴致勃勃地追问。

"反正是有人讲过。"陈三肯定地说,"至于究竟具体是谁,我记不清了。你们知道我是快四十岁的人了,我这记忆力,哪能跟你们这些小脑袋瓜比哩!"

"嘿嘿,班长,你是怕我们偷吃朝鲜老乡的苹果吧?"罗小文机灵地笑着。

其他小鬼接着也都悟出了故事的用意,格格地笑起来了。

"你瞧你这个小罗!"陈三轻微地责备道,"你瞧你说的这话!我怎么会怕你偷吃老乡的苹果呢?谁不知道,小罗这次一出国,对群众纪律就是非常重视的。上次住在那个什么地方,你看见一个朝鲜老妈妈年老体弱,防空跑不动,不是还替她挖了一个防空洞吗!叫我看这就是体会到朝鲜人民的困难,表现了很高的觉悟!嘿嘿,像这样的同志,别说偷吃苹果,就是你把苹果塞到他嘴里去,他也不会吃的!……其他,像'小钢炮'、'小电台'等等同志我觉得也是这样。"

"我们还要争取作爱民的模范班呢!""小钢炮"兴奋地叫。

"依我看,到明天咱们把老乡的苹果拾掇起来。"罗小文建议道,"我刚才看见那间屋里有许多草袋子,可能是敌人一来,老乡们顾不得装就逃难去了。咱们帮助老乡装起来,贴上封条,免得别的班里个别觉悟差的来串门,少了一个两个对我们也影响不好。你们都赞成不?"

"好主意!好主意!"小鬼们纷纷地叫。

"小罗的脑子真灵!"陈三乘机鼓劲说,"咱们明天一早起来就干!"

罗小文和那些小鬼们都高兴得什么似的。

这陈三自调到小鬼班工作以来,对小鬼们的脾气摸得透熟。比如吃表扬不吃批评就是这个班显著的特点。他的前任们,由于一些人对这方面掌握不善,小鬼班的情绪常常忽高忽低。高起来一跳八丈高,低时候就耷拉着脑瓜哭鼻子。在这一点上,陈三比起他的前任来要熟练得多。他把表扬同批评结合得非常好。他紧紧掌握住以表扬为主,决不以批评为主。但是为了不使小鬼们骄傲,表扬的时候,也挂一点批评,而批评的时候,又夹一些表扬。他这种工作方法,使全班经常处在生气勃勃、热气腾腾的情绪之中。此外,小鬼们还有一个特点,就是爱听故事。陈三识字虽不多,但是为了领导好这个班,千方百计地从报刊上搜集一些故事,以便随时使用。以上两个方法,再加上他一贯的模范作用,就使他的小鬼班,渐渐跑到全连的前面去了。

陈三见大家情绪很高,在黑地里得意地笑了一笑。又说:

"同志们,你们该实现我的条件:赶快睡了。明天起来还要评功呢,咱们战斗不错,工作也别落后了!你们说是不?"

小鬼们甜滋滋地入睡了。

陈三从小鬼们各不相同的鼾声里,分辨着他们先后入睡的时间。等他们全部都睡熟的时候,他悄悄地摸出那一小段蜡头点着,照了照小鬼们各自的睡姿,替他们把被窝一个个盖好。那些红艳艳的苹果,因为堆得太高,有几个滚下来了,滚到罗小文的脸蛋旁边,好像要同他红红的脸蛋媲美似的。

"唉唉,我的小鬼们多听话啊!"陈三熄了蜡头躺下来。这时候,如果你站在窗外细听的话,在小鬼们的鼾声里,你完全可以分辨出他那壮年人的声息,就像在白天的合唱里,你可以分辨出他那力求与年轻人合拍的歌声……

第十三章 溪畔

沿着花溪里向北,走上七八里,就是团部的驻地。在这一带,蜿蜒着一道浅浅的山溪。山溪两边,全是苹果林,一直连到半山。树上的叶子已经落了大半,剩下的也变得紫郁郁的;但是因为战事的缘故,苹果却没有摘完。有的剩下半树,一眼望去,红澄澄的;有的还剩下少数留在高高的枝头;有的已经落到地下枯黄的草丛里。大约它的主人们,刚开始采摘,就匆匆地向北撤退了。

自从邓军、周仆的团队移到这里,向北撤退的朝鲜群众,已经陆续回来。在条条山径上,到处可以看到面目黧黑的憔悴的人们,三五成群地重新返回他们的家园。尽管在长途跋涉中,有人失去了年老的父母,有人失去了年幼的儿女,但是毕竟他们又回到故土来了。第一次战役的胜利,有如一声震天的春雷,劈开了阴霾的长空,立即改变了黑云压城的局势。人们已经重新站定脚跟,对未来充满了新的希望。

邓军和周仆的团队,驻在舞童山下,正利用战役间隙,进行评功、总结战斗经验和练兵。每逢战斗下来,简直比战斗还要紧张,这已经是中国革命军队的老传统了。部队移来的第三天早晨,邓军和周仆吃过早饭,准备到各营看看。刚刚走出院子,下面山径上远远走过一个人来。小玲子兴奋地叫:

"你看,那是不是小杨来了?"

大家一看,那人穿着志愿军的棉军衣,走得十分轻快,倒是有

点像是女同志,但怎么会是小杨呢?周仆随口说:

"别胡诌了,小杨恐怕还站在鸭绿江边哭哩!"

小玲子又凝视了一会儿,说:

"我肯定是她!"

因为小玲子在这方面有压倒的威望,人们也就不急于争辩了。

大家立在山坡上等着。那人越来越近,果然是护士班长杨雪,小玲子用刚学来的朝鲜话,开玩笑地喊:

"夭东木①!这里来!"

杨雪也看见了他们,脸上现出微笑。她紧跑了几步,上了坡,打了一个敬礼。

周仆抢上去同她握手,笑着说:

"刚才我还以为是人民军的夭东木呢,原来是你呀!"

"你是怎么来的,小杨?"邓军嘿嘿笑着,也伸出手来,但杨雪却不同他握手,一边掏出小手绢擦汗,一边说:

"怎么来的?我是一不靠情面,二不靠照顾,光明正大,正南巴北,奉了命令来的。"

邓军望着周仆笑了一笑:"你们看,小杨对我意见蛮大嘞!"

"拍你的桌子去吧!"杨雪笑着,半真半假地说,"从今后,什么事我也不找你了!"

"你不要逞强!"邓军说,"要不是我们站住了脚跟,怕你现在还来不了嘞!"

"哦,这么说,这'抗美援朝',叫你们男的包了算了!"

周仆和小玲子、小迷糊在一旁只是笑。

"老邓!我看你有三张嘴也斗不住她。"周仆笑着说,"你这军

---

① 朝语:女同志。

事指挥员也不判断一下情况,军后勤离这里三十里地,人家一大清早跑来了,想必天不亮就动身了。快招呼人家吃饭去吧,恐怕还有别的紧急任务哩!"

"什么紧急任务?"杨雪红着脸反问。

"我怎么知道哪!"

人们说说笑笑又回到院子里。这也是一座幽雅的小苹果园,人们围着一个小石桌坐下。小玲子忙着给杨雪打饭,邓军忙着给陆希荣打电话,通知他这个喜讯。

杨雪心里高兴,嘴里反说:

"给他打电话干什么?我主要并不是为了看他!"

"那主要是为了看谁呢?"周仆笑嘻嘻地问。

"这么多老战友,还有你这老首长,哪个不许看哪!"

饭打来了,杨雪一边吃,一边谈着别后的情况。周仆说:

"上次在鸭绿江边,我只顾应付你哭鼻子了,也忘了问杨大妈她老人家怎么样了?"

"还是老样子,就是情绪不高。"杨雪说。

"为什么?"周仆有些惊奇。

"你想想嘛,周政委,"杨雪说,"你是了解她的,我妈一看不见'八路',任干什么也没心思了。她说,我那'八路'都开到什么地方去了,怎么连信也不打一封?是不是把我这个碜老婆子忘了?她还特别说到你。"

"说我什么?"

"她说,别人文化低,写信困难;那老周写信也困难吗?他在我这儿的时候,大妈长,大妈短,叫得倒很甜哪!"

周仆的脸色不易察觉地红了一红,赶忙说:

"你就没解释几句,工作忙啊!"

"不说忙还好;一说忙,我妈那气就更大了。"

"好,好,我一定给大妈写信去。"

杨雪吃完饭,已经坐不住了。周仆向邓军眱眱眼说:

"还是让人家执行主要任务去吧!"

"对对,"邓军笑着说,"我几乎又犯了一个错误。"

人们哄笑起来。杨雪红着脸恫吓说:

"你们等着,将来也有我说嘴的时候!"

说着,她站起身来,连跑几步,已经出了园门,向着一营的方向走去。

这杨雪入朝已经好几天了。正如她宣称的那样,她们是奉兵团的命令过江来的。人们没有忘记,志愿军分三路大军渡江的时候,她们为了那不愉快的命令,流下了大量的眼泪。尽管当时的命令,具有显明易见的理由,而且确实是出于对女同志的爱护,但她们却无论如何也"搞不通"。那几天晚上,眼巴巴望着自己的部队前进而滚下眼泪的,绝不止是杨雪一人。被战火照得通红的鸭绿江水为证,全志愿军各军的女战士们,她们洒下的眼泪,就是用几只汽油桶也装不完。这真是中国革命史上最动人的景象之一。这些革命的女战士们,是有着多么忠诚、纯洁而又勇敢的灵魂!她们在平时被认为是狭窄、好计较小事的性格,突然间变得又光辉,又伟大,简直比某些男性更真纯!

尽管这样,但是坐在统帅部的并不是老妈妈,他们决不为既定的决心而动摇。还是在第一次战役胜利之后,部队站稳了脚跟,才宣布了女同志入朝的命令。这一来,女同志的情绪来了个一百八十度的大转变,你看她们跳啊,笑啊,唱啊,在鸭绿江里洗啊,涮啊,简直把鸭绿江都要吵翻了。嘿,确实的,女同志们的性格,有一部分是同儿童相近的。

可是在宣布命令以前的十多天里,她们的日子却不是那么容易度过的。她们天天到江边上望着对岸的火光,听对岸传来的炮声,猜测着、议论着战事的进展。尤其是那些有了爱人的女同志,她们一方面担心自己的爱人完不成任务,愿意他们成为英勇无比的杀敌英雄;一方面又担心他们的安全,不愿意他们受到意外的危难。总之,就是这种矛盾心理,既要他们成为英雄,而又活着回来。战争啊,最激烈的战争,与其说是在炮火弥天的战场,毋宁说是在女人们的心中。

在留驻鸭绿江边的这些日子里,杨雪第一次出现了不眠的夜晚。大军渡江那天,杨雪本来有机会同陆希荣话别,但由于她的整个情绪都集中在要求出国的问题上,竟把这件事情忘了。她含着眼泪在江边站了一个通夜,等天亮转回驻地的时候,她才想起是办了一件多大的憾事!

此外,还有一件事,使她感到特别不安。那是在咸阳临出发的前三天,她怀着慷慨激昂的情绪,正在班上发言,陆希荣来了,同她谈结婚的事情。她当时真是怒不可遏,同他大发了一场脾气,说出了最难听的话。事后想来,她觉得自己的意见还是对的;可是态度再好一点就不行吗?这不会使他感到难受吗?想到这里,她觉得有一点对不起他。想再见面的时候,好好同他解释一下。可是到了鸭绿江边,因为自己一心一意要求出国,竟把这件事情忘在脑后了。现在到哪里去同他解释呢?让他背着这种不愉快的情绪走上陌生的战场,该是多么难受啊!

在过去的战斗中,陆希荣的功臣的称号,和文武全才的声誉,早就在杨雪的脑海里积累了一个英雄的形象。她丝毫没想到并且根本没有去想他是不是能经得起这场新的考验。她更担心的,恰恰相反,倒是他会不会由于过度的轻率招致不必要的损失。有些从前方回来的人,常常有意无意夸大前方战争的激烈程度,尤其是把敌人的飞机,说得厉害得不得了。一天晚上,杨雪就做了一个梦,梦见满天的飞机,乱飞乱撞,就像小时候看到的风雨之前的蜻蜓一般,把陆希荣带的部队压住了。正在着急的时候,只听有人大喝了一声:"不要怕!"接着站起来一个顶天立地的巨人,手里拿着一把大扫帚,在天空里一抢,就把那些烂蜻蜓似的飞机,打得纷纷落地。下面掀起一片喝彩声。她仰起头一看,这个巨人正是她的未婚夫在对着她笑呢。可是醒来以后,又不免使她担心,不知道如此激烈的朝鲜战场,自己的未婚夫究竟在怎样度过。

终于传来了第一次战役的胜利,杨雪随着她的伙伴们无限兴奋地来到前方。来到前方,不但没有宽舒对陆希荣的思念,反而更加急迫地想看看他。医院的政委也许是猜到了自己的心情,或者是按一般的人情世故,提出来要他们见一见面。可是她却说:"去看他干什么!才分别了几天哪!"过后,她又为自己这样的回答有些后悔。幸亏陆希荣的团队移防到近处,政委又一次提出了这个问题,她才说:"好吧,既是你们一定要我去,我就只好去一趟吧!"周仆的判断不差,她确实在天不亮的时候就动身了。

山沟里静悄悄的。杨雪顺着舞童山下的一条山径走得十分轻快,就像那路旁轻盈的山溪似的。她那黑里透红的脸膛不时地浮现着害羞的微笑。仿佛面前的山山水水,都是有情有义地在那儿看她,迎接她,善意地取笑她。

七八里路,对这位南征北战的女战士,简直不要很多时间。可是快要走到花溪里的时候,她的脚步慢下来了。"入朝才几天哪,就主动跑来了,多不害臊啊!"她嘲笑着自己。她相信一营的人们也都会这样嘲笑自己。一般地说,当着众人,她是有办法对付这样那样的嘲笑的,可是起心里来说,对这种嘲笑不是没有几分畏惧。

正在这时候,在她低头走着的时候,猛听得前面有人喊了一声:

"小杨!"

她的心怦怦地跳起来。这熟稔的声音啊,就是不抬起头,也知道是谁。一点不差,是陆希荣站在路边等她。

"也许他没有生我的气吧!"她高兴地想,真想立刻跑上前去,跑到他的身边。不知怎的,她的脚步反而更慢了。还是陆希荣大步赶过来,把她的两只手都握在自己的手里。

"你瘦了!"她望着他,低声地说。

"在这个地方儿,还胖得了?"他淡淡地一笑。

两个人拉着手儿走着。

"这一阵儿你工作上还顺利吧?"沉了一会儿,她问。

"你从团部过,关于我,你听到了什么?"

"没有。"

"唉,我告诉你,"他叹了口气,"这次出国,头一仗就挨了批。本来是一个连长的错误,政委也记在我账上了……你说什么?跟他提提,我才不提呢!我要用事实来纠正他的认识。最近这一仗,我坚决要求主攻,就是要他们看看,我陆希荣是怎样的。"他又从鼻子里笑了一笑。

"你也别忒骄傲了!"杨雪告诫他,又笑着问,"这次打得大概不错吧?"

"马马虎虎。歼灭了敌人一个整连。"他笑了一笑,"一上阵地,我就发现了敌人的弱点。方案是我提出来的。战斗开始,只十多分钟就突破了敌人的阵地。哼,想不到你的那位老乡,在敌人的火力下可表现得不算太好,后来硬让我用驳壳枪把他逼上去了。我当时对他说:'你要不上去,我马上砍了你的脑袋!'……"

"你说的是嘎子吗?"

"不是他是谁!"

"他一贯勇敢,不怕死呀!"

"哼,不怕死!"他又从鼻孔里笑了一声,"谁也没钻到谁肚子里去看……小杨,有一件事,我早想问问你。"

"什么事?"小杨看他很严肃,停住了脚步。

"就是……就是……"

"干吗吞吞吐吐的!"

"我想问你:你从家里回来以后,为什么不答应同我结婚?"

"哈哈,是这个呀!"杨雪笑起来了,"我正要向你解释哩,我当时态度是不够好。不过,你这个人哪,也不替我想想,我结了婚,有了孩子,还能在前方待得住么?"

陆希荣并不相信这种解释,勉强地笑着说:

"此外,还有没有别的原因?"

"什么原因?"

"比如,比如……在这个期间,你是不是对别人比对我有更大的兴趣?"

"噢,你还会怀疑人哪!"杨雪把手从陆希荣的手里抽出来,用指头点着他说。

"这没有什么奇怪。"陆希荣说,"爱情本身就是自私的东西。在这个问题上,是谈不上什么拱手相让的。"

"你……你这是什么怪论?"

"这怎么是怪论呢?"陆希荣笑着说,"正是因为我爱你,才怀疑你呀;如果一点怀疑都没有,还能说有爱情吗?"

"要这样说,我可以不要你的爱情。"杨雪生气了。

"算了,算了,"陆希荣见杨雪噘嘟着嘴,连忙走上去扶着她的肩膀抚慰地说,"干吗一见面就争论这无聊的问题?你只要答应我结婚,我就什么怀疑也没有了。你知道离开了这些日子,我……"

杨雪没有说话,心中想道:"我本来是怕他生气才来的,干吗又引起他的不愉快呢?"

"小杨,你能不能说上一句?"

"还说什么!……头天抗美援朝胜利,第二天就举行……你只要不怀疑我就好。"

她又把手放在他的手里,跟他走去了。刚才由于激动,着急,一时说不明白,她眼角里出现了一颗小小的几乎看不出来的泪珠。